AUTORA BESTSELLER DO NEW YORK TIMES

# MADELINE HUNTER

Editora **Charme**

# Herdeira
## em Seda Ver...

HERDEIRAS DO D...

Copyright © 2021. by Madeline Hunter.
Publicado pela primeira vez por Kensington Publishing Corp.
O Direito de Tradução foi negociado por intermédio de Sandra Bruna Agencia Literária, SL
Direitos autorais de tradução© 2021 Editora Charme.

Todos os direitos reservados.
Nenhuma parte desta publicação pode ser reproduzida, distribuída ou transmitida sob qualquer forma ou por qualquer meio, incluindo fotocópias, gravação ou outros métodos mecânicos ou eletrônicos, sem a permissão prévia por escrito da editora, exceto no caso de breves citações consubstanciadas em resenhas críticas e outros usos não comerciais permitido pela lei de direitos autorais.

Este livro é um trabalho de ficção.
Todos os nomes, personagens, locais e incidentes são produtos da imaginação da autora. Qualquer semelhança com pessoas reais, coisas, vivas ou mortas, locais ou eventos é mera coincidência.

1ª Impressão 2021

Produção Editorial - Editora Charme
Imagem - AdobeStock
Criação e Produção Gráfica - Verônica Góes
Tradução - Monique D'Orazio
Revisão - Equipe Editora Charme

FICHA CATALOGRÁFICA ELABORADA POR
Bibliotecária: Priscila Gomes Cruz CRB-8/8207

---

H945h Hunter, Madeline

   Herdeira em seda vermelha / Madeline Hunter; Tradução: Monique D'Orazio; Criação e Produção gráfica: Verônica Góes; Produção Editorial: Editora Charme – Campinas, SP: Editora Charme, 2021.
   316 p. il.

   Título original: Heiress in Red Silk.
   ISBN: 978-65-5933-015-7

   1. Ficção norte-americana | 2. Romance Estrangeiro -
I. Hunter, Madeline. II. D'Orazio, Monique III. Góes, Verônica.
IV. Equipe Charme. V. Título.

               CDD - 813

---

www.editoracharme.com.br

AUTORA BESTSELLER DO NEW YORK TIMES
# MADELINE HUNTER

# Herdeira em Seda Vermelha

HERDEIRAS DO DUQUE - LIVRO 2

Tradução: Monique D'Orazio

*Para os meus filhos, Thomas e Joseph*

# CAPÍTULO UM

A excentricidade percorria a família Radnor de forma muito semelhante a um fio laranja, entrando e saindo de uma tapeçaria. Alguns integrantes da família não mostravam nenhuma cor, enquanto outros incandesciam com elas. Kevin Radnor era um homem jovem, então ainda era uma incógnita o quanto o laranja dominaria sua seção da tapeçaria.

Ele já exibia alguns indícios da característica que tanto marcava seu pai e tio. Quando um assunto captava sua atenção, ele o investigava minuciosamente com notável dedicação e foco. Assim, com menos de trinta anos de idade, ele adquirira uma experiência extraordinária em esgrima, mecânica, engenharia, mariposas, grego antigo, química e sensualidade carnal.

Foi a última dessas investigações que o levou, ao final de março, a um bordel nas redondezas de Portman Square. Recentemente, sua atenção tinha sido distraída por um problema de negócios que ele estava enfrentando, e apenas o prazer poderia aliviar suas meditações taciturnas. A casa que ele visitava era conhecida pelas mulheres que haviam ingressado na profissão por entusiasmo, não por desespero. Isso absolvia sua consciência de promover a ruína de alguma pobre mulher, e também o atraía, pois com o entusiasmo vinham tanto a inventividade quanto a alegria.

Ele estava sentado nu até a cintura no quarto de uma prostituta que usava o nome de Beatrice, enquanto a bela ruiva despia-se lentamente. Suas preocupações já haviam diminuído, especialmente porque Beatrice havia transformado o ato de se despir em uma arte. Naquele momento, vestida só de chemise, ela estava se curvando para desenrolar uma das meias. A pose revelava seu traseiro redondo e rechonchudo que, Kevin notou, havia sido pintado de ruge entre as nádegas.

Um arranhão na porta chamou a atenção de Beatrice logo depois que ela tirou a meia.

— Estou com um cavalheiro aqui! — Beatrice gritou.

— Eu só queria avisar que chegou. O chapéu novo — informou uma voz feminina abafada. — É muito lindo.

Beatrice começou a trabalhar na outra meia, mas Kevin percebeu que a notícia do chapéu detinha a maior parte de sua atenção agora.

— Vá lá ver — disse ele. — Eu não me importo.

Ela saltou até ele e lhe deu um beijo. Então correu para a porta e abriu-a um pouquinho.

— Viu? — falou a outra mulher.

— Minha nossa, ela se superou dessa vez — elogiou Beatrice. — Veja esta fita e como ela a teceu de forma tão intrincada.

— Rosamund é a melhor.

*Rosamund*. O nome podia ter sido gritado, de tão completamente que chamou a atenção de Kevin. Ele se levantou e se juntou às mulheres na porta.

— Eu gosto de chapéus bonitos. Deixe-me ver — pediu ele.

O chapéu era realmente bonito, com tons azuis e rosa, apropriados para a primavera que se aproximava. Algum tecido creme havia sido costurado com capricho para cobrir a coroa alta, e as fitas ao redor da base mostravam um esforço meticuloso para criar pequenas rosetas.

Kevin admirou-o, mas foi a caixa no chão do corredor que o interessou muito mais. Ele a ergueu, para que o chapéu pudesse voltar para seu lugar. Uma etiqueta colada ao lado continha as palavras Chapelaria Jameson, Richmond.

Ele manteve a expressão impassível, mas, assim que a porta se fechou, caminhou até a cadeira e pegou sua camisa.

— O quê? — Beatrice reagiu. — Eu pensei...

— Eu me lembrei de repente que devo cuidar de um assunto esta noite. Não se preocupe, vou pagar à sra. Darling mesmo assim.

Beatrice fez beicinho.

— Eu esperava um pouco de diversão. O senhor é um dos meus favoritos.

— Como você é uma das minhas. Outra noite, no entanto.

Quinze minutos depois, Kevin, que vinha trotando a cavalo, parou na frente de uma casa em Brook Street, Mayfair. Amarrou sua montaria a um poste e então correu para a porta. Quando ela se abriu, Kevin passou pelo criado e subiu correndo as escadas, ignorando os balidos de objeções que soavam atrás dele. Invadiu os aposentos privados, abrindo portas até entrar no quarto mal iluminado.

Uma mulher gritou em choque.

— *Diabos*, Kevin! — exclamou um homem.

Isso o fez parar de chofre. Dois pares de olhos o encaravam da cama. A mulher espiava por cima de um lençol puxado até o nariz.

— Sinceramente, Chase, às vezes, é impossível suportar sua família — disse ela, furiosa.

— Minhas sinceras desculpas, Minerva. Chase. De verdade. Eu acabei de encontrá-la. Finalmente encontrei Rosamund Jameson.

Rosamund esperava que a dama que estava rondando a vitrine de sua loja fosse entrar. Ela parecia distinta, a julgar pela peliça de lã azul que tinha um caimento típico apenas dos trajes mais bem feitos. Seu chapéu também custara um bom dinheiro, embora Rosamund não pudesse deixar de refazê-lo na mente. Teria encontrado um tom de azul mais forte, com mais brilho e que contrastaria melhor com o cabelo muito escuro da mulher. A aba também precisava de um toque de acabamento. A dama tinha um rosto adorável e olhos escuros impressionantes, e era uma pena usar uma aba que fizesse tanta sombra.

Mas, infelizmente, a dama foi embora, e Rosamund voltou sua atenção para a sra. Grimley, que decidiu comprar um dos últimos chapéus de inverno restantes da Chapelaria Jameson. A sra. Grimley pedira um desconto, pois o inverno havia chegado ao fim, e Rosamund acabara concordando.

O chapéu ostentava um pouco de pele, uma indulgência que ela lamentava. Essa pele tinha sido admirada pelas clientes, mas elevava demais o preço para seu poder de compra. Isso significava que seu próprio dinheiro tinha ficado preso naquele chapéu durante todo o inverno.

— Gostaria de encomendar um chapéu para as festas de primavera nos jardins? — ela perguntou enquanto colocava o chapéu em uma de suas caixas especiais. As embalagens custavam mais caro do que ela gostaria, mas todas as boas chapelarias as usavam, e as ambições de Rosamund exigiam que ela engolisse a despesa extra. Gostara de escolher o papelão com seu tom roxo, que contrastava bem com a etiqueta creme impressa.

— Pensarei a respeito — disse a sra. Grimley. — Vou viajar para Londres e visitarei as lojas de lá com minha irmã, mas ainda posso precisar de algo quando retornar.

Rosamund sorriu, mas seu coração se entristeceu. Ela nunca teria sido capaz de abrir a loja em Londres e sentia-se grata por Richmond ter lhe proporcionado a oportunidade de começar seu negócio. Richmond ficava muito perto de Londres, entretanto, e suas melhores clientes lhe faziam uma encomenda para cada cinco que faziam na capital. Um dia, ela teria uma boa loja em Mayfair e poderia cobrar o dobro do que cobrava em Richmond, mas precisava dar um passo de cada vez.

— Será um prazer criar uma obra-prima pra senhora, caso precise. — Ela amarrou o cordão por cima da caixa e a entregou à sra. Grimley. — Terei os toucado que a senhora queria em um dia ou dois e os enviarei pra sua casa. Eles já estão quase concluído.

Ela não achava muita graça artística nos toucados, mas costurava muitos deles. Mesmo suas clientes mais ricas achavam que não havia necessidade de pagar os preços de Londres por tais itens utilitários. Toucados é que mantinham sua loja viva, na verdade. Isso e as encomendas que vinham de Londres, de velhas amigas como Beatrice.

Ela pensou no chapéu que mandara para lá duas semanas antes e imaginou Beatrice usando-o no parque. Tinha inventado uma nova maneira de fazer rosetas de gorgorão para ele, um método que ela não contaria para ninguém. Talvez, um dia, belas damas a procurassem em Londres por causa daquelas rosetas.

A sra. Grimley se despediu e saiu. Rosamund arrumou o balcão e depois se virou para arrumar alguns acabamentos em uma prateleira. Ela sempre deixava as pontas caírem das caixas e cestas, de modo que refletissem a luz para exibir sua cor. Usava-as como iscas, dependuradas para chamar a atenção dos peixes ricos que nadavam por ali.

Estava tirando o pó do espelho perto da vitrine, aquele na mesa onde ela colocava os chapéus e toucados das clientes, quando percebeu que a dama de peliça azul estava espiando mais uma vez pela vitrine da loja. Rosamund sorriu enquanto tirava o pó, para encorajá-la a entrar.

E ela entrou. A dama parou na porta e seu olhar percorreu a loja, passando dos chapéus para as prateleiras e para o balcão, até que, finalmente, pousou em Rosamund. Ela mediu Rosamund de cima a baixo, depois se aproximou.

— Você é Rosamund Jameson? Por acaso morou recentemente na Warwick Street, em Londres?

— Sim. Sô eu.

A dama pescou um cartão de sua retícula.

— Meu nome é Minerva Radnor. Estive procurando por você.

Rosamund leu o cartão.

*Escritório de Investigações Discretas Hepplewhite.*

— Diz aqui que seu nome é Minerva Hepplewhite.

— Eu me casei, mas o escritório continua em meu nome de batismo.

— Acho que a senhora não veio aqui porque quer um chapéu novo.

A sra. Radnor sorriu. Seus olhos escuros brilharam.

— Não, embora os seus pareçam muito bons. Há muitos meses tento encontrá-la e falar sobre um legado que você recebeu. Um legado substancial.

— Você não precisa fechar a loja — disse a sra. Radnor. — Eu espero, se alguém entrar e precisar de atendimento.

— Como se eu pudesse falar com alguma cliente agora. — Rosamund fechou as cortinas da vitrine e trancou a porta. — Eu mal consigo respirar.

— Talvez alguns sais medicinais...?

Rosamund olhou por cima do ombro para sua convidada.

— Não tô precisando de sal. Apenas uma explicação...

— Sim, claro. — A sra. Radnor levou uma segunda cadeira para a mesa com o espelho, de modo que as duas pudessem se sentar. — Quem me deixaria esse... legado?

— O duque de Hollinburgh. — A sra. Radnor olhou intensamente para Rosamund. — Você o conhecia?

Rosamund levou um momento para absorver a notícia surpreendente enquanto recuperava a compostura.

— Tive um contato com ele. Tivemos apenas uma conversa. — Ela percebeu por que a sra. Radnor a observava com tanta atenção. — Não éramos amantes. Não foi nada desse tipo, se a senhora tá pensando nisso.

— Não estou pensando em nada. Veja, ele também me deixou um legado. Não éramos amantes. Na verdade, nunca tínhamos nos conhecido. Fascina-me que você e ele tenham conversado pelo menos uma vez.

— Não foi uma conversa longa, mas ele ficou sabendo de algo sobre mim.

Ela havia confidenciado demais, talvez, mas a conversa tinha ocorrido em um momento de cansaço e só porque ele mostrara bondade para com uma amiga dela que ele mal conhecia. Rosamund sabia quem ele era e ficou surpresa em como era fácil conversar com ele.

— Ele foi muitíssimo gentil. Me deu uma bolsinha com dez guinéus. Foi assim que consegui abrir esta loja.

A sra. Radnor olhou pela loja ao seu redor novamente.

— Quando isso aconteceu? O único endereço fornecido no testamento era a rua de Londres, mas lá ninguém sabia de você.

— Vivi lá um pouquinho mais de um ano. Assumi o lugar de uma mulher que eu conhecia e confesso que não informamos ao proprietário porque ele poderia ter aumentado o aluguel se a gente contasse. Como resultado, mantive muita discrição. Eu morava lá enquanto trabalhava em uma chapelaria na City, aprendendo o que pudesse sobre contabilidade e encontrando fornecedores de tecidos, de aviamentos e assim por diante. É preciso mais do que um sonho para realizar algo assim.

— E você descobriu o que era necessário e começou a colocar em prática.

— Mais ou menos isso. Então me mudei pra cá, porque alugar um local em Richmond custaria muito menos, e não havia tanta concorrência.

— Onde você estava quando conheceu o duque?

As costas de Rosamund enrijeceram.

— É uma exigência pra receber o legado que eu conte minha história toda? — Ela se arrependeu da rispidez da resposta.

A sra. Radnor pareceu não notar.

— Meu Deus, não. Eu, por exemplo, fiquei muito grata. Não era minha intenção bisbilhotar. — Ela removeu mais dois cartões de sua retícula. — Aqui está o advogado que você deve consultar para obter a herança. Este é meu cartão pessoal. Somos uma espécie de irmãs, não somos, como duas mulheres a quem o falecido duque deu presentes inesperados? Quando você vier para a cidade, por favor, faça-me uma visita se eu puder ajudá-la de alguma forma. Aliás, se você me escrever quando vier, eu a convidarei para ficar na minha casa.

Rosamund pegou os cartões com dedos trêmulos.

— Você está tão chocada que nem mesmo tem curiosidade de saber qual é o montante do legado? — a visitante perguntou, delicadamente.

— Seja o que for, vai sê mais do que tenho agora. — Mas talvez fosse suficiente para abrir a loja em Londres com a qual ela sonhava. Ou até mesmo para ajudar com o futuro de sua irmã. Essas ideias lhe deram bases mais firmes para pensar. — Seria bom saber se chega perto de cem. Essa quantia daria e sobrava pra alguns planos que eu tenho.

— É muito mais do que isso, srta. Jameson. A senhorita herdou muitos milhares de libras.

*Milhares de libras.* Rosamund teve que se concentrar na respiração para conseguir inspirar o tanto de ar que seu corpo precisava.

— Além disso, há uma empresa em que o duque era sócio. Ele deixou a metade dele para a senhorita.

— O duque... tinha uma loja de chapelaria?

A sra. Radnor se aproximou com um sorriso e colocou a mão sobre a de Rosamund.

— Não é uma empresa de chapelaria. É bem diferente. Por favor, faça preparativos para ir a Londres o mais rápido possível. Vou ajudá-la a resolver tudo isso no momento adequado.

Rosamund soltou uma risada e então teve a horrível suspeita de que estava prestes a desatar a chorar. Em vez disso, ela agarrou a mão de Minerva e disse:

— Vou partir para Londres assim que puder ficar em pé sem desmaiar.

# CAPÍTULO DOIS

Duas semanas depois, Kevin Radnor cavalgou novamente por Mayfair até a casa de seu primo, Chase. Apesar da agitação, que mais do que se equiparava à de sua última visita, seu progresso era lento. A sociedade havia começado a chegar à capital para a temporada e as ruas, que tinham ficado alegremente pacíficas por meses, agora estavam congestionadas com carroças e carruagens.

Ele saltou do cavalo ao chegar, jogou as rédeas para um cavalariço e não demonstrou mais cerimônia do que da última vez ao entrar. O mordomo apenas apontou para a sala matinal.

Não fazia muito tempo que Chase e Minerva tinham se mudado para lá, então ele caminhou por aposentos escassamente mobiliados até chegar à sala matinal bem iluminada e arejada que dava para o jardim.

— Onde ela está? — perguntou ele, a fim de anunciar sua chegada abrupta.

Seu primo Chase o encarou, então terminou de beber o café da xícara, que estava suspensa diante da boca.

— Que bom ver você, Kevin. E a essa hora da manhã, inclusive.

Minerva fez questão de se virar para olhar no relógio sobre uma mesinha de canto.

— Ora, não são nem dez horas.

Ele não estava com humor para o sarcasmo de Minerva.

— Chase escreveu que a srta. Jameson chegaria à cidade ontem, e que você havia oferecido sua hospitalidade, então eu sei que a mulher está nesta casa.

— Está — confirmou Minerva. — Só que ela chegou há dois dias e ontem visitou o advogado. Agora está em seu quarto, provavelmente dormindo.

Ele girou em direção à porta.

— *Pare.* — A ordem de Chase o pegou no meio do caminho.

Os olhos azuis de Chase perfuravam Kevin quando este o encarou.

— *Sente*. Você não pode subir lá, abrir uma porta e ter a conversa que deseja — disse Chase. — Eu entendo sua impaciência, mas você terá que esperar um pouco mais.

— Maldição, eu esperei um ano. E *eu a encontrei*.

*Ele mesmo* é que tinha encontrado. Não Chase, o investigador encarregado de localizar essas mulheres misteriosas para as quais seu tio havia legado fortunas. Não Chase, cuja profissão era conduzir investigações. Tampouco Minerva, que também tinha essa profissão, por mais peculiar que isso fosse.

Minerva lançou-lhe um olhar de compaixão que o lembrou daquele tipo de olhar que uma babá bondosa lançaria a uma criança cansada que está fazendo birra.

— Por que você não toma o café da manhã?

A contragosto, ele foi até o aparador e fez um prato de ovos e bolos para si. O lacaio trouxe café quando Kevin se sentou em frente a Chase. Sua mente, porém, estava preocupada com os andares superiores da casa, onde a mulher que detinha seu futuro nas mãos dormia pacificamente, ao contrário de suas próprias noites insones dos últimos tempos.

A comida o ajudou a encontrar alguma tranquilidade.

— Quando foi a última vez que você fez uma refeição decente? — Chase perguntou.

Kevin olhou para o prato, agora esvaziado de um montinho de ovos e dois dos três bolos.

— Ontem à noite. Não, espere. Na noite anterior. Eu tenho andado ocupado.

— Ainda está tentando resolver o problema com os jogos?

— Não problemas. Probabilidades. E sim, tenho pensado um pouco sobre isso.

— Não parece certo, de alguma forma. Fazer apostas com uma vantagem matemática.

— Certamente não vou apostar *sem* uma vantagem dessas. O objetivo é ganhar uma grande quantidade de dinheiro em pouco tempo, não de perder.

Chase, que sabia por que ele precisava do dinheiro, deu de ombros.

— Você encontrará um jeito.

— Pode não ter importância. Você está abrigando uma mulher na sua casa que pode tornar tudo isso sem sentido. — Ele forçou a calma, até mesmo a indiferença, em seu tom ao se virar para Minerva: — Como foi a visita ao advogado?

— Muito bem. A srta. Jameson está impressionada, é claro. O sr. Sanders estava no seu espírito normal: calmo e com seu jeito paternal de sempre e explicou tudo com clareza. Ele respondeu às perguntas dela com o maior detalhamento possível.

— Quais questões?

A boca de Minerva abriu por um instante, depois fechou. Ela olhou de soslaio para Chase, que devolveu outro olhar cuja mensagem era: *Foi um erro, querida.*

Minerva bebeu um gole de chá.

— Ela tinha perguntas típicas sobre como acessar os recursos. Ao contrário dos meus, os dela não estão em um fundo fiduciário. O duque a conhecia, e provavelmente viu o que qualquer um podia ver: que ela é uma mulher muito sensata e bastante prática. Ele talvez não estivesse tão preocupado que ela pudesse não ser capaz de administrar o dinheiro sozinha.

Kevin sentiu um sorriso muito tênue se formar. Seu tio, o falecido duque, havia deixado para uma mulher praticamente estranha mais dinheiro do que ele havia deixado para um de seus sobrinhos favoritos, o próprio Kevin. Livre e de fácil acesso, inclusive.

— E o resto? A empresa? — perguntou ele. A *sua* empresa.

Minerva pigarreou.

— Ah, sim, a empresa. Bem, a srta. Jameson perguntou ao sr. Sanders o que deveria fazer com ela. Por força de sua função, foi obrigado a expor todas as opções que ela teria. — Minerva fez uma careta. — A ideia de vender a metade que ela herdou parecia ter algum apelo.

Inferno e danação. Ele mataria Sanders.

— Preciso vê-la — disse ele. — Vá buscá-la. Ou isso ou Chase me enfrentará em um duelo de espadas na escada para tentar me impedir de ir lá eu mesmo.

Minerva estreitou os olhos. Ela se virou para Chase, procurando aborrecimento equivalente, apenas para ver o marido decidir beber mais café naquele exato momento.

Minerva se levantou.

— Acho que posso ver se ela já está desperta. No entanto, não vou acordá-la para sua conveniência e, se ela ainda não estiver vestida, você terá uma longa espera. Você deveria visitar novamente esta tarde, como faria uma pessoa civilizada.

— Eu não me importo se for uma longa espera. Estarei na biblioteca até ela descer.

Minerva saiu. Chase puxou uma pilha de correspondências e começou a folheá-las. Kevin se serviu no aparador novamente.

Mais uma vez, ele se acomodou na cadeira. Todos os primos Radnor tinham suas próprias qualidades, e uma das de Chase era a capacidade de encontrar informações e avaliar o valor que tinham. Também era capaz de avaliar uma pessoa rapidamente. Desses talentos, ele fizera sua profissão.

— O que você achou dela? — Kevin perguntou.

Chase depositou uma carta na mesa e considerou a pergunta.

— Ela é sensata e independente. Abriu uma loja para si e parece estar alcançando sucesso com o comércio. Pelo menos o suficiente para ter uma assistente e uma aprendiz, o que lhe permitiu deixar a loja nas mãos delas enquanto estivesse de viagem na capital. Ela é de berço humilde, mas lhe resta muito pouco do seu lado rústico. Pareceu inteligente, mas não conversei com ela durante muito tempo.

— Que aparência ela tem?

— Tem cabelos loiros. Fora isso, minha opinião seria subjetiva, na melhor das hipóteses. Isso importa, por acaso?

Cabelos loiros. Ele presumira que fossem grisalhos. Não sabia por que tinha pensado assim. Talvez porque a maioria das modistas já tivessem idade avançada antes de conseguirem abrir suas próprias lojas, e ele presumiu que o mesmo aconteceria com algumas chapeleiras. Claro, a maioria das mulheres não tinha um duque que lhes desse uma bolsinha que servisse para abrir um negócio.

— Minerva acha que os chapéus dela são de excelente qualidade. Dramáticos sem serem vulgares, na opinião dela — disse Chase. — Você parece aborrecido por eu não ter mais nenhuma informação.

— Você sabe como isso é importante, então presumi que fosse analisá-la com minúcias e fizesse algumas perguntas discretas.

Chase abriu um grande sorriso enquanto retomava o exame interrompido de sua carta.

— Eu sabia que você não demoraria a conduzir sua própria investigação.

Kevin voltou ao café da manhã, perguntando-se o que seu primo achava tão engraçado.

Sem dúvida, aquela era a melhor casa em que Rosamund já entrara. Ela se maravilhou novamente com a cortina ao redor de sua cama, as janelas e as pinturas elegantes nas paredes. O tamanho do cômodo a impressionava, assim como os dos espaços sociais no andar de baixo. Embora ainda com pouca mobília, a que existia era de alta qualidade.

Nem mesmo os Copley viviam assim, e eles eram da aristocracia. Não do grau do sr. e da sra. Radnor, é claro. Afinal, Chase Radnor era neto de um duque e primo do duque atual.

Ela se levantou da cama com pesar. Havia ficado ali acordada por pelo menos uma hora, pensando em sua mudança de patamar financeiro e o que faria com aquele dinheiro. Guardaria uma parte para garantir que sua irmã nunca tivesse que fazer o que ela havia feito: trabalhar como criada em uma casa estranha. Lily, além disso, receberia uma educação adequada. Poder ser capaz de sustentar Lily era a maior alegria de Rosamund com aquele legado.

Parte do resto, ela usaria para abrir sua loja em Londres. A sra. Ingram poderia continuar com a de Richmond até que fosse decidido se ambos os estabelecimentos seriam mantidos. No entanto, precisaria de alguma ajuda ali na cidade. Eis um assunto com que ela precisaria lidar.

Não poderia ficar para sempre naquela casa, então precisava de um lugar próprio para morar, e logo. Mas esse era o ponto onde o pensamento dela mudava de prático, sensato e claro para algo mais confuso.

Rosamund olhou pela janela para o dia nublado lá fora. Abaixo, o jardim mostrava um verde que começava a crescer depois do inverno. Os primeiros brotos, provavelmente. Ela continuou considerando sua nova casa enquanto imaginava tulipas e narcisos totalmente desabrochados. Um pequeno apartamento seria o suficiente, mesmo quando Lily a visitasse. Ela não precisava de mais. E ainda assim... — tudo dependia do propósito da casa, não é?

Se pretendia ser uma chapeleira, uma morada modesta bastaria. No entanto, se pretendia...

Ela hesitou em colocar seu sonho em palavras. Sempre temia que esperar demais fosse destruir a própria esperança. No entanto, se fosse considerar esse outro passo, ela precisava enfrentar o porquê. Seu coração se esticou de dor e anseio enquanto ela se obrigava a fazer exatamente isso.

A questão era: se fosse rica, se vivesse em uma bela casa e usasse roupas finas, se fosse mais do que uma criada ou chapeleira, seria então boa o suficiente para Charles se casar com ela?

Rosamund fechou os olhos enquanto pensava no nome dele e o via com clareza em sua mente, tão bonito e elegante, com um sorriso que fizera o coração dela bater mais forte desde o primeiro dia em que o vira. A memória do rosto dele tinha sido preservada cuidadosamente nos últimos cinco anos. Era o amor verdadeiro que o preservava, a fé e a lealdade. Esse amor merecia ter uma vida, se pudesse, não merecia? Um futuro? Até mesmo os pais dele poderiam aceitá-la se ela fosse rica, e Charles — ele nunca a abandonara por escolha própria. Ele fora forçado e mandado para outra cidade, assim como ela fora forçada a deixar a casa dos Copley.

Reviveu o último beijo que ele lhe dera antes que a carruagem o levasse para o litoral. Ela voltara escondida para casa e esperara nas sombras da rua para vê-lo partir. Ele a tinha visto e ido diretamente até ela, ignorando os olhares de seus pais e a ordem de seu novo tutor. Ele a tomara nos braços e a beijara completamente, para em seguida prometer que ficariam juntos algum dia.

Não era uma sonhadora por natureza. Sabia que não deveria contar com a chegada desse dia. Afinal, ele era filho de um cavalheiro e ela, filha de um fazendeiro arrendatário de Oxfordshire. Tais uniões não aconteciam. Com o trabalho, ela tivera pouco tempo para pensar nisso, mesmo se quisesse. Ainda assim, continuara a amá-lo em segredo, alimentando esperanças mesmo contra toda a razão. E sonhando.

Agora, com esse legado, havia uma chance de tornar o sonho realidade.

Seus pensamentos estavam alucinados. Os primeiros itens de uma lista vieram rápido, então ela pensou mais seriamente em alguns outros. Será que aquilo funcionaria? Será que deveria arriscar? Como aqueles brotos lá fora, seu sonho queria crescer, desabrochar e florescer.

Um arranhão na porta a interrompeu. Ela mandou a pessoa entrar, e Minerva abriu a porta com a criada ao lado.

— Vejo que está acordada. Mary trouxe água e ajudará você a se vestir.

— Já deve sê tarde, suponho. Já passou da minha hora de começá o dia. Tenho alguns lugares pra ir esta tarde.

Minerva entrou e fechou a porta atrás de si, impedindo a entrada da criada.

— Preciso lhe contar uma coisa. Seu sócio está lá embaixo, esperando para conhecê-la.

Sócio? Ah, sim.

— O outro sr. Radnor, você quer dizer. Kenneth.

— Kevin. Como eu disse, ele é primo do meu marido.

— Então devo vê-lo, para que seu marido não se sinta insultado.

— Você deveria vê-lo porque estão unidos nessa empresa, não por causa do meu marido.

Ela não havia entendido nada sobre essa tal de sociedade quando o simpático sr. Sanders explicara. Não que tivesse prestado muita atenção. Permanecia surpresa demais com o dinheiro herdado. Mas também não queria conhecer esse outro sr. Radnor ainda. Não naquele dia. Ela queria andar pelas ruas ao redor daquela casa, em busca de lojas e casas para alugar. Queria se imaginar andando em uma carruagem com Charles...

— Vou me vestir e descer logo.

Kevin caminhou de um lado para o outro pela biblioteca durante meia hora, depois escolheu um livro de uma estante e se jogou no divã. Ele leu um pouco, então percebeu que não se lembrava de uma única palavra que seus olhos haviam lido. Jogou o livro de lado, encostou a cabeça na almofada e fechou os olhos.

Que inferno. Ele havia aprendido a conversar sobre negócios com homens. Até adotara a bonomia que os industriais usavam uns com os outros, embora não fosse algo natural para ele. Mas uma mulher? Não pela primeira vez desde a morte de seu tio, o duque, ele se perguntou se o homem tinha ficado um pouco louco no final.

A velha sensação de traição começou a crescer dentro dele, mas ele a engoliu. Era a fortuna pessoal do tio Frederick para fazer o que ele bem entendesse com ela. Se, em um gesto de generosidade bizarra e excentricidade insuperável, ele decidisse dar a metade de uma empresa promissora a uma pequena chapeleira de origem duvidosa e nenhum conhecimento de maquinário e engenharia, era direito dele.

Kevin também havia considerado isso com frequência suficiente, e por tempo suficiente, para aceitar que a decisão talvez falasse de uma falta de fé no próprio Kevin. Por mais que preferisse desconsiderar essa noção, era difícil rejeitá-la completamente. Naquele momento, a ideia entrou na mente dele. Só que desta vez *conseguia* rejeitá-la. Se o tio Frederick não tivesse confiado nele para tocar a empresa sozinho, poderia ter deixado a outra metade para um industrial bem-sucedido. Não para Rosamund Jameson. Só para conseguir encontrá-la, já havia lhe custado um ano de progresso em uma época em que as questões da indústria mudavam mais rápido a cada dia.

A porta da biblioteca se abriu. Ele imediatamente se levantou. Minerva avançava em sua direção com uma expressão determinada. Ela assumia essa aparência com muita frequência. Era impressionante que Chase não a achasse um pouco megera. Kevin certamente achava.

— Ela descerá em breve. Em questão de minutos. Antes que ela chegue, quero deixar algo *bem* claro para você. — Ela caminhou até ficar tão perto que precisasse inclinar a cabeça para trás para olhá-lo nos olhos. — Ela é minha convidada e espero que se torne minha amiga. Eu gosto dela. Você deve tratá-la com o mesmo respeito que dispensaria a uma dama. Não deve intimidá-la, perder a paciência ou demonstrar que você a considera um problema, mesmo que a considere. Se a insultar de qualquer forma, seja por palavra ou ação, seja por uma ruminação mal-humorada ou tom de desprezo, eu tornarei sua vida um inferno.

— Eu nunca insulto as mulheres.

— Ah, pela graça de Deus, sua mera presença insulta as mulheres às vezes. Mas já dei meu recado. Comporte-se.

Com isso, ela se virou e marchou para fora da biblioteca.

Kevin balançou a cabeça, exasperado. Insultar as mulheres? Que coisa absurda de se dizer. Ele nunca insultava mulheres. Ele mal falava com elas.

Um leve farfalhar penetrou sua atenção. Ele se virou na direção do som. Uma mulher estava parada na porta da biblioteca. Kevin olhou para ela, que retribuiu o olhar.

Rosamund Jameson não era uma pequena chapeleira. Ela não era uma pequena coisa nenhuma. Era mais alta do que a maioria das mulheres, e o vestido simples de pelíça cinza que ela usava revelava um corpo que prometia ser extremamente bem formado e voluptuoso. Esbelta não era uma palavra que alguém usaria para descrevê-la.

O resto da aparência dela o atingiu como um golpe em sua consciência chocada. Olhos azuis. Cabelos loiros. Pele de porcelana. Lábios carnudos.

A mulher era linda. Deliciosamente linda.

Ele a encarava como se a examinasse em busca de defeitos. Sem dúvida, ele encontraria muitos se quisesse vê-los.

Ela conduziu seu próprio exame enquanto ele se demorava para cumprimentá-la. Como seu primo, Kevin Radnor era alto. Seu cabelo escuro e cheio caía até a mandíbula e a gravata. Ela não sabia se essa era uma nova moda ou se ele havia negligenciado uma visita recente ao barbeiro para arrumá-lo.

Diferente do primo, ele tinha olhos escuros. Muito escuros e profundos. Os olhos em conjunto com o cabelo o faziam parecer um tanto dramático. Ela não podia negar que ele era bonito e tinha um nariz e boca elegantes. Uma mandíbula um tanto rígida o impedia de parecer elegante demais. Suas feições não tinham a robustez do primo, então aquela mandíbula o salvara de uma beleza... delicada. Minerva a avisara que ele era dado a meditações taciturnas, e Rosamund podia imaginá-lo fazendo isso, e então parecendo muito poético.

Ele não chegava nem aos pés de Charles, claro. Não havia nenhum dos sorrisos alegres e olhos brilhantes de Charles. Kevin Radnor tinha mais em comum com os tutores estritos e distraídos que passavam pela casa dos Copley, homens que ainda eram jovens, mas haviam se esquecido de como se divertir. Rosamund não era capaz de imaginar uma mulher de espírito desejando nenhum deles, e agora tinha a mesma opinião sobre o homem à sua frente.

Finalmente, sentindo-se cada vez mais desconfortável com a forma como ele apenas olhava para ela sem dizer nada, ela caminhou mais para dentro do recinto.

— Sou Rosamund Jameson. O senhor quer falá comigo.

Ele voltou à vida.

— Sim. Achei que deveríamos nos conhecer, considerando que agora a senhorita possui metade da minha empresa.

— Se eu sou dona da metade, não é a *nossa* empresa?

A despeito do que pudesse estar ocupando a mente de Kevin, naquele momento, desapareceu. Ele abriu o sorriso de um homem orgulhoso e confiante, demonstrando tolerância.

— Por que não nos sentamos e conversamos sobre isso?

Ela se sentou na beirada do divã. Ele pegou uma cadeira estofada próxima e virou-a para que pudessem falar frente a frente.

— Imagino que herdar metade de uma empresa a tenha surpreendido — disse ele.

— Herdar qualquer coisa me surpreendeu. Mas, sim, essa parte foi especialmente espantosa.

— O advogado explicou como funcionam os negócios?

Ela manteve o rosto impassível, resistindo à intimidação.

— Eles têm a ver com uma invenção para melhorar as máquinas — falou ela com autoconfiança.

— Motores a vapor.

— A explicação dele foi breve. Confesso que não entendi os detalhes.

— Isso não surpreende. Até mesmo os homens têm dificuldade em entender.

Ele parecia muito arrogante dizendo isso.

— Talvez, se é difícil até *mesmo para os homens* entenderem, o senhor deva mostrar a eles como funciona. Eu acho que isso esclareceria tudo.

Ele mostrou um sorriso paciente. Ela também não ligou para esse sorriso.

— Não posso. Se eu explicar, qualquer um poderá roubar o projeto e duplicá-lo.

— Sr. Radnor, perdoe-me se minha pergunta agora for muito feminina, mas se o senhor não pode mostrá pra ninguém, como essa empresa ganha dinheiro com essa invenção?

— Pretendo fabricá-la eu mesmo.

Eu. Minha. Eu mesmo.

— Quer dizer que *nós* pretendemos fabricá-la. *Nós* temos uma fábrica?

— Ainda não. Estou esperando um aprimoramento. Assim que for adquirido, o projeto poderá ser fabricado.

Portanto, essa empresa era baseada em uma invenção que nunca havia sido construída e não havia fábrica e ainda carecia de seu aprimoramento final.

— Devo dizer que estou pensando em vender minha parte.

Os olhos dele ficaram tempestuosos. Ele se inclinou na direção dela.

— A senhorita não pode fazer isso.

— O advogado disse que eu posso.

— Isso destruiria tudo. Se a senhorita vender, quem comprar poderá vender parte das ações a outros. Cada um exigiria ver a invenção, o que significa que qualquer um deles poderia roubá-la. Para ter algum valor, esta é uma empresa que deve ser mantida sob controle estrito.

— O senhor está preocupado que alguém roube essa ideia?

— Claro que estou. É tão valiosa que nem me atrevo a patenteá-la, para que outras pessoas não vejam os desenhos.

— O senhor tá preocupado que eu vá de alguma forma roubá-la?

Ele se recostou sutilmente na cadeira.

— Não roubar, no sentido estrito da palavra. Não se pode roubar o que já se possui.

— Fico feliz que o senhor admita que, de fato, sou proprietária da metade.

— Mas... — Ele pareceu pensar duas vezes sobre o que ia dizer. Ela viu o momento exato em que o impulso conquistou qualquer juízo que o tivesse feito hesitar. — A senhorita é uma herdeira. Haverá muitos homens atrás da senhorita. Poderá ser indevidamente influenciada por um deles.

— Perder minha cabeça, o senhor quer dizer.

— De fato.

— Ficá tão embriagada de paixão que acabe fazendo algo que não seja do meu interesse.

Nenhuma resposta, mas um aceno vago com a cabeça.

— O senhor é um homem que pensa que as mulheres são estúpidas e governadas pela emoção, é o que eu acho.

Ele franziu a testa com irritação.

— Os homens também perdem a cabeça. Não tem nada a ver com a senhorita ser uma mulher linda.

Ela se assustou com a palavra "linda". Ele também, assim que saiu de sua boca.

— E a senhorita pode se casar — acrescentou ele, rapidamente. — Seu marido pode exigir saber tudo o que a senhorita sabe. Ele pode até intimidá-la para descobrir os segredos da empresa.

*Charles não faria isso.* Ela imediatamente se repreendeu por esse pensamento. Uma coisa era permitir a um sonho um pouco de espaço para crescer, outra era ficar tão desnorteada quanto esse sr. Radnor presumia que o amor a deixaria.

— Sr. Radnor, eu poderia me preocupar com o senhor da mesma forma. O senhor pode ficá fascinado por alguma mulher e ser influenciado por ela pra revelar os segredos. Ou talvez o senhor usasse o dinheiro da empresa para mantê-la feliz ou pra pagar as dívidas de jogo dela.

Ele achou isso divertido.

— Eu nunca fico fascinado, então a senhorita não tem nada com o que se preocupar.

— Nunca? Nem mesmo uma vez?

Ele negou com a cabeça.

— Nem uma vez sequer. A invenção tem o potencial de torná-la uma mulher muito rica, srta. Jameson. Rica além da sua imaginação. Cada máquina a vapor construída precisará dessa invenção. Eles já as estão colocando em veículos que circulam sobre trilhos. Em vinte anos, estarão em toda parte.

Depois, há as máquinas em fábricas e outras aplicações. Os motores a vapor serão usados aos milhares em breve. A senhorita seria tola de vender agora.

Parecia que ela estaria em melhor situação colocando seu dinheiro em um daqueles veículos sobre trilhos do que na invenção. Por um lado, ela não teria que ver aquele homem regularmente. Ele a enervava quando seu olhar se tornava intenso como ali naquele momento. Ela teve que se esforçar para se manter firme, que dirá transmitir esse ar de autocontrole.

Ele sorriu. Um belo sorriso. Um pouco sedutor, para dizer a verdade.

— Eu vou cuidar de tudo. A senhorita pode cuidar de seus outros assuntos até que o dinheiro comece a chover. Então poderá se preocupar em como gastar tudo. — Ele enfiou a mão na sobrecasaca e tirou um papel dobrado. — Por sermos parceiros iguais, ambos precisamos concordar com as decisões relativas a recursos e desenvolvimentos. No entanto, posso isentá-la dessa obrigação depois de assinar isto.

Ela pegou o papel e leu. Enquanto o fazia, ele se levantou, foi até a escrivaninha e voltou com uma pena e o tinteiro. O sr. Radnor os colocou na mesa ao lado do divã.

— Entende tudo? — perguntou ele.

Parcialmente. Na maior parte. Algumas palavras difíceis interferiam, mas ela achava que entendia os pontos principais.

— Este documento lhe daria o controle total da empresa e o direito de fazer contratos, gastá dinheiro e decidir sobre o uso futuro e o custo dessa invenção sem minha assinatura. — Ela olhou para ele. — Eu lhe pareço uma mulher estúpida por acaso, sr. Radnor? Se eu não vender minha parte, e nada do que aconteceu aqui hoje me convenceu a mantê-la, estarei envolvida nas decisões daqui pra frente. Não tenho intenção de assinar isto.

Ela deixou o papel escorregar de seus dedos e cair no chão.

Ele se levantou abruptamente, se virou e murmurou. Ela pensou ter ouvido as palavras "mulher impossível" entre alguma expressiva blasfêmia. Ela o deixou recuperar o controle, o que levou vários longos instantes. Finalmente, ele se virou para ela, seu rosto ainda refletindo a raiva que sentia.

— Qualquer coisa levará três vezes mais tempo para ser realizada se a senhorita insistir em se envolver. Vou passar horas explicando os detalhes de cada decisão e dando aulas de mecânica e matemática — ele foi desferindo. — Até mesmo encontrá-la me pareceu um tempo longo demais e deixou isso tudo no limbo, em detrimento do plano inteiro.

Ela se levantou.

— E, ainda assim, cá estou eu agora. Deixe-me lhe perguntar uma coisa, sr. Radnor. O senhor por acaso já administrou um negócio lucrativo?

Ele não respondeu rápido o suficiente, então ela soube a resposta.

— Bem, eu já. Enfim, tenho coisas para fazer esta tarde. Tenha um bom dia. — Ela saiu da biblioteca, de cabeça erguida, e esperou até que estivesse de volta em seu quarto antes de extravasar sua frustração gritando no travesseiro.

# CAPÍTULO TRÊS

— *Bem, eu já* — Kevin imitou as últimas palavras de Rosamund Jameson enquanto terminava de descrever o encontro irritante com aquela mulher impossivelmente enervante. No entanto, ele sabia que tinha usado o tom errado. O dela era mais suave, quase aveludado em seu timbre. Ainda assim, as palavras eram o que importava. — Como se administrar uma chapelaria feminina se comparasse a administrar uma indústria.

Ele se sentiu melhor tendo tirado tudo isso de sua cabeça, ao contar para Chase e Nicholas. Estavam sentados no quarto de vestir de Nicholas, naquelas feias poltronas estofadas em azul que haviam sido herdadas junto com o resto de Whiteford House, quando Nicholas se tornara o novo duque. Nicholas acabara de chegar à cidade depois de um mês em suas propriedades. Sua bagagem ainda estava espalhada pelo aposento porque ele mandara o valete embora quando Chase e Kevin entraram.

Naquele momento, dividiam uma garrafa de vinho claret e, depois de muito falar sobre política e sobre a felicidade conjugal de Chase, este perguntara sobre o empreendimento.

— Em outras palavras, a conversa foi um fracasso — revelou Nicholas.

Kevin observou o fogo criar chamas fantasmas alaranjadas no vinho de sua taça.

— Ela não quis ouvir a voz da razão.

Seus primos permaneceram em silêncio por algum tempo. Ele sabia o que isso significava. Eles não aprovavam. Agora teria que ouvi-los explicar como e por que não aprovavam, como duas tias enxeridas.

— Eu não a insultei de forma alguma — Kevin sentiu-se obrigado a dizer, pois Chase poderia relatar à Minerva o conteúdo do encontro. Ele não achava que Minerva fosse tornar sua vida um inferno, mas se ela realmente colocasse a mente nessa ideia, ele suspeitava de que o potencial existisse.

— Você também de forma alguma a lisonjeou — rebateu Chase.

— Não é verdade.

Ele a chamara de linda, não chamara? Não que ele fosse contar isso aos dois. Tinha escapado, surpreendendo a ambos, o resultado de quanto ele tornara-se consciente da beleza dela, mesmo enquanto estavam em processo de negociação. Isso o colocara em uma desvantagem injusta. Ele teria voltado com aquele documento assinado caso a aparência e a presença dela não tivessem interferido na clareza dos seus pensamentos.

— Aliás, eu deixei implícito que ela era uma mulher muito sensata e inteligente. — Ele estava exagerando, mas como não dissera que ela era ignorante, emocional ou estúpida, na verdade deixara implícito o contrário.

— É bom saber — Chase afirmou com certo alívio.

Inferno, Chase tinha, *de fato*, sido incumbido por Minerva de descobrir o que havia acontecido.

Nicholas esticou as pernas.

— "Deixar implícito" pode não ter sido suficiente. Não parece que tenha terminado bem, e ela aparentemente tinha saído de repente, muito irritada. Vocês deveriam fazer as pazes. Pare de se opor à ideia. Você está ligado dos pés à cabeça a essa mulher, a menos que possa comprar a parte dela, o que você não pode. Você precisa encontrar um caminho para poder seguir adiante. Uma amizade suavizará o caminho, enquanto a irritação mútua o tornará muito pedregoso e talvez intransponível.

— Ele está certo — disse Chase. — Se fosse qualquer um além de você, e se não envolvesse essa empresa e seu rancor sobre o legado do tio a essa mulher, você enxergaria a verdade imediatamente.

Relutante, Kevin reconheceu que o que Nicholas falava fazia algum sentido.

— Suponho que eu possa visitá-la em Richmond e sugerir que tentemos acomodar os interesses um do outro.

— Não há necessidade de viajar para lá — falou Chase. — Ela ficará como nossa convidada por algum tempo e estará em busca de acomodações em Londres.

Essa não era uma boa notícia. Ele havia presumido que ela, pelo menos, estaria fora do caminho.

— Então vou visitá-la na sua casa.

Nicholas se voltou para Chase.

— O que ele enfrentará? O que você achou dela?

— Acho que ela não é tola. Além disso, vale a pena mencionar que é atraente. Você não concorda, Kevin?

Kevin acenou com a cabeça, indiferente, como um homem que não tinha realmente notado, mas, naquele momento, diante daquela observação, teve que concordar.

— Pois sim? — interessou-se Nicholas. — Atraente como? Meio atraente ou muito atraente?

— Como homem casado, não devo notar essas coisas — respondeu Chase. — No entanto, a palavra que me passou pela cabeça ao vê-la pela primeira vez foi... voluptuosa.

Kevin manteve a expressão impassível.

Nicholas deu um sorriso malicioso.

— Bem, isso deve tornar a amizade mais fácil, primo.

— Chega de falar sobre mim — disse Kevin, ansioso para mudar de assunto. — Tenho me perguntado uma coisa, Nicholas. Como um duque solteiro que não está nem perto da velhice, você deve ser uma raposa muito procurada entre as caçadoras de maridos nesta temporada. Estar de luto lhe poupou do pior do ano passado, mas o momento agora é outro. Como planeja passar os próximos meses sem que a mãe de alguma moça pregue sua cauda na parede dela?

Rosamund verificou a longa lista de tarefas que fizera para si mesma. Havia escolhido as mais urgentes para a saída que daria naquele dia. Ela precisava encontrar seu próprio lugar para morar e tinha uma reunião com um homem à tarde para esse propósito. Não podia depender indefinidamente da generosidade de seus anfitriões e se tornar um incômodo.

Antes, porém, percorreria as melhores ruas comerciais. Ela verificou o chapéu no espelho, alisou o corpete da peliça carmesim e pegou as luvas e a retícula. Aceitando que sua aparência era o melhor que podia providenciar, ela desceu para o saguão de entrada.

O criado de plantão fez uma reverência.

— Deseja que eu chame uma carruagem? Fui instruído a pedir a um cavalariço que levasse a senhorita de cabriolé se desejasse sair.

— Acho que vou caminhar, obrigada.

— Mas fui instruído...

O pobre rapaz estava preocupado em não desobedecer a uma ordem — uma ordem que ela não lhe pedira para cumprir. Ela não queria um cavalariço ao lado dela em um cabriolé, esperando impacientemente quando ela saísse da carruagem para fazer o que ela precisava. Sua missão seria mais bem realizada a pé, de qualquer maneira.

— Se mandar trazerem o cabriolé, eu mesmo conduzirei a dama.

Ela se virou para a voz.

— Ah. É o senhor.

Kevin Radnor fez uma leve reverência.

— O que está fazendo aqui?

— Esperando a senhorita descer.

— Acho que já passamos bastante tempo na companhia um do outro esta semana, não concorda?

— Concordo que não fui cortês ou amigável, se é o que quer dizer.

A admissão a fez parar por um instante. Os homens geralmente não admitiam estar errados. Desarmou-a a atitude dele.

— O senhor não vai achá meus compromisso de nenhum interesse. Vou resolver a maioria deles a pé.

— Então vou levá-la para onde a senhorita precisar andar.

O mordomo já havia mandado chamar a carruagem. Ela não conseguiu pensar em nenhuma maneira de se livrar do sr. Radnor sem ser ela própria indelicada e hostil. Rosamund não se opôs quando ele a acompanhou para fora.

— Esse chapéu é muito atraente — elogiou ele.

Ele a estava apenas bajulando, mas ela tocou a aba do chapéu e não conseguiu conter um pequeno sorriso.

— É um dos seus?

— Sempre uso minhas próprias criação.

— As cores combinam muito bem com o seu conjunto e com a senhorita. A senhorita faz modelos assim também para suas clientes?

— Sim, eu faço. — Ela começou a explicar como rostos diferentes exigiam abas de formatos diferentes, e algumas mulheres ficavam lindas com

laços finos de fita sob o queixo, enquanto o rosto de outras era valorizado por fitas mais largas. Ele parecia estar prestando atenção, mas, quando a carruagem parou na frente deles, ela se perguntou se ele estava realmente ouvindo.

— Estou pensando em ir na Oxford Street — disse ela. — Pra ver se há lojas pra alugá.

Ele colocou o cavalo em movimento.

— Pretende abrir uma loja em Londres?

— Possivelmente.

— E quanto à sua loja em Richmond?

— Posso ficar com aquela também. Tudo depende do que eu ficar sabendo nos próximos dias.

— Chase disse que a senhorita pensa em morar aqui na capital.

— Isso também depende do que eu ficar sabendo. — Ela teria que se lembrar que aqueles dois eram primos, e Chase provavelmente diria a Kevin quase tudo o que ele quisesse saber.

— Não deveria procurar casas para alugar em vez de lojas?

Ela ficou se perguntando se ele pretendia oferecer conselhos indesejáveis o dia todo.

— Primeiro, vou dá uma olhada em algumas lojas, se isso for aceitável pro senhor.

Ele virou na Oxford Street e parou a carruagem. Amarrou as rédeas, passou uma moeda a um menino para que ele ficasse de olho no transporte e a ajudou a descer.

— Obrigada, agora eu dou conta sozinha — disse ela, esperançosa. — Alugo um *hackney* pra voltar.

— Vou acompanhá-la para que a senhorita não ande pelas ruas sozinha. A cidade está instável ultimamente e não é segura. Além disso, nunca saí para procurar lojas antes.

Não havia nenhuma loja ao nível da rua disponível na área que ela queria, mas encontrou algumas nas ruas transversais. Ela se curvou perto das vitrines de uma a poucos metros da Gilbert Street para espiar lá dentro. Em seguida, dobrou a esquina de volta para a Oxford e desceu, inclinando a cabeça para olhar para cima.

Ao lado dela, Kevin Radnor fez a mesma coisa.

— O que estamos procurando?

— Espaço acima que esteja disponível, como este aqui. — Ela parou embaixo de uma vitrine que tinha uma placa de "Aluga-se". A loja ficava no segundo andar.

— A maioria das lojas femininas em Londres fica no alto assim — explicou ela, mais para si mesma do que para ele. — É mais barato, claro. Contudo... — Ela deu um passo para trás e examinou a loja embaixo, ao nível da rua. Vendia joias. — Também tem mais privacidade. Uma mulher entra por uma porta e fica invisível até sair. Ninguém olha pra ela quando passa pela vitrine. A questão é... — Ela voltou a virar a esquina, depois atravessou a rua lateral para ver o que seria notável quando alguém passasse pela Oxford.

Kevin Radnor a seguiu como uma sombra.

— Qual é a questão?

— É uma vantagem ter uma loja ao nível da rua ou uma desvantagem? Em Richmond, a minha fica ao nível da rua, e ter as mercadoria visível para os transeuntes me traz novas clientes. A chapelaria onde trabalhava na City também era ao nível da rua. No entanto, em Mayfair, as modistas e os chapeleiros podem ficar no andar de cima por outras razões além do custo de aluguel. Um estabelecimento mais público pode ser menosprezado. Suponho que o senhor não saiba me dizer se o nível da rua é considerado coisa inferior aqui, sim?

— Eu não compro coisas femininas, então como vou saber?

— Muitos homens compram coisas femininas, sr. Radnor. Atrevo-me a dizer que o senhor é um cavalheiro incomum, se nunca comprou.

— Ah. Quer dizer para amantes e tudo mais. Eu não compro presentes assim.

Ela teve que sorrir.

— O senhor disse que nunca ficou fascinado e agora afirma nunca ter tido uma amante ou concubina pra quem comprasse presentes. Por acaso é um monge?

Ele a olhou bem nos olhos.

— De forma alguma.

Por um momento, enquanto seus olhares se conectavam, ela viu um

Kevin Radnor diferente. Não em meio a um episódio de meditação taciturna, mas ardente. Francamente sensual. Surpreendeu-a que ele se revelasse dessa forma, até que ela reconheceu que o que realmente estava testemunhando era interesse masculino. Nela.

Não estava preparada para isso com esse homem. Também não esperava sua própria reação. O olhar penetrante e profundo atraiu a atenção de Rosamund apesar de si mesma, e evocou pequenos tremores quentes em seu corpo.

Ele gesticulou para a loja.

— A despeito do que seja feito normalmente, acho que uma dama prefere não ter que subir dois lances de escada. Só porque algo não é comum, não significa que nunca possa acontecer.

— Vou perguntar a Minerva sobre isso, mas o senhor pode ter razão. Por que as mulheres precisariam subir escadas pra comprar um chapéu ou vestido? — Ela começou a caminhar de volta para a carruagem, ciente de Kevin Radnor ao seu lado.

O homem que representava os proprietários do imóvel esperava por eles do lado de fora quando Kevin parou a carruagem em frente à casa na Chapel Street. Kevin observou a fachada enquanto amarrava as rédeas. Não era uma residência modesta. Erguia-se três níveis acima da porta elevada de entrada. Naquele bairro, o aluguel custaria um bom dinheiro.

Ao que parecia, a srta. Jameson estava ansiosa para gastar a herança.

Ele a ajudou a descer e a apresentou ao agente após receber o cartão dele. O sr. Maitland sorriu e abriu a porta.

— Faremos um tour pela cozinha subterrânea e aposentos privados por último, se for do seu interesse, senhor. A maioria dos casais está mais interessado nas áreas sociais. A biblioteca fica bem aqui.

— O senhor entendeu mal, sr. Maitland — disse a srta. Jameson. — O sr. Radnor me acompanha hoje, mas só eu vou morar na casa que será alugada.

O sr. Maitland não expressou surpresa, mas lançou um olhar brilhante na direção de Kevin antes de exaltar as proporções e o espaço arejado da biblioteca.

A srta. Jameson andava de um lado para o outro, sem saber que o agente havia tirado as próprias conclusões sobre ela. Kevin também não viu motivo para alertá-la ou corrigir o homem. Quando chegasse a hora de assinar o contrato, o sr. Maitland saberia a verdade da situação.

Ela se posicionou na frente das estantes de livros vazias que se estendiam por uma longa parede, flanqueando a lareira.

— Parecem bastante desoladas.

— Elas não vão parecer mais depois que a senhorita as encher — falou o sr. Maitland.

A srta. Jameson fez um sinal afirmativo quase imperceptível com a cabeça. Ela seguiu o sr. Maitland para ver a sala de jantar e a matinal. Em seguida, subiram para ver a sala de visitas, a galeria e um grande apartamento. O nível seguinte continha mais quartos de dormir, e o de cima, os aposentos dos empregados.

— É uma casa bonita — elogiou Kevin enquanto desciam as escadas. — Grande. — Para que uma mulher poderia precisar de todo aquele espaço?

A srta. Jameson diminuiu o passo para que ele subisse atrás dela na escada.

— Essa rua é muito boa, não é? — ela perguntou baixinho.

— Uma rua excelente. No entanto, esta casa exigirá pelo menos três criados. Mais provavelmente cinco ou seis. Isso não inclui nenhum cavalariço para os cavalos ou cocheiros para uma carruagem, se a senhorita os tiver.

Ela parou do lado de fora da biblioteca e permitiu que o sr. Maitland se afastasse.

— É o tipo de casa em que uma dama moraria, o senhor quer dizê.

— Qualquer pessoa poderia viver nela, se quisesse e pudesse pagar. Mas, sim, uma dama ficaria confortável aqui.

— Eu também acho. — Ela inclinou a cabeça de lado. — Onde o senhor vive?

— Na casa da minha família, quando estou na capital.

— O senhor ainda mora com a sua família?

— Tenho apenas o meu pai, e é uma casa muito grande. Se eu não concordasse em jantar com ele de vez em quando, nunca nos veríamos.

— Que interessante. — Ela caminhou em direção ao sr. Maitland, que esperava pacientemente na porta de acesso para o andar inferior.

Quando concluiu a apresentação do imóvel, o sr. Maitland os deixou sozinhos para caminharem de novo pela casa se quisessem, ou, Kevin presumiu, para discutir a adequação da casa para um homem que procurava manter uma concubina satisfeita. A srta. Jameson voltou para a biblioteca e novamente ponderou sobre aquelas estantes.

— Nunca pensei em uma biblioteca. — Ela olhou para ele como se de repente se lembrasse de que ele estava ali. — Eu não tenho nenhum livro. Elas ficarão estranhas vazias.

— A senhorita simplesmente comprará alguns livros. Compre o que gostar. Ou, se preferir, um livreiro pode escolher um acervo em seu lugar. — Ele percebeu-a franzir a testa. — A senhorita sabe ler?

— Eu sei bem o suficiente. Provavelmente não tão bem para ler o que um livreiro escolheria. — Ela passou por ele em direção à entrada. — Acho que vou tentá melhorar nesse aspecto, assim poderei entendê qualquer documento chique que ponham na minha frente.

Ele se amaldiçoou por ter feito a pergunta. Kevin inclusive a tinha *visto* ler o documento chique que ele tinha posto na frente dela.

— Como em muitas coisas, fica mais fácil com a prática. O que a senhorita gosta de ler?

— Anos atrás, comecei a ler um livro com imagens de cavaleiros e donzelas. Não fui muito longe, porque chegou uma hora que eu não podia emprestar mais, mas eu gostei. Talvez eu termine se um livreiro tiver um exemplar desse livro.

O sr. Maitland trancou a porta e saiu. A srta. Jameson inclinou a cabeça para trás e olhou para o alto da casa, dando a Kevin uma visão de seu perfil de belos traços. A palavra "adorável" veio à sua mente. O rosto dela era mais elegante do que bonito, mais clássico do que doce. Quanto à descrição de Chase de que ela era voluptuosa, isso se referia principalmente à silhueta abaixo do pescoço. Mesmo com a peliça, ele podia ver evidências dos seios fartos e da cintura estreita. Sua imaginação passara muito tempo durante o último dia despindo-a para descobrir o quanto ela poderia ser voluptuosa.

Isso teria que terminar imediatamente, a menos que ele quisesse ser um idiota ao tentar conduzi-la na direção que a empresa precisava ir. Passou por sua mente que selá-lo com a srta. Jameson fora a ideia de uma boa piada para o duque. O senso de humor do tio Frederick às vezes tomava rumos peculiares.

Ela se virou para a carruagem.

— Acho que essa vai servir.

— É muito grande. — A última coisa que ele queria era que ela alugasse uma casa que custasse tanto que ela precisasse sair em busca de mais dinheiro. Isso apenas a encorajaria a vender sua metade da empresa.

— Foi o que o senhor disse. Três criados, no mínimo, não é? Gosto que seja o tipo de casa em que uma dama poderia morar.

— É sua intenção viver como uma dama?

Ela permitiu que ele a ajudasse a entrar na carruagem.

— Acho que minha intenção pode ser viver como a herdeira que sou agora. Vou decidir depois de fazer minhas conta.

Naquela noite, depois do jantar, Rosamund se acomodou na biblioteca com Minerva.

— A casa parecia perfeita, pelo visto — disse Minerva, dando continuidade a uma conversa iniciada na mesa. — Essa rua está muito na moda.

Mais na moda do que esta, seu tom sugeria. Nascida na pequena aristocracia e casada com o neto de um duque, Minerva não tinha muito a provar para ninguém. Seu sangue e o de seu marido a tornavam aceitável.

Rosamund tinha adorado a casa e estava no caminho certo para conciliar os custos. Ela imaginou Charles vindo fazer uma visita e ficando impressionado com a residência. Em vez de Kevin Radnor, ela imaginara que o homem caminhando com ela fosse Charles, absorvendo todos os detalhes, feliz por ela não ser mais a filha do fazendeiro a serviço de sua família, e a quem sua família lhe negara.

— O sr. Radnor achou grande demais pra mim. Acho que ele ficou surpreso por eu ter considerado aquele bairro. Suponho que pessoas como eu normalmente não morem lá.

Minerva a encarou com atenção.

— Se essas coisas forem importantes para você, existem outros lugares para morar onde se sentirá confortável.

Rosamund gostava de como Minerva sempre era franca. Ela podia ouvir o aviso de sua nova amiga. *Não é para gente como você, e alguns vizinhos vão fingir que você não existe lá. Se isso vai ofendê-la, então viva em outro lugar.*

Ela gostaria de poder ser tão franca, de sua própria parte, e confidenciar por que queria aquela casa e por que pediria a ajuda de Minerva em outros assuntos que não eram para gente como ela. Mas não ousou dar voz ao seu sonho secreto, um sonho que ela temia não ter possibilidade real de se tornar realidade.

— Se eu for ignorada, não vou me importá. Tenho esperanças de que, quando minha irmã chegar à maioridade para se juntar a mim, ela será mais bem aceita se eu já estiver lá há algum tempo.

— Quando vai vê-la? Estou ansiosa para conhecê-la.

— Pretendo ir pro norte em alguns dias e trazê-la pra escola que você recomendou. Talvez durante o próximo feriado escolar possamos visitá você aqui.

Minerva já havia sido de enorme ajuda. Ela ficara sabendo sobre aquela escola e até mesmo escrevera a carta de Rosamund para a professora que era a dona, para que a ortografia e a maneira de escrever estivessem corretas. Rosamund hesitou em pedir mais ajuda, mas não tinha a quem recorrer.

— Eu gostaria de mandar fazer alguns vestidos para Lily. Tenho as medidas dela, e as roupas não precisam ser chiques demais. Você poderia recomendar uma costureira que consiga fazer roupas boas e práticas rapidamente?

Minerva sorriu com travessura.

— Tenho esperado impacientemente por essa pergunta. Só que eu achava que o novo guarda-roupa fosse para você, não para sua irmã.

Rosamund riu.

— Acho que devo pedir algumas coisas pra mim também.

— Então devemos visitar uma boa modista para que tudo o que você encomende não seja apenas prático, mas também esteja na moda. Tanto para sua irmã quanto para você. As outras meninas daquela escola podem usar cinza simples enquanto estão na sala de aula, mas chegarão e irão embora com trajes muito melhores. — Ela bateu no queixo enquanto pensava. — Acho que conheço o lugar perfeito. Nós iremos amanhã.

— O sr. Radnor falou em visitar novamente amanhã, para me acompanhar até os armazéns. Talvez, se partirmos antes que ele chegue...

— Não, não. Deixe-o vir junto. Enviarei um recado para ele estar aqui cedo, assim teremos tempo suficiente. Levaremos nossa carruagem, para que todos possamos ir juntos. — Ela se inclinou e sorriu. — Vamos aborrecê-lo até ele perder o juízo. Ele não será tão rápido em tentar acompanhar de perto seus movimentos depois de ficar horas sentado na sala de recepção de uma modista.

Era isso que ele estava fazendo? Certificando-se de tê-la sempre nas suas vistas? Que tolice da parte dela não ter percebido. Claro que Minerva estava certa. Kevin Radnor não estava simplesmente sendo amigável. Ele queria ter certeza de que ela não se encontraria com investidores que desejassem comprar sua parte na empresa. Da empresa que era de *ambos*.

Talvez também estivesse errada sobre o interesse masculino que pensava ver nele. Sem dúvida, ele estava apenas calculando como gerenciá-la. Para ele, ela era apenas um problema que complicava seus planos. Nesse caso, que alívio — ela já tinha problemas suficientes só de ter um negócio em sociedade com ele, quanto mais tendo que evitar avanços indesejáveis.

Ela olhou para Minerva, que agora ficava tão confortável na sua presença. Minerva nunca, nem uma vez, fazia ou dizia nada que implicasse que elas não eram iguais, mesmo que não fossem.

— Nós nos conhecemos porque você e seu marido fazem investigações — arriscou Rosamund. — Você acha isso interessante?

— Cada uma é um quebra-cabeça a ser resolvido. Pode ser muito envolvente e, às vezes, empolgante.

— As pessoas lhe contam segredos para receber seus serviços?

— Às vezes, é necessário. Consequentemente, nossa profissão é de investigações *discretas*. Outras vezes a busca é muito simples, e tudo o que peço é que me avisem se puder ser perigoso. — Minerva olhou para Rosamund com curiosidade. — Você tem uma investigação que deseja que eu conduza? Parece-me que sim.

— Talvez... Pode sê que eu tenha.

— Esteja certa de que quaisquer confidências a esse respeito, e até mesmo o pedido em si, nunca serão reveladas a ninguém.

Rosamund decidiu confiar em Minerva.

— Eu quero sua ajuda. Você saberá como fazer, enquanto eu só vou girar em círculos. — Ela deu seu maior passo em direção ao sonho. — Quero que encontre alguém, ou pelo menos saiba o que aconteceu com ele.

# CAPÍTULO QUATRO

Kevin achou totalmente exasperante que Minerva tivesse se inserido em seu esquema de fazer amizade com a srta. Jameson. No entanto, ali estava ele, dando a mão para ajudar as duas a desembarcar da carruagem na Nova Bond Street depois de suportar toda aquela conversa sobre moda e tecidos.

Ele ergueu os olhos para o primeiro andar, onde essa modista exercia seu ofício.

— Venha, Kevin — disse Minerva. — Podemos querer a opinião de um homem. Nesse caso, você terá que servir.

Com o rosto impassível, ele as seguiu escada acima e entrou no salão da modista. Madame Tissot conhecia Minerva e, ao saber que eram necessários dois guarda-roupas, arrebatou as damas, deixando-o passar o tempo em uma sala com móveis desconfortáveis.

Ocorreu-lhe enquanto examinava o aposento feminino, com suas mesas e cadeiras frágeis, que era isso que Minerva queria dizer com tornar sua vida um inferno. Bem, ela teria que fazer melhor do que isso. Ela não sabia com quem estava lidando.

Ele experimentou a única cadeira estofada. Não tinha sido construída para um homem da sua altura, mas, depois de se esparramar de um jeito e de outro, ele conseguiu encontrar alguma acomodação. Kevin então fechou os olhos e se retraiu para sua própria mente. Seu último pensamento antes de dedicar tudo a seus cálculos de probabilidade foi a curiosidade sobre para quem era o segundo guarda-roupa.

Algum tempo depois, ele emergiu de seu devaneio e consultou o relógio de bolso. Já estavam ali há mais de uma hora. Ele podia ouvir risadas femininas e conversas atrás de uma das portas. Considerou deixar um bilhete e sair, mas estava em uma campanha para conquistar a confiança e a amizade da srta. Jameson. Isso exigia que ele passasse tempo na companhia dela. O que, se Minerva não tivesse emboscado seus planos, ele estaria fazendo naquele exato momento.

As vozes se elevaram e ele ouviu alguns trechos de conversa.

— Oh, você deve, Rosamund.

— Não é muito ousado?

Muitas risadas, então.

— De jeito nenhum — opinou Madame Tissot. — O vestido vai ficar bem discreto, e a cor vai estar na moda este ano.

— Não tenho certeza...

Parecia que era necessária uma decisão naquela sala. Ele podia não saber sobre moda, mas sabia quando uma mulher se vestia para realçar sua beleza, e também a diferença entre ousadia aceitável e ousadia escandalosa.

Era melhor do que ficar sentado ali, por Zeus sabia quanto tempo. Além disso, ela estava, por assim dizer, gastando o dinheiro *dele*. Com esse pensamento, ele caminhou até a porta e a abriu.

Três mulheres viraram para ele com expressões chocadas. Madame Tissot colocou a mão no peito acima do coração. O espanto de Minerva se transformou em divertimento. A srta. Jameson... a srta. Jameson prendeu a respiração.

Ela havia sido envolta em tecido dos seios aos dedos dos pés. Um tecido vermelho em tom profundo, com um leve brilho. Seus ombros cor de creme estavam aparecendo, e pela maneira como ela segurava o tecido, ele supôs que as costas também. Ela apenas olhou para ele, segurando o vermelho mais perto.

Ele se perguntou se ela estava nua sob aquela seda vermelha. Ela parecia estar. Possivelmente não. Talvez as alças de sua chemise tivessem apenas sido abaixadas...

A modista estalou a língua.

— Senhor, não é costume ter homens aqui enquanto eu meço o tecido.

— Sério, Kevin. — Minerva suspirou dramaticamente. — Eu disse que talvez precisássemos de você, mas eu teria lhe chamado se precisássemos.

Que absurdo. Alguém poderia pensar que ele nunca tinha visto uma mulher seminua antes.

— Parecia claro que a srta. Jameson estava indecisa, então concluí que as senhoras precisavam da opinião de um homem, a fim de acelerar a decisão. — Ele gesticulou para o tecido vermelho. — É lindo e a senhorita deveria usá-lo. — Ele se virou para Madame Tissot em seguida. — A senhora deve ter cuidado com o vestido. Nada vulgar. O vermelho pode ser arriscado.

Madame Tissot olhou para Minerva. Minerva, para a srta. Jameson. A srta. Jameson encolheu os ombros e confirmou com a cabeça.

— Então será a seda vermelha — determinou Madame Tissot.

Kevin caminhou até a mesa onde Minerva estava sentada com páginas de revista de moda alinhadas à sua frente. Ele examinou cada uma, então fez uma pausa.

— Para que são esses modelos simples? Mesmo em uma loja, as mulheres se vestem melhor do que isso.

— Essas são para minha irmã usar na escola dela — explicou a srta. Jameson.

Ele olhou para ela. Madame Tissot havia drapeado ainda mais tecido, com um volumoso manto de musselina que a cobria tão profundamente que apenas sua linda cabeça aparecia agora.

— Sua irmã?

Ele não tinha ideia de que ela tivesse uma irmã. Na verdade, como não sabia, poderia muito bem ter quatro delas, além de três irmãos e duas tias. Ela poderia até ter pais em algum lugar do país. Poderia haver um bom motivo para alugar uma casa grande.

Ele não sabia nada sobre a família dela porque nunca fizera perguntas a esse respeito. Ou qualquer coisa sobre ela própria. Kevin podia imaginar Nicholas e Chase balançando a cabeça para ele. Estalando a língua. *Muito ruim, Kevin. Péssimo.*

— Talvez, se você nos der privacidade, Rosamund poderá se vestir e nós partiremos logo — disse Minerva.

— Certamente. — Ele abriu a porta. — Continuem.

---

— Depois de duas horas naqueles armazéns, sem dúvida, vocês poderiam tomar um pouco de ar. — Kevin aventou a ideia enquanto a carruagem retornava para Mayfair. — Por que não passeamos um pouco no parque?

Minerva tirou um minúsculo relógio de sua retícula.

— Não posso. Devo me encontrar com um de nossos agentes para tratar de uma investigação. Basta que o cocheiro me deixe desembarcar.

— Talvez um passeio curto — falou Rosamund.

Os armazéns eram muito empoeirados, mas esses locais normalmente eram. Ela havia examinado os novos produtos para chapelaria e comprado uma forma de palha para um chapéu, bem como alguns aviamentos, que seriam entregues pela manhã. Mais importante ainda, ela havia caído nas boas graças dos proprietários e alguns dos homens que atendiam os clientes.

O dia havia esfriado, mas ela abriu a janela da carruagem mesmo assim. A brisa fresca era agradável contra sua pele. Ela olhava para fora, mas podia ver Kevin Radnor com o canto do olho.

Para um homem nascido na alta sociedade, ele não era especialmente observador da etiqueta. Sua repentina aparição no provador surpreendera a todas. Ele devia ter notado, mas tratou sua intrusão como algo perfeitamente normal, mesmo quando Madame Tissot dissera especificamente que não era.

Ela não tinha nada mais do que seda solta cobrindo suas roupas íntimas. Ele definitivamente olhara, mas não de forma cobiçosa. Tinha reagido como se entrasse em recintos com mulheres desnudas o tempo todo. Talvez entrasse. Mas não amantes. Não concubinas. Ele tinha sido muito claro a esse respeito.

O que significava outra coisa se ele não fosse monge "de forma alguma". Ela acrescentou outro item à sua lista de coisas a fazer nos próximos dias.

Depois de deixar Minerva, a carruagem entrou no Hyde Park e ocupou um lugar em uma longa fila de carruagens avançando lentamente enquanto seus cavalheiros e damas desfrutavam da hora da moda.

— Se estiver muito lotado, podemos ir para outro lugar — disse Kevin.

— Eu não me importo. Gosto de observá as damas. Roubo ideias de seus chapéus e toucados e invejo seus conjuntos.

— A senhorita já esteve aqui antes?

— Nós balconistas de loja costumamos vir o tempo todo. Nunca ninguém nos nota porque andam de carruagens ou a cavalo, e nós estamos no chão, a pé e circulando pelas beiradas.

— Tenho certeza de que a teria notado se passasse pela senhorita a cavalo.

— Quando está perdido nos seus pensamento, acho que o senhor não nota nada.

Ele não argumentou. Em vez disso, abriu a outra janela para que a brisa pudesse soprar.

— Quantas irmãs a senhorita tem?

— Apenas uma. Lily tem quatorze anos, muito mais jovem do que eu. Ela era criança quando nosso pai faleceu. Tive que deixá-la no interior e saí pra procurá emprego.

— Agora ela vai frequentar uma escola, no entanto. É por isso que aqueles vestidos simples foram encomendados, a senhorita disse.

— Minerva me ajudou a encontrar uma escola. Lily terá um longo caminho pra alcançar o nível esperado, mas ela vai sair desse processo com estudo. Tenho esperança de que, quando ela crescer, tenha um bom casamento. Separei parte da herança pra ela, pra ajudar com isso. — Ela percebeu que estava falando demais outra vez, sobre coisas que não interessavam àquele homem. — Seja como for, esse é o meu plano.

— Quanta generosidade a sua, ter pensado nela primeiro, antes de a senhorita pensar em fazer agrados a si mesma.

Ele parecia sincero ao dizer isso.

— Acha que vai funcioná? Se ela for estudada e refinada, e tiver economias, que ela possa se casar bem? Eu gostaria que fosse um cavalheiro, para que ela não precisasse se preocupar com dinheiro. Pode ser um tipo de cavalheiro mediano.

— Poderia acontecer assim. A senhorita fez de Minerva uma amiga. Quando chegar o dia, ela poderá ajudá-la a conhecer tais cavalheiros.

— Ela ainda será a filha de um fazendeiro arrendatário. Não posso mudar isso.

— A fortuna tem um jeito de esconder os pormenores do berço.

Assim ela esperava. Não apenas por Lily, mas por ela mesma. Contava que uma grande fortuna servisse para obscurecer muito. No entanto, havia coisas que Rosamund não conseguia esconder. Ela sabia disso. Não tinha sido educada, para começar. Não falava como as damas que ela ouvia. Sua leitura era apenas aceitável e sua escrita não era elegante.

*Você faz chapéus*, disse sua voz interior. *O melhor guarda-roupa, a maior casa, não mudará quem você é. Charles nunca se casará com você.*

— A senhorita está ruminando alguma coisa — acusou ele.

Ela olhou e o encontrou sorrindo, como se soubesse o quanto era peculiar para ele fazer aquela acusação em vez de recebê-la. Ela teve que rir.

— Deixe-me ver se consigo adivinhar o que ocupa sua mente. — Ele se inclinou para a frente e a olhou nos olhos daquele jeito desconcertante e penetrante que era típico. — Está pensando que a senhorita será uma fraqueza para sua irmã, não importa o que faça para ela.

Ela se sentiu comovida por ele adivinhar. Então ele compreendia. Ela não conseguia concordar e manter a compostura, então apenas o encarou. Esse olhar conectado e sua proximidade provocaram um pequeno zumbido nela.

— Não é tão difícil imitar uma dama. Basta um pouco de prática. Essa mudança não a torna uma dama do dia para a noite, mas também impede que as pessoas pensem diferente, até conhecerem sua história. — Um lento sorriso irrompeu. — Não seria a primeira vez que se visse até mesmo isso sendo alterado.

Que sugestão surpreendente. Era tarde demais para criar uma nova história para si mesma em relação a Charles e à família dele, mas por causa de sua irmã...

— Chase? É você aí? — A voz da mulher quase gritou no ouvido de Rosamund. Ela olhou para ver uma outra carruagem tão perto que poderia servir café para seus ocupantes.

— Não, é o Kevin — disse uma voz mais jovem. — Kevin, que estranho ver você aqui. Você nunca vem ao parque a esta hora.

Os rostos de duas mulheres encheram a janela da outra carruagem. Uma mulher mais velha com cabelo escuro semicerrou os olhos para observar Kevin. Uma mais jovem com cabelos loiros olhou diretamente para a própria Rosamund. Ambas usavam chapéus que não as lisonjeavam, na opinião de Rosamund. No entanto, eram caros. Ela notou as pregas intrincadas na parte inferior da aba da mulher de cabelos escuros.

No assento em frente, Kevin abafou um gemido e deslizou para a janela.

— Tia Agnes. A senhora parece bem.

— Você provavelmente está chocado ao ver que ainda estou viva. Não é como se você algum dia se desse ao trabalho de me visitar quando está na cidade.

— Ando muito ocupado.

O olhar dela transitou para onde Rosamund estava sentada.

— Consigo ver. Essa não é a carruagem de Chase?

— Sim, é. Estou acompanhando uma hóspede dele esta tarde.

— Você vai apresentá-la? Já é bastante ruim você se reduzir ao comércio, mas também deve adotar o comportamento rude de seus colegas comerciantes?

Rosamund viu o sorriso de Kevin formar uma linha fina. Ele olhou para ela com algo semelhante a um pedido de desculpas.

— Tia Agnes, Felicity, posso apresentá-las à srta. Jameson? Srta. Jameson, esta é minha tia, Lady Agnes Radnor, e a esposa do meu primo, a sra. Walter Radnor.

Duas testas franzidas. Duas faces pensativas. Então, duas expressões assustadas se voltaram uma para a outra.

— Você ouviu, Felicity? Essa é *Rosamund Jameson* — disse Lady Agnes.

— Eu ouvi. Minha nossa. — A jovem olhou fixamente para Rosamund. — Minha *nossa*.

— Como Chase ousa não nos informar que ela foi encontrada? — Lady Agnes perguntou em voz alta.

— A senhora terá que perguntar a ele — respondeu Kevin. — Agora, devemos voltar para a casa dele.

— Absurdo. Pare a carruagem para que eu possa conhecer a srta. Jameson. — Lady Agnes ordenou com a voz elevada que sua carruagem saísse da fila. — Faz um ano inteiro que estamos esperando. Eu tinha passado a acreditar que ela nunca seria encontrada. Dolores ficará... bem, chocada, para dizer o mínimo.

Kevin praguejou baixinho.

— Agora já é tarde. Permita-me pedir desculpas antecipadamente, srta. Jameson. — Ele abriu o alçapão da carruagem para dar instruções ao cocheiro, pedindo que saísse da fila imediatamente.

— Devemos mesmo fazer isso? — Rosamund indagou enquanto a

carruagem manobrava até parar em um local próximo.

— Por que elas querem falar comigo? Lady Agnes não parecia feliz nem mesmo em me *ver*.

— Minha tia nunca perde a oportunidade de alimentar sua própria amargura. — Ele abriu a porta e saiu, então ofereceu-lhe a mão.

Ela desceu e ajeitou as saias.

— Não entendo.

Ele coçou o lado da cabeça.

— A questão é esta: se a senhorita nunca tivesse sido encontrada, no seu devido tempo, a herança teria sido dividida entre todos nós.

Em outras palavras, toda a família esperava que ela estivesse morta.

Depois de examiná-la da cabeça aos pés, Lady Agnes se dignou a falar.

— Bem, srta. Jameson, demorou muito para encontrá-la.

— Se eu soubesse que uma fortuna esperava, teria sido encontrada antes.

— De fato. — De novo, aquela longa inspeção. A expressão de Lady Agnes dizia que ela não estava impressionada. Rosamund notou que os olhos se estreitaram e pararam em seu chapéu. *Bom demais para alguém do tipo dela*, aqueles olhos diziam.

— Ela vive em Richmond — contou Kevin. — Disso decorre a demora. Ela nunca chegara a ver os anúncios nos jornais de Londres.

— Os principais jornais podem ser encontrados em toda a Inglaterra — objetou Lady Agnes.

— Suponho que se alguém espera herdar uma fortuna inesperada de um estranho, essa pessoa providenciaria e leria todas as edições — rebateu Kevin. — A srta. Jameson não é essa pessoa, ao que parece.

Sua tia não era tola e sabia que Kevin estava zombando dela. Um olhar desagradável flamejou acima de seu sorriso franzido.

— Aparentemente não. A senhorita está um tanto velha para não ser casada, srta. Jameson. Tendo em vista que há pouco do que reclamar em sua aparência, considero isso muito inusual.

— Tia Agnes — Kevin repreendeu.

— Tenho me dedicado a outras coisa, Lady Agnes — disse Rosamund.

— Tenho uma chapelaria que requer atenção. Como resultado, a busca por um marido ficou de lado.

— Uma vendedora. Bem. Não a surpreendeu descobrir o legado do duque? Certamente foi algo muito peculiar para nós.

— Pra mim também. Eu mal o conhecia.

Houve uma inspeção profunda e penetrante agora.

— E de que forma, se me permite a pergunta, a senhorita mal o conhecia?

— Não, a senhora não tem permissão para perguntar — advertiu Kevin. — Vamos todos dar uma volta antes que a srta. Jameson decida que a família Radnor é ainda mais estranha do que o legado. — Ele se virou de modo deliberado e olhou para sua tia até que ela equiparasse o passo com ele.

Isso deixou Rosamund caminhando ao lado da mulher mais jovem chamada Felicity, a esposa de um dos primos de Kevin. Era uma mulher bonita, com traços frágeis. Lembrava Rosamund daquelas pequenas esculturas de porcelana, aquelas que sempre tinham narizes minúsculos e pontudos e olhos azuis vazios.

— Que chapéu muito bonito o que a senhorita está usando — disse Felicity.

Rosamund imediatamente se sentiu culpada por seus pensamentos indelicados.

— Obrigada. Eu mesma que fiz.

— Que pessoa talentosa a senhorita é! É claro... não terá mais que fazer os seus próprios chapéus, não é?

— Oh, mas eu quero. É minha profissão.

Felicity riu.

— Ora. Com sua fortuna, a senhorita pode comprar qualquer chapéu ou montar o guarda-roupa que quiser e pode abrir mão de trabalhar no comércio.

— Acho que não. Eu gosto muito.

Felicity piscou com força.

— Que pena que a senhorita ainda não seja casada. Espero que isso seja corrigido rapidamente.

— O advogado me alertô sobre caçadores de fortunas. Acho melhor evitá-los, não é?

— Depende da fortuna deles. — Felicity diminuiu o passo, arrastando Rosamund mais para trás com ela. — Kevin provavelmente foi rude sobre parte dessa herança. Eu pediria desculpas em nome dele, mas já desisti de fazê-lo. Embora desta vez possa ser compreensível. Ele não se importava com o dinheiro, sabe? Apenas com aquela invenção, e que o duque tivesse deixado metade dela para uma estranha.

— Chegamos a um bom entendimento sobre isso, então ele não foi muito rude.

— A senhorita vai dar a ele sua metade? Não consigo pensar em nenhum outro entendimento que ele ache aceitável.

— Não estou planejando fazer isso, e ele sabe. — Rosamund notou como elas iam ficando cada vez mais para trás em relação a Kevin e Lady Agnes.

— Suponho que pudesse devolvê-la para o espólio. Ninguém é forçado a aceitar legados.

— Por que eu faria isso?

— Para se livrar, é claro. Meu marido me explicou que, embora não valha nada, pode custar caro a uma pessoa. Um sócio é responsável por dívidas e investimentos adicionais. Seria uma pena se isso acontecesse com a senhorita.

Felicity estava se mostrando uma mulher dissimulada. Rosamund se perguntou por que ela estava oferecendo todos aqueles conselhos.

— Se eu devolvê, quem iria recebê no meu lugar?

— Suponho que seria dividida entre os primos, embora muito provavelmente os outros fossem vender e ficar com os centavos que a sociedade na empresa vale. Kevin, é claro, ficaria com a porção dele.

Tê-la dividida daquele jeito era a única coisa que Kevin não queria. E se valia tão pouco assim, ela não conseguia imaginar por que Felicity se importava com o que aconteceria com o legado.

— Bem, acho que vou ficar com a minha parte por um tempo, para ver primeiro como as coisas vão. Vai poupá todos esses primos de terem que se preocupar.

Felicity pareceu consternada.

— Srta. Jameson, quando eu disse que a senhorita poderia querer se livrar disso, foi apenas para seu benefício. — Ela olhou em volta, como se para ter certeza de que ninguém estivesse passando por perto. — A senhorita realmente não deseja ser sócia de Kevin. Ele provavelmente a arruinaria. E... — Ela baixou a voz. — A senhorita pode não ter sido informada disso, mas o último sócio dele morreu em circunstâncias suspeitas.

Rosamund ficou tão assustada com a revelação que quase tropeçou em um galho caído no caminho. Felicity ficou satisfeita com essa reação. Mais à frente, parecia que a conversa de Kevin e sua tia havia se tornado contenciosa.

— Como assim?

— Foi chamado de acidente, mas ninguém na família acha que o duque sofreu um acidente quando caiu daquele parapeito. Também não achamos que ele pulou. Isso só deixa um motivo para ele ter acabado no chão.

Rosamund decidiu que não gostava muito daquela mulher.

— A senhora deu a entender que Kevin Radnor foi o motivo da queda do duque. Por favor, fale claramente agora. Existe alguma razão para acreditar nisso ou a senhora simplesmente não gosta dele?

As pálpebras de Felicity baixaram. Sua cabeça se ergueu para que ela pudesse olhar por cima do nariz. Rosamund conhecia essa expressão muito bem. Uma dama estava prestes a colocar uma pessoa inferior em seu devido lugar.

— Ele é muito desagradável, mas minha suspeita não é desprovida de motivos. Aconteceu na propriedade do duque, Melton Park. Nenhum dos outros estava lá. Kevin afirmou que estava na França, mas na verdade estava na Inglaterra. Eu mesma o vi na capital no dia seguinte. Se ele tivesse conhecimento sobre o testamento e sobre a disposição do duque quanto à metade de sua empresa, teria um motivo para ficar com raiva o suficiente para agir de modo precipitado. Isso é claro o bastante para a senhorita? — Ela começou a andar com determinação carrancuda. — Era minha esperança poupá-la. Posso ver que foi um erro.

Rosamund acompanhou os passos de Felicity até elas pararem atrás de Kevin e Lady Agnes novamente. Chegaram bem a tempo de ouvir Lady Agnes dizer:

— Estou apenas avisando que a solução sensata é vocês dois venderem tudo o que existe e por qualquer preço que alguém esteja disposto a pagar. É improvável que valha mais no futuro, e isso pouparia vocês dessa sociedade inconveniente.

A chegada de Rosamund surpreendeu Lady Agnes. Sem saber que tinha sido ouvida, ela recuou para gentilezas e amenidades.

— Veja como a hera reviveu bem aqui no parque, Felicity. Eu estava dizendo a Kevin que meu novo jardineiro começou algumas vinhas na minha parede dos fundos.

# CAPÍTULO CINCO

Rosamund nunca pensou que se veria na posição de pedir a Kevin Radnor que fosse visitá-la, mas, na manhã seguinte, ela se sentou à escrivaninha na biblioteca para redigir uma carta justamente com esse pedido. Uma longa noite lutando com os pensamentos a levara a concluir que, dessa vez, recorreria a Kevin para pedir conselhos em vez de a Minerva, já que esta já a havia ajudado muito.

Essa reunião talvez também lhe desse a oportunidade de descobrir se havia verdade nas suspeitas de Felicity. A mulher era do tipo que sentia prazer em causar problemas.

Ela se esforçou na carta, deixando muitos riscados e borrões de tinta no papel. Antes de terminar, a coisa toda já estava um desastre. Minerva entrou na biblioteca bem enquanto Rosamund pegava outra folha.

Vendo que ela escrevia uma carta, Minerva se sentou com o livro e não interferiu. Rosamund tentou novamente, murmurando com aborrecimento quando o texto recomeçou a desandar. Ela largou a pena e cobriu os olhos com as mãos.

— Você está chorando?

Rosamund descobriu os olhos e viu Minerva parada bem ao lado dela.

— Não. Tô tentando não gritar. — Ela apontou para o papel. — Minha letra é ruim, minha ortografia é ruim, e parece que eu não tenho a capacidade de usar uma pena sem derramar tinta em tudo.

Minerva examinou a carta.

— Se quiser, eu escreverei o que você me ditar. Ou podemos só enviar um dos criados com uma mensagem.

Rosamund voltou a pegar a pena.

— Você escreveu a que foi enviada pra escola. Não posso permitir que escreva todas. Eu preciso aprender.

A mão de Minerva cobriu a que segurava a pena.

— Eu a ajudarei a praticar. Você, contudo, não aprenderá em uma hora. Por enquanto, vamos enviar o mensageiro.

Assim foi que, às onze em ponto, Kevin Radnor chegou em uma carruagem elegante, complementada com um lacaio de pé na parte traseira, para escoltá-la até o escritório do advogado.

— É do meu pai — explicou Kevin. — Ele nunca a usa.

Ela se acomodou no assento, e ele se sentou de frente para ela. Nuvens negras escureciam o céu. Ela esperava que não fosse chover.

— Estou lisonjeado pela senhorita ter mandado me chamar — disse ele. — Tive a esperança de que nos tornássemos amigos, e que a senhorita fosse pedir a minha ajuda de forma que eu pudesse estar a seu serviço.

— Pensei que seria melhor ter alguém comigo, considerando se tratá de questões legais. — Ela também queria abordar um assunto com o seu sócio. Aguardaria a hora certa, e esperava ter a coragem.

Enquanto percorriam Mayfair, ela aproveitou a oportunidade para observar as mulheres passeando pelas ruas. Através de uma janela aberta, espiou um belo chapéu com a borda mais larga do que o habitual. Tirou um pedaço de papel e um lápis da retícula e logo começou um esboço da peça.

Kevin se inclinou para a frente e espiou o papel.

— Ensinaram a senhorita a desenhar?

— Ensinaram? Não, eu apenas tento chegá perto o bastante para me lembrar do que vi.

— Ao que parece, então, a senhorita tem um talento nato para essa atividade.

Ela olhou para o pequeno desenho. Capturava mesmo a forma e o ângulo da aba muito bem.

Chegaram aos escritórios do sr. Sanders na City antes de a chuva cair. Ela gostava do advogado. Ele a lembrava de um tio bondoso tanto nas maneiras como na aparência. Quando o encontrara pela primeira vez e ele lhe explicara sobre a herança, ele teve o tato de falar bem devagar, talvez por saber que, devido ao seu estado de choque, seria difícil para ela entender tudo.

Assim que cumprimentou o sr. Radnor, ele se concentrou nela.

— Estou com o contrato de aluguel da casa bem aqui. O proprietário foi receptivo à maioria das mudanças que solicitei. — Ele deu uma piscadinha para ela. — A primeira proposta dele foi menos do que favorável, sob a presunção de que uma mulher não teria a experiência de reconhecer as deficiências do imóvel.

— Foi por isso que pedi ao senhor pra me aconselhar. — Ela era uma mulher inexperiente quando tinha assinado o contrato de aluguel em Richmond e se arrependeu por não ter sido mais enérgica em suas discussões com o senhorio.

— Eu a parabenizo pelo bom senso. É muitíssimo mais fácil resolver todos esses aspectos no início do que consertá-los mais tarde. — Ele lhe entregou um grosso pergaminho. — A senhorita verá que o aluguel foi ajustado para corresponder aos outros da rua. E também que os termos mudaram um pouco. Algumas disposições draconianas foram removidas. Por exemplo, não há nenhuma cobrança extra pela mobília. Elas, agora, estão incluídas, conforme a casa foi descrita.

Ela começou a ler, imaginando que a palavra "draconiano" fosse um jeito elegante de dizer "ruim". A caligrafia usada no documento a distraiu. Muito bem executada com floreios dramáticos, as letras praticamente cantavam através das palavras. Um escriturário a redigira, é claro, mas ainda assim ela invejou a bela aparência.

— A senhorita entendeu? — A voz baixa veio do seu lado, onde Kevin estava sentado. Ela o olhou de relance. O sr. Sanders deu um sorriso ligeiramente divertido.

— Entendi. Obrigada por cuidar disso por mim, sr. Sanders. Vejo que o proprietário já o assinou.

— Ele assinou todas as três vias. Se a senhorita adicionar o seu nome, está feito.

Ela tirou as luvas. Em folha por folha, ela assinou o nome com o máximo de capricho que pôde, tentando não respingar tinta. O sr. Sanders passou o mata-borrão, dobrou uma das vias e a entregou a ela.

— A senhorita é agora uma residente de Londres, srta. Jameson.

Aquele tinha sido um passo corajoso. Ousado. Não havia mais como voltar atrás.

Sua imaginação disparou, reorganizando a mobília e comprando mais. Imaginou Lily naquele quarto bonito do segundo andar. Visualizou Charles subindo os degraus dianteiros até chegar à porta da frente.

O sr. Sanders estendeu mais documentos.

— Esse é o contrato de aluguel da loja. Ele é muito mais direto. Inclui o primeiro andar e a loja ao nível da rua. — Ele pousou o pergaminho sobre a mesa.

Ela leu os termos. Kevin tentou ler por cima do seu ombro.

— A senhorita está alugando aquela loja na rua transversal? — perguntou ele.

Ela assentiu.

— Alguém me disse que só porque algo não está feito, não significa que não possa ser feito. — Ela pegou a pena e assinou.

O sr. Sanders terminou com esses documentos também.

— Eu diria que a senhorita estará muito ocupada, acomodando-se em ambos os lugares.

Ela se despediu do sr. Sanders. Assim que chegaram à antessala, ela sussurrou para o sr. Radnor:

— Devo perguntar ao escriturário sobre o pagamento?

— Eles lhe enviarão uma carta.

A chuva caiu assim que voltaram para a carruagem. Ela olhou consternada para os riachinhos que a água formava nas janelas. Seus planos para o restante daquela excursão não poderiam ser executados agora.

— Tenho algo para a senhorita. — Kevin ergueu uma caixa embrulhada em um tecido e lhe entregou.

Não era uma caixa. Ela afastou o tecido e viu um livro. Rosamund o abriu e viu se tratar de um romance de Sir Walter Scott.

— Não sei se era esse o que a senhorita estava lendo. No entanto, é muito popular e talvez goste dele. Há cavaleiros na história.

Devagar, ela esfregou a palma da mão na capa de couro marrom. A capa havia sigo gravada para mostrar um padrão ao longo das bordas.

— Eu o lerei imediatamente para que possa devolvê-lo em breve.

— Ele não pertence à minha biblioteca. É um presente. É seu.

Ela olhou para aquela bela capa. Era o primeiro livro que ela possuía.

— Darei a ele um lugar especial na minha estante. Muitíssimo obrigada. — Ela ergueu o olhar e o viu sorrindo para ela. Que belo sorriso ele tinha. Suavizava os ângulos aristocráticos do seu rosto e também atingia os olhos, de modo que eles não pareciam mais tão sérios e pensativos.

A generosidade do sr. Radnor lhe deu coragem.

— Queria que a chuva não tivesse caído. Pretendia pedir ao senhor pra irmos ao parque e discutirmos sobre um assunto.

Ele olhou para a chuva caindo com toda força do lado de fora.

— Podemos ir à casa da minha família. Meu pai já manifestou desejo de conhecê-la. Podemos cumprir essa incumbência, almoçar, então fugir dele para conversarmos em particular. Estaria a seu gosto?

Ela concordou, embora a parte sobre o pai do cavalheiro a tivesse feito hesitar. Depois de tia Agnes e Felicity, ela não esperava nada de bom daqueles parentes.

Kevin pesou o bom e o ruim do dia. Ele não tinha sido necessário nos escritórios de Sanders, o que era evidente. Talvez tivesse desejado um acompanhante porque as questões legais a intimidassem. Ele decidiu aceitar essa ideia, embora não acreditasse nela de verdade.

O pedido para terem uma conversa revelou que talvez ela quisesse a sua companhia por razões além do aluguel da casa e da loja. Sua solução para o problema causado pelo mau tempo, no entanto, surgiu sem qualquer hesitação, mesmo significando que sofreria com a interferência do pai. Aceitou o pedido de pronto porque parecia um jeito fácil de continuar a passar tempo na companhia da srta. Jameson.

Reconhecer aquilo, admitir, levou Kevin a refletir em silêncio pelo resto da viagem. *O objetivo, seu tolo, é fazer com que ela fique mais maleável, não fazer de você um idiota.*

Ela passou o tempo mexendo na retícula, depois abriu o livro e virou as primeiras páginas. Não tinha sido caro, mas ela o manejava como se fosse precioso. A surpresa que ela demonstrara o havia comovido. Seu palpite era de que ela não era presenteada com frequência.

Tentou não olhá-la, mas ali estava ela, linda, composta, *voluptuosa.* Chase tinha escolhido a palavra certa. Ela poderia usar um vestido tão disforme quanto aqueles sacos para meninas em idade escolar que ela encomendara para a irmã e ainda deixar um homem meio descontrolado. Como estava, o vestido amarelo e a peliça verde-clara revelavam a sua forma, apesar da modéstia do conjunto. Só a proximidade dela já o deixava nas fronteiras de uma excitação completa que seria difícil de esconder. Começou a pensar em grego antigo para evitar esse desdobramento embaraçoso.

Ele precisava muito controlar a inconveniente atração que sentia por ela, o que prometia interferir de várias maneiras. Não devia ser muito difícil conseguir, no entanto. Havia centenas de mulheres bonitas em Londres, mas ele raramente notava qualquer uma delas. Kevin se orgulhava por não ser o tipo de homem que desperdiçava tempo ou dinheiro nessas inúteis obsessões.

Para seu conforto, pareciam ter demorado uma eternidade para chegar à casa. Ele saltou da carruagem assim que o lacaio abriu a porta, então ajudou a srta. Jameson a descer em vez de permitir que o lacaio a ajudasse. Ela ainda não tinha voltado a calçar as luvas, e o calor da mão dela permeou as suas, enviando seus pensamentos ao local a que eles não deveriam retornar. Que aborrecimento.

Ela calçou as luvas enquanto eles iam até a porta, o tempo todo olhando para cima, para a altura da casa, e para baixo, verificando a largura.

— Não sei como o senhor pode ter achado a minha nova casa grande sendo que vive num lugar assim.

— Essa é imensa, especialmente para uma pessoa apenas, como costuma ser. — Tinha sido comprada com muito mais ocupantes em mente. O pai esperara ter uma família grande, mas acabara com a esposa morrendo ao dar à luz o seu primeiro filho.

O mordomo abriu a porta para permitir a entrada dos dois.

— Devo alertá-la de que meu pai é um original. Excêntrico, na verdade.

Ela arregalou os olhos.

— Ele é? Não vejo como isso pode ser possível se o senhor é tão convencional. — Ela atravessou o limiar com um sorriso satisfeito.

Kevin foi logo atrás. Ele tinha avisado. Se a srta. Jameson pensava que *ele* era excêntrico, ela ficaria chocada.

Ele a levou para a biblioteca. O tamanho do cômodo a impressionou. Ela olhou para as imensas estantes que ladeavam as três paredes. Na quarta estavam pendurados quadros... e algo mais.

Ela ficou parada diante das dez molduras que enclausuravam fileiras de mariposas beges e cinza. Cada uma delas tinha sido etiquetada. Devia ter levado horas para coletar e classificar todas elas. Ainda assim, com os insetos alinhados daquele jeito, ela podia ver as diferenças entre eles.

Sentiu a presença de Kevin ao seu lado.

— Mariposas, não borboletas — apontou ela.

— Todo mundo tem borboletas.

Ela olhou para as molduras, então para ele, e riu.

— A senhorita acha graça, não é?

— *Mariposas*? Deve ser um desafio para os seus convidados dizerem algo educado quando as veem. — Ela imaginou um Kevin Radnor jovem, sério e estudioso, lendo os nomes e explicando em que aquela mariposa era diferente da outra. Sem dúvida, ele desfrutara do desconforto social que tinha criado. — É tudo uma piada, não é?

Um sorriso lento se abriu.

— Não estrague a brincadeira. Ninguém mais adivinhou.

— Isso é porque o seu humor é muito astuto.

— Não para todo mundo, ao que parece.

Ela riu e se afastou. Mariposas.

As estantes chamaram a sua atenção. Seu olhar se desviou para elas, e para os muitos livros que lá havia.

— São todos do seu pai?

— Alguns são meus. Alguns ele comprou. Outros ele herdou. Meu avô era um bibliófilo e a biblioteca dele foi dividida entre os filhos quando ele faleceu.

— A história da sua família está nessas prateleiras.

— Nunca pensei por esse lado, embora eu tenha descoberto algumas raridades que devem estar na família há gerações.

Lado a lado, eles examinaram os volumes encadernados em couro. Mesmo se comprasse um por semana, ela jamais teria tantos livros assim.

De repente, algo tocou o seu traseiro, assustando-a.

— Sr. Radnor, o senhor me surpreende. Por favor, retire a mão.

— Minha mão?

— A que tá no meu traseiro.

— Por mais atraente que a ideia seja, eu lhe asseguro que eu jamais seria tão rude. — Ele ergueu as duas mãos para provar inocência.

Ela franziu a testa.

— O quê... — Ela se virou. — Eu jamais... — Rosamund recuou.

Ele também se virou, e suspirou.

— Pai, o senhor não devia mesmo — ralhou ele, abaixando-se e impedindo o avanço do aparato.

Ela se inclinou para olhar a engenhoca de metal com um rosto de metal pintado, vestindo roupas fora de moda, botas e um chapéu tricórnio.

— Parece um grande boneco.

— É um autômato. Um incomum, porque esse se move com rodinhas. — Ele o levantou para mostrar as rodas na base. — Uma ideia falha, porque assim que ele se põe em movimento, segue em frente até perder o impulso ou bater em algo. Como no seu, hum... como na senhorita. — Ele apontou para a bandeja de prata que se projetava das mãos do homem mecânico.

Enquanto ele segurava o homem mecânico, as pálpebras do boneco abriram e fecharam, e um sorriso surgiu e sumiu quando um zumbido baixo e metálico soou. As rodas continuaram girando.

— Pai, apareça! Venha conhecer a minha convidada.

— O senhor construiu isso? — perguntou ela, examinando as rodas e tentando olhar dentro do autômato.

— Foi construído para o meu tio, o falecido duque. No entanto, eu o consertei assim que meu pai tomou posse dele. Parte do mecanismo tinha quebrado. Ah, aí está o criador de travessuras.

Ela ergueu o olhar e viu um homem alto, magro e de cabelos brancos parado bem na porta. O sorriso dele era largo; estava obviamente satisfeito com a piada. Ela olhava dele para o filho, e de volta. Era como ver o mesmo homem em idades diferentes, tamanha a semelhança que havia entre eles.

Ele adentrou a sala, e Kevin fez as apresentações.

O pai pegou o homenzinho com Kevin.

— Não era para ele bater na senhorita. A intenção era que ele passasse direto.

— Duvido — murmurou Kevin. — Talvez o senhor precise praticar a sua pontaria, então. Ele sempre se move em linha reta.

— Sim, bem, suponho que sim. Seja bem-vinda, srta. Jameson. Meu filho me contou que a senhorita finalmente foi encontrada. Ele está muito aliviado, como pode imaginar. Assim como eu. A senhorita parece estar fascinada pelo meu mordomo mecânico. Venha e lhe mostrarei os outros.

Percorreram em seguida um corredor imponente. Prosseguiram por uma grandiosa escadaria com paredes azul-claras e sancas brancas esculpidas com esmero. O sr. Radnor mais velho abriu duas portas com um floreio e revelou um imenso cômodo cheio de mesas e pedestais, todos eles contendo autômatos.

— Essa é a sala de visitas dele — murmurou Kevin enquanto o pai avançava e começava a virar chaves e alavancas, fazendo as engenhocas ganharem vida.

— Ele deve ser muito afeiçoado a eles — sussurrou ela de volta.

— Oh, sim.

— Entre, entre, srta. Jameson. Não precisa ser tímida — chamou-a o pai de Kevin. — Ao contrário do pequeno mordomo autômato, esses aqui não se movem pelo cômodo.

Ela entrou e admirou a variedade da coleção. Devia haver quase cem deles. Pequenos e grandes, cada um fazia movimentos específicos. Um pequeno esquilo afofava a cauda e mordia uma noz. Um relógio bateu a hora e um grupo de bonecos surgiu lá de dentro e começou a serrar e rachar lenha. Dois homens sentados de cada lado de uma mesa pareciam jogar cartas.

Ela ficou fascinada por um enorme cisne em particular. Ele tinha pelo menos um metro e vinte e era feito de centenas de pedaços de um reluzente metal colorido. Entortava o pescoço, virava-o e alisava as penas que subiam e desciam. Então ele se virava, abaixava a cabeça e a erguia, segurando um minúsculo peixe de metal em seu bico.

— Eu tenho a melhor coleção da Inglaterra. A maior também. Talvez seja a maior do mundo, mas não me atrevo a fazer tal reivindicação com receio de que haja alguma coleção secreta da qual eu não saiba. Esse aqui veio da Baviera. Esse aqui, de Nápoles.

— Para que eles servem?

— Servem? Ora, eles deleitam. Divertem. Mostram a engenhosidade e a arte de seus criadores. — Ele a olhou de soslaio. — Ah, a senhorita quer dizer para que eles são úteis. Vejo que encontrou um espírito afim em sua sócia, Kevin. Alguém mais que acredita que algo não tem valor nenhum se não estiver produzindo algo ou rendendo lucro a alguém.

— Ela não disse que as peças não têm valor, nem que não estão gerando lucro para alguém. Afinal de contas, o senhor pagou uma bela quantia por elas. E caso o senhor as venda, o valor das peças, que é considerável, ficará aparente.

Aquilo foi recebido com uma carranca profunda.

— Analisando as minhas palavras, bem típico de sua parte.

— Satisfeita com o que viu, srta. Jameson? Creio que o cozinheiro enviará o almoço em breve.

— Sim e tô impressionada. Obrigada por compartilhar a sua rara coleção, senhor.

Kevin a escoltou para fora da sala. O pai do cavalheiro, para sua consternação, veio logo atrás.

O almoço estava delicioso, mas foi uma provação. Ela deu tudo de si ao tentar usar os utensílios certos para cada prato, e a falar com decoro. Tudo progrediu muito bem, com o sr. Radnor sênior preenchendo o tempo com monólogos sobre como a gentalha estava tornando a capital inabitável com suas manifestações e reclamações. A refeição era pontuada por discussões breves e mordazes quando pai e filho discordavam.

A inevitável pergunta surgiu assim que o lacaio trouxe o bolo.

— Estou curioso, srta. Jameson. Como a senhorita conheceu o meu irmão, Hollinburgh?

Ela escolheu as palavras com muito cuidado.

— Tínhamos uma amiga em comum. Quando ela ficou doente, eu cuidei dela.

— E por causa disso ele lhe legou uma fortuna?

Ela deu de ombros.

— Não tenho como saber os motivos dele. Por ele ser seu irmão, talvez o senhor saiba.

Ele a observou por algum tempo, então sorriu e gargalhou.

— Explicar a mente dele ou suas intenções? Como se alguém pudesse. Além do mais, eu mal o vi nos últimos dez anos e nada nos últimos cinco.

— Ainda assim, o senhor morava tão perto. Com certeza os senhores se viram no parque ou em algum outro lugar, não?

— Meu pai não sai de casa há cinco anos — contou Kevin de forma prática.

O pai notou a surpresa de Rosamund.

— A capital está muito lotada agora. Muito suja. Meus amigos vêm me visitar aqui. Minha família escolheu não vir.

— Suas irmãs pensam que é o *senhor* quem deveria *visitá-las* — apontou Kevin.

— Meninas mimadas, todas elas. Agora, srta. Jameson, a senhorita possui uma fortuna e metade dos negócios do meu filho. Uma pena que não seja casada. Seria atrevimento meu pensar que se casará em breve?

— O seu isolamento o fez esquecer das cortesias mais simples, pai. Não se deve perguntar algo assim a uma mulher.

— Tenho certeza de que a srta. Jameson não se importa.

— Na verdade, senhor, eu me importo.

Ele se espantou com a resposta.

— Bem, então, devo me desculpar. No entanto, deixe-me dizer por que perguntei. Veja bem, se a senhorita fosse casada, talvez tivesse um marido com bom conhecimento de negócios ou mecânica, que poderia pegar essa invenção do meu filho e fazer algo com ela, assim o pouparia da obrigação de dedicar todo o tempo dele a esses assuntos ignóbeis.

Kevin cerrou a mandíbula.

O pai o encarou, o rosto impassível e igualmente beligerante.

Rosamund olhou de um para o outro. O ar chegava a crepitar com a tempestade iminente.

Foi Kevin quem decidiu se retirar.

— A refeição acabou — disse a ela. — Vamos nos despedir e encontrar um lugar onde possamos falar de assuntos *déclassé* longe dos ouvidos do meu pai. Parou de chover, então o jardim está disponível.

Ela se levantou rápido e fez uma mesura desajeitada na direção do anfitrião. Kevin a acompanhou para fora do cômodo.

— Peço desculpas pelo comportamento atroz de meu pai — pediu ele assim que ficaram sozinhos.

— Foi melhor do que eu esperava. Pensei que ele fosse me insultar abertamente. Jamais esperei que fosse poupar o insulto para o *senhor*.

— Não há nada que ele ame mais do que instigar uma querela. Tenho certeza de que ficou muito decepcionado por eu me recusar a morder a isca.

— Deve ser cansativo no dia a dia.

— Eu lhe asseguro que consigo não vê-lo com muita frequência.

— Por que continuar morando aqui se ele gosta de lançar essas iscas para o senhor?

Ele a levou até o salão matinal e abriu a porta para o jardim.

— A família nunca o visita e os amigos pararam de vir há anos. Se eu não morasse aqui, ele estaria completamente sozinho.

Tinha sido uma chuva passageira e a brisa já secava o gramado e as calçadas enquanto ele caminhava ao lado da srta. Jameson.

Kevin lançou uma olhada de soslaio para ela. Embora ela observasse os brotos das plantas, a expressão mostrava preocupação. Talvez também um pouco de medo, como se agora ela hesitasse.

— A senhorita disse que queria discutir algo comigo.

— São dois algos. O primeiro é estranho... Quando estávamos no parque, a sra. Radnor me contou que a morte do finado duque foi um pouco misteriosa. Ela disse... que talvez não tenha sido um acidente.

Felicity era uma tola intrometida.

— Ninguém sabe ao certo o que aconteceu.

— Ela disse... ela disse que a família pensa que podem ter dado cabo dele.

— O Ministério do Interior investigou e concluiu que foi um acidente.

— O senhor concorda?

Maldição.

— Deixo esse assunto com quem entende de tais coisas. Chase fez perguntas, eu sei, e ele não declarou o acontecido como outra coisa senão um acidente, então parece que foi isso. E quanto ao outro assunto que a senhorita gostaria de discutir? — perguntou ele, em tom leve, esperando que ela prosseguisse. Depois de uma pausa precária, ela assim o fez.

— Tô precisando de ajuda. Não quero incomodar Minerva. — Ela parou de andar e ficou de frente para ele. — Quero alguém que me mostre como ser uma dama. Como o senhor disse, isso pode ser feito. Minerva vai me ajudar com a caligrafia, e o senhor disse que isso ajudaria a melhorar a minha leitura, mas todo o resto... não posso fazer até aprender o que é para ser feito. A fala, o andar, a forma apropriada de fazer as coisas. — Ela enrubesceu. A expressão sincera o deixou tocado. — Pensei que o senhor talvez conhecesse alguém que faça isso. Que conserta pessoas como eu.

— A senhorita não precisa de conserto.

— Preciso. Até mesmo para a minha loja. Eu tentei. Tenho alguns amigos, eu os copiei e melhorei, mas sei que ainda cometo erros, especialmente quando fico frustrada ou animada. O senhor conhece alguém assim? Que me daria aulas?

— Posso descobrir. E se não houver uma pessoa, mais de uma devem dar conta. Uma para a fala, por exemplo. Outros para as outras coisas. — Ele a imaginou cumprindo as tarefas conforme elas fossem dadas, dominando-as e se tornando uma dama como ela desejava. A imagem o deixou um pouco triste. — Espero que a senhorita não permita que tal programa de melhoria a arruíne.

— Arruíne a mim?

Ele tateou tentando encontrar uma forma melhor de dizer aquilo.

— Quando a senhorita põe um chapéu muito caro, ele muda quem a senhorita é? Acho que não. Faça com que essas melhorias pelas quais procura sejam como um chapéu novo.

— O senhor quer dizer posar como grã-fina?

— Eu quis dizer para a senhorita não se esquecer do próprio valor, não importa o tipo de chapéu que use.

O semblante dela se iluminou. Ele tentou não ser afetado pela gratidão que viu naqueles olhos quando ela olhou para ele.

— Creio que entendi — respondeu ela. — Devo me lembrar que eu sô tão digna agora quanto serei quando tudo estiver feito.

Ela sorriu para ele então, e havia tanto doçura naquele sorriso que algo doeu no peito de Kevin.

— Exatamente — disse ele, talvez um pouco brusco. — Agora, tem certeza de que quer fazer isso? Porque será crítica após crítica depois que a senhorita começar.

— Tenho certeza.

Eles poderiam muito bem usar aquele momento para descobrir se ela tinha estômago para esse processo.

— Bem, por exemplo, embora a forma como fala agora provavelmente seja bem diferente de quando era uma menina, e mesmo já tendo perdido muito do sotaque, a senhorita ainda comete erros flagrantes. "Eu sô", por exemplo. "Eu sô tão digna." É "eu sou". Nunca "eu sô".

Ele observou o impacto das suas palavras no rosto dela.

Enquanto a srta. Jameson absorvia o que ele dizia, para a sua surpresa, ela não demonstrou qualquer embaraço ou vergonha.

— Eu sou — repetiu. — Eu sou tão digna. Não "eu sô".

Ele assentiu.

Ela sorriu para ele.

— Sim. Isso mesmo. Bem assim. O senhor deve me corrigir sempre que eu cometer um deslize. Na mesma hora.

Para o assombro de Kevin, ela ficou na ponta dos pés e o beijou na bochecha.

O rosto dela estava tão próximo do seu. Perigosamente próximo.

Seu próprio beijo veio no mesmo instante, sem nem pensar. Ele simplesmente roçou os lábios nos dela, mas naquele momento sentiu o calor e a suavidade aveludada deles e sentiu-lhe o aroma.

Rosamund levou a mão aos lábios ao dar um passo para trás. Ele também se afastou.

Ela desviou o olhar do dele depois do que pareceu ser uma longa contagem, mas deve ter durado mais um segundo após o último.

Ela começou a seguir em direção à casa, e ele caminhou ao seu lado.

— O senhor acha que demorará muito, as lições? — ela disse, depois de uns momentos, como se nada tivesse acontecido.

Ele seguiu o exemplo.

— Levará tempo para encontrar os tutores.

— Eu vô... *vou* sair da cidade por um tempo, para levar a minha irmã para a escola. Espero começar quando eu voltar.

Ele segurou a porta do salão matinal. Enquanto ela passava, lançou-lhe um longo olhar que praticamente dizia: *Seria melhor esquecer seja lá o que foi isso que acabou de acontecer entre nós.*

Ela estava certa. Até onde ele sabia, nada acontecera. Ele nunca tinha acreditado em paixão, e não ia começar a acreditar agora.

Herdeira em seda vermelha

# CAPÍTULO SEIS

Rosamund não pôde evitar ouvir a discussão que ocorria na varanda. A janela da sala matinal tinha sido deixada aberta, e Minerva, Chase e quatro dos seus agentes estavam sentados a menos de dez metros.

Um jovem de cabelo loiro usando uma bela sobrecasaca parecia ser o destinatário das atuais instruções.

— Não aceite qualquer emprego exceto o que o puser nos escritórios dele, Jeremy. Você não quer ficar na estrada cuidando das mercadorias nem nada assim. Precisamos de você perto dele — instruiu Chase.

— Recusarei qualquer outra coisa.

— Ótimo — falou Minerva. — Você, Elise, procurará emprego na casa dele. Camareira seria o ideal. Você poderia se deslocar com mais facilidade.

A jovem chamada Elise concordou.

Um homem magro e de pouco cabelo com a boca franzida ergueu a mão.

— E eu?

— Ah, Brigsby — disse Chase. — Você não está aqui para essa investigação, mas para outro propósito.

— Não entendo. Os senhores disseram que me saí muito bem da última vez.

— Verdade, mas essa não necessita dos seus talentos.

Brigsby pareceu abatido.

— Creio que sei sobre o que quer falar. Estive esperando por isso. O senhor quer renunciar ao apartamento agora que está aqui com aquele valete e todos esses criados. — Ele se empertigou e fez uma cara corajosa. — Creio que o senhor me dará uma boa referência.

— Ele não o dispensará — interveio Minerva. — O senhor pode apenas ter paciência até terminarmos aqui, até que tudo seja explicado?

Brigsby recuou, afastando-se para que os outros pudessem se aproximar.

— E eu? — perguntou uma mulher robusta. Rechonchuda e de cabelos grisalhos, ela usava um toucado com barrado de renda por baixo de um chapéu imenso. Como consequência, seu rosto macio e enrugado ficava duas vezes maior. Rosamund iria gostar muito de se sentar com aquela senhora e mostrar a ela o quanto um toucado mais comedido podia ser lisonjeiro a qualquer idade.

— Você será necessária em outra investigação, Beth — respondeu Minerva. — O sr. Falkner tem uma vida mais modesta do que a do sr. Chillingsworth. Ele não mora longe da Rupert Street, e de acordo com a sra. Drable, ele está precisando de uma cozinheira. Ela inscreverá você para a posição.

— É difícil espiar da cozinha.

— Você sempre foi muito engenhosa, e é a única forma de se infiltrar nesse momento. — Ela olhou para Chase, então para todos os outros. — Perguntas? Todos nós temos um entendimento claro do que deve ser feito?

Cabeças assentiram. Cadeiras arrastaram. Chase e Brigsby foram para o jardim. O jovem loiro deu a volta na casa. A senhora e a menina vieram pelo salão matinal, seguidas por Minerva. Elas partiram, mas Minerva se sentou à mesa onde Rosamund ainda desfrutava do desjejum.

— Sua bagagem está pronta? — indagou ela depois de pedir um café.

— Já está aqui embaixo. A carruagem chegará em uma hora.

— Tome um bom desjejum. Ele terá que mantê-la alimentada por horas, e pode ser que você ache intragável a comida nas estalagens.

Rosamund olhou para a refeição que ela mal tocara. Tinha passado a última hora pensando no que dizer para a irmã, e também se perguntando sobre Kevin.

Revivia aquele beijo, mesmo tentando o contrário. A lembrança se intrometera sem qualquer aviso várias vezes desde que ela saíra daquela casa enorme. Ainda podia sentir o toque suave e cálido sobre os seus lábios, lento e sensual. Os próprios lábios latejaram em resposta, e as bochechas formigaram. Por um instante, ela não foi capaz de se mexer.

Dois segundos, talvez três. No máximo cinco ou seis. Não levou mais tempo do que isso. E, ainda assim, estava sendo difícil tirá-lo da cabeça.

— Quero falar com você antes que se vá — disse Minerva.

Ela fez sinal para os criados saírem.

Rosamund virou toda a atenção para a amiga.

— Conduzi a investigação que você pediu. Tenho informações.

Charles. Ela quase se sentiu culpada por causa daquele momento no jardim com Kevin e na forma como continuava repassando o acontecido na cabeça.

— Ele não está em Londres — informou Minerva. — Nem penso que ele estará aqui nesta Temporada. Ele está em Paris. Já faz alguns anos que ele vive lá.

Seu coração afundou. Alugara uma casa grande para impressionar um homem que não a veria. Teria tutores para fala e comportamento, tudo destinado a se melhorar para um homem que nem sequer vivia no mesmo país que ela. *Esperta, menina esperta.*

— A família dele ainda mora aqui?

— Oh, sim. Os Copley ainda moram no mesmo endereço que você me passou. Eles estão na residência agora.

Imaginou se algum dia passaria por eles no parque, enquanto andava em uma bela carruagem e estivesse vestindo uma das criações de Madame Tissot. Ela os cumprimentaria e fingiria que eles não tinham sido cruéis com ela. Qual seria a reação? Imaginou assombro, até mesmo confusão. Aquilo valeria de alguma coisa, embora não o suficiente para justificar a quantia da qual estava dispondo.

— Ele não se casou.

Minerva mencionou o fato com muita calma, como se fosse apenas mais uma informação obtida na investigação. Nada no tom dela dava a entender que considerasse aquilo importante.

No entanto, Rosamund sabia que Minerva supunha que aquele detalhe era muito importante para a cliente em questão. Ela sabia por causa da indiferença treinada no rosto da amiga, e pela forma como ela escolhera naquele momento bebericar o café.

O quanto a sua nova amiga sabia? A mulher tinha feito das investigações a sua profissão. Teria conduzido investigações sobre a própria Rosamund recentemente?

Um criado entrou carregando a correspondência da manhã. Ele colocou um maço alto na frente de Minerva, e outro no lugar usado por Chase. Então, para a surpresa de Rosamund, ele colocou um envelope grande na frente dela junto com outro muito menor.

O pequeno era de Beatrice, ela sabia. Tinha escrito para a amiga fazendo uma pergunta, e ali estava a resposta. Ela o colocou de lado para lê-lo na carruagem. Encarou o envelope maior. A mão que escrevera o seu nome tinha feito letras elegantes.

— Minha nossa — murmurou Minerva.

Rosamund olhou para Minerva, que extraía uma carta idêntica da própria pilha.

— Minha nossa — repetiu. Dessa vez com firmeza. Quase como uma maldição. Ela abriu o envelope e leu a carta, então olhou com atenção para a que estava diante de Rosamund.

Esta pegou a dela e a abriu. Era uma bela letra. Feminina. Tão impressionante quanto a caligrafia do escriturário, mas obviamente não era o estilo de um escriba.

— É um convite para um jantar, daqui a uma semana.

— Decerto é — respondeu Minerva. — Você pode recusar.

— Lady Agnes Radnor. Oh, eu a conheci. No parque.

— Conheceu? Que infortúnio. Digo a sério, você deveria recusar. Você terá acabado de chegar de viagem e não podem esperar que se encontre com todas essas pessoas tão logo.

— Todas essas pessoas?

— A família. Creio que todos eles estarão lá para examiná-la. Eu não os desejaria para um inimigo e não quero pensar em você sendo obrigada a suportá-los, que dirá todos de uma vez.

— Creio que eles estejam curiosos.

— Você é muito bondosa. *De verdade.*

Ficou tocada por Minerva querer poupá-la, mas do quê? Ela acabaria conhecendo esses parentes de Kevin em algum momento. Depois de Agnes, Felicity e o pai de Kevin, o quanto a experiência poderia ser pior? Recusar o convite apenas adiaria a provação.

— Creio que irei a essa festa. Assim que terminar, eles devem perder o interesse.

— Improvável.

Ela riu.

— Preciso subir e me preparar para partir. Obrigada pelo relatório. Sua investigação foi rápida e abrangente. Precisa me informar quanto lhe devo. — Ela ficou de pé. — Também a agradeço pela hospitalidade, de todo o meu coração.

— Eu me pergunto por que dizemos "se eu vir" em vez de "se eu ver". O verbo é "ver", afinal de contas. Ainda assim, quando o conjugamos no subjuntivo, não vemos "ver" em lugar nenhum. — Kevin deu de ombros. — Embora algo similar aconteça na maioria das línguas. Ainda assim, o fenômeno roga por uma explicação.

— É isso o que lhe tem preocupado nessa cavalgada? — perguntou Nicholas. — Pensei que você estivesse ruminando sobre algo de importância. Terei que me lembrar de que às vezes, quando você parecer estar imerso em pensamentos, é porque sua mente está vagando pelo mesmo tipo de detrito que a minha.

Eles continuaram trotando pela zona rural de Middlesex nas cercanias da cidade, passando por campos em fase inicial de crescimento e árvores carregadas de flores. O ar cheirava à primavera, como só o ar de abril podia cheirar.

— Você me atormentou para sair e cavalgar para ficar falando sobre linguística? — perguntou Nicholas.

— De forma alguma.

— Então por quê?

— Talvez eu só precisasse de companhia e pensei que você também pudesse desfrutar disso.

— Kevin, você nunca quer companhia. Eu nunca conheci um homem que ficasse tão confortável sem a sociedade.

— Você, por outro lado, anseia por ela. Eu só estou pensando em você e sendo generoso.

— Você não está sendo generoso. Você quer alguma coisa. Mas eu sou um homem paciente e posso esperar para descobrir.

Ele teve que esperar dez minutos. Àquela altura, eles encontraram um cruzamento com uma boa taverna, e apearam para se refrescar.

— Talvez eu esteja precisando de conselhos — disse Kevin, assim que a cerveja estava diante deles.

— Primeiro companhia, agora conselho. Você está cheio de surpresas hoje. Não consigo imaginar que tipo de conselho você precisa de mim, a menos que de repente se encontre com uma propriedade que não pode manter devido à falta de renda. Eu me tornei especialista nisso.

Nicholas não soava amargo, não exatamente. No entanto, assim como o tio Frederick tinha decepcionado Kevin naquele testamento, ele também havia deixado o herdeiro em apuros financeiros. Nicholas tinha herdado o título e as propriedades, mas dinheiro insuficiente. Os últimos meses haviam exigido que ele se empenhasse para resolver o dilema.

— Eu concordei em ajudar a srta. Jameson, mas não tenho ideia de como fazer isso. Pior, tenho no máximo uma semana para encontrar uma solução.

— O que ela quer que você faça?

— Que encontre instrutores e tutores que a envolvam em um programa de autoaperfeiçoamento. Ela também deseja completar a transformação o mais rápido possível.

— Há muitas melhorias a serem feitas?

Kevin quase insistiu que não havia, mas reconsiderou. Seu próprio interesse na srta. Jameson poderia estar colorindo a forma como ele via as coisas. Gostava dela do jeito que ela era, exceto quando ficava teimosa em relação aos negócios.

— Ela já vem há um tempo trabalhando nisso por conta própria, creio. Imitando a forma como os outros falam, se vestem e essas coisas. Como Chase mencionou, ela não parece ser rústica. No entanto, pode haver momentos em que ela retrocede. — Momentos encantadores. Momentos de vulnerabilidade em uma mulher que havia forjado o próprio caminho há algum tempo e que normalmente exibia uma armadura de autodomínio. *Você continua esquecendo que ela é a inimiga, seu tolo.*

— Imagino que isso dará às tias algo sobre o que cacarejar na próxima semana.

— Tias?

Nicholas pediu mais cerveja.

— No jantar. Na tia Agnes. Fomos todos convidados, a srta. Jameson também foi. Será a chance para todos nós darmos uma boa olhada nela. — Ele esperou o taberneiro servir a bebida. — Você parece surpreso. Não foi convidado?

— *Não.*

— Um descuido, talvez.

— Duvido muito.

— Bem, talvez a tia Agnes tema que você comece uma diatribe com a srta. Jameson, já que ela ficou com metade dos negócios. Imagine as tias falando disso, e antevendo você amuado e taciturno a noite toda, olhando feio para a sua inimiga dos cantos da sala de visitas. Eu também não o convidaria, pensando bem.

— Não foi por isso que ela não me convidou. Ela quer a pobre srta. Jameson lá sozinha e indefesa quando a grosseria dela se abater sobre a moça.

— Pobre srta. Jameson? *Pobre*? Ela deve ter mais dinheiro do que eu.

— Não foi isso que eu quis dizer.

— O que foi então? Que ela é delicada? Facilmente acuada? Não ouvi fazerem tal descrição dela. Ela se dará tão bem quanto qualquer um, e talvez melhor do que a maioria. Afinal de contas, é provável que não dê a mínima importância para o que a nossa família pensa dela.

Kevin franziu a testa ao ouvir a verdade daquilo, e suas implicações. Era bem provável que ela não desse a mínima importância, embora quisesse ser aceita de forma mais ampla.

— Teria ajudado se o convite tivesse vindo depois do programa de autoaperfeiçoamento, isso é tudo. Quem você sugere que eu procure?

— Como eu poderia saber?

— Você é um homem da cidade. Com certeza ouviu falar de pessoas que fazem esse tipo de coisa. Talvez tenha conhecido alguém que já idealizou tal programa e possa me direcionar para lá.

— Não sei por que ela o encarregou disso. Se eu precisasse encontrar instrutores assim, perguntaria para Minerva. É o negócio dela encontrar pessoas, não é? Com várias cartas, ela provavelmente conseguirá todos os nomes de que precisa.

O que suscitava a questão de por que a srta. Jameson *não* tinha pedido para Minerva. Ela podia estar sentindo que já tivesse incomodado demais. Minerva a ajudaria com a caligrafia, se ele bem se lembrava. A srta. Jameson poderia achar impróprio pedir mais generosidade daquela parte.

Seria compreensível. A srta. Jameson não desejaria querer tirar vantagem dessa amizade.

Ele, por outro lado, não tinha escrúpulos em fazer isso.

A Escola Parker para Meninas ficava numa velha casa senhorial em Essex, perto da estrada principal que levava a Londres. Ela poderia mesmo ter sido uma casa senhorial cem anos atrás, mas apenas o seu tamanho sugeria esse fato agora. Na aparência, lembrava um chalé muito grande, e aos olhos de Rosamund, precisava de uma manutenção naquela estação.

Lily ficou em silêncio assim que viu o lugar, e permaneceu em silêncio durante a apresentação à diretora, a sra. Parker, e no passeio pelas salas de aula e refeitório. As meninas estavam sentadas para a refeição quando passaram por lá, e Rosamund deu uma boa olhada nas alunas pela primeira vez. Por fim, uma camareira as levou até o quarto que Lily usaria.

Rosamund começou a desempacotar as roupas de Lily enquanto a irmã se sentava na cama e observava. Rosamund continuou olhando para a menina, maravilhada com o quanto Lily tinha mudado no último ano.

Mais alta agora. O que nela estava desajeitado, feições largas demais, de repente haviam encontrado harmonia em seu rosto. Rosamund examinou aquele rosto, ainda jovem, mas agora belo e viçoso. Imaginou a irmã dali a alguns anos, o cabelo louro preso no alto e encaracolado e o corpo ágil envolto em uma coluna de branco.

— Vou guardar a sua camisola naquela gaveta ali — avisou Rosamund. Ela fechou a gaveta e foi até a janela para espiar. — Você tem uma bela perspectiva. — Ela voltou a olhar para a irmã. — As outras meninas pareceram amáveis também.

— Elas pareciam orgulhosas. Estarão falando sobre mim em breve, isso se já não estiverem falano. — Ela olhou feio para Rosamund. — Eu disse que queria ficá. Num preciso de escola. Não essa, pelo menos. Esse lugar não é pra gente como eu.

— É para qualquer um que pode pagar, Lily. A sra. Parker sabe que você ainda não recebeu muito ensino formal. Ela está disposta a ajudá-la a recuperar o atraso.

— Eu vou ficá com as criança, você quer dizer. Naquela sala com as mesas pequenas. Eu num caberei em uma delas.

— Eles trarão uma em que você caiba. — Ela se ajoelhou na frente de Lily e a pegou pelas mãos. — Se você tentar, daqui a um ano, estará em outra sala com meninas da sua idade. Você é inteligente e aprenderá rápido. Eu sei disso.

Lily sacudiu as mãos para longe das dela e a olhou com beligerância.

— A mim, me parece que eu deveria ter voz nisso tudo. Vai sê a minha vida, afinal.

— Bem, você não tem. Quero que aprenda a falar bem, e a escrever bem, e a ler melhor do que eu leio agora.

— Pra que eu possa me fazer de grã-fina igual a você? — Ela deu uma risada zombeteira.

— Esses ares de grã-fina significam que eu posso vender um chapéu por quinze xelins quando, sem eles, eu não poderia vender um por mais de três.

— Eu vou ser a camponesa mais eloquente da Inglaterra, então.

— Você será muito mais do que uma camponesa se tudo sair conforme eu planejei.

— Ser camponesa não é bom o bastante pra você?

Rosamund se balançou sobre os calcanhares e ficou de pé.

— Não é o bastante para *você*, Lily. — Ela afastou a valise que desarrumara, pegou outra e a colocou na cama. — Olhe aqui o que tenho para você. Quando for me visitar, você pode usar isso aqui na carruagem.

Ela abriu a valise. Lily espiou lá dentro. A carranca suavizou para uma expressão de admiração. Ela estendeu a mão e ergueu o traje que estava por cima.

— O que é?

Rosamund pegou a peça e a soltou para que a irmã a segurasse.

— Fique de pé, assim eu posso ver se acertei no comprimento.

Lily ficou de pé. Rosamund segurou o vestido diante dela. Lily olhou para baixo, para a bela e macia musselina creme com ramos de flores azuis, ostentando uma linha fina de renda no corpete e nas mangas.

— Tá... *está* aí. Há uma peliça azul para combinar — disse Rosamund, feliz com a reação da irmã. — Quando você me visitar em Londres, vamos encomendar outros.

Lily passou a mão pelo tecido.

— É lindo. Mais bonito do que o que você tá usando.

— Eu encomendei uns pra mim também, mas pedi pra terminarem esse primeiro, assim poderia trazê-lo. Junto com esses. — Ela pegou os uniformes e os colocou sobre a cama. — Há outro vestido bonito que enviarei assim que ele for terminado.

Lily examinou o uniforme, então voltou ao vestido de musselina.

— Onde você conseguiu dinheiro pra isso, Rose? A sra. Farley disse... — ela parou abruptamente.

— O que ela disse?

Lily deu de ombros.

— Quando ela viu você chegar de carruagem, estava com uma expressão esquisita. *Da última vez, foi uma carroça; dessa, é uma carruagem fechada,* ela falou. *Sua irmã fez um pacto com o demônio.* Agora essa escola chique e esse vestido.

Rosamund não tinha ignorado o olhar da sra. Farley. A expressão permanecera lá o tempo todo em que esteve de visita e ficou pior quando explicou que estava tirando Lily dos cuidados dos Farley e que a colocaria na escola.

Ela pegou o vestido com Lily e o afastou. Então fez Lily se sentar na cama ao seu lado.

— Eu não fiz um pacto com o demônio. — Perguntou-se se Lily ao menos sabia o que aquilo significava. — Eu herdei um monte de dinheiro, Lily. Foi uma surpresa. Um presente inesperado. E ele mudou tudo pra mim e pra você. Tudo.

Ela, então, descreveu toda a história. Sobre a herança, a casa nova e os seus planos para as lojas.

— Eu teria escrito e lhe contado tudo, mas decidi esperá pra explicar de uma vez só.

Lily parecia cética.

— É mais provável ter sido um pacto com um demônio do que essa sua história complicada.

— Creio que sim, mas é a verdade. Quando você me visitar, eu lhe mostrarei os documentos.

— Por que esse duque lhe deixaria todo esse dinheiro depois de uma conversa? — Ela lançou um olhar muito maduro para Rosamund. — Pode me contá se você foi mulher dele. Não vou lhe repreender ou agir como se você estivesse condenada.

— Se fosse o caso, eu esperava ter andado pela fazenda dos Farley em algo mais do que na carroça suja no último outono quando fui visitá você. Se eu tivesse feito tal acordo, eu não seria tão estúpida a ponto de esperar para receber o que me era devido depois que o homem morreu.

Lily pareceu aceitar a lógica daquilo.

— Então, eu sô a irmã de uma herdeira. Isso deve fazer ser mais fácil estar aqui com aquelas meninas que vimos. — Ela ficou de pé e ergueu o vestido de musselina. — Quero prová.

## CAPÍTULO SETE

Rosamund saiu da marcenaria. Beatrice veio logo atrás.

— Uma bela mesa essa que você acabou de comprar. — Beatrice caminhou ao lado dela, os laços do chapéu voando com a brisa. — Grande o bastante para um banquete.

— Eu não acho que eu vô... *vou* precisar dela para isso, mas o cômodo é grande, e qualquer coisa menor teria ficado feio. — Ela estava se esforçando para se corrigir nessa pequena parte do falar apropriado. Mesmo depois de uma semana inteira fazendo isso, às vezes, os erros escapuliam.

— Vou precisar de um aparador também.

— A sra. Radnor tem um antigo com um belo mosaico. Espero encontrar um parecido.

Beatrice envolveu o braço no de Rosamund.

— Devemos ir até os armazéns? Estou com a lista das meninas.

Passaram a hora seguinte fazendo compras. Rosamund comprou materiais para fazer chapéus, e Beatrice encheu a cesta com essências, rendas e algumas roupas íntimas. Rosamund a viu admirar uma chemise e se juntou a ela.

— Organdi — disse Beatrice, espalmando o algodão macio e muito bem tecido. — É tão bom no verão. Muito mais fresco do que o linho.

Rosamund pegou a chemise e a dobrou.

— Vou comprar para você. É um presente.

— É muita generosidade.

— Não será sem custo para você. Na verdade, preciso lhe pedir uma coisa. — Ela se inclinou para mais perto. — Kevin Radnor é cliente da casa?

Beatrice franziu os lábios.

— Você sabe que nós não...

— Eu sei. No entanto, eu quero muito saber e estou disposta a suborná-la com essa chemise.

Beatrice se afastou. Rosamund voltou a se aproximar.

— Creio que a informação não fará mal algum. Ele é. Na verdade, é um dos meus cavalheiros. — Beatrice virou a atenção para as flores de seda.

— Há quanto tempo?

— Ele começou a visitar depois que o duque morreu. Hollinburgh tinha preferência pela casa, mas disso você já sabe. Bem, Kevin Radnor disse à sra. Darling que queria a mesma mulher do seu tio, mas ela recusou. Marie já tinha partido na época, portanto, qualquer outra busca seria em vão. Ele perguntou sobre o tio. Depois. Quando é mais provável que eu seja indiscreta. Queria saber qual das mulheres ele preferia. Eu tive que manter o juízo. — Ela ergueu uma das flores, uma rosa amarela. — Ele perguntou sobre você, na verdade. Queria saber se uma mulher chamada Jameson trabalhava lá.

— O que você disse a ele?

— Eu disse que não. Porque você não trabalhava, na época. Nem nunca trabalhou do jeito que ele insinuou. Não tenho certeza se ele acreditou em mim. Eu meio que permiti que ele acreditasse que havia mais a saber, mas discrição é a regra da casa.

— Por que você faria isso?

Beatriz deu um sorriso astuto.

— Pensei que, se ele acreditasse que você nunca estivera lá, ele pararia de frequentar a casa. Oh, ele teve prazer, mas não foi essa a verdadeira razão para ele ir lá, se quer saber. Ele procurava por você. Agora sabemos o porquê! Se eu soubesse que havia todo esse dinheiro só esperando você ser encontrada, eu teria contado a ele na hora, mesmo se isso significasse... — Ela se afastou.

Rosamund se apressou a alcançá-la.

— Se isso significasse o quê?

Beatrice olhou de um lado para o outro, para se certificar de que ninguém ouvia.

— Mesmo se isso significasse que ele não voltaria. O que eu teria lamentado. Ele é o meu favorito, Rose.

— Minha nossa. Você se apaixonou por ele, Bee? Eu nunca pensei que você...

— Não apaixonada. Você pode ser um pouco infantil às vezes, ao ponto de eu não saber se você entenderia.

— Entenderei. Não sou ignorante. Como eu poderia ser?

— Tudo bem, aqui está. Ele sabe a que veio. Você entende isso?

— É claro.

— Ele também não me trata como uma meretriz. Oh, ele é autoritário e até um pouco exigente, mas eu recebo o que me é devido, se é que você entende. E ele sabe de coisas que nunca aprendi. — Ela deu uma risadinha. — Estou tagarelando, não estou? É que nunca falei disso com as outras, então é um alívio poder falar agora. Não quero que as outras meninas tentem roubá-lo, veja bem. Elas roubariam, se ficassem sabendo.

Rosamund se perguntou que coisas Kevin sabia que Beatrice não aprendera antes. Pelo que sabia dela, seria necessário um grande esforço para superar sua maestria.

— E você não está apaixonada por ele? Tem certeza?

— Rose, em algumas casas, há pardaizinhos que cometem esse erro, mas nós não. Já viu qualquer uma de nós presa ao mesmo cliente? Qualquer uma que começa a ir por esse caminho é lembrada do que é o quê. Como você bem sabe.

Rosamund tinha trabalhado como camareira no bordel da sra. Darling por quase dois anos depois que os Copley a haviam colocado na rua. Nunca vira nenhuma das mulheres de lá agindo como se estivesse apaixonada. No entanto, ela as ouvira comparando informações carnais. Como extrair prazer do que tinha sido um acordo financeiro.

— Se você não contou a Kevin Radnor sobre mim, eu me pergunto como ele me encontrou.

— Imagino que tenha sido pelo chapéu. Não pensei muito no assunto, mas ele estava lá quando a peça chegou, e saiu logo que eu o olhei. Talvez ele tenha visto a marca na caixa.

— Não acho que seria o suficiente. Há muitos Jameson.

Beatrice ponderou.

— O seu primeiro nome pode ter sido mencionado. Não tenho certeza. Foi uma olhadela rápida, interrompendo o que prometia ser uma noite muito aprazível. Mas ele saiu tão rápido... sim, eu acho que o seu nome foi mencionado, assim ele ficou sabendo de tudo.

Elas levaram as compras até o balcão. Rosamund pagou pela chemise, mas pediu que a peça fosse embrulhada junto com os itens de Beatrice. De braços dados, elas voltaram à rua.

— Ele visitou a casa desde então e perguntou sobre qualquer coisa? — indagou Rosamund. — O chapéu? Como você me conhece?

Beatrice balançou a cabeça.

— Lamento dizer que não o vi desde então.

— Se ele perguntar...

— Direi que você faz chapéus dos quais gostamos. Ele não conseguirá mais nenhuma informação de minha parte.

Rosamund não se deu o trabalho de fazer a outra pergunta que desejava para Beatrice. Se Kevin Radnor não tinha começado a visitar a casa da sra. Darling até depois que o duque tinha morrido, não havia como ele ter estado naquela noite fatídica no ano anterior. Uma pena. Tinha esperado que Beatrice pusesse sua mente em paz no que dizia respeito ao paradeiro de Kevin Radnor quando o tio morrera.

Kevin não gostava de estar em débito com ninguém, menos ainda com Minerva. Ainda assim, ele estava em débito com ela. Aquilo não lhe descia bem. Mais uma maneira segundo a qual a chegada de Rosamund Jameson na sua vida tinha criado complicações. E eles ainda nem tinham começado a falar dos negócios.

Depois de passar três dias tentando localizar os instrutores necessários para a srta. Jameson, sem sucesso, ele engoliu o orgulho e colocou seu problema nas mãos de Minerva. Dois dias depois, só *dois dias*, ela lhe entregou uma lista de contratações adequadas. Agora, ele esperava na biblioteca daquela nova casa na Chapel Street com um dos tutores em questão, para poder fazer as apresentações.

Ele notou que as estantes ainda estavam vazias, exceto por uma prateleira. Uma Bíblia descansava lá, flanqueada pelo romance de Walter Scott que ele lhe dera e um fino manual sobre caligrafia. A julgar pelos mata-borrões muito bem usados na escrivaninha, ela vinha treinando bastante.

O sr. Davis, o professor de dança, não parava de pegar o relógio de bolso enquanto andava para lá e para cá com impaciência. De cabelo escuro e vestido de acordo com a última moda, ele caminhava como se cada passo pertencesse a uma das suas danças.

A sra. Markland, preceptora do internato, ocupava o tempo lendo um jornal que encontrara na mesa. Com o cabelo grisalho por baixo do chapéu muito grande e um corpo muito esguio, ela parecia ser tanto amigável quanto austera.

O sr. Fitzgibbons, o tutor de elocução, que usava óculos e era corpulento e careca, deu um sorriso amigável para Kevin, então se levantou e veio na sua direção.

— Disseram-me que a jovem necessita de ajuda com a gramática e a dicção e também com a forma — disse ele, enunciando cada palavra com precisão marcada. — O senhor sabe de que condado ela vem?

— Oxford, creio eu.

— Bem, graças aos céus por isso. Se fosse a Cornualha, seria quase impossível melhorar sua pronúncia o suficiente.

— O senhor descobrirá que ela já foi bem longe por conta própria, através da imitação.

— Para os seus ouvidos, talvez. — Ele bateu na própria orelha. — A minha habilidade para identificar a origem de uma pessoa por meio do sotaque nunca foi enganada por isso aqui.

— Felizmente, apenas ouvidos imperfeitos como os meus devem ser convencidos.

A expressão de Fitzgibbons desanimou, então o sorriso reapareceu.

— Eu asseguro ao senhor que daqui a algumas semanas ela estará apresentável, e em dez poderá passar em qualquer teste que o senhor exigir.

Como o corretor de imóveis, esse homem tinha chegado a conclusões.

— Não exigirei nada. Todo esse planejamento é ideia da própria srta. Jameson. Ah, aqui está ela.

A srta. Jameson tinha acabado de entrar na biblioteca. O ânimo de Kevin se elevou com a visão. Ela não tinha ficado longe por muito tempo, mas Kevin notou a ausência mesmo que ela lhe tivesse permitido passar os dias de formas mais usuais. No dia anterior, admitira, a contragosto, que estava ansioso pela chegada dela. Ressentia-se daquilo, no entanto, porque não fazia sentido nenhum nem se encaixava nos seus planos.

Ela usava uma discreta peliça cinza sobre um vestido de musselina creme. Ambos eram extremamente modestos, mas ela parecia arrebatadora ainda assim. As cores suaves permitiram que sua beleza brilhasse. Pelo canto do olho, ele notou a reação de Fitzgibbons. Por um momento, parecia que alguém tinha arrancado o bom senso do homem a tapas.

Kevin a apresentou aos tutores.

— Obrigada a todos por virem. — Ela foi até a escrivaninha, sentou-se e pegou uma folha de papel em branco na gaveta sob o tampo. — Gostaria de planejar os nossos encontros. O que me dizem sobre as nove da manhã? Uma manhã por semana para cada um de vocês.

O sr. Fitzgibbons havia inclinado a cabeça assim que ela começou a falar. Agora ele a balançava.

— Precisarei de pelo menos duas manhãs, creio eu. — Ele não escondeu ter feito aquele julgamento depois de ouvi-la falar. — Segundas e quartas-feiras se encaixariam nos meus horários. Duas horas por dia. Uma para a elocução e outra para a gramática e a sintaxe.

— Eu não conseguiria chegar aqui às nove em ponto — disse a sra. Markland. — Onze seria o mais cedo para mim, e um sacrifício, ainda por cima. Vou reivindicar as terças-feiras, porque raramente há festas às segundas que exigiriam que eu dormisse no dia seguinte.

— Ela pode ficar com as terças se eu puder ficar com as quintas. Às tardes seriam o melhor — falou o sr. Davis. — Será mais provável de encontrarmos parceiros para trazer a essa hora. Músicos serão mais difíceis, mas parceiros de dança... — Ele balançou a cabeça.

O sr. Fitzgibbons lançou uma olhadela para o sr. Davis.

— Newcastle?

— Perdão?

— É bastante sutil, mas ouvi a voz de Newcastle quando o senhor falou.

O sr. Davis se limitou a olhar feio para ele.

A srta. Jameson, por sua vez, olhou para cada um deles.

— Perdão. Cometi o erro de pensar que, por ser eu a cliente, ia podê escolhê a cor do chapéu.

O sr. Fitzgibbons pigarreou.

— *Que eu poderia escolher.*

Ela olhou para ele. Kevin reprimiu o impulso de dar um soco no homem. O sr. Fitzgibbons abriu um sorriso bondoso.

— Não há hora como o agora para começar.

— Segundas e quartas-feiras às nove, então será. — A srta. Jameson molhou a pena e escreveu devagar no papel. — Sra. Markland, terças-feiras às onze para a senhora? — Ela olhou para a mulher. — Sim? Ótimo. — Voltou a escrever, então largou a pena e se virou para o sr. Davis. — Temo que as tardes não sejam convenientes para mim. Tenho muitos afazeres à tarde. Tenho certeza de que o senhor pode encontrar parceiros que possam vir pela manhã.

— É muito difícil encontrar alguém disposto a tal coisa, especialmente durante a Temporada, especialmente às nove da manhã. — Ele deu uma risada zombeteira quando mencionou o horário, como se aquilo com certeza fosse uma piada.

— Talvez o senhor possa tentar. Estou disposta a adiar para as dez da manhã.

Ele fungou.

— O horário é muito pouco civilizado.

— Que pena — disse a srta. Jameson. — Tinha esperado que pudéssemos chegar a um acordo, porque o senhor foi muito bem recomendado. No entanto, se as minha expectativa são tão inconvenientes, terei que encontrar outro tutor.

— *Minhas expectativas* — murmurou o sr. Fitzgibbons.

— Suponho que, dessa vez, poderei abrir uma exceção e dar aulas pela manhã — cedeu o sr. Davis com uma expressão de tolerância.

— Que gentil de sua parte. — A srta. Jameson deu um sorriso vivaz e se levantou. — Estamos todos decididos. Que sorte que eu poderei começar com a senhora amanhã, sra. Markland. — Ela abriu a porta. Os tutores saíram em fila.

Ela fechou a porta e encarou Kevin.

— O senhor acha que a sra. Markland pode avançar o suficiente em um dia para me deixar pronta para a festa que a sua tia está organizando?

— Pouco provável, já que não há tutoria que vá aplacar minha tia, ou os outros.

— Minerva sugeriu que eu recusasse o convite.

— Minerva pode ser sábia às vezes.

Ela foi até a janela, o que permitiu que a luz banhasse seu rosto. Seus lábios pareciam muito escuros sob aquela iluminação. Mais escuros do que os que beijara em sua imaginação nos últimos dias.

— Não estou ansiosa pela ocasião, mas adiar não vai deixar as coisas melhores. Em algum momento, cada um exigirá me ver e me conhecer, veno... *vendo* como a minha herança os deixou mais pobres. Melhor todos de uma vez, então estarei mais protegida do que quando se apresentarem à minha porta de surpresa.

— É um bom ponto de vista.

— Minerva e Chase vão me levar, então não estarei sozinha quando entrar. — Ela inclinou a cabeça. — O senhor estará lá?

— É claro. A senhorita terá três guardas.

— Minerva disse que o duque também irá e que ele não permitirá que me intimidem. Vai ajudar?

— Ele pode ser mais jovem do que as minhas tias e um primo, mas é o Hollinburgh. Isso carrega muita influência mesmo na família. Agora, conte-me sobre a sua viagem.

Ela se sentou no divã; ele também.

— Lily ficou cética em relação ao meu plano. Ela não queria deixar o que ela acreditava ser a sua casa. Ela não gostou da escola, e se preocupou com a possibilidade de as outras meninas rirem dela. Mas creio que estava se sentindo melhor quando eu parti. — Ela fez um leve movimento com os ombros, como se não tivesse certeza. — Ela cresceu. Desde que a vi seis meses atrás, ela mudou. Está muito bonita também. Fiquei com um pouco de inveja. — Ela riu despreocupada. — O vestido a ajudou a se conformar. Ela o experimentou e ficou igual a qualquer menina que fará a estreia na sociedade este ano, tenho certeza.

*Não mais linda do que você.* Ele teve que engolir as palavras com esforço e resistir ao impulso de estender a mão e acariciar o rosto dela. Inferno, ele estava sendo um cretino naquele dia.

— E o senhor? — perguntou ela. — Esteve ocupado com o nosso empreendimento nesses últimos dias?

— É claro. — Uma mentira, isso sim. Não tinha muita certeza do que fizera nesses últimos dias além de ficar pensando demais nela. — Vou lhe contar tudo depois da festa.

— Ficarei feliz em saber sobre os progressos. Marcamos para sexta-feira? Gostaria também que o senhor me mostrasse a invenção.

Aquilo foi um tabefe tirando-o de seu estúpido anseio poético. Ele olhou para ela. Ainda linda. Ainda desejável. Mas agora, também ainda era problema. Tinha sido um tolo ao permitir que toda essa cordialidade o distraísse da *razão* para estar sendo cordial.

— Oh, minha nossa. O senhor parece estar em um turbilhão. Deveria saber que eu desejaria vê-lo em algum momento.

— É claro. Sexta-feira.

— Pela manhã. A menos que precise acordar tarde por causa da festa, como o resto de Mayfair, à exceção de mim.

— Duvido que a festa de tia Agnes vá durar tanto tempo assim.

— Não irá a outra depois? Eu pensava que tipos como o senhor iam a três ou quatro por noite.

— Muitos vão, mas eu não. Marcamos para as dez da manhã? A senhorita parece preferir as horas pouco civilizadas, e eu não me importo.

— Seria conveniente para mim. Agora preciso ir ao marceneiro ver mais mobília para a casa, e algumas peças para a minha loja.

Ela foi com ele até a porta.

— Vejo o senhor na festa. Certifique-se de levar sua espada — disse ela.

Kevin se preparou, então seguiu o mordomo até a sala de visitas. Duas mulheres aguardavam no cômodo, sentadas uma em cada ponta do longo divã. Os trajes e joias que usavam para receber os visitantes deviam ter custado o suficiente para fazer um vento forte no que ele precisava para aquela melhoria.

— Bem, isso é chocante — disse tia Agnes. Ela inclinou sua forma considerável e o colo amplo em direção à outra mulher, que se parecia o bastante com ela para provar que eram irmãs, mas de quem o próprio colo mal se mostrava devido à extrema magreza. — Não é chocante, Dolores?

— Muito chocante. — A voz gutural de Dolores contrastava com o tom estridente de Agnes. Apesar de suas óbvias diferenças, na mente de Kevin, elas eram os dois lados de uma espada de dois gumes. Ambas eram altas, ambas tinham cabelos e olhos escuros, ambas eram solteironas, ambas eram irritantes para diabo. — Deve fazer... quanto tempo faz, Agnes? Eu jamais ousaria presumir que ele me visitaria no meu pequeno chalé, mas *você*...

Pequeno chalé, o inferno. As duas tinham sangrado tio Frederick por décadas, revestindo seus ninhos com mesadas e exigências. Decidindo que lhes era devido, enviavam muitas faturas para o irmão, para as contas do duque.

— Anos. Minha nossa, não posso me lembrar quantos. — Agnes lançou um olhar penetrante para Kevin. — Não quer se sentar, Kevin? Pedirei para mandarem refrescos, assim poderemos celebrar essa rara honraria.

Ele suportou a tia chamar pelo criado e a conversa sobre algum baile que estavam ansiosas para ir. Finalmente, o café e os bolos chegaram.

— A senhora veio à cidade para a Temporada? — perguntou ele a Dolores.

— Ela fez compras o bastante para dizer que sim, mesmo declarando que é só uma breve visita — disse Agnes. — Eu lhe disse que ela ficaria mais confortável se alugasse a própria casa para a Temporada. Não concorda comigo, Kevin?

— É um desperdício alugar uma casa por apenas uma quinzena, irmã. Não é como se Frederick tivesse me deixado com recursos para esbanjar de tal forma.

— Ficarei impressionada se você partir depois de uma quinzena. Ficará aqui por toda a Temporada. Você não me engana, irmã. Fiz tudo o que estava ao meu alcance para que você voltasse para casa da última vez, e estou a par do seu astuto plano. Digo que ela deveria ficar em Whiteford House com Hollinburgh, Kevin. Não concorda? Era onde ela costumava ficar quando Frederick ainda vivia.

— Não tenho certeza...

— Eu não imporia a minha presença, Agnes. Nicholas precisa cuidar dos próprios assuntos nesta Temporada. É tempo de ele cortejar e conseguir uma esposa.

— Você poderá aconselhá-lo se estiver lá — declarou Agnes com seriedade. — Ele precisará da sua ajuda. Seria muito melhor se você estivesse na casa para que ele pudesse pedir a sua opinião sobre essas meninas sempre que pudesse, não? Verdade seja dita, irmã, é *dever seu* mudar-se para lá.

Kevin despertou com a direção que aquela conversa estava tomando. Nicholas teria uma síncope.

— Creio que ele vai preferir ter essa conversa com as duas — interveio Kevin. — Cada uma das senhoras traz uma visão especial sobre a sociedade e as famílias em questão. Melhor seria se ele as visitasse aqui.

— Concordo — disse Dolores. — É injusto esperar que ele nos procure separadamente, como se ele não tivesse mais o que fazer.

Tia Agnes franziu a boca. Não havia gentileza em seus olhos quando olhou para Kevin.

— Há alguma razão especial para a sua visita, querido menino? Você também tem muito para mantê-lo ocupado, com seu comércio e tudo o mais.

*Seu comércio.* Agnes e Dolores — de fato, a maioria da família — faziam questão de se referir ao seu empreendimento dessa forma. Era a ideia que eles tinham de insulto sutil.

— Embora eu tenha pensado que já passava da hora de fazer uma visita social, e aproveitando que estou aqui, há algo sobre o que desejo falar. Estou curioso para saber a razão de eu ser o único membro da família que não recebeu um convite para o jantar de vocês. Eu pensaria que era por causa do meu comércio, como as senhoras colocaram, mas já que a convidada de honra é a minha sócia, não pode ser esse o motivo.

Agnes ajustou seu abastado corpo no divã. Sua expressão também mudou, foi de desgosto a petulância.

— Pensei que você não fosse querer vir, Kevin. Presumi que, mesmo ela sendo sua sócia, também era sua inimiga. Afinal de contas, essa mulher tem metade daquela invenção agora, não tem? Você deve se ressentir dela. Deve odiá-la. Não queria que houvesse uma cena no meu jantar.

— Eu jamais faria uma cena.

Agnes riu. Dolores se juntou a ela.

— Oh, isso é engraçado demais — reagiu Dolores. — Na melhor das hipóteses, você ficaria sentado em um canto com as suas ruminações taciturnas em silêncio, arruinando a diversão de todo mundo. Na pior, você usaria essas suas réplicas mordazes para criar um constrangimento insuportável. Todos nos apressaríamos para encobri-las com tagarelices, para não piorar a situação.

Elas praticamente tinham dito que ele era muito grosseiro para a companhia decente.

— Eu jamais faria algo assim. Se duvidam, deixe-me informá-las de que a srta. Jameson e eu somos bons amigos, não inimigos. Tenho passado muito tempo na companhia dela desde que veio para a capital.

— Bons amigos? — Agnes trinou as palavras com incredulidade. — Querido menino, você não tem bons amigos, ao menos nenhum de que saibamos. Você é muito... *você* para ter bons amigos.

— Isso não é verdade.

— Mesmo? Quem entre os cavalheiros que conheço é um bom amigo seu?

E assim ela exigiu que ele desse nome a um.

— Stratton.

Ambas recuaram chocadas.

— *Stratton*? O *duque* de Stratton? — Dolores lançou um olhar de soslaio para a irmã.

— Acho difícil de acreditar.

— Ele e eu somos *muito* bons amigos. — Ele falara com Stratton em uma ocasião, mas estava esticando muito a verdade. No entanto, o homem era tão formidável, e tinha uma presença tão marcante, que ele não temia ser descoberto. Tão corajosas quanto as tias fossem, nenhuma delas ousaria questionar Stratton sobre a amizade deles.

— Bem. — Dolores pareceu um pouco intimidada.

— Certamente — murmurou Agnes.

— Ele dá uma festa no jardim toda Temporada — disse Dolores. — Você tem alguma influência no assunto? Eu gostaria de ser convidada, caso tenha. É tão raro ele dar festas.

Kevin estava se afundando agora.

— Verei o que pode ser feito, mas não posso prometer nada, é claro.

— É claro.

— Eu *também* — exigiu Agnes com petulância.

Kevin se limitou a olhar para ela. Salvo duas possíveis exceções, nenhum dos seus familiares era estúpido, muito menos aquela parente. Agnes percebeu o problema imediatamente.

— E, é claro, enviarei um convite para o jantar — apontou ela. — Eu só queria poupá-lo. Não fazia ideia de que você ficaria decepcionado.

— Obrigado. — Ele se levantou para partir.

— Você se lembrará da festa no jardim? — perguntou Agnes.

— É claro.

# CAPÍTULO OITO

Rosamund se levantou. Sua nova criada, Jennifer, segurava o vestido do jantar para que ela o vestisse. A seda pura deslizou pelo seu corpo, e Jenny ajustou a peça em seus ombros. Rosamund ficou imóvel enquanto a criada fechava as costas do vestido.

Nunca antes tinha sido vestida por alguém. Perguntou-se se estava fazendo do jeito certo. Quem teria pensado que, junto com aqueles tutores que tinha conhecido no dia anterior, ela fosse precisar de uma para aprender a maneira certa de ter criados.

Jenny era nova, assim como a governanta, a cozinheira, o lacaio e a camareira. Todos haviam começado desde que ela voltara da visita a Lily, mas ela os entrevistara antes de partir. Minerva tinha uma amiga que empregava criados nas casas, e a boa sra. Drable lhe enviara candidatos excelentes. Em uma tarde, tinha providenciado as pessoas necessárias para aquela casa enorme.

Aquilo a fez se sentir tanto importante quanto dispendiosa. Ela mesma poderia fazer todas as tarefas, especialmente se vestir. No entanto, precisava admitir que Jenny tinha mão hábil para arrumar cabelos, e sabia como dobrar e pendurar os trajes que acabavam de chegar da modista.

Ela passou a mão pelo vestido. Madame Tissot se certificou de terminar a peça assim que Minerva lhe informou que o evento estava próximo.

— Quero que você esteja em seu melhor quando entrar na cova dos leões — explicara ela. — Isso pode atrasar o ataque por uns dez minutos. — Minerva não gostava da maioria dos parentes de Chase, era óbvio.

Poderia ser tão ruim assim? Sobrevivera ao pai de Kevin, não sobrevivera? E àquela horrível esposa de Walter Radnor. Duvidava de que qualquer um naquela noite pudesse ser mais grosseiro do que eles tinham sido. Ela também tinha um plano. Pretendia ficar perto de Minerva, a usaria como escudo, e não diria nada a menos que falassem diretamente com ela. Se tivesse que falar, teria muito cuidado, e esperava evitar os deslizes gramaticais que a acometiam.

— Aí está. — Jenny andou ao redor e inspecionou Rosamund com os olhos azul-claros. — A senhorita tem alguma joia que precisa que eu feche?

Rosamund fez que não.

— Não importa. A senhorita está linda sem elas. Seriam uma distração. — Jenny ergueu uma echarpe e uma retícula minúscula. — Deseja descer agora?

— Sim. Não precisa me acompanhar. Eu vô descer sozinha. — Ela pegou a echarpe e a retícula enquanto se castigava mentalmente. *Vou descer.* Cantarolou a correção na cabeça enquanto descia as escadas.

Minerva insistira para que ela e Chase a levassem na carruagem com eles, e logo chegaram. Chase veio até a porta, acompanhou-a até lá fora e a entregou a um lacaio, que a ajudou a embarcar na carruagem.

Havia outro homem lá dentro. Um homem muito bonito que se parecia muito com Chase, mas cujos traços eram menos marcados do que os deste. Outro parente, é claro.

Minerva os apresentou. Não era qualquer parente. Aquele era Nicholas, o duque de Hollinburgh.

Ele deu um sorriso cordial quando Chase se juntou a eles.

— Hollinburgh pode lhe poupar mais uns cinco minutos de batalha caso você entre com ele — explicou Minerva. — Então agora já temos quinze minutos cobertos.

— Eu deveria me sentir insultado, mas ela está certa. Minha influência na família só é boa por algum tempo, na melhor das hipóteses — argumentou o duque.

— Serei grata até mesmo por esse tanto — falou Rosamund, com cuidado. — Embora eu esteja esperando que não vá ser tão ruim quanto me precaveram.

— Eu disse que ela deveria recusar o convite — expôs Minerva. — Ainda mantenho minha opinião. Podemos levá-la para casa agora mesmo e, quando chegarmos, diremos que ela está doente.

— Ela terá aliados lá, querida — interpôs Chase. — Três de nós e, esperemos, Kevin.

— Ele estará lá? — Minerva parecia perplexa. — Pensei...

— Ele recebeu o convite ontem — respondeu Chase. — Ele mencionou em uma mensagem que recebi antes de você descer. Mas, sendo Kevin, ele deixou de explicar se o aceitara.

— As coisas estão indo bem entre vocês dois, srta. Jameson? — perguntou o duque. — Só estou perguntando porque os outros nós podemos debelar com facilidade, mas Kevin, às vezes, tem um jeito muito franco de expressar o que pensa.

— Ele está dizendo que Kevin pode ser grosseiro — explicou Minerva. — Mas você já sabe disso.

— Creio que temos certa amizade. Ele tem me ajudado a me assentar aqui na capital.

Isso tranquilizou o duque.

— Eu digo, Chase, que, se Kevin estará lá como amigo da srta. Jameson, poderemos acabar na posição de ter que proteger nossos parentes *dele*, em vez de dar à dama proteção contra a família.

— Seria de se esperar que Kevin desperte o fogo deles — apontou Chase.

— Que desenrolar interessante — disse Minerva. — Esta pode ser uma noite quase aprazível, em vez do desastre completo que eu havia antecipado.

Kevin entrou na sala de visitas. Por um momento, o cômodo silenciou quando os olhos curiosos espiaram para ver quem tinha chegado. Então a conversa recomeçou. As esposas de dois dos seus primos mostraram decepção. *Ora, é só você*, revelou a expressão delas.

Todos tinham ido, ao menos os que sempre frequentavam qualquer evento da família. O próprio pai não se dava ao trabalho, nem os irmãos do pai — a maioria deles vivia no campo e raramente vinha para a cidade. Mas os primos tinham agraciado tia Agnes com sua presença, todos eles usando seu privilégio e posição com a obviedade de sempre.

Tia Agnes e tia Dolores estavam em um animado *tête-à-tête* no divã. Agnes o viu e fez sinal para que se juntasse a elas.

— Estamos no meio de um desentendimento. — Ela suspirou, como se discutir com a irmã fosse incomum. — Quando entrarmos em fila para o jantar, estamos em conflito sobre onde a srta. Jameson deveria ser colocada.

— Eu disse que ela é a convidada de honra e que deveria receber certa precedência por isso — explanou Dolores. — Agnes insiste que ela seja posta no final da fila feminina.

— Ela não tem nem posição social, nem origem para ser posta em qualquer lugar — rebateu Agnes.

— As senhoras, de alguma forma, indicaram à srta. Jameson que ela era a convidada de honra? — perguntou Kevin. — Todos sabemos por que as senhoras estão oferecendo esse jantar, e todos nós sabemos que ela é a vítima do dia, mas não é a mesma coisa.

— Eu não escrevi para *ela* dizendo que ela era a convidada de honra.

— Mas escreveu para os outros — contou Dolores. — Você pode não ter usado as exatas palavras, mas deixou bem claro que o jantar era uma oportunidade para conhecer essa srta. Jameson.

— Irmã, verdade seja dita, você pode ser uma provação. Creio que discorde porque isso lhe dá um prazer perverso. Como Kevin diz, não é a mesma coisa. Ela irá por último, como é apropriado.

Dolores encolheu os ombros.

— Tenho certeza de que ela não saberá a diferença, então não insistirei na minha opinião sobre o assunto. O que uma mulher dessas saberia sobre ordem de precedência, de qualquer forma?

Nada, Kevin pensou. Ainda não. Um dia, no entanto, a srta. Markland explicaria tudo. Naquela noite, no entanto, Rosamund estaria ignorando as descortesias. E ele, Kevin, estaria ao lado dela, com Chase e Minerva bem à frente. Proteção de todos os lados, exceto atrás dela, onde o primo Philip estaria se tornando um estorvo.

Como se convocado pelos seus pensamentos, Philip se aproximou. O mais jovem dos primos e, todos concordavam, o menos promissor entre eles, Philip usava um colete novo com botões dourados e ousadas listras amarelas e verdes. A sobrecasaca parecia ser nova também, e na última moda, uma tendência da qual Kevin não gostava porque as mangas justas restringiam muito os movimentos.

— Então, onde está essa srta. Jameson? — perguntou Philip alto o bastante para Walter, o mais velho dos primos, ouvir da poltrona em que estava sentado ali perto. O rosto suave de Philip se transformou em uma cômica expressão de curiosidade fingida. — Uma chapeleira, ouvi dizer. O tio devia estar enlouquecendo, afinal, para deixar tudo para uma mulher que faz chapéus.

— Seria muito melhor deixar para você, é claro. Só que a herança já teria sido gasta, se fosse o caso, então ao menos dessa forma ela pode ser útil por mais tempo. — Kevin apontou para o peito de Philip. — Colete interessante.

Philip se envaideceu.

— É da Harrington's.

Kevin detestava as pessoas que diziam onde compravam os seus luxos. Philip fazia isso o tempo todo, como se trajes caros fizessem dele um homem digno.

— Suponho que isso signifique que você teve sorte nas mesas esses tempos.

Philip piscou com força.

— É claro.

Dificilmente *é claro*. Se havia um rapaz que tinha azar no jogo, esse era Philip. Ele saíra ao pai nesse aspecto, tendo hábitos perdulários e falta de bom senso fiscal. Ele se envolvera com agiotas no último outono, e só a graça de Deus o poupara de uma lição severa. Isso e a suspeita do desaparecimento de uma rara escultura renascentista que pertencia à Whiteford House. Chase havia rastreado a pequena estátua de bronze, e a descrição da pessoa que a tinha vendido carregava uma forte semelhança com o primo mais novo.

Nicholas preferiu ignorar o roubo e não confrontar Philip, mas esse primo em particular não tinha mais acesso livre à casa do duque. Ou a qualquer residência dos familiares, diga-se de passagem.

— Pode ter sido costurado pela Harrington's, mas você escolheu o tecido — disse Kevin. Ele fez um longo exame do colete. — Muito bem-feito. Uma pena ser de mau gosto.

O rosto de Philip enrubesceu.

— Como se você estivesse a par da moda — alfinetou Philip. — Duvido que você tenha sido capaz de arcar com um novo colete nos últimos anos. Esse que está usando já fez tantas aparições que está puído.

— Ao menos, ele não é vulgar.

Walter tinha se levantado e se aproximado para assistir à exibição.

— Vulgar? — rosnou Philip. — Você não tem senso de moda, claramente.

— Parece algo que um simplório compraria para vir à cidade na esperança de parecer estar na moda.

Philip agora estava muito vermelho.

— Você é insuportável. É o que todos pensam. Não é, Walter?

— Oh, sim — Walter falou devagar. — Mas o colete é mesmo muito vulgar. Isso não pode ser negado.

Philip ficou boquiaberto, sem palavras. Ele se afastou.

— Foi muito indelicado de sua parte — disse Walter. — E da minha.

— Eu deveria me desculpar, mas não pretendo.

Walter olhou para o relógio de bolso.

— Presumo que a tal da srta. Jameson esteja vindo com Chase e Minerva, porque eles também não estão aqui. Deliberadamente atrasados, eu diria, assim ela não será forçada a nos suportar por muito tempo.

Walter, ao contrário de Philip, não era estúpido. No entanto, ele poderia ser muito insofrível à sua própria maneira. Era sempre uma irritação que, apesar de Walter ser o primo mais velho, o pai dele não era o irmão mais velho de tio Frederick. Aquilo significava que Nicholas, não Walter, herdara o título. Nada disso impedia Walter de tentar se posicionar como o cabeça da família, mas sem muito sucesso.

— Minha esposa diz que ela não é o que esperamos — observou ele. — A srta. Jameson, quero dizer. Ela a viu com você no parque e elas conversaram um pouco. Ela disse que a mulher é bem jovem e bonitinha.

"Bonitinha" não era uma palavra que Kevin usaria. Bonitinha implicava algo passageiro, que dependia da juventude e da inocência. A srta. Jameson era muito mais do que bonitinha.

— Bonitinha o bastante, suponho.

Walter o considerou por um bom tempo.

— Você supõe? Creio que quando você olha para ela tudo o que vê sejam problemas, sim? Ela ter metade daquele empreendimento deve lhe perturbar.

— Chegamos a um acordo quanto ao empreendimento. Já que a alternativa seria ter cada pessoa nesta sala de visitas como sócio, eu me considero afortunado por só ter alguém tão sensível e maleável quanto a srta. Jameson para lidar. — Conversa corajosa. Ele não fazia ideia se ela seria maleável quando chegasse a hora dos acordos. Nada até então indicara que sim. Ele, no entanto, gostava de semear entre os parentes que tudo estava resolvido. Aquilo os iria *perturbar*.

De fato, Walter parecia decepcionado, mas sua atenção se desviou para a porta da sala de visitas.

— Ah, Chase está aqui.

Chase e Minerva entraram no recinto, conversando um com o outro. Alguns acenos foram direcionados a eles, mas as conversas prosseguiram. Então, como uma onda avançando lentamente pelo espaço, o silêncio caiu.

Nicholas tinha entrado, acompanhando a srta. Jameson. Ele a conduziu através da sala de visitas em direção à anfitriã. Tia Agnes esperava, sentada como uma rainha em uma apresentação na corte.

Cada par de olhos seguiu o progresso deles. As mulheres pareciam interessadas. Os homens, atordoados. A srta. Jameson usava um vestido de noite, um que Kevin reconheceu como tendo sido encomendado na modista naquele dia. Em um tom pálido de lilás, suave, mas cintilante, tinha sido realçado com bordados cor de creme e duas camadas de renda perto da bainha. Alguém arrumara o cabelo dela de um jeito diferente, e os cachos balançavam de forma um tanto descuidada ao redor de seu rosto. Ela não usava joias.

Ele afastou o olhar, e encarou Walter, que parecia incapaz de piscar enquanto Nicholas apresentava a srta. Jameson à tia Agnes. Kevin notou a esposa de Walter, Felicity, observando a reação do marido, e o sorriso dela ficou ainda mais contrito.

Walter devia ter percebido a atenção. Ele olhou adiante e deu um sorriso largo para a esposa. Então olhou de soslaio para Kevin.

— Bonitinha o bastante? Maldição, homem.

Aquela era, decidiu Rosamund, uma festa muito agradável. A família Radnor era cheia de pessoas obstinadas; algumas delas presumiam que todo o mundo estava ansioso para ouvir suas opiniões dos acontecimentos sociais e políticos. O resultado era uma reunião barulhenta, com algumas discussões dignas de um bom teatro até o primo mais velho, Walter, decretar o seu fim.

— Basta disso agora — entoava ele, como um professor pedindo ordem. Na maioria dos casos, ele conseguia arruinar uma discussão muito vivaz.

Rosamund se agarrou ao plano de só falar de forma breve e cuidadosa. Funcionou, porque não esperavam que ela conversasse muito. O resto dos convidados devia ter concluído que ela era estúpida. Quanto a seus modos à mesa na refeição que se seguiria, a sra. Markland a treinara no uso de todos aqueles talheres ao saber que ela iria a um jantar.

— Vamos descer — anunciou Lady Agnes, enfim.

— É hora de descer — repetiu Walter, como se o ato dependesse de sua aprovação.

Como todos os primos de Kevin eram homens, e dois outros além dele eram solteiros, os homens superavam as mulheres em número, até mesmo com as duas tias ajudando a balancear a conta. Quando todos formaram fila para o jantar, ela acabou por último na fila feminina, próxima a Kevin. Atrás dela estava o primo mais novo, Philip.

Philip parecia se considerar um homem elegante da cidade, pela forma como se vestia e também por como conseguia fazer pose em vez de simplesmente ficar parado de pé. Ele ficava lançando sorrisos corteses para ela, e por duas vezes na sala de visitas, ele tentou iniciar uma conversa. Em ambos os casos, Minerva logo o afastou.

— Problema, cada afetado centímetro dele — Minerva sussurrara pela segunda vez. — Extravagante, endividado e perdulário. Se tiver a chance, ele lhe pedirá dinheiro.

No jantar, ela se viu sentada entre o duque e outro primo, Douglas. Não tinha certeza se conhecera Douglas na sala de visitas. De fato, não conseguia lembrar se o tinha visto antes. Todos os homens Radnor eram um pouco parecidos. Claramente, todos eram farinha do mesmo saco, cada um com a própria distinção. Chase tinha aquela beleza rude e robusta e o duque era de um tipo mais suave e normal. Os olhos profundos e os traços simétricos de Kevin o diferenciavam, e a versão de Walter da aparência dos Radnor era composta de traços muito previsíveis, como se o tivéssemos visto uma centena de vezes antes. Esse, Douglas, conseguia ser pouco notável, apesar de ser dono dos mesmos olhos e cabelos escuros, a mesma altura e boa aparência.

Kevin, ela notou, tinha sido colocado do outro lado da mesa e mais adiante, longe do alcance da voz. Mais distante dela e da anfitriã, que estavam sentadas muitíssimo perto dela. Depois de comer um pouco, Lady Agnes virou os olhos escuros para ela.

— Diga-me, minha querida srta. Jameson. De onde a senhorita é? Ouvi um sotaque. Sutil, mas ainda está presente.

A voz de Agnes soou estridente em meio ao barulho da mesa. Bem diante de onde ela estava sentada, Rosamund viu que a outra tia, Dolores, parou de falar abruptamente com Walter e se concentrou outra vez.

Nem todos deram a Agnes o centro do palco. Minerva continuou conversando com a bela esposa loira de Walter, Felicity. Chase fez alguma pergunta para Philip. Kevin, no entanto, olhou direto para a tia.

— Richmond — disse ele. — Como a senhora sabe.

— Ela vive lá agora — respondeu Agnes, inclinando a cabeça. — Mas eu ouso dizer que não nasceu lá, nasceu, srta. Jameson?

— Nasci em Oxfordshire.

— Ah, sim, posso ouvir agora. Seu pai era envolvido com o comércio lá? Breve. Com cuidado.

— Ele era fazendeiro.

— Era mesmo? Que interessante.

— Se não fosse pelos nossos fazendeiros, o que seria de nós? — apontou o duque. — Não estaríamos desfrutando desta bela refeição, isso é certo.

Lady Agnes olhou para o duque como se ele a tivesse desafiado.

— Isso é verdade, Hollinburgh. No entanto, o pai dela deve ter desejado algo melhor para os filhos, já que ela era aprendiz de chapeleiro.

Rosamund olhou rapidamente para Minerva, que ainda conversava, mas que lhe lançou um olhar de soslaio que avisava *não a corrija*. Não que Rosamund tivesse a intenção. Ninguém naquela mesa tinha o direito de fazer perguntas sobre a vida dela. Se ela permitisse, quem sabe aonde aquilo poderia levar? Possivelmente de volta ao bordel da sra. Darling. O tempo que passara lá exigiria explicações, não que qualquer explicação fosse salvá-la do desprezo.

— A senhorita tem família aqui em Londres? — perguntou tia Agnes.

— Não. Tenho uma irmã mais nova. Ela está na escola. Na escola da srta. Parker.

— Ouvi falar do lugar. Foi lá que a senhorita foi educada?

— Não tive tanta sorte.

Tia Agnes esperou pelo resto. Sorrindo. Observando. Rosamund apenas olhou para ela.

— A maioria das meninas não é enviada para a escola, tia Agnes — disse Kevin. — A senhora não foi.

— Com um exército de tutores não era necessário. Ainda assim, Dolores e eu fomos muito bem-educadas na casa de nosso pai.

— Essa é a sala de aula que a maioria das meninas conhece, não é? Em vez do passado, falemos do presente. A chapelaria da srta. Jameson é muito procurada — continuou ele, mudando o assunto. — Eu diria que é artística.

— E o que sabe você sobre isso? — disse Philip. — Você agora reivindica ter experiência nesse assunto assim como em motores e mariposas? — Ele se inclinou para a frente visando chamar a atenção de Rosamund. — Faça com que ele as mostre algum dia. Mariposas. Nem ao menos são borboletas.

— Você está certo, Philip. Eu jamais ousaria afirmar que meu gosto por chapéus é embasado. No entanto, Minerva viu as criações da srta. Jameson. O que você acha, Minerva?

— Eles são diferenciados. Penso que cada mulher nesta mesa ficaria feliz em ser vista com um daqueles.

— De fato — disse Lady Agnes, incrédula.

— De fato — respondeu Minerva, da mesma forma.

— O chapéu que ela estava usando no parque era dela, tia. Era bom o bastante — anunciou Felicity com condescendência.

Do outro lado da mesa, Lady Dolores tinha estado bebendo vinho. Naquele momento, ela pousou a taça na mesa com um pouco de força.

— Oh, disparates. Chapéus e mariposas e fazendeiros. Vamos falar do que está na mente de todo mundo. — Ela dispensou a Rosamund um olhar penetrante e sombrio. — O que a senhorita pretende fazer com a sua herança? Ela, na verdade, pertence a todos nós, como tenho certeza de que a senhorita percebeu.

Isso pôs fim a todas as outras conversas.

— Tia Dolores — advertiu-a o duque.

— Não me venha com "tia Dolores". Ela deve saber que foi um erro. Um impulso passageiro. Se meu irmão não tivesse encontrado uma morte prematura, ele o teria consertado mais cedo ou mais tarde.

— Não há como a senhora saber disso — apontou Chase. — Nem tem importância, porque aquele era o testamento quando ele morreu. Já faz um ano. A senhora precisa aceitar.

— Não aceitarei. É injusto demais. Perverso. Ele tinha uma família da qual cuidar. Em vez disso... essa filha de fazendeiro fazedora de chapéu herda uma soma obscena para alguém de sua posição.

— Basta — reagiu o duque.

— Sim, basta — ecoou Walter. — Esta não é a hora nem o lugar.

— Não é o bastante e não há hora ou lugar melhores — disse Dolores. — Se ela tivesse o mínimo de decência, devolveria tudo para o espólio, ou ao menos a maior parte. Ela tem que saber que ele nunca quis que ela ficasse com tudo. Se não o tivessem matado...

— Nicholas e Walter já disseram basta e eu digo também. Devemos todos dizer? A senhora esqueceu de si mesma — Kevin falou com rispidez, e alto o bastante para silenciar Dolores. — Tia Agnes...

— Sim — iniciou Lady Agnes. — Dolores, você não está se sentindo bem. Tenho certeza de que gostará de ficar um pouco sozinha.

— Oh, disparates. Eu não disse nada que o resto de vocês não estivesse pensando. — Dolores se levantou e, com um último olhar feio para Rosamund, saiu da sala de jantar.

Por cinco segundos, todos os presentes só olharam para o próprio prato. Então Kevin perguntou ao duque sobre um cavalo que ele tinha visto correr, e Minerva perguntou à esposa de Douglas sobre alguma festa que ela tinha ido, e a conversa foi retomada.

— Peço desculpas — murmurou o duque ao seu lado.

— Não há necessidade. Eu não sabia que o *ton* dava jantares tão interessantes.

Na verdade, Rosamund estava aliviada ao ver a conversa girar em torno dela, em vez de estar direcionada a ela. Tinham sido cinco minutos espantosos. Ela esperava nunca mais ver algo assim novamente. No entanto, se algum deles estava com raiva, talvez todos estivessem. Até mesmo Kevin.

Não podia culpar Dolores por estar amargurada, embora pensasse que irmãs de duques não agissem de forma tão rude nos jantares. O mais provável era que não. Pelo menos não normalmente. A diferença era que essa mulher não considerava o alvo da sua grosseria digno de nada mais. Na mente de Dolores, ela poderia insultar a *filha de fazendeiro fazedora de chapéu* da mesma forma que poderia repreender um criado. A polidez era reservada para a sociedade educada.

Ainda assim, era útil saber das mágoas quanto à herança. Rosamund manteria isso em mente quando tivesse que lidar com a família no futuro, junto com a incrível franqueza com que Dolores tinha dito a mesma coisa que Felicity dissera no parque... que o último duque havia sido assassinado.

Nem um único parente, nem um, discordara dela.

O Porto foi passado. Kevin se serviu de uma boa dose. Bebericá-lo o impediu de sucumbir ao impulso de subir e encontrar tia Dolores, e... ele não tinha certeza do que mais. Não poderia açoitá-la, o que ele sentia vontade de fazer.

E a família alegava que *ele* era rude.

— Foi um jantar e tanto — disse Philip, jogando-se na cadeira depois de pegar um charuto. — E pensar que eu quase recusei o convite.

— Isso é inadmissível — repreendeu Walter. — No entanto... — Ele deixou isso no ar.

— Está inventando desculpas por ela? — perguntou Kevin. Ele não poderia dar uma sova em tia Dolores, mas Walter serviria.

— De jeito nenhum. O comportamento dela foi vergonhoso, um insulto para Agnes e o resto de nós. Ainda assim, também foi compreensível. Já que essa herança em particular o afetou muito mais do que ao resto de nós, tenho certeza de que você concordará.

— Ela esperava mesmo que a srta. Jameson fosse dizer: *a senhora está certa, eu não deveria ficar com a herança. Por favor, permita que eu a devolva para que vocês possam dividi-la*? — expôs Nicholas.

— Preferia eu que tivesse sido assim — murmurou Philip.

— Ela seria uma idiota se fizesse isso. Ou uma santa — apontou Chase.

— Talvez, se ela fosse fraca, poderia ter se acovardado diante de Dolores. A srta. Jameson, no entanto, nem pestanejou.

— Não — concordou Nicholas. — Maldição, aquilo foi impressionante.

Ela *tinha* sido impressionante. Kevin se sentiu obrigado a protegê-la, mas duvidava que ela tivesse precisado do seu esforço, ou até mesmo do de Nicholas. Ele teve a impressão de que, se Dolores continuasse por mais tempo, a srta. Jameson teria cessado o próprio silêncio e retribuído com muito mais do que tinha recebido, da mesma forma que havia feito com o pai dele.

Nicholas começou a falar com Walter sobre uma das propriedades, e Philip se serviu de mais Porto. Douglas se sentou calado como sempre, observando.

Chase se levantou e foi até Kevin, sentando-se perto dele.

— Ela vai lhe perguntar sobre a morte do tio agora. O deslize da tia não passou despercebido por ela.

— Ela já perguntou. Felicity foi indiscreta no parque. Eu expliquei. O básico, ao menos.

— Se ela ainda estiver curiosa, pode não perguntar mais coisas a *você*. Poderia ser para Minerva, ou para mim.

— A quem quer que ela pergunte, pode simplesmente dizer o que está nos registros, como eu fiz. Que foi um acidente.

— Você acha que ela vai acreditar nisso depois do que a tia Dolores disse?

— Eu não sei. Ela tem outras coisas em que pensar nesse momento. Pode ser que não seja um assunto do interesse dela ou sobre o qual queira saber mais.

Ao final da mesa, Walter, que tinha tomado o assento da cabeceira, estava reclamando, feito um idiota, sobre algum projeto de lei em debate no Parlamento. Suas reflexões deviam soar muito como um sermão para Nicholas, cujo olhar irritado não combinava com o seu meio sorriso cortês.

— Acho que vou até lá sugerir um assunto diferente — disse Chase, ao se levantar. — Depois do drama de Dolores, não precisamos de uma briga a socos também.

Ele rodeou a mesa e se postou entre Walter e Nicholas. Abordou o assunto de um diferente projeto de lei, um com o qual Walter não se importava.

Kevin mal ouviu. Ele voltou a atenção para dentro e manteve uma conversa com a própria cabeça. O assunto era o empreendimento, e uma carta que ele tinha recebido da França pelo correio da manhã. Na carta havia um enigma. Era terrível ter uma porta reaberta quando ainda não se podia passar por ela.

— Que cena, sim?

A voz o assustou. Ele virou a cabeça e viu Douglas sentado onde Chase tinha estado. Só que, pelos sons da conversa mais abaixo na mesa, Chase tinha saído fazia algum tempo.

Há quanto tempo Douglas estava sentado ali? Era fácil esquecer que ele estava por perto, mas Kevin tentava ao menos reconhecer a existência do primo. Pelo menos tinha sido assim desde o dia em que ele chegara a uma reunião de família, sentara-se e perguntara onde Douglas estava... só para descobrir que Douglas estava sentado bem ao lado dele e que tinha chegado lá primeiro.

— Sim, foi uma cena para os anais da família. — Kevin se serviu de mais Porto e, em seguida, encheu a taça de Douglas também.

— Ela nem sequer corou, no entanto. A srta. Jameson. Manteve-se firme.

— Ela o fez, decerto.

— Espero que essa qualidade não lhe facilite as coisas, já que ela tem metade do seu negócio agora. Não é como se você pudesse simplesmente ditar como as coisas serão feitas, penso eu.

— Nós nos damos muito bem.

— Não é a mesma coisa, é?

Ele deu uma boa olhada em Douglas. Como era possível alguém se parecer tanto com Nicholas e ser tão... dócil. Esse tinha sido o maior número de palavras que Douglas tinha falado aos ouvidos de Kevin em mais de um ano. Nem mesmo quando a família havia reagido veementemente à notícia do testamento de tio Frederick, Douglas não tinha se juntado à confusão. Sua esposa, Claudine, falara por eles, como era de seu costume.

Naquele momento, a expressão impassível de Douglas tinha se iluminado um pouco.

— Ela é uma mulher muito graciosa.

— Isso ela é.

— De forma bastante surpreendente.

Kevin teve que sorrir ante essa evidência de que Douglas não estava morto ainda.

— Então eu estava pensando — começou Douglas.

Kevin esperou. Quem poderia adivinhar que Douglas sequer pensasse alguma coisa?

— Espero que você se case com ela. Mais cenas célebres, sim?

— Perdão?

— É compreensível porque é a única forma de assegurar que ela não venda a parte dela e crie uma desvantagem para você — explicou ele. — E em termos de, bem, sabe... você poderia se casar pior. Bem pior.

Dez segundos se passaram enquanto Kevin absorvia que alguém tivesse sugerido algo assim, que dirá que fosse Douglas, dentre todas as pessoas.

— É ideia da sua esposa?

— Deus, não. Ela ficará horrorizada com isso. A srta. Jameson é pouco mais do que uma camponesa aos olhos dela. — Um sorriso mal se formou. — Ouso dizer que Claudine ficaria apoplética.

Todo mundo ficaria. Seu pai. As tias. Talvez Nicholas. Bem provável que a própria srta. Jameson.

— Muito obrigado por pensar — Kevin falou. — Em mim, quero dizer. Não tenho planos dessa natureza, mas ponderarei sobre a sua sugestão.

Dócil como sempre, Douglas se levantou.

— Se você for se juntar aos outros, afaste o outro decantador de Porto de Philip — sugeriu Kevin. — Ele mal consegue se sentar direito.

# CAPÍTULO NOVE

Dolores havia se retirado não apenas da sala de jantar, mas também da noite, então Rosamund não teve que suportar sua presença na sala de estar. No entanto, ela logo descobriu que isso não significava que seria poupada de outras investigações sobre sua vida e caráter.

Assim que todas se acomodaram, Lady Agnes se inclinou para a frente e espiou na direção de Rosamund.

— Foi a senhorita que fez esse adereço que está usando na cabeça esta noite?

— Sim, fui eu.

— Bonito. Talvez um pouco ousado em combinação com seu tom de pele e cabelo. Por que não usou um roxo mais claro para as fitas? A mesma tonalidade do seu vestido?

— Porque, se fossem mais claras, não seriam ousadas.

Agnes recuou, como se espantada com qualquer tipo de ousadia.

— É o que o diferencia, Agnes — disse Minerva. — Se as fitas fossem da mesma cor do vestido, seriam previsíveis e sem graça. E, correndo o risco de falar o óbvio, esse tom de fita realça muito bem a cor dos olhos dela.

— *Entendo.* — Agnes se acomodou no divã, encontrando uma pose mais majestosa. — De onde mesmo a senhorita disse que vem, srta. Jameson? Oxfordshire?

— Sim.

— Tenho muitos amigos nesse condado. Talvez eu tenha ouvido falar de sua família.

— É improvável.

— Nunca se sabe.

— Duvido que minha família tivesse algum contato com seus amigos, ou com seu círculo. Como eu disse, meu pai era fazendeiro.

Agnes deu uma risadinha.

— Veja como a senhorita pode estar errada, srta. Jameson. No interior, não é incomum que membros da boa sociedade se associem com fazendeiros vizinhos e suas famílias. Existem muitos eventos locais onde eles podem ser apresentados uns aos outros.

Havia algo a ser dito para tirar essa parte do caminho.

— Ele era um arrendatário, Lady Agnes. Não acho que eles tenham se trombado muito.

Silêncio. Olhares por todo o recinto.

De repente, outras conversas irromperam. A esposa de Walter, Felicity, se dirigiu a Minerva, fazendo uma descrição de um vestido que tinha visto no teatro. Lady Agnes fez questão de falar com a esposa de Douglas, Claudine. Rosamund teve a sensação de que todas estavam constrangidas. Se por ela ou a respeito dela, Rosamund não sabia dizer.

Minerva se desvencilhou de Felicity e veio sentar-se perto de Rosamund.

— Quando todas estiverem bem compenetradas em conversa, podemos escapar para o terraço. Tenho algo para lhe dizer. — Fosse o que fosse, teria que esperar, porque Felicity seguiu Minerva e também se sentou por perto para uma conversa particular.

— Imagino que a explosão de Dolores no jantar tenha surpreendido a senhorita — iniciou ela. — Eu lhe avisei.

— Eu sabia que havia animosidades quanto ao testamento. É compreensível.

— Não essa parte. — Felicity baixou a voz. — A parte sobre a morte do último duque. Ele foi empurrado. Todos pensam assim, não importa qual tenha sido a conclusão oficial. Alguém... — Ela deixou a frase inacabada e baixou os olhos, como se as palavras não pudessem ser ditas.

Minerva estava fingindo não ouvir, mas nesse momento se virou na cadeira para se juntar a elas na conversa.

— Não é da conta dela, Felicity. E isso também não ficou provado.

— Não graças a Chase. Ele deveria provar que sim ou que não, com algumas de suas investigações discretas. Só que ele não o fez. Mesmo depois que fui até ele e Nicholas e lhes informei de que...

— Basta dessa bobagem — decretou Minerva com um sorriso firme. — Sua revelação não foi prova de nada.

— Ele não estava na França como disse que estava. Walter fica chocado com o fato de não se terem feito mais investigações sobre isso. Pode-se pensar que talvez... — Novamente, ela parou no meio de uma frase e apontou para Rosamund. — Ela tem o direito de saber, já que vai ser quem...

— Srta. Jameson, se deseja conhecer mais fatos sobre esse assunto, por favor me diga e eu pedirei para Chase explicar tudo — sugeriu Minerva incisivamente. — Não se pode dizer que esse seja assunto para um jantar.

Felicity lançou a Minerva um olhar feroz e beligerante e se levantou.

— Vou deixar como está, mas faço um último comentário, srta. Jameson. Faça o que fizer, não torne Kevin Radnor um herdeiro de sua nova fortuna. — Ela se afastou, ereta e orgulhosa.

— Foi muita gentileza de sua parte interromper e me salvar, Minerva. Se bem que agora eu tenha que pedir mais explicações, não é mesmo?

— Pelo menos serão informações precisas — disse Minerva. — Venha, vamos dar uma volta no terraço e falar de coisas mais interessantes.

O ar noturno era maravilhosamente refrescante. Rosamund também não se importava de deixar as mulheres Radnor para trás por alguns instantes. Ela e Minerva caminharam ao longo da balaustrada do terraço, olhando para o jardim pequeno, mas muito bem cuidado. Quando chegaram a um local o mais distante possível das portas da sala de visitas, Minerva parou.

— Descobri mais uma informação sobre aquele cavalheiro que você me pediu para localizar.

Charles. Ela percebeu que fazia um ou dois dias desde que pensara nele.

— Ele está de volta à Inglaterra?

Minerva negou com a cabeça.

— E também não é esperado. — Minerva desviou o olhar para o jardim, o que significava que ela não conseguia ver a expressão de Rosamund.

Rosamund ficou grata por Minerva lhe dar aquela pequena privacidade enquanto ela absorvia a notícia. Charles sempre amara a Temporada, e Rosamund presumia que ele voltaria a tempo dos eventos. Tinha sido um erro pensar assim, ou permitir que seu antigo sonho criasse um teatro em sua cabeça, com cenas de reencontro e romance.

De forma um tanto repentina, a empolgação com sua nova casa

diminuiu. Suas aulas pareciam tolices. Ela poderia ter encontrado uma casa por um terço do aluguel em um bairro diferente. Uma chapeleira não precisava morar na Chapel Street.

— Como você ficou sabendo disso? — perguntou ela, para que o silêncio não ficasse muito pesado, embora um pouquinho de esperança ainda queimasse. Uma esperança que dizia que Minerva poderia estar errada.

— Um de nossos agentes fez amizade com um dos criados da família. Quando pareceu não haver indício do retorno desse rapaz, nosso agente extraiu a informação de um criado.

— Você teve um trabalho imenso. Eu não lhe pedi que soubesse de tudo isso por mim.

— Achei que você gostaria de saber.

Minerva havia presumido toda a história se ela havia pensado assim. Que outra razão poderia haver para querer informações sobre Charles além de ele ser uma antiga paixão?

Dentro da sala de visitas, alguém começou a tocar o cravo. A melodia escorria, abafada pelas portas fechadas, sons que interrompiam o silêncio da noite.

— Obrigada. É bom saber. Imagino que Paris seja muito mais interessante do que Londres, mesmo durante a Temporada.

— Disseram-me que para algumas pessoas pode ser. — Minerva finalmente olhou para ela. Nenhuma pena apareceu em sua expressão. Uma calorosa bondade, no entanto. — Acho que vou voltar para junto das outras. Por que você não aproveita o ar noturno por um tempo?

— Acho que vou fazer isso.

Deixada sozinha, Rosamund liberou a decepção que estava crescendo dentro de si. Inundou-a tão profundamente que deixou pouco espaço para qualquer outra coisa. Mesmo a suspeita de que tinha agido como uma idiota não encontrou lugar na dor surda que crescia, densa e triste.

Quando sentiu as lágrimas se formando, mentalmente se deu um tapa. *Chega disso.* Seu plano ainda tinha valor. Pelo bem de Lily, pelo menos. E algum dia, em algum momento, Charles voltaria. A Inglaterra era seu lar.

— Escapando delas, não é?

Ela se assustou com a voz e, quando se virou, viu o primo de Kevin,

Philip, subindo as escadas do jardim. A sala de jantar tinha portas que davam para outro terraço lá embaixo. Ele parecia estar caminhando sem jeito, como se não confiasse no seu equilíbrio.

Seu rosto mostrava os resquícios da juventude que perduravam em um homem até os vinte e poucos anos. Ele usava um colete feio e uma sobrecasaca justa, como os jovens da capital às vezes usavam.

— Eu só precisava de um pouco de ar — disse ela.

— Tenho certeza de que sim. — Ele se aproximou. — Elas foram educadas, pelo menos? Ou estavam ansiosas para rebaixá-la ainda mais? — Ele sorriu tão abertamente que ela pôde ver seus dentes ao luar. — Se tia Dolores não se conteve, duvido que as outras tenham se contido. — A proximidade dele não lhe dava uma maneira de evitar uma conversa. Ela queria que ele não tivesse interrompido seu momento.

— Elas foram educadas o bastante. Quanto à sua tia Dolores, ela não se juntou a nós.

— Imagino que não, depois desse espetáculo. Não faz mal. Ela é o tipo de pessoa que lhe faz perguntas rudes porque acha que as sutilezas sociais não se aplicam a seus inferiores.

Não havia nada a dizer sobre isso.

Ele inclinou a cabeça de lado e a considerou.

— Estranho que não houvesse mais perguntas quando as damas ficaram sozinhas com a senhorita. Só o inferno sabe como alguns de nós aguentam poucas e boas.

Ele continuava trocando o peso do corpo de um pé para o outro. A cada vez que o fazia, parecia que se aproximava um pouco mais. Ele estava ébrio. Completamente bêbado.

— Houve algumas perguntas. Não muitas.

— Negligente da parte delas. Esse é o trabalho delas, não é? Descobrir informações? — Ele olhou para Rosamund. — Talvez sua aparência as tenha surpreendido e desencorajado. Você não é o que elas esperavam. Não parece uma pobre comerciante, não é?

— Talvez seja porque eu não sô mais pobre.

Assim que disse isso, ela soube que tinha sido um erro, e não apenas gramatical. Um riso maldoso absorveu o sorriso dele.

— Não, você não é. Um homem meio louco lhe deixou grande parte da fortuna dele e deixou os próprios parentes desprovidos. — Seus olhos brilharam perigosamente. — Vendo você esta noite, eu soube na hora como foi que aconteceu. Como você conseguiu tudo isso.

— Eu não consegui nada.

— Surpresa completa, não foi? Não me faça rir. — Ele se inclinou na direção dela, e Rosamund sentiu o odor do Porto e de outros destilados em seu hálito. — Você deve ser muito boa. Diabos, você provavelmente é a meretriz mais cara da Inglaterra, então sua habilidade deve ser insuperável.

O desejo de dar um tapa naquele rosto malicioso quase a venceu. Ela se endireitou e deu um passo para trás.

— O senhor bebeu demais e está falando com muito atrevimento. Não vou ficar aqui e ser insultada por gente da sua laia. — Ela deu meia-volta e foi em direção às portas da sala de visitas.

Um aperto firme em seu braço a deteve.

— *Gente da minha laia?* Quem diabos você pensa que é, com essa arrogância toda? Nós dois sabemos o que você é. — Ele a puxou para trás e a prendeu nos braços. — Estou com vontade de provar, ver o que fez o velho duque favorecer tanto você.

Ela o empurrou com força, mas não afrouxou os dedos que a seguravam. Rosamund ordenou que ele parasse. Ela se contorceu e o beijo que queria encontrá-la na boca acertou o enfeite dos cabelos. Ele agarrou seu seio e ela lhe chutou as canelas, esperando que ele caísse. Ele soltou uma risada aguda e exultante e agarrou a nuca dela com força com uma das mãos. Philip tentou beijá-la novamente.

Ela virou a cabeça e lhe mordeu a mão. Ele praguejou, então deu um tapa forte nela que a fez jogar a cabeça para trás. Por um segundo, tudo o que ela viu foi o céu e as estrelas enquanto o choque de dor a deixava atordoada.

Então ele tinha sumido. Ela estava livre. Rosamund cambaleou e agarrou a balaustrada. Philip descia as escadas novamente, sendo arrastado pela parte de trás da gola e pelo casaco por outro homem.

Kevin.

Ela não ouviu o que foi dito, mas o tom de suas vozes se propagou. Kevin soava ríspido e zangado. Philip rosnava, beligerante e intragável. Ela se firmou contra a balaustrada. Os dois não foram para a sala de jantar quando chegaram ao terraço inferior. Em vez disso, Kevin continuou arrastando Philip para o jardim. Suas formas escuras desapareceram entre as outras lá embaixo, as de arbustos e árvores.

Então, com o primeiro uivo de dor de Philip, quatro outros homens vieram correndo da sala de jantar.

Kevin acertou o punho na cara de Philip. O sangue aflorou e escorreu de sua bochecha, mas não foi nem de longe o suficiente para acalmar a raiva de Kevin. Se fez alguma coisa, foi alimentar sua fúria.

— Como se atreve a importuná-la desse jeito, seu merda imprestável? — Ele o socou novamente, e Philip caiu.

— Ela é uma meretriz — Philip engasgou. — Ninguém se ofendeu.

— Eu juro, se disser isso de novo, eu mato você. — Kevin se abaixou, puxou Philip de volta para cima e o acertou no estômago. Philip desmoronou de volta. — Eu faria você se desculpar, mas não há desculpas pelo que vi. Não há desculpa. — Ele ergueu Philip novamente e começou a recuar o braço mais uma vez.

Passos. Gritos. Braços firmes aprisionaram os seus. Kevin tentou se livrar deles para poder agarrar Philip.

— Acalme-se. *Agora.* — Era Nicholas dando ordens em seu ouvido.

— O diabo que eu vou me acalmar. Ele a agrediu. — Kevin tentava se libertar daquelas mãos, sua mente voltando a ser tomada por sombras.

— Isso é verdade, Philip? — Nicholas perguntou.

Chase e Douglas estavam apoiando Philip. Chase pressionou um lenço contra o rosto de Philip.

— O que ele disse, aconteceu? — Walter perguntou, repetindo Nicholas como era seu hábito, enquanto se afastava como o grande juiz.

— Roubei um beijo, só isso.

Kevin lutou novamente para se livrar de Nicholas.

— Inferno e danação, você se *impôs* para cima dela e, quando ela resistiu, *você bateu nela*. Deixe-me terminar a sova que comecei. O resto de vocês pode ter certeza de que não irei longe demais.

Chase se afastou de Philip e lançou-lhe um olhar duro.

— Isso é verdade? Não seria a primeira vez, Philip.

Walter olhou de Kevin para Chase e para Philip, então de volta, um por um. Ele se arvorou.

— Bem, seja lá o que tenha acontecido, não adianta recorrer a socos no jardim da tia Agnes, com as senhoras por perto. Encontrem-se em um ringue de boxe e acertem as contas, se acham que é necessário.

— Prefiro encontrá-lo ao raiar do dia em um parque — Kevin rosnou. Philip ergueu a cabeça e olhou para o nariz sangrando.

— Eu não duelo por causa de meretrizes.

Com um puxão forte, Kevin se libertou de Nicholas e caminhou até ele.

— Eu disse que o mataria e...

Chase o agarrou e segurou seu pescoço com força. Nicholas voltou a imobilizar seus braços.

— Tire-o daqui — ordenou Chase. — Douglas, leve sua esposa e Felicity para casa. Walter, leve Philip na sua carruagem. Nicholas e eu cuidaremos de Kevin. Vá agora.

— Minha carruagem? — disse Walter. — Ele está sangrando.

Nicholas olhou feio para ele. Walter suspirou.

— Venha, Philip. Só tente não estragar o estofamento nem os meus casacos.

Todos eles subiram em fila pelo caminho do jardim, deixando Kevin sob os braços firmes de Chase e Nicholas.

Os sons vinham da sala de jantar, além do terraço superior. Kevin imaginou Rosamund lá em cima, objeto de desprezo ou compaixão, dependendo de qual fosse a mulher. Ele apenas contava com Minerva para oferecer a segunda dessas duas reações.

A raiva começou a se dissipar com a remoção de Philip. A tensão em seu corpo lentamente se desfez e sua mente clareou. Nenhum de seus primos disse uma palavra. Eles apenas esperaram. Por fim, o soltaram.

— Ele realmente bateu nela? — Nicholas perguntou.

— Bateu. Assim que subi as escadas. Ela estava lutando para se desvencilhar dele, e ele lhe acertou um tapa na face. Ela ficou atordoada. — Kevin passou os dedos pelos cabelos. — Tenho certeza de que haverá uma marca. Ele bateu com força.

Chase balançou a cabeça.

— Eu nem percebi que ele havia saído da sala de jantar. Da última vez que vi, ele estava dormindo no canto. Deve ter acordado e escapulido.

— Eu o vi sair, mas achei que ele estivesse indo para o jardim vomitar — disse Kevin. — Eu só segui para escapar dos intermináveis pronunciamentos políticos de Walter. Então ouvi algo e o notei lá em cima com ela. — Sua mente viu de novo e começou a trilhar o mesmo caminho de quando ele percebeu o que Philip estava fazendo.

— Ele deve ter ficado louco para importunar uma mulher ali mesmo no terraço — opinou Nicholas.

— Ele pode ser atrevido assim mesmo quando não está bêbado — declarou Chase. — Alguém tinha começado a tocar o cravo, então ele provavelmente pensou que ela não seria ouvida se gritasse. Não tenho dúvidas do que Kevin descreve, Nicholas. Houve um quase acidente desses com Minerva uma vez.

— Tal comportamento não pode ser justificado por bebida ou qualquer outra coisa — determinou Nicholas. — Vamos levar a pobre mulher para casa, Chase.

Os três caminharam pelo jardim. No terraço mais alto, duas pessoas podiam ser vistas. O luar refletia em cabelos loiros. A outra mulher era Minerva.

— Deixe-me falar com ela por um momento — pediu Kevin. — Espere por ela no saguão de entrada, por gentileza. Eu a levo para lá.

No terraço, Rosamund estava de lado, na outra extremidade da balaustrada. Minerva se aproximou deles e sussurrou:

— Que situação péssima. Ela não falou. Agnes se retirou e as outras foram embora. O que aconteceu aqui?

— Venha comigo, querida, e eu explicarei tudo. — Chase a guiou até as portas. — Você pode esperar por ela lá embaixo e levá-la para casa em nossa carruagem. Nicholas e eu encontraremos nossos próprios caminhos.

Assim que todos foram embora, Kevin voltou-se para Rosamund. Ela não o encarou, mas ele pôde ver sua postura se curvar assim que as portas da sala de visitas se fecharam. Ele podia sentir sua humilhação com tanta certeza como se ele é que tivesse sido o insultado.

Ele foi até ela.

— Todos eles foram embora. Você não terá que se despedir nem nada disso. Apenas Minerva a levará para casa.

— Não fiz nada de errado. — A voz dela saiu tão baixa que ela parecia ter respirado o pensamento.

— Claro que não. Ninguém...

— Eles terão que escolher entre um parente e eu, que num conheço meu lugar, e eu é que cairei em desgraça.

— Quem importa não pensará assim. — Ele duvidava de que ela se consolasse muito com isso. — Ele a machucou?

Ela levou a mão à face e fez que sim.

— Você o machucou?

— Machuquei.

Ele estendeu a mão e deslizou a ponta dos dedos pela bochecha dela. Mesmo com aquele leve toque, ele percebia que havia algum inchaço. Isso fez a mente dele voltar para o estado de fúria. Ele só a engoliu porque não havia nenhum Philip em quem descontar agora.

Ela virou o rosto para ele.

— Obrigada por pará-lo. Eu mesma deveria ter feito isso. Eu deveria ter adivinhado o que ele estava fazendo. Eu deveria ter lutado mais, ou gritado, sem me preocupar com onde eu estava e quem estava na sala de visitas. Eu deveria ter... — Ela parou, com uma pequena fungada substituindo as últimas palavras.

Ele segurou a cabeça dela entre as mãos e olhou para sua expressão preocupada.

— Este é o último lugar em que qualquer mulher esperaria que tal coisa acontecesse. Pare de dizer a si mesma que você deveria ter antecipado as intenções dele ou feito isso ou aquilo. A culpa é toda dele. Se voltar a encontrar minhas tias ou as esposas, o que espero que você nunca precise, porque são todas insuportáveis, faça-o como fez esta noite, orgulhosa e linda, e comporte-se como se isso nunca tivesse acontecido.

Pequenos reflexos se multiplicaram nos olhos dela. Luzes cristalinas cintilavam, lindas, embora fossem provocadas pelas lágrimas. Ela parecia tão vulnerável.

Ele não lhe disse para não chorar. Rosamund tinha um bom motivo para chorar. Ela fora assediada, agredida e chamada de meretriz. Ela havia sido insultada por um homem que presumia que ela não merecia nenhuma cortesia por causa de seu nascimento. Depois do que ela havia sofrido, a última coisa de que precisava era outro homem dizendo a ela que suas emoções eram injustificadas.

Ela também não precisava de outro homem a importunando. Quando a puxou para seus braços, Kevin não pensou dessa forma. Era uma expressão natural do seu desejo de confortá-la.

Ela não se afastou. Em vez disso, encostou a cabeça no peito dele e permitiu que ele a abraçasse. Então ergueu a cabeça e olhou nos olhos dele. Kevin suprimiu o impulso de beijá-la, mas foi difícil. Rosamund merecia coisa melhor dele naquela noite, dentre todas as noites.

Ela não sabia por que havia permitido aquele longo abraço. Talvez fosse a força de seus braços, tão protetores e cuidadosos. Ou gratidão por ele ter dado uma sova em Philip. Ninguém nunca tinha feito algo assim por ela antes.

Ela gostou da intimidade. O calor e o toque tão humano. Gostou mais do que imaginava. Isso despertou nela algo melhor do que o que vinha sentindo ali naquele terraço. Ela experimentou calor e amizade e até mesmo alguma emoção.

Não deveria deixar isso continuar. Poderia ser mal interpretado. Os homens tinham um jeito de fazer esse tipo de coisa. Philip era apenas o mais recente de uma longa lista deles, embora nenhum antes tivesse sido tão insistente ou agido de modo tão horrível.

*Orgulhosa e linda.* Ele não tinha planejado bajulá-la mais do que na primeira vez que se encontraram. Enquanto ele a abraçava, ela se sentia orgulhosa e linda de novo, em vez de usada, humilhada e suja como se sentira minutos antes.

A proximidade que compartilhavam não era tão simples. Ele era um homem. Ela sentiu a excitação nele, como um líquido começando a ferver. O clima mudou apenas o suficiente para indicar que ele não a estava apenas confortando. Ela sentiu o gosto de um novo poder emanando dele e percebeu como seu próprio corpo respondia. Rosamund estava muito consciente do domínio de Kevin sobre ela. Deixou que aquilo demorasse apenas o tempo suficiente para se fazer uma pequena indulgência perturbadora. Então ela moveu a cabeça e se afastou.

Ele olhou para baixo, seus olhos escuros ainda nos dela, refletindo pensamentos insondáveis como tantas vezes faziam. O rosto de Kevin, bonito e firme com seus ângulos esculpidos pelo luar, permanecia perto o suficiente para beijá-la.

Em vez disso, ele a soltou.

— Vamos encontrar Minerva.

# CAPÍTULO DEZ

O chamado veio cedo. Kevin o recebeu imediatamente porque mal tinha dormido. Sua noite agitada o deixara sem humor para a mensagem que estava lendo naquele momento.

*Whiteford House. Às nove horas. Hollinburgh.*

Nicholas usava seu título com o resto da família, mas nunca com Kevin ou Chase. Vê-lo ali e ler a ordem concisa tornou o mau humor de Kevin ainda mais sombrio.

Não tinha tempo para satisfazer os caprichos de Nicholas naquele dia. Tinha coisas a fazer assim que o mundo estivesse desperto. Ele deveria ir ver Rosamund às dez horas, a menos que ela estivesse muito aborrecida com a noite anterior para visitas. Até lá, ele precisava ter tomado várias decisões que aguardavam por ele e já estar elaborando planos para que pudesse executá-las.

Mesmo assim, dirigiu-se para Whiteford House em Park Lane.

Enquanto entregava seu cavalo a um cavalariço, Chase apareceu.

— Você também? — perguntou Chase, ao desmontar. — Se não podia esperar pelas visitas matinais, deve ser importante.

— Espero que sim, se devo me curvar à autoridade dele.

— Vejo que seu humor não melhorou muito desde a noite passada.

Eles seguiram o criado até o apartamento ducal, e Kevin foi pensando novamente na noite anterior. O lamentável episódio estivera muito presente em sua mente durante as últimas horas.

— A srta. Jameson encontrou consolo com Minerva? — ele perguntou a Chase.

— Pelo que ouvi, o que significa que pode ter sido muito diferente, ela entrou em casa de forma muito bem composta. Acho que Minerva podia estar mais angustiada do que a srta. Jameson no momento em que se separaram. Ela decerto parecia chocada e irada quando chegou em casa.

— Encheu seus ouvidos, não foi?

— Ela quer Philip eviscerado e esquartejado. — Ele parou em um dos degraus para que o criado avançasse mais em relação a eles. — Foi uma pena que os outros estivessem lá. Caso contrário, eu teria ficado de lado e deixado você atacá-lo.

Chegaram ao patamar que levava aos aposentos ducais. Uma floresta de preciosas urnas e vasos se estendia à frente deles, colocados em pedestais organizados em fileiras que imploravam por acidentes.

— Achei que ele já fosse ter vendido essas coisas a essa altura e se livrado dessa demonstração excêntrica que o tio montou — disse Kevin.

Chase começou a encolher os ombros largos minuciosamente para se locomover entre os objetos frágeis.

— Ele concluiu que as peças desencorajavam tia Agnes de se intrometer e importuná-lo, o que normalmente ela se sentiria à vontade para fazer, mesmo que ele dissesse que não estava recebendo visitas. Os seios fartos de sua tia não ficariam felizes entre aquelas raridades.

Kevin escolheu um caminho diferente, que o levou a passar por um vaso chinês que ele admirava. Eles se encontraram do lado de fora da porta de Nicholas. O criado abriu e os conduziu para dentro.

Nicholas esperava em seu quarto de vestir. Ele não mudara nada ali desde que herdara Whiteford House. Ainda a mesma cadeira entalhada perto da janela, a qual Nicholas preferia para ler. Ainda o divã estofado em azul e as cadeiras em um círculo, onde ele recebia amigos e os parentes que conseguia suportar.

Ele os cumprimentou de onde estava, perto de uma janela, olhando para Park Lane.

— Obrigado a ambos por terem vindo.

— É muito cedo — reclamou Kevin. — Nós dois sabemos que Chase acorda perto do amanhecer, e que eu, muitas vezes, ainda nem fui dormir se eu estivesse ocupado, mas o que faz com que *Hollinburgh* esteja acordado e vestido?

A expressão de Nicholas demonstrava notar a ênfase no título.

— Uma questão de respeito à honra da família. O que significa a honra de Hollinburgh.

Kevin achou isso estranho, principalmente porque Nicholas não tinha ficado especialmente feliz em se ver com os deveres do ducado.

— Já quase tomei uma decisão — disse Nicholas. — Eu só preciso saber se algum de vocês se opõe.

— Ora, diabos, você vai se casar — Kevin murmurou. — Quem é ela?

— Você não precisa fazer parecer que esse seja um destino lamentável — alfinetou Chase.

— Claro que não. Estou muito feliz por você, *Hollinburgh*. Quem é a futura duquesa?

— Você vai me chamar assim o tempo todo em que estiver aqui?

— Fui convocado por Hollinburgh, por isso estou me dirigindo a ele.

— Não me refiro ao título. Eu me refiro à maneira sarcástica com que você o pronuncia.

— Eu nunca sou sarcástico.

Ambos riram.

— Você é tão sarcástico que já nem sabe mais o que é sarcasmo — rebateu Chase. — Agora, diga-nos que decisão você está cogitando, Nicholas. Duvido que seja casamento, porque você não expressou interesse particular por nenhuma das jovens disponíveis no mercado de casamentos desta Temporada.

— O que não significa que uma delas não o tenha capturado — ponderou Kevin.

— Não tem nada a ver com casamento. — Nicholas se endireitou e ficou um pouco mais ereto. — Por muito tempo, acreditei que Philip encontraria um destino melhor à medida que os anos passassem, mas isso não aconteceu. Relevei suas atitudes perdulárias e falta de comportamento honrado, já que o pai dele era uma má influência e a mãe... bem, tudo isso. No entanto, depois de ontem à noite, concluí que, como em muitas árvores genealógicas, a nossa tem um galho malformado. Estou inclinado a removê-lo do tronco.

Kevin não escondeu seu espanto. Nicholas, que havia assumido o papel de duque com muitas reservas, agora pretendia exercer esse poder de uma forma raramente vista.

— Tem certeza? — perguntou Chase.

— Não. É por isso que vocês estão aqui.

Isso não explicava por que Kevin estava ali, mas ele não insistiu.

— Não tenho certeza se posso ajudar — disse Chase.

— Você pode me falar o que quis dizer ontem à noite quando mencionou que não era a primeira vez.

Chase não parecia inclinado a explicar melhor. Por um longo momento, ele não respondeu.

— Logo no início, durante aquela reunião familiar que aconteceu aqui depois que o tio morreu, encontrei Philip importunando Minerva na biblioteca. Ela havia aceitado um emprego como criada na casa para que pudesse fazer algumas investigações discretas. Ele a encurralou perto da lareira e não permitia que ela saísse.

— Quer dizer que ela estava fazendo investigações sobre *nós* — afirmou Kevin. — Fazendo-se passar por uma criada. — Ele começou a vasculhar sua memória daquela reunião na casa para ver se lembrava de ela estar lá.

— O que quero dizer é que Philip havia bloqueado a passagem dela e estava... — A mandíbula de Chase se contraiu e pulsou, fazendo-o parecer o oficial do exército que ele já tinha sido no passado. — Ele agarrou o braço dela e falou que poderia fazer muito mais, além de dizer que ninguém acreditaria se ela reclamasse. Eu o detive, é claro. O que foi uma coisa boa.

— Então ele é do tipo que impõe seu privilégio sobre os inferiores — disse Nicholas. — Não é incomum, só que ele se recusa a recuar quando recebe um "não". Ele é preguiçoso demais até para seduzir. Apenas assedia as mulheres e usa sua posição privilegiada de maneira desonrosa. Atrevo-me a dizer que ele já fez pior do que isso que nós sabemos.

A mente de Kevin havia se fixado em outra coisa.

— O que você quis dizer, Chase, quando mencionou *que foi uma coisa boa*?

— O que ele não viu foi que ela havia encontrado um atiçador de lareira atrás de si, com a outra mão. Pode-se dizer que salvei Philip de Minerva, não o contrário.

— Que pena.

Chase ignorou o comentário.

— Quais são suas intenções, Nicholas?

— Não vou mais recebê-lo. Quando eu informar ao resto da família sobre isso, eles também não o farão.

— O que significa que quase ninguém vai recebê-lo, assim que a notícia se espalhar — concluiu Kevin.

— Também direi que esta família não tem expectativas em relação a ele, e eu, menos ainda. Alterarei meu testamento para que Philip não seja beneficiário de forma alguma, se é que haverá alguma coisa para ser transmitida como herança a alguém, o que, no momento, parece improvável. Se uma das tias decidir ser indulgente com ele, seja enquanto ela viver ou depois de morrer, isso será problema dela. A pergunta para esta manhã é: vocês acham que estou sendo muito duro?

— Você vai arruiná-lo social e financeiramente — explicou Kevin. — Por outro lado, poupará muita infelicidade a inúmeros comerciantes.

— E talvez os agiotas mantenham distância dele, caso se saiba que a família não vai saldar suas dívidas — acrescentou Chase. — Pode ser uma espécie de bênção.

— Eu não me importo se é ou se não é. Há muito tempo, desisti de qualquer crença de que ele fosse entender que ser um cavalheiro não é apenas lazer e moda. Se minhas ações o tornarem um homem melhor, muito bem, mas esse não é o meu objetivo. — Um franzido desfigurou sua testa novamente. — Direi a ele para escrever um pedido de desculpas à srta. Jameson; não que eu espere que ele o faça.

— Alguém deveria escrever — opinou Chase. — O que quer que Minerva tenha dito ontem à noite não pode ser considerado suficiente.

— Eu escreverei — ofereceu Kevin. — Ela só sofreu isso porque teve a infelicidade de atrair a atenção da família devido à nossa sociedade.

— A herança dela teria atraído a mesma reação sem essa sociedade — disse Chase. — Por direito, nossa tia deveria se desculpar, como a anfitriã que teve o péssimo julgamento de infligir tamanha grosseria aos convidados.

Kevin não conseguia imaginar tia Agnes se desculpando com ninguém, muito menos com a filha de um fazendeiro arrendatário.

A expressão de Nicholas esmoreceu para outra de resignação.

— Acho que posso dizer a Agnes que considero essa atitude apropriada.

— Não acho que uma carta vá influenciá-la muito — declarou Chase.

— Quer dizer que devo visitá-la. — Ele balançou a cabeça. — Inferno.

Rosamund colocou os suportes de metal no armário. Ela havia comprado o armário de mogno entalhado já pronto. Muito melhor do que o balcão que pretendia encomendar, servia ao mesmo propósito, mas parecia mais impressionante. Os suportes de metal comportariam alguns chapéus e toucados. Mais alguns poderiam ficar na vitrine. Tudo o que ela precisava agora era de algumas cadeiras e uma pequena mesa para colocar o espelho. Ao contrário de como ela havia organizado a loja em Richmond, ali pretendia mantê-la fora da vista das outras clientes, para que houvesse alguma privacidade. Ter sua loja no nível da rua poderia ser um risco, então ela queria fornecer uma maneira de as clientes fazerem compras e poderem tirar medidas sem que o mundo olhasse para dentro.

Ela foi até a vitrine e olhou para fora. Poucas pessoas passavam àquela hora, pelo menos o tipo de pessoas que ela queria atrair para sua loja. Notou várias mulheres olhando para sua vitrine enquanto passavam na Oxford Street, no entanto. Sua conclusão de que a loja seria visível na rua transversal parecia correta.

Ela verificou o relógio de bolso. Já eram nove e quinze. Esperava manter sua reunião com Kevin Radnor naquele dia, embora parecesse que ela poderia chegar atrasada. Tudo dependia de quando a carroça fosse chegar.

Pensar na reunião imediatamente trouxe Philip à mente outra vez.

Depois de analisar seu comportamento na noite anterior, cada instante, ela não conseguia pensar no que fizera para atrair um tratamento como aquele. Apesar disso, não serviu para aliviar sua humilhação. Nem apagar da memória o que Philip tinha dito ou feito.

Rosamund sentiu-se feliz com a sova que Kevin lhe dera. Grata. Aliviada. Talvez significasse pelo menos que ele não pensava que ela de alguma forma tivesse provocado aquela atitude de Philip, embora sem dúvida a família fosse culpá-la.

Pensou novamente em Kevin procurando por ela nas sombras do terraço. Pedindo desculpas por seu primo. Uma vez que os outros tinham ido embora, sua habilidade de se manter ereta e orgulhosa a abandonara.

Ela sentiu novamente os braços dele a confortarem. Era o tipo de coisa que um amigo faria.

Tinha sido mais do que um abraço de amigo, no entanto. Ela não podia mentir para si mesma sobre isso, embora por horas na noite anterior tivesse tentado fazê-lo. Talvez não devesse ter permitido, ainda mais depois do que acontecera com o primo dele. Mas, em vez disso, ela recebera de bom grado e encontrara conforto no gesto.

De repente, sua visão foi bloqueada por painéis de madeira. Rosamund correu para abrir a porta.

— Sra. Ingram, bem-vinda! — exclamou ela para a mulher pequena, magra e de cabelos grisalhos, sentada ao lado do carroceiro.

O carroceiro saltou e ajudou a sra. Ingram a descer. A sra. Ingram, de feições e olhos aguçados, adiantou-se para abraçar Rosamund.

— A senhorita tem um lugar impressionante aqui, ao lado de uma rua comercial importante.

— Eu também tenho o andar de cima. A senhora pode morar lá se quiser. Ou pode morar na minha casa.

— Lá em cima me serviria muito bem. É mais fácil ir a pé até a loja, hein? — Ela riu. — Muito bem, agora deixe-me ver o interior.

O carroceiro as seguiu até a loja, carregando uma grande caixa de madeira.

— Estou com os chapéus que a senhorita me pediu para trazer — informou a sra. Ingram. — Estão nesta caixa. Ainda há muitos lá em Richmond. Essa nova mulher parece saber fazer seu trabalho com uma agulha e tudo o mais, então não vamos ficar sem por lá.

— Está convencida de que a sra. Hutton pode gerenciar a loja?

A sra. Ingram administraria a nova loja em Londres. Isso significava encontrar alguém adequado para assumir a loja em Richmond.

— Ela parece mais do que adequada. Por cinco anos, trabalhou para um homem em Bristol que era preguiçoso demais para prestar atenção, então ela fez tudo por ele. Pelo menos ele reconheceu o valor dela e deu-lhe uma boa referência, na qual praticamente admitia tudo isso. Acho que ficaremos bem com ela. — A sra. Ingram ergueu um dos suportes de ferro e o examinou. — A senhorita verá por si mesma muito em breve, é o que eu penso. Se não ficar satisfeita com ela, encontraremos outra pessoa. Há muitas que ficarão felizes com o emprego.

Duas valises e outra caixa foram carregadas para dentro da loja. Assim que o homem havia partido, a sra. Ingram abriu uma valise. Estava cheia de toucas.

— A senhorita não pediu por elas, mas nós temos muitas, então eu trouxe estas. Apenas algumas simples. A maioria são chiques, com rendas e tudo o mais.

— A senhora tem pensado com mais clareza do que eu.

— Em Richmond, elas sempre pagaram o aluguel. Talvez paguem aqui também.

A sra. Ingram se pôs ereta, depois foi até a parte de trás, espiando pela parede.

— Vou precisar que a senhora visite os armazéns para comprar tecidos, fitas e formas — disse Rosamund. — Quero começar assim que pudermos.

— Vamos precisar de uma moça.

— Pode encontrar uma do jeito que achar adequado. A senhora escolheu a última aprendiz, então tenho confiança no seu julgamento.

A sra. Ingram estava numa idade em que linhas finas se formavam acima de seus lábios, como pequenos ecos visuais das laterais de seus olhos. Ela franziu a boca e essas linhas exageraram sua expressão.

— Vai me contar como conseguiu esse hematoma na bochecha? Parece que o legado deve protegê-la, não lhe fazer mal.

Os dedos de Rosamund foram para a face.

— Está muito feio?

— Feio o suficiente. — A sra. Ingram abriu a outra valise e procurou dentro dela. — Não deve contar a ninguém sobre isso. — Ela tirou uma pequena caixa de madeira e a abriu. — Esta pomada vai esconder o pior. Venha aqui e vou aplicar um pouco.

Não parecia pomada. Parecia tinta. Rosamund se submeteu aos hábeis dedos da sra. Ingram.

— A senhora usa isso?

— Um pouco aqui e ali, tola vaidosa que sou. Digamos que o tempo não é gentil e vamos deixar por isso mesmo. — Ela recuou. — Vai funcionar, mas é melhor evitar luz forte.

Rosamund procurou seu relógio de bolso. Eram quase dez horas.

— Talvez, quando for aos armazéns, a senhora possa me comprar um pouco dessa pomada para amanhã. — Ela tirou um cartão da retícula. — É aqui que eu moro. Coloque as contas no meu nome e peça para serem enviadas para lá. Abri conta na maioria dos armazéns. Aqui está algum dinheiro para pagar os carros de aluguel.

A sra. Ingram pegou o cartão e as moedas.

— Contas e transporte, nada menos. Posso ver que as coisas serão um pouco diferentes aqui do que como conhecíamos em Richmond.

Kevin sabia que já passava bem das dez horas, mesmo assim consultou o relógio de bolso. De sua posição de uma janela da biblioteca, ele não via nenhuma atividade na rua.

Ela provavelmente não viria. Não depois da noite anterior. Ainda assim, ele havia se preparado para a visita, só por via das dúvidas. Ele suspeitava de que a srta. Jameson fosse o tipo de mulher que não perdia compromissos, a menos que mandasse avisar que não iria.

Kevin esperava que ela viesse. Havia decisões a serem tomadas e que não deveriam ser adiadas.

Ele caminhou pela biblioteca, incapaz de se sentar e pensar, desconfortável com seu próprio corpo. Se ela não aparecesse, ele sairia para praticar esgrima ou boxe. Algum exercício deveria livrá-lo da agitação que o deixava tão fora do prumo.

Ele ouviu uma carruagem. Correu para a janela e se esforçou para vê-la vindo pela rua. Quando o transporte diminuiu a velocidade, ele correu para o saguão de entrada, passou pelo criado de plantão e abriu a porta. A srta. Jameson olhava pela janela do carro alugado.

O criado passou por ele e deu a mão para Rosamund. Ela alisou a saia antes de ir em direção à porta.

Tentou esconder um hematoma no rosto. Talvez aqueles que não tivessem conhecimento dele não o notassem, especialmente na luz nublada do dia. Kevin, no entanto, viu imediatamente. A raiva dele por Philip nunca havia diminuído totalmente, e agora alcançava um novo pico.

Ele engoliu a reação e a cumprimentou.

— Bem-vinda.

— Temos muito o que discutir.

— Sim, temos de fato. Já passou da hora, eu acho, de me mostrar a invenção.

— É claro. No entanto, mandei preparar um café, e o terraço é um ótimo local de onde se avista o jardim. Vamos até lá por alguns minutos primeiro.

— Eu não preciso de café. Estou ocupada desde as oito horas da manhã. No entanto, suponho que o senhor tenha acordado recentemente, então lhe farei companhia.

Ele a conduziu pela casa até a sala matinal. O café da manhã esperava por seu pai. Ele fez um gesto na direção da mesa.

— Gostaria de...

— Não, obrigada. Se o senhor ainda não comeu, no entanto...

— Eu também acordei muito cedo.

Ele empurrou a porta do jardim.

Uma mesa havia sido posta na outra extremidade do terraço, longe da sala matinal. Kevin não queria a interferência do pai caso o homem se levantasse antes do meio-dia. Puxou uma cadeira para ela se sentar. Um criado veio servir café.

Ele a olhou no rosto. A luz do dia nublado evocava um brilho especial em sua pele, como se penetrasse profundamente e depois a refletisse com nuances sutis. O resultado era uma superfície que parecia muito branca, com sombras vagas abaixo da boca e do nariz. As estátuas de mármore não polido eram assim, com os cristais da rocha absorvendo luz em vez de refleti-la.

Ela levou a mão ao hematoma.

— Deram-me um pouco de pintura para escondê-lo. Acho que não funcionou, se você continua olhando para mim.

— Eu não estava olhando o hematoma. Sei que está aí, mas poucos notarão.

— Então por que está me olhando tão atentamente?

— Porque tenho algo muito importante para lhe dizer e estou me perguntando o que a senhorita vai pensar quando ouvir.

A curiosidade iluminou os olhos dela.

— Decidiu que quer outro sócio?

— De forma alguma. Por que a senhorita pensaria isso?

Ela encolheu os ombros.

— Me passou pela cabeça que seria útil termos um sócio que possuísse uma fábrica.

Que ideia mais incômoda. Ele engoliu seu aborrecimento. Isso era para outro dia.

— Em vez disso, pensei que deveríamos reconsiderar nossa própria parceria.

Ela olhou para ele sem expressão. Tanto que o enervou mais do que ele queria admitir. A prática srta. Jameson nunca tinha considerado essa possibilidade. Ela nem sequer havia cogitado a ideia que ele pretendia abordar.

Nem uma vez sequer.

O sr. Radnor estava ali parado, olhando para ela. Rosamund sentiu surpresa nele, mas não conseguia imaginar por quê.

Esperava que ele não fosse lhe pedir novamente para assinar aquele documento estúpido, o que dava a ele todo o controle da empresa. Se o fizesse, ela venderia sua parte, mesmo que já tivessem desenvolvido uma espécie de amizade.

Ele não era nada se não um homem seguro de si, mas agora ela via algo a mais. Não falta de confiança nele mesmo, mas em sua ideia.

— Talvez o senhor deva explicar o que tem em mente — sugeriu ela, para encorajá-lo a prosseguir.

— É claro. — O sr. Radnor se inclinou para a frente. Mais para a frente. — Quando digo reconsiderar nossa parceria, quero dizer estendê-la.

— O senhor tem outra empresa?

Ele sorriu com tristeza. Em um piscar de olhos, recuperou suas características costumeiras.

— Veja bem, estamos ligados um ao outro nessa empreitada. Nossas vidas estão interligadas.

— Só se eu não vender — ela o lembrou.

Um pequeno brilho de aço perpassou os olhos dele. Ah, sim, muito ele mesmo novamente.

— Parece-me que, por estarmos tão amarrados, devemos dar o próximo passo.

— O próximo passo...?

— Sim. Acho que devemos nos casar.

Ela ouviu as palavras, mas o significado demorou um momento para alcançar sua mente. Rosamund o encarou enquanto ele a encarava.

— Faz todo sentido, se pensar bem — acrescentou ele. Céus, ele estava falando sério.

Ela engoliu a risada nervosa que queria explodir. Quem esperaria tal proposta? Desse homem, dentre todos os outros? E dessa maneira? Ele poderia estar propondo um passeio no parque ou algo igualmente corriqueiro. Kevin colocava essa sugestão impressionante na mesa tão casualmente quanto pousava sua xícara de café.

— Se for por causa da noite passada, não há necessidade de propor casamento — disse ela.

— Não é para reparar a atitude de Philip, nem pelo nosso breve abraço, embora... — Seu olhar ficou mais intenso, daquele jeito que a incomodava. — Nosso abraço não tenha sido algo puramente de conforto. Não inteiramente. Decerto, minha sugestão não é uma surpresa completa para a senhorita.

Ela tateou em meio à confusão para encontrar uma maneira de responder.

— O abraço não foi uma surpresa total. O pedido de casamento, sim. Gente como o senhor não se casa com gente como eu. — Essa verdade clareou o pensamento de Rosamund. — Gente como o senhor beija gente como eu. Mas casamento? Não.

— Ainda assim, minha proposta é exatamente essa.

Ela não sabia o que dizer. Não poderia explicar que tinha um sonho, e não era uma vida com *ele*, não importava o quanto pudesse considerá-lo atraente e envolvente às vezes. Ela queria ver Charles novamente, e tentar deixar aquele velho amor encontrar sua voz e futuro.

Outras razões para não concordar passaram por sua mente. Ele dissera que nunca ficara fascinado por mulher nenhuma. A ausência de tais emoções nele não o recomendava para uma mulher, a despeito do quanto a união pudesse ser conveniente.

Na esteira desses pensamentos, vieram as memórias sobre o jantar da noite anterior e algumas das coisas peculiares ditas por Felicity sobre a morte do falecido duque. Se aquelas insinuações fossem verdadeiras...

Depois, havia o que ele não sabia sobre *ela*. O sr. Radnor não tinha ideia de como ela seria inadequada como esposa. Embora ela tivesse sido uma criada discreta na casa da sra. Darling, alguém poderia eventualmente reconhecê-la como uma habitante daquele estabelecimento, não importava o quanto ela se vestisse bem ou onde morasse.

— O senhor está fazendo isso porque quer controlar minha metade da empresa. É exatamente como aquele documento que queria que eu assinasse. Esse é o seu objetivo.

— Essa é uma das razões. A principal, sim.

Como ele tinha sido direto ao afirmar isso. Ele não estava nem tentando ser lisonjeiro. Nenhuma declaração de afeto ou elogio à sua beleza para apelar às suas emoções. Direto e honesto, esse era Kevin Radnor.

Ela começou a se ressentir dessa atitude.

— Sem dúvida, o resto da minha herança é o outro motivo.

— No longo prazo, não preciso do seu dinheiro. Posso não ter milhares de libras em um banco agora, mas estou bem situado. Além disso, também sou o herdeiro de meu pai.

— Ele parecia saudável e apto quando o vi. Quanto a ser seu herdeiro, se o senhor se casar com gente como eu, ele provavelmente irá deserdá-lo.

— Há partes da herança que ele não poderia desapropriar. Quanto a desejar seus recursos, não precisa se preocupar com isso. Se quiser, faremos um acordo que impossibilitará tal movimento de minha parte.

— Isso é óbvio. — Ela nunca permitiria que ninguém se apropriasse desse dinheiro. Até mesmo Charles teria que fazer tal acordo.

— Creio que a senhorita acredite que os benefícios dessa união seriam todos unilaterais.

— O senhor ficaria muito bem na pintura e minha posição seria diminuída. Os benefícios são todos seus.

— Você quer ser uma dama, por você e por sua irmã. Eu posso lhe dar essa posição imediatamente, em um grau que poucos homens podem.

*Quero ser uma dama para que Charles possa se casar comigo.*

Ele tinha razão em relação a Lily, no entanto. Maldito fosse. Ela não o deixaria desarmá-la.

— Sua própria família o castiga por seus interesses — disse ela, triunfante quando a ideia lhe ocorreu. — Não tenho certeza se sua reputação pode proporcionar o que o senhor oferece.

— Sou neto de um duque. Nada muda meu sangue. Os benefícios são todos seus. Você se orgulha de ser uma pessoa prática. Bem, isso é muito prático, para nós dois.

— Talvez prático demais. O senhor não quer se casar comigo, quer se casar com a minha metade de sua empresa. O senhor é pretencioso demais até para considerar o que aconteceria caso seu grande plano não fosse bem-sucedido. Então poderia se ver sobrecarregado com um casamento prático muito depois de ele ter deixado de ser útil.

— Claro que será bem-sucedido.

— Não se minha voz for silenciada por causa desse casamento, que sem dúvida é outro motivo para essa proposta.

Ele sorriu, mas não gentilmente.

— Acredita de fato que seu julgamento a respeito dessa invenção e de seu desenvolvimento é essencial para o sucesso do empreendimento? Não estamos falando de chapéus.

— Também não estamos falando de invenções brilhantes. Não mais. O verdadeiro potencial está na fabricação do dispositivo e em seu uso, e acredito que meu julgamento é necessário nesse quesito.

— Zeus, mas você é impossível.

Ele se levantou abruptamente e se afastou cinco passos. Com as mãos nos quadris, olhou para o céu, depois para o chão. Ela sabia que ele estava contendo a irritação. Já que sua própria voz havia se elevado, ela estava feliz pelo momento de silêncio para que pudesse se recompor também.

— Você está sendo teimosa — disse ele. — Pense nas suas intenções para a sua vida e para a vida da sua irmã. Essa empresa é fundamental para o meu futuro, mas não para o seu.

Ele estava lhe oferecendo sua posição e sua estirpe. Seu sangue. Não havia comparação entre ser neto e primo de um duque e ser um cavalheiro próspero como Charles. Mesmo que a maioria da sociedade a desprezasse por *seu* sangue, um bom número provavelmente ainda a toleraria, pelo menos para se aproximar de Hollinburgh. Ela sabia que a maioria das mulheres em sua posição o faria.

A maioria das mulheres agarraria aquela chance e esperaria pelo melhor. Mas o rosto de Charles pairava em sua mente, e ela não conseguia ver muito mais do que Charles quando olhava para dentro. Seu coração ansiava por seguir um caminho próprio. Ela não queria enterrar seu amor e se afastar do que ainda tinha chance de ser possível.

Ela falou devagar para que sua confusão e espanto não atrapalhassem sua linguagem.

— Sua oferta é muito generosa. Eu reconheço. No entanto, acho que seria melhor se mantivéssemos nossa parceria como está agora. Se nos casássemos, provavelmente teríamos várias brigas semelhantes a esta sobre a empresa, especialmente porque minha voz contaria pouco depois que proferíssemos esses votos. Obrigada mesmo assim.

Ele não respondeu. Não houve nenhum pedido para que ela pensasse mais. Nenhum argumento final.

Ela se levantou.

— Agora gostaria muito de ver a invenção.

Ela o havia rejeitado. Oh, ela ficara surpresa, talvez até chocada, mas havia se recuperado logo. A rejeição tinha vindo numa articulação dos diabos.

Qual era o problema dela? Na verdade, os benefícios seriam mais dela do que seus. A mudança de posição social duraria para sempre enquanto, como ela havia enfatizado com tanta franqueza, o controle dele sobre a empresa poderia acabar em nada.

Contra toda lógica e seu próprio interesse, ela o havia *rejeitado*.

Não havia nada a fazer a não ser aceitar e recuar com elegância. Ele dificilmente poderia fazer promessas de amor eterno, e admitir de que forma sua mente pensava nela poderia até mesmo deixá-la mais furiosa. O que ele poderia dizer? *Não seria um casamento por amor, mas meu desejo por você é feroz. Se permitir que eu lhe dê prazer, você nunca se arrependerá deste casamento.*

Ele a acompanhou para dentro da casa no exato momento em que seu pai entrava na sala matinal.

— Ah, srta. Jameson! — exclamou ele em forma de boas-vindas.

— Agora não — negou Kevin ao atravessar o cômodo às pressas com a srta. Jameson e seguir para a escada.

— Obrigada por isso — disse ela.

— Não temos tempo para entretê-lo. — O pai era a última pessoa que ele queria ver naquele momento, depois de ter pedido uma dama em casamento pela primeira vez na vida e ser rejeitado. Rejeitado pela filha de um fazendeiro arrendatário, inclusive. Uma chapeleira. *Não vou precisar de gente como o senhor.*

Ele disse a si mesmo para parar de ser um idiota infantil. Em um ou dois dias, seu ressentimento pungente passaria. Poderia até se sentir aliviado pela decisão dela.

Ele a guiou escada acima até o nível da casa onde ele habitava, depois atravessou o patamar até a porta.

— O motor está nos meus aposentos. Se eu soubesse que queria vê-lo hoje, teria pedido que o levassem para o jardim e o acionassem para a senhorita.

— Isso me ajudaria a entender a invenção?

— As demonstrações são úteis, mas acho que a senhorita vai entender minha explicação.

A antessala do quarto servia de escritório. As cortinas de uma janela permaneciam fechadas. Ele se aproximou e as abriu, de forma que a luz incidisse sobre a mesa situada a poucos metros dos painéis de vidro.

Quando ele se virou, a srta. Jameson estava olhando para a máquina a vapor em miniatura reluzindo em cima da mesa; sua expressão era de profunda curiosidade.

— Foi o senhor que fez isso?

— Algumas partes. Mandei que fizessem o restante de acordo com as minhas necessidades. Foi dimensionado e construído com os mesmos materiais usados para qualquer outro motor.

A cabeça dela se inclinou para um lado e para o outro enquanto ela a estudava.

— Funciona?

— Sim. É um projeto simples, como os usados para bombear água de minas. — Ele se juntou a ela e apontou para as várias partes conforme explicava. — O combustível queima aqui. O vapor se forma aqui e se move nessas hastes, ou pistões, para cima e para baixo. Isso faz a bomba funcionar aqui. O vapor tem um tremendo poder quando comprimido dentro de um recipiente.

— Qual parte é sua invenção?

— Não está aqui.

Ela deu um passo para trás e olhou para ele.

— Isso tudo é ótimo, mas não espere que eu fique deslumbrada a ponto de esquecer o que vim ver.

A briga no terraço ecoava por trás de suas palavras rudes. Ele abriu uma gaveta na mesa e removeu um minúsculo cilindro de metal, colocando-o no chão.

— Aqui está, na mesma escala deste motor que está diante de nós. Aqui está em um tamanho mais normal. — Ele removeu um exemplar muito maior e o colocou na mesa também. — Eu não estava tentando escondê-lo da senhorita. Simplesmente pensei que gostaria de ver o motor primeiro.

Ela ergueu a versão pequena.

— O que isso faz?

— Permite que a emissão de vapor seja regulada com mais precisão do que é possível atualmente, ao mapeá-la. Chama-se indicador. — Ele começou a explicar como funcionava e o valor que trazia para os motores. Kevin raramente tinha a oportunidade de explicar o funcionamento da invenção, então aquela chance o levou profundamente nas suas preocupações sobre o potencial de sua máquina.

No entanto, ele nunca perdeu seu público de vista. A adorável srta. Jameson havia conquistado uma porção de sua mente. Essa parte de sua consciência admirava o rosto e a silhueta dela e admitia algum pesar por ela não ter aceitado o pedido. Também notava o interesse e a atenção, e como a sobrancelha dela franzia quando ela não entendia alguma questão apontada.

Quando ela não bocejou após cinco minutos, ele mergulhou mais fundo na mecânica da melhoria.

Kevin Radnor podia nunca ter ficado fascinado por uma mulher, mas aquela máquina obviamente o cativava de mente e alma. Ela havia exigido uma demonstração e uma explicação e ele lhe dera uma. Detalhada. Ela diria que sua presença havia se tornado secundária, exceto pelo fato de que percebia que ele fazia alguns apartes para benefício dela, para assegurar que ela entendesse a lição.

E ela compreendeu. Em sua maior parte. No mínimo, ele a convenceu de que o empreendimento não havia sido construído a partir de ar. A máquina peculiar que ele inventara parecia capaz de grandes coisas. Ela manteve um olho nele o tempo todo. Não que ele notasse. Ela percebia como falar sobre esse empreendimento o enchia de vida. Ela achou esse fato encantador, e experimentou uma espécie de afinidade com ele por meio disso. Rosamund era exatamente assim quando transformou sua chapelaria em Richmond em realidade. Nada mais importava depois que ela dera o primeiro passo. Havia trabalhado incansavelmente para fazer tudo certo, e seu primeiro dia de trabalho tinha sido um dia de triunfo.

O sr. Radnor havia se devotado à invenção. Ele até mesmo a havia pedido em casamento por causa disso, e para uma mulher totalmente inapropriada. Ninguém poderia dizer que Kevin Radnor não era obstinado em suas ambições.

Quando seu monólogo finalmente diminuiu, ela entrou no assunto antes que ele encontrasse um segundo fôlego para prosseguir.

— Qual é a melhoria que o senhor deseja adquirir? Como vai aprimorar o motor?

— Ela se conecta aqui e adiciona uma válvula que permitirá que a pressão também seja lida e mapeada.

Rosamund não ousou perguntar como isso aconteceria. Se perguntasse, poderia ficar ali o dia todo. Ela se afastou da mesa.

— Então é realmente um aprimoramento, mas não necessário.

— Não é essencial, não.

— Acho que, se o senhor não conseguir resolver isso no próximo mês, devemos seguir em frente por conta própria.

Silêncio perto da mesa. Imobilidade absoluta. Ele olhava para a máquina, não para ela. Ela se preparou para outra discussão, na qual ele fosse zombar da opinião de uma chapeleira em assuntos tão importantes.

— Estamos de acordo — ele disse finalmente. — A senhorita é mais generosa do que eu. Acho que duas semanas são suficientes. Mais uma tentativa, depois recuar e desistir.

Ele a surpreendeu. Pelo jeito como ele a olhava, ela suspeitou que a reação fosse mútua.

— Para esse fim, viajarei para a França no paquete de segunda-feira — informou ele. — Vou me encontrar com a outra parte e ver se isso pode ser recuperado e resolvido.

— França? — Ela de repente se sentiu zonza. — Onde na França esse cavalheiro vive?

— Paris.

*Paris.* Minerva dissera que Charles morava em Paris.

Ela se forçou a conter sua explosão de entusiasmo.

— O senhor precisará que eu assine documentos se um acordo for alcançado.

— Eu ia levá-los comigo, já assinados pela senhorita.

— E se alguma pequena mudança for feita? A menor delas tornará inútil o que o senhor trouxer.

— Vou mandar redigir novos, assinar e voltar com eles. Depois que a senhorita os assinar aqui, podemos postar as cópias dele de volta.

Isso nunca daria certo.

Ela fingiu estar pensando com grande atenção.

— Seria melhor se eu fosse a Paris também, para que isso fosse resolvido de uma vez, se é que será possível resolver. Não queremos correr o risco de uma mudança de ideia depois de chegarmos a um acordo. Eu vou com o senhor.

O olhar dele se aguçou.

— E quanto às suas aulas? Sua loja?

— Informarei meus tutores de que minhas aulas devem esperar. A sra. Ingram veio de Richmond e pode cuidar da loja por um tempo.

— Viajar juntos... isso não se faz, srta. Jameson.

— Não viajaremos juntos. Viajaremos ao mesmo tempo, mas de forma independente. Não posso objetar se o senhor estiver no mesmo paquete que eu, ou se hospedar em uma pousada próxima.

A expressão dele revelava apreensão — mas também uma vaga diversão e... poderia ser cálculo?

— Seria mais adequado a senhorita viajar com uma acompanhante ou criada.

— Absurdo. Não sou nenhuma garota. Além disso, realmente a decisão não é sua. O momento é oportuno. Poderei ver os novos estilos em Paris e adaptá-los aos meus próprios chapéus e toucados. Eu tinha a intenção de viajar para Paris no verão, mas agora será mais agradável de qualquer maneira, e não vô... *vou* estar totalmente sozinha.

Ele encolheu os ombros.

— Não é necessário, mas... para evitar outra briga, vou permitir.

— Para evitar outra briga, não direi que não cabe ao senhor permitir ou não. — Aliviada por ele não ter discutido mais, ela deu outra boa olhada no motor, depois olhou para a invenção. Durante todo o tempo, ela se deleitou em fantasias sobre seu reencontro iminente com Charles. Ela ansiava por ficar sozinha com suas memórias e planos.

— Preciso ir agora. Tenho muito o que fazer antes de segunda-feira — avisou.

O sr. Radnor a acompanhou até a porta. Esperaram no pórtico enquanto um criado ia buscar um *hackney*.

— Hotel Le Meurice — informou ele. — É onde vou ficar. Está em sintonia com os gostos ingleses. Existem outros, é claro. Minerva provavelmente pode aconselhá-la.

Ela deixou de lado seus devaneios e considerou o homem de pé ao seu lado. Ele estava se comportando extraordinariamente bem, considerando a maneira como essa visita havia começado. A presença dela desde então provavelmente tinha sido uma provação para ele, mas o sr. Radnor nunca deixou transparecer.

— Lamento a forma como reagi ao seu pedido — disse Rosamund. — Minha resposta não foi gentil.

A única reação dele foi um leve aceno de cabeça.

O *hackney* chegou. Depois que o criado a ajudou a embarcar, ela falou com Kevin pela janela:

— Estou curiosa sobre uma coisa, sr. Radnor. O senhor disse que o empreendimento era um dos motivos de sua proposta. Qual era o outro?

Ele se aproximou da janela da carruagem. Ela se viu olhando nos olhos dele, incapaz de desviar o olhar.

— O casamento era uma forma honrosa de ter você na minha cama. Agora fiquei sem alternativas.

A carruagem prosseguiu naquele momento, deixando-a pasma diante da janela aberta.

Herdeira em seda vermelha

# CAPÍTULO ONZE

— O que acha? — a sra. Ingram perguntou enquanto ela e Rosamund classificavam a entrega de um dos armazéns. Consistiam em fitas e aviamentos, juntamente com algumas caras flores de seda. Outra incluía uma variedade de penas de avestruz e capão. Uma folha de papel estava ao lado, para Rosamund anotar qualquer coisa que pudesse estar faltando. A sra. Ingram havia escolhido bem, de modo que a lista permanecia muito curta.

— Coloque as fitas na prateleira aqui na parede dos fundos — orientou ela. — Os aviamentos podem ir para o ateliê.

A sra. Ingram carregou o saco de aviamentos enquanto Rosamund olhava pela loja. Passara toda a tarde do dia anterior ali, depois de deixar o sr. Radnor. Cedo naquela manhã, ela e a sra. Ingram haviam retornado para esperar por uma carroça que traria uma cama e alguns móveis para o andar superior. E então, havia horas, elas vinham preparando a loja o melhor que podiam.

Como ela ficaria fora do país por uma ou duas semanas, a sra. Ingram agora teria que assumir o comando. Rosamund queria deixá-la com o mínimo de trabalho possível.

Alguns chapéus já decoravam a vitrine, no alto dos suportes de metal. Uma placa temporária na porta anunciava a localização da Chapelaria Jameson, e um fabricante de placas havia chegado uma hora antes para a tarefa de instalar uma placa adequada no lugar. Rosamund espalhou algumas fitas em volta daqueles chapéus e flores de seda, para que não parecessem solitárias demais. Já podia ver algumas mulheres espiando. Isso a animou e confirmou sua crença de que fazer bom uso de uma vitrine no nível da rua a beneficiaria. Ela havia decidido, no entanto, usar também o cômodo da frente no andar superior da loja, de modo que pudesse tê-lo disponível para quem não quisesse ser atendida no piso térreo.

Outra carroça parou do lado de fora.

— Tomara que sejam as formas de chapéus e a entretela — desejou a sra. Ingram, ao vir para o espaço dianteiro da loja. — Não adianta mostrar esse catálogo de modelos se não temos os materiais para fazer os chapéus.

Dois homens entraram, carregando rolos e caixas desajeitados. A sra. Ingram os encaminhou para o ateliê nos fundos.

— Assim que chegarem as entregas de segunda-feira, devemos estar em excelente situação — disse ela em aprovação enquanto observava os homens desaparecerem.

— Com a senhora aqui, tenho certeza de que estaremos.

— Certifique-se de ficar de olho vivo enquanto estiver em Paris. Não se esqueça de fazer alguns desenhos. O que quer que eles façam lá, nós podemos fazer aqui.

— Vou encarar rudemente as damas para obter todos os detalhes.

Rosamund olhou para o avental e o vestido velho por baixo. Ambos mostravam sinais da poeira e da limpeza que ela fizera naquele dia. Ela olhou para o vestido da sra. Ingram, ainda mais velho do que o seu. Mandaria fazer alguns novos para ela. Se a sra. Ingram ia receber clientes em uma loja de Mayfair, ela precisava de trajes novos.

Os homens partiram, levando sua carroça embora. Rosamund colocou algumas toucas na janela também, para que os olhos curiosos tivessem mais novidades para ver. Ela desenrolou uma pena de avestruz na frente de tudo. Enquanto fazia isso, uma carruagem parou na Oxford Street. Ela abriu a porta da loja quando Minerva saiu e veio em sua direção.

— Escrevi que faria uma visita para você amanhã — disse Rosamund.

— Você também escreveu que não poderia ir hoje por causa das tarefas aqui, então resolvi visitar e ver sua loja, se você permitir.

— Claro, embora não esteja nem perto de concluída.

Os passos de Minerva diminuíram conforme ela se aproximava. Seu olhar foi para a face de Rosamund. As pontas dos dedos de Rosamund também. Tinha usado um pouco de pintura naquela manhã, mas o sol brilhava forte e a "pomada" ajudava pouco.

— O canalha — falou Minerva antes de abraçá-la. — Agora, me mostre e me conte tudo.

Rosamund a apresentou à sra. Ingram e a conduziu para um tour pela loja. Elas terminaram no ateliê dos fundos. Minerva examinou os materiais e aviamentos.

— Algum dia você deve me permitir vê-la criar uma obra-prima. Tenho inveja de qualquer pessoa com sensibilidade artística. — Ela se virou para Rosamund e continuou: — Você escreveu que precisava dos meus serviços profissionais novamente. Como posso ajudá-la?

— Venha comigo. — Rosamund conduziu Minerva para fora da loja, então subiu as escadas até o primeiro andar. Ela levou sua convidada para o apartamento nos fundos que havia sido organizado para uso da sra. Ingram. Convidou Minerva a se sentar à pequena mesa perto de uma janela dos fundos.

— Você me disse que Charles vive em Paris. Sabe exatamente onde?

Minerva abriu a retícula.

— Suspeitei que você pudesse querer essa informação se fosse precisar de mim novamente. Eu sei onde ele mora. Aqui está a rua e o número. — Ela entregou um papel dobrado. — Você decidiu escrever para ele?

Rosamund passou os dedos no papel. O mero gesto de segurá-lo fazia seu coração disparar.

— Decidi fazer uma viagem a Paris. Pretendo visitá-lo enquanto estiver lá.

— Que sorte a sua, por visitar aquela cidade. Talvez quando chegar a Paris, você deva escrever a ele primeiro, e não surpreendê-lo assim desprevenido.

Ela ergueu os olhos do papel para os olhos de Minerva.

— Você acha que é um erro fazer isso?

— Passo muitas horas encontrando amigos ou amantes anteriores, ou parentes perdidos. As reuniões que se seguem nem sempre acontecem da maneira que meus clientes imaginaram. O tempo muda as pessoas. Você viajará sozinha?

Será que o tempo havia mudado muito Charles? Será que ele poderia tê-la esquecido? Seu coração se recusava a acreditar. O amor deles não era comum, mas de uma profundidade surpreendente.

— Farei a viagem de forma independente, mas o sr. Radnor irá para lá na mesma época. Ele poderá me fornecer ajuda se eu precisar, e estarei disponível para assinar documentos se ele precisar.

As sobrancelhas de Minerva se ergueram um pouquinho.

— Sua criada Jenny a acompanhará?

— Pedi a ela que ajudasse a sra. Ingram aqui, e ela concordou. Acho que posso contratar uma criada no hotel. O sr. Radnor recomendou o Hotel Le Meurice. Você o conhece?

— Certamente servirá. Vou lhe enviar os nomes de alguns outros amanhã. Chase e eu fizemos uma visita a Paris no outono passado. Também anotarei as direções de algumas lojas que você pode querer visitar e enviarei algumas cartas de apresentação para amigos que moram lá, caso precise de ajuda. Quando você vai?

— Na segunda-feira.

— Tão cedo? Você se recuperou o suficiente do que aconteceu na outra noite...?

— Não estou pensando nisso. Algumas coisas foram ditas, no entanto, sobre as quais estive pensando. Não ditas por Philip, mas por outros. Sobre... nosso benfeitor. Talvez você possa explicá-las. Se não fizerem parte de segredos, é o que quero dizer.

O rosto de Minerva perdeu a maior parte de sua expressão, exceto por um sorriso firme e um tanto distante.

— Se eu puder explicá-los em boa consciência, vou tentar. Ele caiu de um parapeito em sua casa de campo. Foi declarado um acidente.

— No entanto, algumas pessoas da família não acham que foi. Lady Dolores, por exemplo.

— Não. Algumas não.

— Elas acreditam que alguém o matou?

— Algumas, sim.

Rosamund engoliu em seco.

— Alguém acha que fui eu? Com o legado, eu teria...

— Ninguém tem motivos para especular sobre você. Você estava em Richmond, então não precisa dar nenhuma atenção a todas essas fofocas. — Minerva sorriu, como se isso resolvesse *essa* parte. — Agora, vou me despedir para que você possa terminar o que precisa fazer aqui. Ao fazer as malas para essa viagem, lembre-se de levar suas melhores roupas. Você pode querer ir à ópera ou ao teatro, ou jantar em um dos estabelecimentos especiais de lá.

Rosamund foi na frente e desceu as escadas. Em seguida, despediu-se de Minerva e voltou à loja para ajudar a sra. Ingram. Sua conversa com Minerva continuava se repetindo em sua mente sempre que ela descansava por alguns minutos. Sua nova amiga havia encerrado a conversa com firmeza, antes que mais perguntas sobre a morte do falecido duque pudessem ser feitas.

# CAPÍTULO DOZE

— Ooh. *C'est tres belle.* — Margarite passou a palma da mão na seda do vestido de festa lilás-claro.

Rosamund não fazia ideia do que havia sido dito por aquela jovem criada fornecida pelo hotel.

— É... lindo — disse Margarite no idioma de Rosamund, de forma hesitante e cuidadosa.

Ela falava da maneira que Rosamund presumia que ela mesma falava quando estava tentando se expressar em francês.

Margarite continuou a desfazer os baús de Rosamund. Provavelmente demoraria algum tempo. Nunca tendo viajado para o exterior antes, e com o conselho de Minerva em mente, ela acabara trazendo todas as suas roupas novas e um bom número das antigas.

Rosamund voltou para o quarto de dormir. Embora não fosse grande, ela o considerou luxuoso. As longas janelas proporcionavam boa iluminação e o elegante teto alto, com toda a decoração de gesso, criava opulência.

Por outro lado, talvez ela houvesse gostado tanto assim por causa da sala de estar adjacente. Melhor ainda, a sala de estar tinha um pequeno terraço que dava para um grande parque do outro lado da rua.

Ela saiu naquele terraço para apreciar a vista.

As pessoas passeavam como faziam nos parques de Londres.

— Esses são os Jardins das Tulherias. É onde se vai para ver e ser visto.

Ela se virou para encontrar Kevin Radnor emergindo de uma suíte no outro terraço ao lado do dela. Não tinha percebido que os aposentos dele eram próximos dos seus. Depois que ele falara com os funcionários do hotel, ela havia sido acompanhada por um cavalheiro formal até a porta de seus aposentos, e Kevin desaparecera.

Agora ela apontava para as longas janelas dele.

— Você também pegou um apartamento?

Ele balançou a cabeça.

— Eu não preciso de um.

— Nem eu.

— Pode haver noites em que você queira jantar sozinha. Os franceses são muito liberais e seus restaurantes são insuperáveis, mas nem mesmo eles esperam que uma mulher se sente sozinha. Desta forma, você pode pedir uma refeição em sua suíte, mas não terá de comer no quarto de dormir.

— Que atencioso da sua parte considerar isso. Ouvi você discutindo com o cavalheiro lá embaixo, mas não tinha ideia de que estava arranjando este apartamento para mim.

— Um de nós precisava daquele cômodo extra. Isto é, se fôssemos requerer privacidade. Melhor que seja você.

— Requerer privacidade? — O coração dela acelerou um pouco, em uma combinação de alarme tocado por... excitação. Esta última não fazia sentido, mas ela não podia negar sua existência.

Não tinha se esquecido de suas palavras de despedida quando saíra da casa da família dele em Londres. Mesmo enquanto corria para se preparar para a viagem, as palavras não haviam abandonado sua mente. Quando um homem declarava sua intenção de seduzir uma mulher, essa mulher seria uma idiota em ignorá-la. Então, fazer uma viagem na companhia daquele homem provavelmente era temerário. Até mesmo perigoso.

Quando esse homem era bonito e atraente, provavelmente era normal sentir essas reações peculiares por ele. Na viagem até Paris, com frequência ele havia se mostrado absorto nos próprios pensamentos. Ela não resistiu a examiná-lo então, perguntando-se se ele dissera aquelas palavras para provocá-la ou como vingança pela rejeição. Em várias ocasiões, porém, aquele olhar se voltara para ela sem piedade, como se ele adivinhasse o que ela contemplava e deliberadamente procurasse perturbá-la.

Como resultado, ela permanecera reservada durante todo o trajeto até Dover. A presença diante dela na carruagem não podia ser ignorada. Rosamund ficava esperando que algo inapropriado fosse acontecer. A verdade era que a expectativa mexia com ela mesmo sem que o sr. Radnor fizesse algo impróprio.

Que coisa ótima era. Estúpida e constrangedora. Sempre que acontecia, ela invocava a imagem de Charles e se concentrava nela. Ela o havia carregado na mente durante a viagem no paquete, especialmente quando o sr. Radnor de vez em quando ficava ao seu lado enquanto eles observavam o mar, no convés. Houve apenas um curto período, enquanto seguiam da costa até Paris, quando ela sentiu que uma verdadeira sedução estava sendo contemplada por ele.

Kevin perguntara, enquanto providenciava o transporte, se ela queria sua própria carruagem. Sendo prática, parecia um desperdício estúpido de dinheiro não dividir uma só.

Na primeira hora, ela percebeu por que não era apropriado para as mulheres viajarem sozinhas com homens. Até a carruagem mais espaçosa se tornava íntima com o tempo. O espaço interno poderia acomodar melhor as pessoas mais baixas, mas ela era mais alta do que a maioria e a altura dele significava que suas pernas estavam sempre lá, perto das dela, intrometendo-se. Na verdade, depois de ela ter se ajeitado várias vezes para liberar espaço, pareceu-lhe que ele deliberadamente se esparramara de uma forma que a prendera contra a janela.

Ela poderia ter suportado como mera grosseria, mas foi então que ele emergiu de quaisquer pensamentos que o haviam ocupado até aquele momento e voltou sua atenção intensa para ela. Nos melhores momentos, era algo desconcertante, mas apertados naquela carruagem, seu escrutínio parecia implacável. E ficou muito pior quando ele expressou seus pensamentos.

— Quantos anos você tem? — ele perguntou. — Suponho que sejam talvez vinte e dois.

— Supôs errado. Tenho quase vinte e quatro anos.

Ela recebeu um pequeno franzido na fronte dele por isso.

— Então você vive de forma independente já há alguns anos.

Com isso, a curiosidade dele se tornou irritante.

— Eu trabalhava como criada até muito recentemente. — Ela olhou para as pernas dele. — Sei que as carruagens não são feitas para homens do seu tamanho, mas o senhor está ocupando mais do que sua metade de direito nesta aqui. Poderia fazer a gentileza de afastar o joelho?

Com um leve sorriso, ele reorganizou as pernas.

— Quanto tempo até chegarmos a Paris? — ela perguntou.

— Será noite quando chegarmos. Então você trabalhava como criada, e depois abriu sua loja em Richmond.

Ela quase podia ouvi-lo fazendo cálculos.

— Entre uma coisa e outra, trabalhei em uma chapelaria na City de Londres.

— Então você viveu de forma independente por cerca de dois anos.

Se ela soubesse que Paris ficava a um dia inteiro de viagem da costa, poderia ter contratado seu próprio meio de transporte para ser poupada daquele interrogatório.

— Por que está fazendo todas essas perguntas? Ainda está preocupado que algum caçador de fortunas mexa com a minha cabeça?

— Os caçadores de fortunas se interessarão independentemente da sua idade. Você poderia ter sessenta anos e eles ainda fariam de tudo para agradá-la.

Nesse caso, talvez ele só estivesse entediado. Aparentemente, ele ficara sem ideias brilhantes para contemplar. Quando ele não pareceu inclinado a falar mais, ela recuou, aliviada em pensamentos sobre Charles e sobre a expectativa de seu reencontro. Depois de todos esses anos, ela tentou imaginar como seria vê-lo novamente. Ele pareceria um pouco mais velho, é claro, mas não esperava ver nenhuma mudança significativa. Ele a cumprimentaria com um abraço forte e um beijo profundo, depois riria de felicidade. Ela podia imaginar seu largo sorriso e olhos brilhantes quando ele a visse correr para os braços dele...

— Estou tentando decidir se você é uma inocente.

A declaração calma pôs um fim abrupto à fantasia.

— Se eu sou uma... *perdão*?

— Você perguntou por que eu queria saber sobre sua independência. Essa é a razão. — Ele a encarou, o mais calmo que pôde. — E você é?

— Eu posso ver por que sua família acha tão difícil suportá-lo.

Que pergunta! Grosseiro e impróprio...

— É uma pergunta muito simples. — Ele encostou a cabeça no encosto estofado. — A ideia de que existem assuntos que um homem não pode discutir com uma mulher é ridícula. Eu fico me perguntando quem foi que criou essas regras estúpidas. Provavelmente mulheres como minhas tias.

— Mais provavelmente mulheres como eu, que as acham muito intrometidas.

— Você só as achou muito intrometidas porque pensou que sua resposta iria colocá-la em uma posição ruim, quando, na verdade, você apenas confirmou minha própria conclusão, e de forma alguma mudou minha opinião sobre você.

Ele fechou os olhos e cruzou os braços, provavelmente para retornar ao que quer que estivesse ocupando sua mente naquele dia.

— Não confirmei sua conclusão porque não respondi à sua pergunta — disse ela.

— Claro que respondeu. — Seus olhos se abriram pela metade e ele olhou para ela através das pálpebras semicerradas. — Se você ainda fosse inocente, teria dito que sim. "Como se atreve a sugerir que eu não seja, senhor?" Algo assim. "Sou uma mulher solteira. Claro, estou intocada. O senhor é um libertino que não merece desculpas por sugerir algo diferente." Ou, talvez: "Abordar tal assunto está além do que pode ser considerado um insulto ou meramente indelicado. Devo exigir que saia desta carruagem e prossiga no assento do cocheiro".

Ela sentiu o rosto ficar mais quente com cada resposta que ela não dera. Talvez ele tivesse percebido, porque saiu da postura esparramada, sentou-se direito e se inclinou na direção dela.

— Como eu disse, isso em nada altera minha opinião sobre você. Minha conclusão foi lógica, devido à sua pessoa e seus modos, mas nunca se sabe quando se diz respeito às ideias peculiares que o mundo tem sobre essas coisas.

— Não tem absolutamente nenhuma importância para mim como o senhor se sente sobre quaisquer conclusões errôneas que possa ter tirado desta conversa extremamente estranha.

— Não tão estranha. — Ele a olhou bem nos olhos. — Afinal, uma mulher com alguma experiência não apresenta nenhum mistério, mas uma inocente... eu não saberia o que fazer com uma inocente.

Naquele momento no hotel, porém, no terraço, quando ela repetiu a palavra dele, "privacidade", ele olhou de volta para os jardins, um sorriso lento se formando em seus lábios.

— Nos encontraremos com *Monsieur* Forestier em breve. Decisões difíceis terão que ser tomadas, então. Essas conversas não devem acontecer em público.

— Claro que não. E tenho muitas coisas que quero fazer aqui. Quero ver as melhores lojas e observar a moda feminina. Suponho que ninguém fale nossa língua, sim?

— Os franceses presumem que qualquer pessoa importante aprenderá a língua deles.

— O que gente do seu tipo sabe.

Ele não só falava francês, como o falava em uma melodia longa, contínua, rápida e incompreensível.

— Vou ficar indefesa aqui, não vou? — Ela cruzou os braços à sua frente para se aquecer um pouco. O sol estava se pondo no oeste, lançando longas sombras. Paris lhe parecia mais fria do que Londres. A brisa era um tanto ardida quando fluía para o norte.

— Vou acompanhá-la aonde precisar ir para que não se perca.

Ela não poderia estar na companhia dele quando fosse em busca de Charles. No entanto, se passasse um dia atravessando a cidade primeiro, provavelmente aprenderia o suficiente para dizer ao hotel aonde queria ir e pedir que encontrassem uma carruagem para ela.

— Por que não visita o Palais-Royal amanhã? — ele sugeriu. — Há boas lojas lá, e você também poderá dar uma boa olhada na moda atual no jardim. Por enquanto, junte-se a mim para o jantar. Vou explicar a comida para você.

Ela concordou e voltou para seus aposentos. A comida precisava de explicações?

A srta. Jameson insistiu que eles estavam viajando de forma independente, mas é claro que não estavam de fato. Kevin certificara-se disso. Como um cavalheiro, era seu dever levá-la em segurança a Paris, afinal. A melhor maneira de fazer isso era viajar com ela nas carruagens e vigiá-la no paquete. Agora, considerando a ignorância da srta. Jameson da língua e dos hábitos franceses, ele era obrigado a continuar agindo como seu guardião.

Poderia ter dito algo quando presumiu que o gerente do hotel estava fazendo suposições incorretas sobre o relacionamento deles. Poderia ter deixado claro que as duas acomodações não precisavam ser próximas uma da outra, porque a srta. Jameson era apenas uma amiga. Teria sido possível fazer isso sem dizer uma única palavra.

Mas convinha a ele permitir que a suposição permanecesse.

Vestido para o jantar, Kevin se apresentou na porta dela. Uma criada a abriu, uma jovem bonita, com cachos escuros e nariz muito francês. Ela deu um passo ao lado para que ele pudesse entrar na sala de estar. Rosamund esperava ali.

Estava deslumbrante com o vestido lilás que usara na casa da tia Agnes. Um pequeno adereço com uma pluma vívida no topo da cabeça adornava seus cabelos loiros. Alguns pequenos cachos lhe emolduravam o rosto.

Ele ofereceu o braço.

— Pensei que hoje poderíamos jantar aqui no hotel, se for do seu agrado.

Ela assentiu enquanto olhava ao redor da escada e até o teto ao descerem.

— Eu penso que não vai sê... *ser* como comer em uma estalagem.

— Nem como jantar à mesa da minha tia. Embora haja cozinheiros franceses em Londres. Meu primo Nicholas tem um, por exemplo.

— A comida é tão diferente assim?

— Alguns pratos, sim. A maior parte é bem familiar.

Estavam sentados no restaurante. Rosamund olhou para o cristal e para as flores e, finalmente, para os talheres alinhados na sua parte da mesa. Ela inclinou a cabeça e apontou para um utensílio de alimentação.

— O que é aquilo?

— Vou lhe mostrar em breve.

Não era seu objetivo chocá-la, mas ele decidiu que apresentá-la a coisas novas poderia ser sábio. Então Kevin pediu champanhe, e eles riram quando a efervescência fez cócegas no nariz dela. Pediu camarão e ela gostou. Em seguida, pediu *escargot*.

Ela olhou para eles, então para Kevin.

— O que são essas coisas? — Ela cutucou um com o garfo.

— Você os come com aquele pequeno utensílio estranho que a intrigou.

— Mas o que são eles?

— Gastrópodes. *Cornu aspersum*. — Ele colocou um na boca. — Os franceses os chamam de *escargot*. Nós usamos a palavra francesa na nossa língua também.

Ela fez uma careta.

— Na minha terra, a gente chamava isso de lesma e não achava que era de comer. Nós as espremíamos e as matávamos com água de alho.

— Os caramujos vivem nessas conchas em que estão agora. Lesmas não têm conchas.

— O *senhor* saberia a diferença, é claro. — Não soou como elogio. Ela continuou cutucando um deles com o garfo, como se esperasse vê-lo se mover.

— Eles são comidos desde os tempos romanos. Na verdade, são criados em fazendas. Experimente um. Eu prometo que não será gosmento. Eles cultivam os caramujos para que os que são cozidos fiquem livres disso.

— Devo comer?

— Claro que não. É preciso coragem na primeira vez.

Ela usou seu utensílio para tirar um caramujo da concha e o examinou.

— Se eu vomitar, será tudo culpa sua por dizer que eu seria uma covarde se recusasse. Sirva-me mais champanhe para que eu possa engolir.

Ele atendeu, então a observou reunir coragem. Com um movimento rápido, ela comeu o caramujo, mastigou três vezes, depois pegou o champanhe e deu um bom gole.

— Isso *não* foi agradável. Além da manteiga, tinha pouco sabor e a textura era estranha.

— É um gosto adquirido.

O linguado foi servido, o que agradou mais ao paladar dela.

— Se o senhor adquiriu todos esses sabores franceses, deve vir para cá com frequência.

— Com certa frequência.

— Já viajou para outros lugares?

— Eu cheguei à idade adulta depois que Napoleão foi derrotado. Fiz o tour pelo continente, como a maioria dos rapazes. — Ele percebeu como isso

soava presunçoso. — Pelo menos a maioria daqueles que são, como você diria, gente como eu.

— Nunca estive em muitos lugares nem na Inglaterra. A minha terra. Londres e Richmond. Brighton, uma vez. — Ela encolheu os ombros. — Não tem problema. Gente do *seu tipo* fala todas essas línguas. Eu ainda tô aprendendo a minha. — Ela sorriu depois de dizer isso, como se para assegurar-lhe de que havia cometido o erro deliberadamente.

— Você não precisa saber os idiomas para viajar. Viajar é algo que você deseja fazer?

Ela pareceu surpresa com a pergunta.

— Nunca pensei. Isso nunca foi possível antes. Mas, sim, acho que gostaria de viajar algum dia. É interessante ver coisas e hábitos novos. Até caramujos.

Ele se perguntou como seria revisitar os locais de seu tour, só que desta vez com Rosamund ao seu lado. Imaginou-a se aquecendo no calor da Grécia e do Egito, e caminhando pelos paralelepípedos de Florença. Ele se imaginou fazendo amor com ela em um terraço em Positano e nadando com ela no lago Como.

Ela largou o garfo e a faca.

— Espero que não tenha pedido para trazerem mais comida. Estou muito satisfeita. Na verdade, estou tão satisfeita que preciso dar uma caminhada.

— Vou acompanhá-la. Podemos dar uma volta pelo rio.

Ele esperou embaixo enquanto ela subia para pegar um xale. Pediu ao hotel que chamasse uma carruagem e depois verificou se havia correspondência. Uma carta havia chegado. Ele leu e guardou-a no momento em que Rosamund descia as escadas.

Rosamund estava linda com o chapéu de aba larga que ela escolhera. Flamejava ao redor do rosto, seu tecido creme macio drapeado em uma série de dobras que agiam como linhas direcionando os olhares para seus olhos. Não que ele precisasse de instrução. Tinha sido um verdadeiro esforço não ficar olhando para ela durante toda a refeição.

Ela também usava um longo xale creme que fluía ao seu redor. Leve, forneceria pouco calor. Às vezes, fazia frio perto do rio.

— Eu poderia usar uma peliça — disse ela, passando os dedos na ponta do xale —, mas nenhuma das minhas faz conjunto com este vestido.

— Isso deve ser o suficiente — ele mentiu facilmente ao oferecer o braço.

Paris permanecia movimentada até altas horas da noite. Essa foi a primeira reação de Rosamund quando começaram a caminhar ao longo do Sena. Não estavam sozinhos. Algumas pessoas passavam apressadas, mas muitas caminhavam lentamente, tomando ar.

— O rio fede mais do que o nosso — observou ela.

— É uma cidade grande e o Sena passa bem no meio. Também não tem uma correnteza tão rápida quanto a do Tâmisa, nem tem maré.

Embora estivesse escuro, ela podia ver os edifícios pelos quais passavam. As lâmpadas da rua forneciam amplas poças de iluminação.

— Eles ainda queimam óleo aqui — comentou Kevin. — Essas lâmpadas têm um fundo prateado que reflete a luz. Aumenta o alcance dela. A luz é superior, mesmo que a mecânica seja desajeitada.

Quando passaram pela próxima, ela olhou para cima a fim de ver o que ele queria dizer.

— Isso é muito parecido com o que há na City de Londres — observou ela. — Alguns prédios grandiosos, como este aqui, mas bem pertinho de outros antigos e pequenos.

— Muito em breve você verá edifícios muito grandiosos.

Do outro lado do rio, erguia-se uma grande estrutura semelhante a um castelo, com pequenas janelas e uma torre de um lado. Ela ficou tão impressionada que não percebeu a catedral até que o edifício surgisse diante dela, do outro lado da praça.

— Você pode não ter percebido, mas cruzamos uma ponte e estamos em uma ilha no rio — revelou Kevin. — É a parte mais antiga de Paris.

Viram a catedral e ele lhe contou um pouco de sua história. Em seguida, caminharam até o rio novamente.

— Recebi uma carta de *Monsieur* Forestier — contou ele enquanto estavam em uma ponte, olhando para a fita negra de água. — Ele gostaria de se encontrar amanhã. Um jantar cedo. Você está convidada.

— Não vou entender nada do que for dito. O que vou fazer lá?

— Ficar linda.

Ela olhou para o perfil dele. Não estavam perto de um daqueles postes de luz, então ela podia ver pouco de sua expressão.

— Quer que eu esteja lá para distraí-lo, para que ele se comprometa com um mau negócio?

— Você participará como sócia plena, cuja concordância é necessária. Se por algum motivo sua presença o deixar zonzo e irracional, não será sua culpa ou minha.

— Acho que dificilmente ele vá se tornar irracional. — Ela riu. — Zonzo, decerto. Ele provavelmente é igual a você, todo ciência e máquinas e nunca se distrai por muito tempo com nenhuma mulher.

Um silêncio se abriu ao lado dela. Rosamund olhou e encontrou o olhar do sr. Radnor sobre ela. Seus olhos eram poças escuras na noite escura, mas vivos com minúsculas faíscas.

— É isso que você acha? Posso ver que fui sutil demais.

Seu tom, baixo em meio à noite, a enervou naquele momento.

— O senhor não foi nada sutil. Disse explicitamente que nunca se encantou.

— Suponho que sim.

Ele parecia mais próximo então, só que não havia se movido. A altura dele a dominava, mas ela não se sentia ameaçada. Seu coração batia mais forte. Um delicioso alarme pulsava dentro dela. Não medo, mas o primo mais amigável dele, algo que provocava sua cautela.

Então a mão dele estava em seu rosto e seu olhar estava muito próximo. O calor de sua palma fluiu diretamente para ela.

Seus pensamentos se descontrolaram. O espanto a dominou e ela mal respirou. Ambas as mãos dele acomodaram seu rosto. Sua cabeça baixou e parou, como se esperasse por algo. Ele baixou-a mais e a beijou.

Esse beijo estava em espera para se realizar desde que haviam deixado Londres. A longa expectativa a fez reagir com algo parecido com alívio.

Rosamund não esperava essa reação. Ela havia se colocado em estado de autoproteção por um motivo, mas toda a razão a havia abandonado agora. Aceitou beijos quentes e lentos, então sucumbiu a outros intensos e apaixonados. O poder dele a seduzia. Já fazia tempo demais desde que a excitação sensual a dominara. Absorvera. Ela não tinha armas para resistir e estava feliz por não as ter. A intensidade dele se tornara física, capturando-a com a mesma certeza com que seu olhar às vezes a capturava.

Apesar da consciência turva, ela notou detalhes. A forma como os braços dele a envolviam. O cheiro de suas roupas e dele todo. A forma habilidosa com que sua língua fazia disparar uma emoção inacreditável através dela. A pressão das mãos dele se espalhava por suas costas e quadris. Os beijos procuraram seu pescoço e ela inclinou a cabeça para permitir os avanços. Deliciosos calafrios dispararam para baixo, contraindo seus seios e seu ventre. Uma loucura maravilhosa acenava para ela.

Murmúrios próximos. Seu corpo inteiro clamou para que fossem embora. O silêncio respondeu. Quem quer que tenha passado não lhes deu atenção. Ela estava eufórica por não haver interrupção, porque ela queria, queria desesperadamente... que a mão dele subisse e acariciasse seu seio. Sim, sim, era o que ela queria.

Ela se agarrou a ele para que ele não parasse. Kevin interrompeu o beijo e a segurou num abraço próximo, seus lábios pressionados sobre a cabeça dela enquanto as mãos a exploravam. Carícias cuidadosas a excitavam. Dedos diabólicos a tentavam. Ele arrancou dela gritos e gemidos que a fizeram arder.

Como se soubesse, ele desceu a mão sobre o corpo dela. Puxou-a para mais perto e beijou o topo de sua cabeça, ao mesmo tempo em que deslizava a mão entre as coxas. Por cima do vestido, da anágua e da chemise, ele penetrou a mão fundo entre as pernas dela, e em seguida pressionou para cima, contra aquele ponto de agonia e êxtase que a torturava.

Ela se agarrou a ele, irracional e ofegante. Aceitou o que ele oferecia. Não um alívio completo, mas o suficiente para impedi-la de morrer. Ela se pressionou o máximo que pôde para que aquele anseio oco pudesse ser removido. Só que a própria pressão começou a remexer fomes mais profundas. Foi então que ele tirou a mão e a envolveu em seus braços.

Eles ficaram assim, com ela aninhada contra ele, tentando buscar alguma compostura e forçando seu corpo a desistir de qualquer outra coisa. Ela tornou a perceber o rio abaixo, as luzes da cidade e a balaustrada atrás de seus quadris. A culpa começou a sussurrar na mente de Rosamund, mas ela a ignorou porque não queria se arrepender de sentir aquilo tudo novamente. Ainda não. Não queria se desfazer da glória sensual que poderia existir entre uma mulher e um homem, mas, instante a instante, ela desapareceu noite adentro contra a sua vontade.

Kevin sabia quando caminharam até o fim da ponte que ela não o aceitaria naquela noite. Portanto, não propôs que dessem prosseguimento em uma cama confortável no hotel, por mais que quisesse.

Ele a beijou, colocou-a na carruagem e voltou sozinho a pé. Em menos de um minuto, estava se xingando por ser tão decente.

Ele deveria ter seguido suas inclinações e a possuído ali mesmo na ponte. Ela quase implorou que o fizesse. Ninguém naquela cidade teria se importado, caso alguém notasse. Mas não, Kevin tinha que ser um cavalheiro inglês. Levantar a saia e a perna dela em uma ponte não seria uma atitude respeitosa. Não seria apropriado. *Não é assim que se faz com uma mulher decente.*

Diabos, e quem era ele para saber se isso era mesmo verdade? Por tudo o que sabia, as mulheres decentes poderiam muito bem se entregar por toda Londres em parques e pontes. Não era como se tivesse tentado descobrir.

Ele continuou a caminhar, percorrendo um trajeto longo e circular, de modo que pudesse ganhar algum controle sobre o corpo e a mente. Invocou sua conhecida raiva de como considerara Rosamund um incômodo. Uma interferência. Uma mulher teimosa que não representava nada além de problemas para ele. No entanto, também continuava a ouvi-la, a sentir seu corpo e seu perfume. Kevin a imaginou nua e receptiva e desesperada por mais do que ele ousara fazer naquela noite. Não ajudou que tivesse se mostrado tão apaixonada. Claro que se mostrara. Desejá-la parecia ter sido algo criado em seu inferno particular, então por que não fazer as chamas arderem mais forte?

Elas certamente estavam ardendo. Kevin levou quase uma hora para escapar do feitiço que ela havia lançado. Ele então se aproximou do hotel, olhando para as longas janelas atrás do terraço dela e se perguntou se

Rosamund ainda ansiava por uma conclusão da forma como ele mesmo ansiava. Nenhuma lâmpada acesa naquela suíte, até onde podia ver. A indomável srta. Jameson tinha ido para a cama.

Pelo menos um deles poderia muito bem ter uma boa noite de sono. Kevin certamente não teria.

# CAPÍTULO TREZE

Rosamund olhava para as penas espalhadas sobre uma mesa em um cômodo dos fundos na loja de *Monsieur* Benoit. Algumas tinham sido tingidas, e ela se perguntava se as damas de Londres iam querer plumas de avestruz de cores tão vivas no outono e no inverno.

*Monsieur* Benoit, sendo um comerciante inteligente, vinha vê-la o tempo todo. Cada vez que o fazia, depositava algum outro aviamento interessante na mesa. Velho, magro e enrugado, sorria para ela sempre que seus olhos se encontravam. Rosamund podia dizer que o vendedor antecipava que os desejos dela fossem superar sua hesitação.

Ela havia encontrado aquela loja indo a uma das costureiras que Minerva recomendara e, depois, perguntando onde tais artigos poderiam ser comprados. A modista não falava inglês, mas haviam se comunicado muito bem. Cinco minutos depois, conheceu *Monsieur* Benoit, que, segundo ela descobriu, fornecia matéria-prima para alguns dos mais estimados chapeleiros de Paris. Não bastasse, ele também falava inglês.

Isso provou ser uma sorte, porque Rosamund estava sozinha naquele dia. Kevin saíra do hotel mais cedo, deixando um bilhete no qual informava que tinha compromissos e que a chamaria às quatro horas da tarde para comparecer ao jantar com *Monsieur* Forestier. Rosamund ficou aliviada por não ter que enfrentá-lo tão logo, muito menos passar horas com ele. Duvidava de que pudessem ficar um na companhia do outro por tanto tempo e fingir que a noite anterior não tinha acontecido.

Ela ainda acomodava os acontecimentos em sua mente, mesmo enquanto olhava as plumas. No que estava pensando? *Não houvera pensamentos, apenas sentimentos e prazer.* Era o que dizia sua voz interior, a voz inconveniente que falava verdades simples e não tentava inventar desculpas ou elaborar mentiras.

Ela já tinha ficado tempo demais sozinha, decidiu. Haviam se passado anos sem nenhuma outra mão além das suas. Estivera vulnerável à sedução de Kevin porque era como a terra árida desesperada pela chuva. *Não tão vulnerável. Houve outros antes dele que você não aceitaria.*

Parecia especialmente ruim ter feito isso quando iria ver Charles em breve. Ser tão devassa pouco antes daquele reencontro parecia vergonhoso depois de tanto tempo de ser boa, de se preservar. *E ainda assim você não pensou em Charles enquanto estava naquela ponte. A culpa só veio no trajeto de volta para o hotel.*

Ela forçou seus pensamentos de volta à mesa. Separou três plumas coloridas. Estendeu a mão e tocou um adorável cordão de acabamento feito de pequenas pérolas. Ficaria maravilhoso em um chapéu ou em um adereço de cabeça. Rosamund o adicionou à pilha de acabamentos que já havia escolhido.

*Monsieur* Benoit aproximou-se dela novamente, vindo da sala dianteira trazendo uma caixa plana.

— Vou levar esses, *Monsieur*.

— São lindos, sim? Aqui, veja o que eu tenho. Chegou ontem. Normalmente não vendo tecido, mas... — Ele deu de ombros.

A caixa continha um corte de seda verde. Rosamund o tocou, maravilhada com sua trama fechada e brilho sutil. Era possivelmente o melhor *gros de Naples* que já vira.

— Qual é o preço?

Ele deu um valor. Ela quase riu. Jamais poderia vender um chapéu por um preço suficiente para justificar tal custo.

Ele sorriu junto com ela. Os olhos do vendedor reluziram.

— Para a senhorita, metade. Porque a senhorita é *très belle*. Talvez faça um chapéu para si mesma com uma parte dele e use-o quando estiver novamente em Paris e visitar minha lojinha.

— Se eu descobrir mais lojas tão distintas quanto as do senhor, com certeza voltarei.

— Ah. Então devo lhe falar sobre alguma das outras. As que têm tecidos finos, talvez. Não tão finos quanto este, é claro.

— É claro.

Ela deixou *Monsieur* Benoit com uma pequena lista e a garantia de que entregaria suas compras no hotel. Em seguida, foi até o jardim do Palais-Royal e encontrou um banco para se sentar.

Ela abriu a retícula e tirou um mapa de bolso de Paris. Abriu-o e virou para uma página que havia marcado. Tinha feito um círculo em uma rua.

Charles vivia ali. No dia seguinte, iria visitá-lo.

Era hora de vê-lo novamente.

Kevin bebeu um pouco de uísque enquanto ocupava o tempo até ir buscar Rosamund para o jantar. Mergulhado nos próprios pensamentos, ele repassou tudo o que se lembrava sobre suas conversas anteriores com Henri Forestier. Havia poucos motivos para pensar que a reunião daquela noite terminaria com uma licença quando as outras não tinham, mas só lhe restava tentar.

Conforme combinado em Londres, se não fosse possível chegar a um desfecho positivo, seguiria em frente sem o aprimoramento.

O problema de entrar em sua própria mente era que Rosamund morava lá agora e tinha um jeito de levar seus pensamentos por caminhos errados. Dessa vez, ela o estava chamando para algumas fantasias escandalosas. Kevin seguiu em frente, embora o descontentamento o aguardasse. Logo aquela fome primordial foi crescendo, e sua mente começou a possuí-la, de novo e de novo. Isso ameaçava ter o resultado previsível, então Kevin forçou seus olhos a se abrirem, levantou-se e começou a andar de um lado para o outro para extravasar a própria frustração.

Ele verificou o relógio de bolso e percebeu que havia se perdido em seus pensamentos eróticos por mais tempo do que se dera conta. Kevin vestiu a sobrecasaca. Poucos minutos depois, ele se apresentou na porta do apartamento ao lado de sua suíte.

Uma criada pediu-lhe que entrasse e o deixou aguardando na sala de estar. Murmúrios vinham do quarto de vestir. A porta para ele se abriu. A criada surgiu de lá. Rosamund veio em seguida.

Kevin viu as fantasias saltarem em sua mente outra vez quando a viu. Ela usava o vestido de seda vermelha que encomendara naquele dia na modista. A família brincava que ele nunca tivera um olho para a moda; no entanto, Kevin prestava atenção o suficiente para saber que o traje de Rosamund era do último modelo. A linha da cintura — ligeiramente mais baixa do que estava na moda em Londres — valorizava seus seios fartos. O decote amplo e baixo expunha bastante o colo, mas de uma maneira que tinha bom gosto. A saia, cortada naquele novo formato de cone que se alargava à medida que caía, fluía quando ela caminhava, enquanto tantos outros vestidos como aquele farfalhavam rigidamente.

Além disso, diferente para os olhos de Kevin era a ausência de ornamentos. As mulheres haviam tomado gosto por vestidos de noite fartamente ornamentados, com muitos babados, rendas e outros enfeites. Além de algumas linhas de renda perto da bainha e do decote, o único elemento que adornava esse vestido era a própria Rosamund.

A criada havia arrumado seu cabelo loiro no alto da cabeça. Um adereço com pequenas contas estava empoleirado ali. Ela mexia em uma retícula que também continha contas.

— Não vai servir? Você avisou que o vermelho poderia ser arriscado e parece desaprovar.

Desaprovar? Kevin queria possuí-la ali mesmo.

— É adorável. Você está linda nele. Provavelmente lutarei de espadas contra *Monsieur* Forestier.

Ela corou.

— Contanto que eu não o envergonhe. Sei que você preferiria que eu não fosse a esse jantar.

— Isso não é verdade. Uma carruagem deve estar esperando, então devemos descer.

A criada colocou um xale de seda carmesim-escuro sobre os ombros de Rosamund. Kevin ofereceu o braço para acompanhá-la e assim eles desceram.

Ele se perguntou como administraria aquele encontro com a deliciosa Rosamund sentada bem ali.

A carruagem os levou passando diante do Louvre e do Palais-Royal, depois continuou pela cidade até o rio. Passaram pela ponte por onde haviam caminhado na noite anterior. Vê-la evocou memórias que Rosamund não queria ter naquele momento.

— Encontrei uma excelente loja para aviamentos de chapéus hoje — contou ela, para que os pensamentos de Kevin não se aventurassem na mesma direção em que os dela estavam seguindo. — Tinha as mais lindas plumas tingidas.

— Vermelhas?

— Assim como outras cores. O proprietário também concordou em me vender uma seda especial que ele havia encontrado. Vou fazer um chapéu para Minerva com esse corte. Ela foi muito generosa com seu tempo e conselhos, então esta será uma pequena forma de agradecê-la.

— Certifique-se de que seja um pouco dramático. Ela disse que seus chapéus são distintos nesse aspecto. — Quando ele falou, foi quase de modo distraído. Estava olhando pela janela, e Rosamund percebeu que sua mente estava em outro lugar. Provavelmente em *Monsieur* Forestier.

Ela esperava que a noite corresse bem, pelo bem de Kevin. Se não corresse, pelo menos esse atraso no projeto chegaria ao fim. Poderiam voltar a Londres e fazer planos para transformar aquele negócio em algo diferente do sonho de um rapaz.

Ela olhou para Kevin enquanto a cidade se desenrolava, notando o pequeno franzido que ele exibia na fronte, e aquela expressão distante. Rosamund surpreendeu-se quando, de repente, o olhar de Kevin se voltou para ela.

— Tenho uma pergunta — disse ele. — Se eu não a fizer, vou ficar louco.

— Então pergunte.

— Ontem à noite, quando retornei ao hotel, se eu tivesse batido em sua porta, você teria me permitido entrar?

Que pergunta. Ela remexeu na retícula para evitar olhar para ele e encontrar aquele olhar que tentava enxergar além dela. Kevin esperou. Ele aguardava uma resposta.

Ela desistiu de qualquer esperança de que seu silêncio fosse resposta suficiente.

— Não.

Parecia uma resposta tão direta. Tão cruel.

— Não é porque eu não... quer dizer, provavelmente era óbvio que eu...

— Era.

Deus. Tinha sido igualmente direto.

— Quando é tão óbvio assim que um homem e uma mulher se desejam, normalmente eles fazem algo a respeito. Daí a minha pergunta — disse ele.

Kevin era melhor em falar sobre esse assunto do que ela. Sem dúvida, tinha experiência com essas conversas. Rosamund não tinha experiência nenhuma.

Ela considerou lhe contar sobre Charles, embora não fosse explicar seu comportamento na ponte. Na realidade, nem mesmo ela conseguia assimilar tudo aquilo, dadas as circunstâncias.

— Mas você não veio à minha porta, não é? Talvez não o tenha feito, pelo mesmo motivo pelo qual eu não o teria convidado a entrar.

— E que motivo foi esse?

— Se eu não estava disposta a ser sua esposa, provavelmente não estava disposta a ser sua amante.

— Se ao menos fosse assim tão simples.

A carruagem começou a desacelerar. O sol poente formava um risco na janela. Kevin se inclinou para a frente, saindo daquele feixe de luz forte e indo para a sombra onde ela estava sentada.

— Se você vier à minha porta, prometo que definitivamente permitirei que entre, e isso não precisa implicar em nenhum acordo formal.

A porta se abriu. Os degraus foram estendidos. Rosamund ajeitou o xale e, lado a lado, ela e Kevin entraram no restaurante.

As mulheres comiam na companhia dos homens nos bons restaurantes parisienses. Mesmo assim, *Monsieur* Forestier reservara uma sala de jantar privada para a refeição. Tinha janelas que davam para a Île de la Cité e a extremidade onde ficava a capela-mor de Notre Dame. Rosamund foi até as janelas imediatamente e ficou sob a luz dourada que anunciava o fim do dia.

*Monsieur* Forestier juntou-se a ela ali. Apontava para um e outro edifício. Ele sorria. E a lisonjeava. Kevin observou, decidindo se se importava ou não.

Ele havia apresentado Rosamund como sua sócia na empresa. No entanto, quando Forestier a vira, parecia que tinha sido atingido por um raio. Quando Forestier lançou a Kevin um olhar astuto e interrogativo, cujo significado qualquer homem saberia, Kevin devolveu um igualmente eloquente. *Não, ela não é minha amante.* Diabos, mas ele era um cavalheiro mais do que decente, sendo honesto assim. Na realidade, o que queria era disparar um olhar perigoso que dizia *Toque nela e duelaremos ao raiar do dia*.

Naquele momento, Forestier parecia estar cultivando o jardim além do portão que havia sido deixado aberto. Não ajudava o fato de que as mulheres provavelmente o achavam bonito. Ele estava na casa dos trinta anos, tinha cabelos e olhos escuros e um aspecto geral muito gaulês.

Rosamund, para seu crédito, não o encorajou. Kevin não estava convencido de que ela percebia os flertes do anfitrião. Forestier falava inglês, mas com hesitação, de modo que suas intenções poderiam ser interpretadas como nada mais do que gentileza.

O dono do restaurante chegou à porta. O anfitrião foi falar com ele. Rosamund se aproximou de Kevin.

— Não tenho certeza do que esperava, mas não um homem tão jovem. Não pode ter mais de 35 anos. — Seu olhar avaliou Forestier à distância. — Suponho que ele seja bonito de um jeito meio francês. Eu me pergunto por que não trouxe a esposa esta noite.

— Não sabia que ele era casado.

Ela fez que sim.

— Eu perguntei, indiretamente. Quando ele apontou para uma escola, eu perguntei se os filhos dele a frequentavam. Ele foi obrigado a dizer que frequentam uma escola perto da universidade.

— Ele é professor lá. — Não tendo certeza se Rosamund compreendia como as coisas funcionavam na França, acrescentou: — As esposas não impedem os franceses de perseguir outras mulheres. É comum ter amantes aqui.

— Como é comum na Inglaterra.

— É menos discreto aqui.

— A discrição na Inglaterra é recente, segundo me disseram. Ah, aí vem ele. Quando vamos falar sobre o aprimoramento?

— Quando ele assim decidir. Depois do jantar, espero.

O jantar estava delicioso. Rosamund provou de tudo sem nem perguntar o que estava comendo. Concedeu a *Monsieur* Forestier toda a sua atenção. Foi só no prato principal que Kevin percebeu que Rosamund tinha plena consciência dos flertes de Forestier e estava permitindo que o homem pensasse que ela achava isso lisonjeiro.

Talvez ela realmente achasse.

O ciúme fervilhou durante toda a noite, mas agora se incendiava em algo mais. Kevin lamentou não ter respondido àquela pergunta masculina silenciosa de forma diferente.

Quando os pratos foram retirados e o conhaque, servido, Forestier parecia contente em beber com uma mulher adorável e mandar os negócios para o diabo. Kevin percebeu que Rosamund estava impaciente. Por fim, ela se levantou.

— Creio que o vinho me deixou cansada. Sr. Radnor, talvez possa pedir para trazerem a carruagem. Então poderá voltar e terminar esta refeição tão requintada. — Ela deu a Forestier um sorriso deslumbrante. — Sua hospitalidade será lembrada por muito tempo. Foi uma das experiências mais maravilhosas da minha primeira visita à sua cidade.

Forestier parecia triste ao vê-la partir. Kevin a acompanhou até o salão principal e depois até as carruagens.

— O homem não teria falado sobre nada a noite toda se eu ficasse — disse ela. — Estou irritada por ele não querer discutir negócios na frente de uma mulher, especialmente quando *é* da conta dela, mas é melhor eu recuar para que haja progresso.

Ele lhe deu a mão para ajudá-la a embarcar na carruagem.

— Amanhã vou lhe contar o que aconteceu.

— Só no final da tarde. Antes, preciso fazer uma visita a um lugar. — Ela lançou a Kevin um olhar penetrante. — Espero que chegue a um acordo com ele esta noite.

Rosamund estava sentada na carruagem alugada que pedira no hotel. A rua parecia boa, muito assemelhada às ruas de Mayfair. As casas pareciam ter tamanhos semelhantes aos daquele bairro também, só que tinham um estilo diferente. Para começar, seus telhados eram muito íngremes. As janelas compridas pareciam semelhantes às do hotel, aquelas que se abriam para fora em vez de para cima.

O cocheiro já tinha lhe perguntado duas vezes se estava tudo bem, porque ela havia ficado muito tempo na carruagem depois de pararem. Rosamund observava atentamente a porta em uma das casas, desejando que se abrisse e Charles saísse dali. Seria muito mais fácil se pudesse simplesmente dar de cara com ele enquanto ele caminhava.

Não era para ser. Ela criou coragem e bateu na pequena janela. O cocheiro desceu e veio ajudá-la. Rosamund avaliou o conjunto que estava vestindo e certificou-se de que seu chapéu não estivesse torto. Com o estômago agitado de ansiedade e trepidação, caminhou até a porta.

Um velho abriu. Ela entregou-lhe o cartão de visitas e pediu para ver Charles Copley. Imaginou a surpresa de Charles ao receber o cartão, e não apenas porque ela viera visitá-lo. Era provável que Charles ficaria impressionado meramente ao ver que Rosamund *tinha* um cartão, que dirá com a rua indicada nele.

Ela esperou pelos passos apressados que viriam em sua direção, e Charles correndo afobado para aquele hall de entrada, e sua surpresa ao vê-la. Rosamund tinha visto esse dia em sua mente muitas vezes, como uma peça que se desenrolava no palco. Agora que estava ali, quase chorava com o alívio de que a longa espera havia chegado ao fim.

Passos. Não apressados, mas comedidos e lentos. O homem mais velho reapareceu e gesticulou para que ela o seguisse.

Eles passaram por uma sala de estar e uma sala de jantar, depois por uma cozinha. Nos fundos, o homem a levou para fora. Rosamund se viu em um jardim.

— Há um banco de pedra ali no fundo — disse ele. — Se a senhorita puder esperar lá.

Ela caminhou até a parte dos fundos e encontrou o banco. Depois, sentou-se e esperou. Não podia ver bem a casa daquele ângulo. Depois de alguns momentos, viu o topo de uma cabeça escura vindo em sua direção. Lentamente, o resto da cabeça apareceu. Os cachos escuros. Os olhos cinzentos. O rosto que ela adorava.

Charles.

Ela sorriu e seus olhos marejaram. Não se preocupou em enxugá-los. Não havia vergonha na felicidade.

Ele sorriu também. Rosamund apenas o observou, permitindo que a presença dele preenchesse as memórias. O rosto de Charles ficara mais firme. Mais duro. Bem, cinco anos faziam diferença em um rapaz. Ele tinha apenas dezoito anos quando ela o vira pela última vez. A própria Rosamund devia parecer muito diferente também. O cabelo escuro de Charles estava arrumado de uma maneira rebelde, na moda, e sua sobrecasaca comprida exibia as mangas justas e as lapelas largas, populares em Paris. Seus olhos... se lembrava deles cheios de alegria e humor travesso. Agora sua cor pálida parecia opaca e... mais velha.

— Rosamund.

Foi só quando ele disse seu nome que ela percebeu que ele estava parado em silêncio na frente dela havia algum tempo.

— Imagino que você esteja surpreso. — Ela teve que lutar contra o desejo de dançar até ele.

— Pasmo. O que você está fazendo aqui?

Uma leve apreensão se infiltrou no entusiasmo dela.

— Estou visitando Paris e resolvi vir vê-lo. Já faz muito tempo desde a última vez.

Ele deu alguns passos na direção dela.

— Muito, muito tempo. Quase não a reconheci.

— Certamente não mudei tanto assim.

— Não muito. Ainda é adorável. — Seu olhar baixou. — Você parece ter se saído muito bem.

— Sim, eu me saí, para minha grande surpresa.

Novamente aquele longo olhar, como se calculasse o preço dos trajes dela. Rosamund não podia mais ignorar que Charles permanecia muito reservado. Distante. Não estava delirante de alegria.

Charles olhou para baixo e ela percebeu que ele segurava seu cartão e estava olhando para o endereço.

— Esse é seu novo lar agora?

— Sim, tenho uma casa em Londres.

— Veja só. — Não era uma pergunta.

— Esta é sua casa? — perguntou ela, olhando pelo jardim até o telhado alto.

— Apenas alguns aposentos. No entanto, eles me servem bem.

— Mais do que a casa dos seus pais em Londres?

— Muito mais do que lá. Nós nos damos muito bem agora, com eles lá e eu aqui.

— Você pretende continuar aqui? Para sempre?

— Até meu pai falecer, pelo menos. Eu gosto de Paris. Se vou gostar tanto quando for mais velho... — Ele deu de ombros. — O que você fez depois que a expulsaram? Sempre me senti culpado por aquilo.

— Encontrei serviço em outra casa.

— Sem referências?

— Sempre há quem queira contratar uma garota se o salário for baixo o suficiente.

Ele franziu a testa ao ouvir isso. Mais uma vez, ele a avaliou.

— E aqui eu me preocupando que você acabasse vítima de homens que predam as criadas bonitas.

Algo no tom dele reprimiu o entusiasmo de Rosamund em um piscar de olhos. Uma inflexão em tom de julgamento sugeria que ele não tinha se preocupado de forma alguma, mas agora tinha curiosidade em saber.

— Quer dizer homens como você, Charles?

Isso o pegou de surpresa.

— Suponho que essa eu mereci. Mas também não se pode dizer que você não estivesse disposta.

— Estávamos apaixonados. Isso deixa tudo diferente.

— Os rapazes sempre se apaixonam se a moça é bonita. Você já sabe disso, imagino.

O coração dela ficou mais pesado. Foi necessário empregar todos os seus esforços para esconder como as palavras dele a devastavam. O quanto ela as achava cruéis.

— Você está aqui com sua irmã? — perguntou.

— Não. Lily está em uma escola.

— Você não pode estar viajando sozinha.

— Na verdade, eu estou.

— Duvido.

Ela caminhou um pouco para mais perto dele. Charles não havia se movido muito; permanecia próximo ao final do caminho, como se precisasse de meios para uma fuga rápida. Com o que ele se preocupara quando vira aquele cartão? Que ela houvesse trazido para ele um filho do amor? Que quisesse exigir pagamento de algum tipo. Ele certamente não gritara de alegria, se seus modos agora serviam de alguma indicação.

Essa não era a recepção pela qual ela havia esperado. Não era o homem que ela pensava que conhecia. Enquanto estava ali, olhando para ele, vendo sua cautela e indiferença, o sonho desapareceu.

Não estilhaçou nem estourou. Simplesmente deixou de existir, e ela era agora uma antiga amante esquecida que estava se intrometendo na vida nova de um homem.

*Os rapazes sempre se apaixonam se a moça é bonita.*

Céus, como tinha sido uma idiota por ir até ali. E uma idiota ainda maior de ter pensado que aquilo que compartilhavam era amor. Rosamund tinha sido apenas a criada conveniente e bonita o bastante.

Seu coração doeu tanto que a deixou sem fôlego. Ela queria desmoronar, cair de joelhos e chorar para aliviar a dor. Em vez disso, manteve a compostura. De alguma forma, sua voz era clara quando ela falou.

— Estou viajando de forma independente. No entanto, minha jornada foi auxiliada por um amigo que conhece a França e Paris, então não fiquei completamente à deriva em um país estrangeiro.

— Um amigo em Paris? Talvez eu o conheça.

— Não é um habitante da cidade. Um amigo de Londres. — Rosamund hesitou, mas queria que Charles soubesse o quanto ela havia se saído bem recentemente. — O sr. Kevin Radnor. Ele visita Paris com tanta frequência que talvez você o tenha conhecido.

— Radnor?

Ela se consolou com a surpresa dele. Seu choque. Aquilo não fez nada para aliviar a dor, mas ajudou seu orgulho.

— Essa é a família de Hollinburgh.

— Primo dele. Tive o prazer de conhecer o duque. Conheço a família muito bem.

Ele abriu um grande sorriso e, por um momento extremamente doloroso, pareceu o mesmo Charles de que ela se lembrava.

— Você se saiu *extremamente* bem, Rosamund. Viagens a Paris. Sua irmã em uma escola. — Ele levantou o cartão. — Um endereço distinto. Achei que talvez tivesse vindo me castigar por minhas indiscrições com você. Agora acho que fez esta visita para me agradecer.

— Não é o que você pensa. — *Fiz esta visita porque eu o amava e guardei as lembranças com carinho por cinco longos anos.* Ela não podia dizer isso agora. Charles já havia deixado claro que seu sonho fora feito a partir de ar, não de alguma base real.

Como ela podia ter mentido para si durante todo esse tempo? Quando eram amantes, Rosamund era ignorante, de fato, mas já não era mais. Agora sabia sobre os homens. Ele não havia feito nenhuma tentativa de encontrá-la, e seria mais fácil localizá-la do que ela a ele.

Garota estúpida. Garota estúpida, muito estúpida.

— É exatamente o que penso — disse ele, com um vago sorriso de escárnio. — Pelo menos você está sendo sustentada, e parece que conseguiu um acordo lucrativo. Ao menos me poupou de qualquer preocupação de que os homens estivessem possuindo você debaixo de pontes. Estou feliz por sua boa sorte, Rosamund. Jogue bem as cartas e talvez no próximo ano seja o duque em pessoa.

Suas palavras a chocaram como se fossem bofetadas. Elas vieram uma após a outra, feias e dolorosas. Rosamund perdeu o controle de suas emoções e, com elas, seu orgulho.

— *Não é o que você pensa!* — gritou ela. — Não houve ninguém além de você. Ninguém. Eu esperei por você todo esse tempo. Você disse que viria por mim. Que ficaríamos juntos. Eu acreditei. Eu procurei por você. E tudo o que você pode fazer agora é me insultar.

— Abaixe a voz e controle-se. Você tinha que saber que eu nunca poderia voltar por você. Que tudo acabou no momento em que entrei na carruagem naquele dia. Minha família nunca a teria aceitado. Mesmo em suas roupas elegantes agora, eles não a aceitariam. — Charles tirou um lenço da sobrecasaca e o deu a ela.

Ela enxugou as lágrimas.

— Você é horrível de dizer essas coisas.

— Peço desculpas. No entanto, você está melhor com esse Radnor do que comigo, isso é certo. Eu nunca poderia lhe dar uma casa nessa rua.

Ele não acreditava nela. Pensava que ela estava vestida assim porque era amante de um homem. Charles presumia que Kevin era apenas o último de uma série de protetores.

Ela fechou os olhos e forçou o controle sobre a raiva que crescia dentro dela. Por um momento, ignorou o coração pesado e enlutado que habitava seu peito. Devolveu o lenço.

— Você não precisava me seduzir. Você não precisava me arruinar. Por que o fez, se não me amava?

— Você não é inocente, então sabe por quê. Você era linda, fresca e doce, e eu senti um desejo dos diabos. No entanto...

Ele estendeu a mão e passou o dorso dos dedos ao longo da bochecha úmida.

— A linda garota se tornou uma mulher deslumbrante. Se eu soubesse que você se tornaria o que é hoje, poderia muito bem ter procurado você. Antes que esse Radnor a encontrasse.

Seu toque a inebriou, mas as palavras a insultaram novamente. *Se eu soubesse que você ia se prostituir, poderia ter considerado a possibilidade de você se prostituir para mim.*

Ela o encarou, tentando se lembrar do Charles de suas memórias. Duvidava de que o homem à sua frente tivesse sentido o amor e a alegria que ela havia enxergado em seus sonhos.

Rosamund não confiava em si mesma para controlar a forma como a raiva fazia disparar galhos quentes a partir do centro de sua dor. Ela precisava se afastar dele antes que a fúria a tornasse uma louca.

— Preciso ir. Existe um portal de jardim na parte da frente? Sim? Vou sair por lá. Peço desculpas por tê-lo incomodado.

Enquanto ela se afastava, concentrou-se em manter a expressão calma e as costas eretas. Não queria que ele ou qualquer outra pessoa visse o quanto ela se sentia humilhada, ou a desolação que ameaçava engolfá-la.

# CAPÍTULO CATORZE

O estrondo perfurou seu sonho. Kevin levou um susto e então olhou para a parede. Vinha da suíte de Rosamund.

Outro estrondo, e o tilintar de algo caindo. Vidro ou porcelana. Então nada.

Ele se levantou da cadeira onde havia adormecido esperando o retorno de Rosamund, para que pudesse contar a ela sobre o resto da conversa que tivera com Forestier na noite anterior. A luz filtrada em seu quarto lhe dizia que era fim de tarde.

Um gemido profundo penetrou através da parede, baixo e longo, como de alguém sentindo dor. Alarmado, ele caminhou até a porta. Talvez ela não tivesse voltado cedo porque havia se machucado.

Ele bateu na porta de Rosamund. Silêncio. Kevin esperou, prestando atenção no som de passos. O silêncio não entregou nada.

Ele se perguntou se havia se enganado. Ao retornar para seu quarto de dormir, ficou imóvel e ouviu novamente. Quando o menor dos ruídos penetrou na parede, ele foi até lá e pressionou o ouvido contra o gesso.

Estava perto de concluir que seu despertar abrupto havia deixado seus sentidos confusos quando ouviu algo. Um soluço violento, abafado pela parede, seguido por um palavrão.

Ela não havia aberto a porta, então devia querer privacidade.

Bem, para o inferno com isso.

Ele saiu para o terraço, subiu na balaustrada e pulou um vão de um pouco mais de um metro até a proteção que cercava a varanda de Rosamund. Ele desceu para o terraço dela.

Através do vidro, podia vê-la na beira do divã, seu corpo dobrado e o rosto apoiado nas mãos. O topo da cabeça dela pairava sobre o colo. Nenhum som chegava até ele através do vidro, mas o corpo balançava para a frente e para trás em desespero suficiente para alarmá-lo.

Ele não bateu desta vez. Simplesmente virou a trava e entrou.

O corpo dela ficou imóvel. Depois de algumas fungadas, Rosamund deixou as mãos caírem para o colo. Não se endireitou; não olhou para ele.

— Você não está se sentindo bem? — perguntou ele. — Você se machucou de alguma forma?

Rosamund encontrou compostura suficiente para se sentar ereta. Ela fungou novamente e enxugou os olhos com um lenço amassado em uma das mãos. Continuou sem olhar para ele.

Quando falou, foi baixinho, quase um sussurro.

— Não fui fisicamente ferida. Não houve acidente com a carruagem nem fui roubada. — Ela sorriu com tristeza. — Estou de luto por alguém... por alguma coisa. Não se preocupe.

Maldição, ela parecia tão triste. Seus olhos ainda brilhavam por causa das lágrimas e sua expressão partiu o coração de Kevin. Com cautela, ele se aproximou.

— Mesmo assim, eu *estou* preocupado. Você recebeu más notícias da Inglaterra? Sua irmã? Uma amiga?

Ela balançou a cabeça. Por fim, olhou para ele. Seu olhar o penetrava diretamente, como se Rosamund calculasse o que Kevin representava para ela. Em seguida, ela se recostou no divã e todo o seu corpo balançou em um longo suspiro.

— Hoje fiquei sabendo que algo em que acreditei por muito tempo, algo em que meu coração confiava, com que contava, era mentira. Então, veja só... — Rosamund ergueu a mão com o lenço e fez um gesto desesperado.

Ele se sentou no divã.

— Então você tem direito a um bom choro. — Kevin colocou o braço na parte de trás do divã, atrás da cabeça dela. — Eu tenho um ombro se você precisar.

Ela piscou uma, duas vezes. Então deslizou e fez uso daquele ombro, apoiando a cabeça nele. Ela enxugou o nariz com o lenço. Kevin tirou um lenço limpo de sua sobrecasaca e o entregou a ela.

Eles não falaram por um longo tempo, apenas ficaram sentados lá com o braço dele ao redor dos ombros dela e os suspiros de Rosamund perto de seu ouvido. Lá fora, o sol do fim da tarde ia tornando-se dourado e a brisa que entrava pelas longas janelas esfriava.

— Obrigada — disse ela finalmente. — Ajuda mais do que eu esperava.

A reputação de Kevin quanto ao tato não era das melhores, mas até ele sabia quando ficar em silêncio.

— Quando cheguei em Londres pela primeira vez, aceitei um emprego como criada na casa de um cavalheiro. As referências que eu tinha eram rurais, e não adequadas para tal cargo, então eu não recebia o salário normal. No entanto, estava feliz por receber qualquer coisa. Comecei na cozinha, mas, depois de alguns meses, foi realocada como criada. Além disso, a casa parecia muito distinta para mim. Achei que tinha sorte.

— Você provavelmente valia o dobro do que lhe pagavam.

— Gosto de pensá que pelo menos ganhei meu sustento. Então lá estava eu quando cometi um erro. Eu me apaixonei pelo filho dos meus empregadores. Nós nos tornamos amantes.

Ah.

— Os pais dele descobriram?

Ela fez que sim.

— Suponho que você tenha sido expulsa.

— No meio da noite. Sem referências.

— E o rapaz?

— Foi enviado em um longo tour pelo continente. — Ela se acomodou mais perto. Sua voz havia voltado ao normal agora. — Havíamos jurado nosso amor. Estaríamos juntos em breve, ele prometeu. Eu acreditei nele.

— Você era jovem.

— Eu não era jovem há dois dias quando ainda acreditava nele. Simplesmente estúpida. Infantil.

— Espero que não esteja culpando a si mesma. Esse homem era um canalha.

— Eu num... *não* culpo a mim mesma por ter me apaixonado naquela época, ou por acreditar nele. Eu me culpo por não ter enxergado a verdade disso por cinco longos anos. Por me agarrar a um sonho que não tinha substância. Eu deveria ter sido mais esperta lá atrás. Normalmente sou pelo menos um pouco inteligente.

*Diga-me o nome para que eu dê uma sova nele.* Não serviria para nada, mas o agradaria imensamente.

— Você o viu hoje? É por isso que estava chorando?

— Lamento dizer que sim. Pedi que Minerva o encontrasse para mim. Eu me intrometi na sua viagem para cá para que eu pudesse me reencontrar com ele. Só que... não era o que eu esperava. — Ela riu tristemente. — Minerva me avisou. Eu não dei ouvidos. Eu tinha tanta certeza, veja só.

Ele percebeu o autocontrole dela vacilar novamente. Kevin arriscou o menor beijo em sua face.

— Lamento que você tenha ficado desapontada.

— Essa foi a menor parte. — Rosamund se virou no braço dele e o encarou. — Ele viu meu belo conjunto. Notou a rua no meu cartão. Ficou sabendo que você era um amigo. Percebeu que estou falando melhor agora, e achou estranho que Lily estivesse em uma escola. Todas as coisas que eu pensei que me tornariam digna dele, ele tomou como evidência de que... de que...

— Ele disse isso?

Ela confirmou com a cabeça, então baixou-a de volta em seu ombro.

— Eu não conheço esse homem, mas já não gosto dele — falou Kevin, incapaz de ficar calado agora que estava claro que ela havia sido gravemente insultada naquele dia. — Não só porque ele tenha feito você chorar, embora esse seja um grande motivo. Perdoe minha franqueza se você ainda sente algo por ele, mas esse sujeito é um canalha. Seduziu uma inocente que estava sob os cuidados da família dele, enganou-a, deu a entender que o próximo passo seria o casamento e então a deixou para encontrar o próprio caminho depois de arruiná-la. Ele não fez nenhuma tentativa de reparação mais tarde, ou mesmo ter certeza de que você estava viva. Então você aparece, ainda inocente à sua maneira, e ele a insulta.

Ela se virou na metade do discurso e o observou. Foi a vez dela de dar um beijinho na bochecha de quem havia perdido a compostura.

— Não há motivo para você ficar com raiva dele — disse ela. — Você não o conhece.

— O que torna isso tudo uma pena maior. Dê-me o nome dele.

— Por quê?

— Vou acertar as contas com ele.

Ela arregalou os olhos.

— Você não pode. Isso é perigoso.

— Não para mim.

— Você não sabe disso.

— Homens como ele são muito convencidos e preguiçosos para praticar o suficiente. Eu, por outro lado, passei muitas horas ao longo de muitos anos aperfeiçoando minhas habilidades. — Kevin viu como Rosamund parecia alarmada. — Não se preocupe. Não vou matá-lo. O nome dele, agora.

— Não. Não, não, *não*. — Ela batia em seu ombro a cada negação. — Fico comovida que você queira lutar pela minha honra, mas não vai adiantar. Se você sequer está considerando tomar essa atitude, agora estou arrependida de ter me confidenciado. Direcione sua mente para outra coisa agora mesmo.

A repreensão o forçou a se controlar. Ele fechou os olhos e voltou sua mente para outra coisa. Ela.

— Assim é melhor. — Ela quase parecia feliz.

Ele manteve os olhos fechados e a viu naquele vestido de seda vermelha da noite anterior.

— Você contou a ele sobre sua herança?

— Não.

— É melhor assim. Ele teria mentido para você se soubesse e fingido amor eterno.

— E eu teria acreditado, porque eu queria acreditar. Não contei porque temia que ele presumisse que o duque e eu... e ele presumiu mesmo assim.

Kevin abriu os olhos e olhou para ela.

— Você é linda e desejável e muito mais do que um pouco inteligente, Rosamund. Você é boa demais para ele e ainda bem que se livrou.

Ela o encarou.

— Você promete não chamá-lo para um acerto de contas?

— Se você insiste. — Kevin deu um beijo na testa, para tranquilizá-la.

A surpresa tomou conta da expressão de Rosamund. Ele se perguntava se ela havia retornado ao hotel se julgando indigna de qualquer homem. Se era esse o caso, maldito fosse o patife.

Ele a beijou novamente, na face, depois nos lábios. Em seguida, ele a puxou para mais perto e segurou sua cabeça para que o beijo pudesse durar um pouco.

Então, sendo um camarada tão adequado — um cavalheiro, por Zeus —, Kevin se levantou e caminhou de volta para as janelas do terraço.

Rosamund passou o resto da noite sozinha em seus aposentos. Mandou trazerem uma refeição e pediu à criada que a deixasse só.

Todos os tipos de pensamentos percorreram sua mente. Talvez devesse ver se o sr. Sanders conseguia encontrar uma maneira de escapar do contrato de aluguel. Não precisava daquela casa agora. Provavelmente também poderia dizer aos tutores que não faria aulas. O plano todo tinha sido posto em prática com Charles em mente, e agora todo ele parecia uma tolice.

Conforme a noite caía, Rosamund voltou a mente para as lojas e encontrou consolo em fazer planos para elas. Mesmo assim, o choque de seu encontro com Charles pesava. Não sentia-se mais em luto, mas continuou a se sentir perdida e ridícula e... suja. Isso a lembrava da noite em que Philip Radnor a agredira; a diferença era só que Charles a insultara com suas palavras e modos.

O fato de ela o ter amado e levado esse amor para o reencontro tornava tudo muito pior do que Philip.

Rosamund se preparou para dormir, depois ficou deitada sem conseguir pegar no sono. Percebeu que Charles havia tirado dela mais do que um sonho infantil naquele dia. Um grande canto de sua alma parecia vazio. Não tinha certeza se ainda se conhecia.

Ela desejou nunca ter procurado por Charles. Nunca ter tentado localizá-lo. Poderia ter continuado como estava, acreditando no que escolhia acreditar. Poderia ter fingido que a herança seria suficiente para torná-la uma dama e aproveitar Paris pelo resto da visita. Poderia permanecer animada com todas as novas mudanças que estava fazendo em sua vida.

Um som veio da janela do terraço. Rosamund tinha deixado a sua janela aberta para arejar a sala de estar. Agora, ouvia o mecanismo em outra janela quando um hóspede vizinho fechava e trancava a dele.

Seria Kevin, supôs. Ele tinha sido muito gentil. Havia perdido um dia inteiro com ela, esperando seu retorno, e então depois a confortado. Não era o tipo de coisa que se esperava dele. Kevin sempre parecera tão indiferente às sutilezas sociais. Mesmo na noite anterior, durante o jantar com *Monsieur* Forestier, enquanto não mais do que gentilezas foram trocadas, ela percebeu que Kevin ficara impaciente por uma conversa mais importante.

Essa tarde, entretanto, ele soubera exatamente o que dizer. *Você é linda e desejável e muito mais do que um pouco inteligente. Você é boa demais para ele.*

Ela acreditava que ele falava sério, porque duvidava de que fosse se dar o trabalho de mentir daquela maneira. Pelo menos, Kevin havia sido sincero em suas palavras. Rosamund se apegara àquela boa opinião sobre ela, para se manter firme.

Agora, deitada em sua cama, ela o fazia mais uma vez. Permitiu-se pensar sobre suas experiências naquela cidade. O jantar da noite anterior, com as lisonjas de *Monsieur* Forestier. Sua descoberta daqueles aviamentos incomuns para suas lojas. Beijos e prazer em uma ponte escura enquanto os postes de luz refletiam nas ondulações do rio abaixo.

Ela experimentara tanta alegria naqueles abraços. Prazer também, mas se lembrava principalmente de uma leveza de espírito e uma glória por ser ela mesma. Afastar-se não tinha sido fácil, mas continuar teria traído Charles, ou assim acreditava.

Ela não debateu consigo mesma por muito tempo. Levantou-se e vestiu um robe. Destrancou a porta de seus aposentos, saiu e bateu na suíte ao lado.

Mais nenhum choro ou gemido atravessava as paredes, então Kevin decidiu dormir um pouco. Teria uma conversa com Rosamund sobre Forestier pela manhã. As coisas não podiam mais ser adiadas.

Ele havia passado horas pensando sobre o estágio crítico da empresa. Pouca coisa mais havia entrado em sua consciência além da longa ausência de Rosamund. Até que ele então ouvira o vidro se quebrando. Agora, livre para meditar novamente sobre o problema, descobriu que tinha pouco interesse nele.

Seus ouvidos se esforçaram para ouvir o que estava acontecendo na suíte dela. Esperava que não tivesse partido cedo demais. Ela parecia mais consigo mesma, e depois daquele beijo... Kevin realmente tivera que ir embora, antes que se comportasse como o pior dos libertinos.

Estava só de camisa e calça quando ouviu uma batida leve em sua porta. O criado designado para ele provavelmente notara a luz no quarto. Kevin foi até a porta a passos largos para lembrar ao sujeito de que dissera que não precisaria de mais nada até de manhã.

Não havia homem nenhum ali. Era Rosamund. Ela havia se trocado e usava um robe. Seu cabelo caía ao redor do rosto e ombros, os longos cachos soltos sobre os babados que cascateavam abaixo de seu pescoço. Sua boca secou ao vê-la naqueles trajes.

— Você disse que abriria a porta se eu viesse — disse ela.

Ele se afastou para que ela pudesse entrar. Rosamund flutuou ao passar por ele, e a luz da lamparina no quarto fez o cabelo dela brilhar em ouro.

Ela caminhou sem rumo ao redor do quarto, seus dedos longos e finos percorrendo os móveis. Poderia tê-la observado por horas, se era isso o que ela queria. Em dado momento, deu-se conta de que provavelmente não era.

— Você está muito triste para dormir? Precisa de alguma distração? — Kevin ficou junto à porta, encostado, porque não confiava em si mesmo para se aproximar demais.

Ela balançou a cabeça.

— Creio que eu vá ficar um pouco triste por muito tempo, mas, agora, o que mais sinto é raiva.

— Essa é uma reação muito melhor. Acredito que você esteja zangada com ele e não com você mesma.

Ela interrompeu seu movimento perto das janelas do terraço.

— Creio que sim. Sim definitivamente. — Ela se virou e o encarou. — Mesmo isso, no entanto... eu não pretendo mergulhar demais nesse sentimento. Já perdi tempo demais naquele sonho infantil.

O ar ficava pesado com as coisas não ditas e com as amarras de excitação cada vez mais apertadas que eram criadas pelo desejo. Eles apenas se entreolharam. Kevin não se atreveu a dar voz ao que estava pensando. Podia estar muito errado.

Ela sorriu timidamente.

— Eu estava aqui pensando se poderíamos nos beijar outra vez.

Isso era tudo o que ele precisava ouvir. Kevin caminhou até ela, tomou-a nos braços e beijou-a novamente. Tanto triunfo quanto alívio explodiram nele quando seus lábios se encontraram.

Ele prolongou o beijo, suas mãos notando o corpo dela sob seu domínio, e como ela tremia de excitação e medo. A consciência de Kevin travou uma pequena batalha e escolheu uma trégua fácil.

Ele parou de beijá-la.

— Saí depois daquele beijo nos seus aposentos para não me aproveitar de você. Não posso ser assim tão bom se você ficar aqui.

— Não quero que você seja bom.

Ele ergueu o queixo dela e estudou seu rosto no luar fraco filtrado pela janela. Ele a queria tanto que poderia devorá-la naquele exato momento.

— Você vai fingir que sou seu antigo amante?

— Estou aqui porque, na ponte, sequer pensei nele. Nem uma vez. Acha que pode fazer aquilo de novo?

— Se você tem certeza de que quer, eu sei que posso. Prazer é uma coisa que eu conheço.

Ela se alongou e alcançou o rosto dele para um beijo.

— Eu imaginei que fosse. Você não é dado a meias medidas quando o assunto o interessa.

Ele encontrou os pequenos botões do robe e soltou um.

— Não haverá meias medidas esta noite, só para você saber.

Quando ela não se opôs, ele continuou com os botões.

Ela descobriu que o prazer poderia obscurecer tudo. Hora e lugar. Medo e tristeza. Aos poucos, conforme seus dedos soltavam aqueles botões, uma parte do mundo desaparecia substituída pela emoção.

Quando o robe caiu e se viu nos abraço dele, calor e cuidado derrotaram o pior das emoções do dia. Depois disso, respondeu aos beijos como na ponte, com alegria.

Ela percebeu que ele estava sendo cuidadoso, como se não tivesse certeza de que ela soubesse o que realmente desejava. Rosamund apertou a nuca dele e o beijou para que ele acreditasse nela. Usou a língua contra seu palato até que ele segurou sua cabeça e trocaram beijos num duelo que libertou a paixão mútua. Ela sentiu o desejo nele, controlado, mas quente.

A boca de Kevin desceu para o pescoço de Rosamund, e as mãos começaram a explorar seu corpo com carícias firmes. Cada toque a emocionava e a afastava ainda mais do mundo. O prazer glorioso a surpreendeu quando ele acariciou seu seio. A camisola oferecia pouca proteção contra as provocações experientes. Logo, a camisola caiu também, e ela quase chorou com o deleite da sensação. Não havia mais nenhuma cidade. Não havia mais nenhum quarto. Não havia mais nenhuma parede e nenhum mundo. Apenas um espaço apertado com ele e ela e as sensações incríveis.

Braços fortes a levantaram. Rosamund flutuou suavemente para baixo e sentiu o linho sob sua nudez. Viu os próprios seios, firmes e altos, os bicos tão rígidos que até o ar a excitava. Ao lado da cama, uma camisa branca esvoaçou. Quando olhou, viu Kevin observando-a ao se despir, seu olhar cheio de luzes fortes e sua expressão firmada pelo desejo.

Ele se juntou a ela e a envolveu em seus braços. Um beijo, então ele observou a mão fazer carícias leves como penas em seus seios. Ele a encarou nos olhos.

— É encantador que você não perceba como é linda.

Ele baixou a cabeça e sua língua tremulou sobre um bico tenso. Rosamund sentiu a respiração engatar com a sensação provocada pelo toque, com a vibração disparada por todo o seu corpo, carregando prazer através de seu núcleo. De novo e de novo, ele provocou a mesma descarga de prazer. Ela se exaltou com suas próprias respostas surpreendentes. As carícias começaram novamente, explorando, sabendo, cada uma chamando-a a se aprofundar em sua intimidade.

Ela saiu de si um pouco quando as carícias baixaram e Kevin a tocou entre as coxas. Ela sabia que nem tudo deveria ter apenas uma direção. Quando ela se abaixou para acariciá-lo também, Kevin pegou sua mão e a segurou acima da cabeça.

— Outra hora — disse ele.

Deitada assim, seu corpo vulnerável e carente, ela só podia aceitar. Com a boca e as mãos, ele ordenou que ela se deixasse levar. E assim ela foi com alegria, exaltando-se em como o prazer e o desejo a governavam por inteiro, mesmo em sua consciência. Impotente para a lenta e longa subida em sua excitação, Rosamund desistiu do controle e só ficou desejando mais e mais.

De repente, todos os sentidos, todas as necessidades, reuniram-se em um único e pequeno ponto. Ele a acariciou ali e a intensidade a fez se debater. Ele imobilizou as pernas dela com as suas e a acalmou com um beijo na face, mas ainda assim forçou o prazer intenso a alcançar níveis mais altos. Ela quase chorou de necessidade, mas, assim que o fez, uma explosão maravilhosa de prazer a deixou sem fôlego e atordoada. Kevin se moveu sobre ela e começou a preenchê-la. Rosamund soltou suas mãos e o agarrou, a única realidade onde poderia se abrigar. A sensação dele nela era certíssima. Perfeita. Seu corpo e alma deram as boas-vindas àquela plenitude como uma conclusão maravilhosa do que acontecia naquela cama.

— Se você estiver com frio, posso acender um fogo baixo.

A brisa que vinha do terraço esfriara com a noite. Ele poderia fechar as janelas, mas gostava do contraste fresco em sua pele quente.

Rosamund aninhou-se mais perto, aconchegada sob a colcha.

— Assim está bom. Agradável.

Ele a embrulhou ainda mais e a puxou para baixo de seu braço.

— Você quer que eu vá? — perguntou, sua voz abafada contra o corpo dele.

— Prefiro que você fique.

Em primeiro lugar, Kevin gostaria de ver o rosto dela por um pouco mais de tempo. Rosamund parecia em paz e feliz. Contente. Isso o animou. Sabia muito sobre prazer, mas suas parceiras nunca tinham sido como Rosamund. Suas lições tinham vindo dos bordéis de Londres e de Paris. Percebeu que era a primeira visita à cidade em que ele não procurava as especialidades que podiam ser encontradas nas melhores casas de Paris. Essa era uma parte de estar na cidade de que ele normalmente esperava poder desfrutar.

O deleite de Rosamund na cama, mesmo naquele momento luxuriante em como seus corpos ainda se tocavam e os travesseiros criavam um ninho macio, fez Kevin se perguntar se era tudo novo para ela, junto com várias outras coisas que haviam acontecido naquela noite. Talvez aquele canalha apenas a tivesse possuído rapidamente, contra as paredes ou no chão do sótão. Como uma criada, ela não podia aparecer na porta de seu quarto, do jeito que tinha chegado ao quarto de Kevin naquela noite. Rosamund também não ousaria ficar na cama com ele depois.

Rosamund se moveu para que pudesse apoiar o queixo no peito nu de Kevin e olhar em seus olhos.

— Você nunca me contou sobre sua conversa com *Monsieur* Forestier depois que eu saí do jantar.

— Isso pode esperar até de manhã.

Ela estreitou os olhos.

— Você nunca foi bom em dissimular. Posso dizer que não são boas notícias só de olhar nos seus olhos.

— Absurdo. Este não é o momento para negócios. Só isso.

Ela riu baixinho e beijou-o no peito.

— Você é charmoso à sua maneira estranha. Deve saber que, se deseja que eu concorde com algo sobre esse negócio, este é o momento mais excelente.

— Não há nada com o que concordar. Portanto... — Kevin encolheu os ombros. Ela enrugou a fronte.

Ele a virou de costas no monte de travesseiros que ela havia criado. Apoiado ao lado dela, Kevin deslizou o lençol para baixo para que pudesse ver seus seios. Acariciou-os em sua plenitude e observou a expressão preocupada se dissipar do rosto dela.

— Foi basicamente o mesmo de antes — disse ele. — Duas mudanças, mas não para o meu... *nosso* benefício.

— Quais são elas?

— Subiu para dez mil agora. Além disso, há alguém pronto para pagar no final da semana se não o fizermos.

— O ladrão.

Ele passou a palma da mão sobre os mamilos tensos.

— É a invenção dele. Creio que a porta só ficou aberta porque ele gostou da sua companhia. No entanto, não poderá ser feito. Conforme combinado, seguiremos em frente sem ele.

Ela parecia não estar ouvindo agora. De olhos fechados, Rosamund se deleitava no prazer que ele proporcionava. Suas costas arquearam para que os seios se erguessem para receber mais. Ele baixou a cabeça em direção à dela.

— Quanto você tem? — A pergunta de Rosamund veio com um murmúrio ofegante.

Ele teve que desviar a mente à força de onde ela agora morava para encontrar a resposta.

— Três mil imediatamente. Cinco em junho. É quando um *trust* paga os rendimentos. — Kevin jogou essas palavras de lado enquanto as falava. Não dava a mínima para isso agora. Sugou um seio enquanto seus dedos brincavam com o outro. Cada suspiro doce que ela emitia o deixava mais rígido.

— Eu tenho o resto. Podemos prosseguir.

A resposta veio como pouco mais do que sons entre gemidos suplicantes. Quando Kevin finalmente percebeu o que ela dissera, olhou para ela, surpreso.

Seus olhos permaneceram fechados, mas um sorriso felino se formou neles.

— Não pare agora. Você prometeu que seria sem meias medidas.

Ele a puxou para cima dele e a sentou sobre seu corpo para que pudesse ver como ela se entregava às sensações enquanto ele a acariciava. O rosto adorável, suavizado pela excitação e meio obscurecido por seus longos cabelos, tornou-se uma imagem de êxtase. Com os lábios entreabertos e a cabeça tombada, suas pálpebras se ergueram um pouco e os olhos azuis brilhantes olharam para o que ele estava fazendo.

Kevin a reassentou e a puxou para baixo, para que os seios pairassem acima de seu rosto. Usou as mãos e a boca até que ela estremecesse. Em seguida, levou a mão entre as coxas dela e a acariciou até que gritos de loucura deixassem sua avidez escancarada. Em seguida, ele ergueu os quadris dela e a penetrou lentamente, permitindo que a tortura se tornasse sublime.

Ela o encarou, sua expressão inebriada e um pouco confusa. Então se aninhou mais abaixo para que ele a preenchesse, e se mexeu apenas o suficiente para fazê-lo perder a visão por um instante.

Olhou em volta para ver como estavam unidos e se moveu novamente.

— Então é a minha vez?

— Eu ajudo.

— Como?

— Você verá.

Ela se levantou, então deslizou de volta para baixo.

— É diferente. Ainda é maravilhoso, mas também é novo.

— Todas elas são.

— Todas?

— Todas as maneiras de fazer isso. Cada uma provoca uma sensação diferente à sua própria maneira.

Ela se levantou novamente, mas se mexeu ao descer para que ele a sentisse de uma outra forma, como uma estocada dura de veludo.

— Oh, você gostou disso. Eu percebo. É divertido. — Mais uma vez, ela experimentou.

Kevin cerrou os dentes para que pudesse brincar por mais tempo se quisesse, mas estava perto de encerrar o jogo. Felizmente, seu próprio desejo a fez acelerar o ritmo. Ela fechou os olhos e encontrou seu prazer, criando estocadas profundas e fricções perversas. Rosamund o cavalgou como uma mulher selvagem, jogando a cabeça e os cabelos para trás, e ofegou quando um movimento a levou mais alto.

Ele deslizou a mão entre seus corpos, para que pudesse tocá-la perto de onde se uniam. Assim que o fez, ela perdeu todo o controle. Gritou repetidamente com súplicas cada vez mais desesperadas. Então se contorceu contra ele com força e ficou tensa quando o desespero deu lugar à dúvida.

Ele a puxou para baixo sobre si e segurou seus quadris para assumir o controle, estocando com força e por muito tempo no caminho de subida ao clímax explosivo.

# CAPÍTULO QUINZE

Rosamund desceu as escadas, vestida para o dia. Ela e Kevin haviam combinado de se encontrar no jardim do hotel para um *petit déjeuner*.

Ela havia adormecido sentindo-se uma nova mulher. Havia acordado muito como era normalmente, mas, ainda assim, estava mudada. Ao procurar o jardim, reconheceu que não havia pensado em Charles mais do que duas ou três vezes enquanto se vestia. A dor surda que emergia com essas memórias também passou logo.

Ela não se sentia nem um pouco culpada por sua inconstância. Nem por sua devassidão com Kevin. Tinha sido fascinante e muito prazeroso. Quando ela estava perdida, ele a ajudara a encontrar seu caminho. Ninguém que tivesse qualquer bondade em si pensaria pior dela por ter convidado aquela distração maravilhosa para sua vida.

A questão era se deveria permiti-la novamente.

Pequenas mesas pontilhavam o jardim. Flores de primavera brotavam de vasos e floreiras. As videiras cobriam paredes e treliças. Rosamund não conseguia imaginar um lugar mais bonito para fazer uma refeição.

Kevin já estava sentado a uma das mesas, bebendo café.

Ela hesitou durante um instante. O que se poderia dizer depois de uma noite como aquela?

Ele a viu e se levantou, então ela se viu tendo que ir até ele antes de ter uma resposta para aquela pergunta. Kevin parecia o mesmo, embora talvez seu sorriso parecesse mais caloroso do que no passado. E seus olhos — ela não podia ignorar a consciência da intimidade refletida neles.

Um garçom se aproximou e Kevin lhe disse o que trazer. O chá chegou para Rosamund quase imediatamente, junto com uma cesta de pãezinhos, outros pães e bolinhos.

— Suponho que devemos falar sobre *Monsieur* Forestier — iniciou ela. — Você disse que falaríamos pela manhã.

— Primeiro, acho que devemos conversar sobre a noite passada.

— Quando entrei no jardim, fiquei imaginando o que se dizia depois que... bem, depois.

— Imagino que seja costume dizer obrigado.

— É? Bem, obrigada, então.

Ela olhou para a xícara de chá e viu que Kevin estava quase rindo.

— É costume o *cavalheiro* agradecer, Rosamund. Não a dama.

— Ah.

— Então eu lhe agradeço. Tive uma noite maravilhosa. Incomparável.

Ela pigarreou.

— Eu lhe agradeço também, mesmo que não seja costume fazê-lo. Afinal, quase não lhe dei escolha.

— Era compreensível que você precisasse de distração. Você a encontrou?

— Eu fui completamente distraída.

— Se precisar de novo, espero que me avise.

Ele estava pedindo outra noite. Talvez muitas delas.

— Farei isso. Agora, devemos discutir *Monsieur* Forestier? Eu falei a sério ontem à noite, sobre fornecer recursos. Sou uma sócia. É minha obrigação tanto quanto sua, se decidirmos seguir com o plano.

— Você tem certeza, à luz do dia, de que ainda quer fazer isso? Ontem à noite, quando ofereceu, você estava em desvantagem.

— Minha nossa, como você é pretencioso, Kevin. Está dizendo que eu não estava de posse do meu juízo perfeito?

Ele se inclinou para a frente.

— Eu estava lambendo seu seio.

— O que foi muito agradável. No entanto, eu não estava tão entregue que não pudesse pensar. De fato, saber pelo menos das informações básicas sobre Forestier era necessário para que eu não fosse distraída pela curiosidade enquanto estava sendo distraída por... outras coisas.

Ele se recostou.

— Se quiser investir mais, não vou reclamar. De que forma você enxerga que isso possa ser realizado?

— Precisamos de dez mil até o fim da semana...

— Não temos que entregar dez mil para ele até essa data. Basta assinar os documentos e garantir-lhe o pagamento rápido.

— O quê? Quer dizer que não temos que pular em um paquete para a Inglaterra, encher uma valise com ouro e voltar correndo? — Ela bateu na têmpora com a palma da mão. — Graças a Deus por isso.

Ele a espiou com cautela.

— Só queria ter certeza de que você compreendia.

Ela se sentiu culpada pelo joguinho.

— Foi muito gentil da sua parte. De qualquer forma, parece-me que, quando voltarmos a Londres, fornecerei sete mil e você, três. Então, em junho, você pode me pagar os dois mil e continuaremos sendo sócios iguais. — Rosamund cravou os dentes em um bolinho. — Ou, se preferir, pode ficar com os outros dois mil e seremos parceiros ligeiramente desiguais.

Um doce perfume veio até ela. Rosamund olhou para o bolo e se perguntou se tinham incluído água de rosas na receita. Em caso afirmativo, seria incomum, mas não desagradável. Só quando terminou o bolo percebeu que Kevin não tinha falado.

Ela olhou e o encontrou observando-a atentamente. Ele estava com *aquele* olhar. Aquele que dizia que ele não estava com raiva, mas exasperado.

— Rosamund — disse ele, em sua voz mais *Kevin Radnor*. — Se pensa que vou permitir que você seja uma sócia majoritária em nosso empreendimento, mesmo que por uma fração mínima, ínfima, mesmo que brevemente, você está muito enganada.

— Faça do seu jeito. Agora, pode ir dizer a *Monsieur* Forestier sobre nossa escolha, e eu irei às galerias do Palais-Royal e encherei meu baú.

— Ele pode querer ver você. Você chamou-lhe muito a atenção.

— Ele me verá quando eu assinar os documentos. Se ele nos recusar, não assinará. — Ela permitiu que o garçom lhe servisse mais chá e escolheu um pão que parecia um pergaminho. — O que você quis dizer quando falou "incomparável"?

— Perdão?

— Você disse que a noite passada foi incomparável.

— Isso significa sem comparação.

— Eu *sei* o que a palavra "incomparável" significa, Kevin.

— É claro que sabe. Eu quis dizer que... — Ele parecia desconfortável, o que para Kevin era incomum. — Suponho que não haja mal nenhum em dizer... Normalmente, não passo a noite inteira com uma amante.

O pão foi uma revelação. Granuloso e amanteigado. Era uma pena que não os pudesse comprar em Londres.

— É a parte do passar a noite inteira que é incomum ou a da amante?

Os móveis do jardim pareceram chamar a atenção dele de repente.

— Ambos.

— Suponho que seja porque nenhuma mulher o fascine o suficiente. Suponho que você prefira bordéis. Também seriam melhores para o seu estudo cuidadoso dos assuntos carnais.

Ele não respondeu, o que já era eloquente em si.

Ela se perguntou se naquela noite ele iria procurar um dos bordéis de Paris. Dizia-se que eram incomparáveis.

— *Mademoiselle* não está com o senhor hoje? — *Monsieur* Forestier não mencionou a ausência de Rosamund até que tivesse bebido um pouco de vinho, no escritório que usava na universidade.

— Ela decidiu fazer compras no Palais-Royal esta tarde. Ela lamenta e me pede para dizer que está ansiosa para vê-lo quando assinar nosso acordo.

— Então chegamos a um acordo?

— Chegamos. Dez mil pela licença exclusiva, conforme sua solicitação.

Estavam sentados em duas poltronas gastas na frente de uma lareira. As janelas estavam abertas para o dia bonito, e os passos rápidos dos alunos podiam ser ouvidos do lado de fora. Forestier brincava com uma pena. Um franzido se formou lentamente em sua testa.

— Não achei que o senhor fosse encontrar os recursos — disse ele por fim. — Eu deveria ter sido mais explícito no jantar. Mas *Mademoiselle*, bem, ela, como se diz... — Deu de ombros e mostrou um sorriso de desculpas.

— Ela o perturbou. — Ela o deixou *deslumbrado. Ela o deixou estúpido.*

Ele deveria ter insistido que Rosamund o acompanhasse naquele dia, para que Forestier ficasse perturbado novamente. Deveria amarrar um no outro até que um deslumbrado Forestier assinasse o maldito acordo.

— Veja, o outro cavalheiro, o que mencionei, ofereceu mais.

— Quanto?

— Não mais dinheiro. Os mesmos dez mil.

— Que tipo de mais?

— Algumas ações da empresa. Elas têm pouco valor, a menos que o negócio se torne muito grande. — Ele sorriu. — Talvez possa oferecer o mesmo? Tem apelo, é claro. Uma forma de eu participar desse sucesso, se ele vier.

Kevin mal controlou seu aborrecimento. Forestier agora estava pedindo parte da empresa.

Rosamund teria a mesma reação? Ou concluiria que essa mudança de última hora era um pequeno preço a pagar?

Esse era o problema de ter um sócio de mesmo nível, algo que Kevin havia perdido de vista porque parecia não haver saída. Porque *ele* é que fora deslumbrado e feito papel de estúpido. Ali estava ele, tentando boxear contra um oponente desconhecido com uma de suas mãos presa.

— Peço que adie sua decisão em vinte e quatro horas — disse ele a Forestier. — Preciso considerar essa mudança adicional em nossas negociações.

Rosamund passeava pela Galerie de Bois, admirando os luxos exibidos ao mundo, contente com suas compras até então. Alguns tecidos e aviamentos deliciosos chegariam ao seu hotel naquela tarde, junto com um rolo de entretela muito superior ao que ela poderia comprar facilmente em Londres. Melhor ainda, alguns desenhos interessantes estavam em sua bolsa.

Desenhá-los exigira muito trabalho. Kevin tinha avisado que mulheres decentes não sentavam nos cafés, então, cada vez que via um detalhe de interesse, o memorizava e então corria para um banco do parque para desenhá-lo antes que desaparecesse de sua memória. Um chapéu com uma coroa muito original quase havia derrotado suas habilidades com o lápis, mas Rosamund finalmente o registrou corretamente.

Ela parou em frente a uma loja que vendia chapéus e xales femininos. Não ousando tirar o lápis e o papel para desenhar, recorreu ao estudo dos chapéus enquanto memorizava seus menores detalhes.

O proprietário veio até a vitrine para reorganizar os xales espalhados entre alguns galhos de bétula apoiados entre os chapéus. Olhou na direção dela várias vezes, então olhou mais incisivamente. Parecia pensar que ela estava roubando seus modelos.

Que absurdo. O homem havia exposto sua genialidade logo ali para qualquer um ver, então seus estilos não podiam ser considerados segredos. Seus chapéus enfeitavam muitas cabeças nos jardins e restaurantes. Como poderia esperar mantê-los para si e para suas clientes? Além do mais, ela nunca duplicava um chapéu que via. Nem mesmo os impressos nas revistas de moda. No máximo, apenas pegava emprestados pedaços de ideias.

O olhar penetrante do vendedor a irritou a ponto de ela ter de entrar na loja. Observou tudo enquanto o proprietário se mostrava cada vez mais agitado. Um dos chapéus tinha uma linda seda verde-clara cobrindo a aba, drapeada de uma maneira muito peculiar. Desejou que o homem fosse embora para que pudesse examinar como aquele drapeado era feito.

— Eu gostaria de experimentar este. — Ela apontou para o chapéu, depois para a cabeça, e parecia esperançosa.

Seu inglês e o pedido pareceram tranquilizá-lo. Ele a convidou a se sentar e colocou o chapéu em sua cabeça depois que ela tirou o seu. Rosamund se admirou no espelho da loja. O proprietário disse algo em francês.

— É um pouco pequeno. Em quanto tempo o senhor pode fazer outro que sirva? — Ela tentou alguns gestos para comunicar o que queria dizer.

Ele lançou um olhar vazio. Ela provavelmente parecia assim quando alguém se dirigia a ela em francês.

Tentou descobrir como comunicar seu desejo. Perguntou de novo. Muito devagar. Mais vazio, além de um pequeno encolher de ombros.

Uma voz masculina falou bem atrás dela. Um longo borrão de francês passou acima de sua cabeça. Ela reconheceu a voz e olhou para Kevin. O proprietário rebateu com alguma grosseria, e os dois conversaram ao seu redor.

— Ele disse que poderia ajustar e entregá-lo no hotel ainda esta noite — explicou Kevin.

— É possível fazer isso?

— Sim, é possível. Está bem assim. Por favor, pergunte a ele o preço.

Mais francês. A mão do proprietário apareceu na frente dela com um pequeno papel. Kevin se curvou por cima do ombro dela.

— Isso dá cerca de duas libras.

Ela tirou o lápis da retícula, riscou o valor e escreveu outro.

— Diga que, se ele alterar, terá que esticar a palha da parte interna, então o chapéu não terá o mesmo valor.

Kevin deu ao chapeleiro aquela má notícia.

O homem examinou a oferta. Choque. Desânimo. Muito francês. Rosamund não olhou para ele ou para Kevin, mas semicerrou os olhos para o chapéu, examinando-o com atenção.

Com mais suspiros e resmungos, o homem rabiscou no papel e colocou-o firmemente na mesa em frente ao espelho. Ela não precisava de Kevin para traduzir.

Ela observou que o número final era um quarto menor do que o primeiro. Então, tirou o chapéu e o entregou com um sorriso e um aceno de cabeça.

Antes que ela pudesse cuidar do assunto, Kevin havia pagado e deixado o endereço do hotel. Ela amarrou as fitas do chapéu e saiu da loja.

— Eu o constrangi? — ela perguntou quando Kevin se juntou a ela.

— Não muito.

— Suponho que isso não seja feito em lojas assim.

— A França ainda está pobre por causa da guerra. Não acho que você seja a primeira mulher a exigir um preço mais baixo. Ele provavelmente esperava que, por sermos ingleses, não discutiríamos por causa de dez xelins.

— Eu certamente espero que os ingleses do seu tipo não façam isso. Do contrário, por que instalei minha loja nos arredores da Oxford Street?

Ela destinou mais atenção à estrutura da galeria e percebeu por que havia sido atraída por aquelas lojas.

— As vitrines são muito grandes e parecem todas inteiriças. Eu me pergunto como fazem isso sem colunas dividindo os painéis de vidro.

— É um painel só. Eles fazem um longo cilindro de vidro, então o cortam em seu comprimento e o achatam enquanto é reaquecido. É exportado e tem edifícios em Londres onde você pode vê-lo.

— Você sabe de coisas tão estranhas e interessantes. Eu poderia ter minhas vitrines assim?

— É muito caro e me disseram que atrai mal-intencionados. Muito caro para uma loja que você alugou, eu acho. — Kevin gesticulou para a retícula dela. — Já viu tudo o que tinha para ver e anotou suas inspirações? Ou quer continuar?

— Creio que acabei.

Eles alugaram uma carruagem para levá-los ao hotel, depois cruzaram para as Tulherias e passearam sob suas árvores inflorescentes. Kevin a guiou até um banco.

— Precisamos conversar.

— Pela sua expressão, acho que não foi tudo bem com o sr. Forestier.

— Ele tem mais uma demanda.

— Espero que não seja eu.

Kevin riu.

— Você parecia tão alheia ao flerte dele... Cortês, mas inconsciente.

— Alheia parecia a reação mais sábia. Que outras opções eu tinha? Retribuir o flerte ou ser muito *descortês*. — Ela encolheu os ombros. — Aprendi que a incompreensão branda costuma ser a melhor resposta.

— Você ficará aliviada em saber que não faz parte do pagamento que ele exige. Ele quer algumas ações da empresa e ter a chance de participar de qualquer sucesso.

Ela pensou sobre essa virada inesperada nas negociações.

— Suponho que seja compreensível. É algo que eu desejaria se estivesse na situação dele.

— Para todos os efeitos, também é impossível, então nos deparamos mais uma vez com o retorno a Londres sem a licença e sabendo que outra pessoa a conseguirá. Gostaria de saber quem é o nosso concorrente e com que propósito usará essa invenção.

Ele mergulhou em sua distração, provavelmente para contemplar quais outros usos poderiam haver para o aprimoramento de Forestier. Pelo modo como sua distância aumentava, ela adivinhou que Kevin também se torturava com a possibilidade de que outra pessoa houvesse duplicado sua própria invenção.

Ela aproveitou a oportunidade para descobrir por que a demanda de Forestier era impossível.

— Você acha que, se dermos a ele mesmo que seja um pequeno percentual, ele terá o controle.

— Acho.

— Ele teria a decisão final, caso você e eu discordássemos, e simplesmente jogaria com o lado que ele preferisse.

— Essa pequena porcentagem teria uma influência descomunal.

— Entendo. Como você disse, impossível.

Só que ele não disse impossível. Ele dissera *quase* impossível. Ela se virou e deu uma boa olhada nele.

— Saia da sua mente por um momento e explique qual solução você viu. Eu sei que já divisou uma, mesmo que não a tenha dito em voz alta.

Kevin emergiu de seus pensamentos muito como um objeto içado de um lago, derramando seus cálculos particulares como esse objeto derramaria água.

— A parte dele só teria esse peso se cada um de nós abrisse mão de uma quantia igual. Se tudo viesse de uma metade, sua influência seria inexistente.

— Não é verdade. Quem desistisse da porcentagem ficaria por conta do capricho de quem não desistisse, caso o sr. Forestier fosse persuadido a esse ponto de vista.

— Suponho que sim.

— Você não apenas supõe. Você sabe. Deixe-me adivinhar. O *quase* impossível só existe se eu abrir mão de parte da minha metade.

— Eu certamente não posso desistir de nenhuma parte da minha.

— Não vejo por que não.

— Eu ficaria para sempre em desvantagem em qualquer desentendimento. Ele estaria predisposto a trabalhar com você para um acordo.

— Você não sabe disso. Pode não acontecer dessa forma.

— Rosamund, não sou *eu* quem ele quer na cama. Ele provavelmente concordaria com qualquer coisa se achasse que isso fosse deixá-lo um centímetro mais perto de ter você.

Que coisa surpreendente de se dizer.

— Como se atreve a sugerir que eu usaria isso para fazer valer minha vontade numa decisão importante para o empreendimento? Eu não uso os artifícios femininos dessa forma.

O braço dele a rodeou nos ombros.

— Peço desculpas. Eu provavelmente poderia ter dito de uma maneira melhor. Nem você precisaria usar qualquer artifício. Isso simplesmente aconteceria. Tudo partiria dele.

O abraço discreto era muito agradável. Ela se inclinou em direção a ele para que ele pudesse ser menos cuidadoso.

— Se você estiver certo, isso não seria justo. Então, estamos de volta ao campo do impossível.

— Parece que sim.

Ele a virou e lhe deu um beijo. Um beijo muito gostoso.

A maioria dos pensamentos dela sobre o sr. Forestier desapareceu.

— A não ser que...

O beijo subiu para a orelha.

— A não ser...

— E se não dermos a ele uma pequena porcentagem da empresa? E se, em vez disso, depois de sermos bem-sucedidos, dermos uma pequena porcentagem do lucro? Assim ele não teria voto. Nenhuma propriedade. No entanto, ainda participaria do sucesso.

Ele puxou a cabeça dela em seu ombro e a abraçou completamente.

— Ele teria que confiar em nós para declarar os lucros corretos. Eu duvido de que ele vá confiar.

— Então precisamos pensar em uma maneira de documentar os lucros de modo que o satisfaça.

Eles ficaram sentados em silêncio. Ela presumiu que Kevin estivesse contemplando o problema para o benefício de ambos. Apenas ficou apreciando o calor dos braços dele e a brisa fresca da primavera.

— Algo parecido com trabalho por unidade — disse Kevin finalmente. — Em um determinado ano, uma vez que tenhamos lucro, ele receberá uma pequena quantia do que recebermos cada vez que a invenção for usada. Vou precisar passar algum tempo com cálculos para chegar a um valor de

quanto ele possa ganhar, mas posso fazer isso esta noite. Não tenho certeza se Forestier aceitará seu plano, mas é uma maneira de resolver.

Ela até que gostava da forma como Kevin chamava o plano de seu.

— Se você encontrar uma maneira de fazer isso funcionar, tenho certeza de que ele aceitará.

— Se você usar aquele vestido vermelho de novo, provavelmente ele o fará.

Assim que voltaram ao hotel, Kevin providenciou papéis para escrever. Quando ele entrou em seu quarto, Rosamund o viu tirando os casacos. Ele moveu duas lâmpadas para uma pequena escrivaninha, colocou a tinta e a pena, sentou-se e desapareceu nos números. Ela fechou a porta porque ele mesmo havia se esquecido.

Na hora do jantar, ela foi até a porta dele para ver se ele tinha planos de jantar no restaurante do hotel. Assim que ela bateu, um criado vinha chegando com uma refeição em uma bandeja. Atendendo ao chamado de Kevin, a bandeja entrou, ela não. Rosamund jantou em seu quarto, depois foi para o terraço para observar a noite cair sobre a cidade. Finalmente, decidiu ver em que termos estavam todos aqueles cálculos. Desta vez, nem se incomodou em bater.

Ele não percebeu. Apenas estava lá sentado à luz das lamparinas, olhando para uma pilha de papéis cobertos de rabiscos e números.

— Tudo se encaixa? Você encontrou o possível?

Ele olhou, surpreso, e então de volta aos papéis.

— Creio que sim. Também acho que podemos usar o acordo que eu trouxe comigo e acrescentar este termo, como um codicilo a um testamento. Não altera o acordo básico, apenas o expande. — Kevin folheou algumas páginas. — Terei que redigi-lo, é claro. Não deve demorar muito. Algumas horas, no máximo.

— Vejo você de manhã, então.

Ele não respondeu. Sua mente já estava de volta aos números.

Rosamund voltou para seus aposentos, chamou a criada e pediu que preparasse a banheira. Precisava de um banho, e depois uma boa noite de sono. Perguntou-se se Kevin estava brincando sobre o vestido vermelho.

Certamente ele iria querer aqueles papéis assinados no dia seguinte antes da noite.

Ela esperava que *Monsieur* Forestier não fosse se recusar a nada e que aceitasse a solução apresentada. Ela havia gostado de Paris, mas era hora de retornar a Londres.

— Venha e veja isso. Diga-me se você aceitaria ou não a comprovação de quando o empreendimento é lucrativo. — Kevin acenou com o papel na direção de Rosamund. — Como um cavalheiro, é claro que suponho que minha palavra seria suficiente, mas elaborei a documentação porque imagino que ele espere alguma.

Ele acenou com o papel novamente, com mais insistência. Quando o papel continuou em seus dedos, Kevin olhou para trás.

Só que Rosamund não estava lá. Para onde diabos tinha ido?

Ele levou o papel até a porta de seu quarto, pois queria a opinião dela. Era fundamental para todo o plano. Ao abrir a porta, quase trombou com um criado que carregava dois grandes baldes de água. Três outros homens o seguiam. Todos haviam dominado aquela tarefa de forma que nenhuma gota de água espirrasse. Eles entraram na suíte de Rosamund, através de uma porta aberta pela camareira dela.

Que hora de pedir um banho. Rosamund podia ser impossível às vezes, especialmente em relação ao empreendimento. Certamente ela entendia que tinham que resolver esse assunto naquela noite, e que ela poderia ser necessária. Especialmente em relação àquela parte em particular. Kevin leu o parágrafo novamente, tentando se colocar no lugar dela. Se alguém apresentasse isso a ela, será que seu pensamento prático o consideraria suficiente para seus interesses?

Parecia bom o suficiente para ele. E ainda assim...

Inferno, não planejava esperar a noite toda para começar o documento final. Caminhou até a porta de sua suíte, abriu-a, marchou até a porta dela e entrou.

— *Monsieur!* — A criada se assustou e pulou na frente de Rosamund... Que estava meio despida, pelo que ele podia ver. De chemise e meias. Seus olhos azuis espiaram por cima da cabeça da criada. Havia uma banheira de cobre posicionada em frente à lareira.

— Preciso que você leia isso — disse ele, ignorando o jeito como a criada revirava os olhos diante da intrusão.

— Isso pode esperar, não pode? — Rosamund gesticulou para a banheira.

— Não.

Ela passou o braço ao lado da criada e pegou o papel. Abaixou-se então e o segurou contra a luz da lareira. O que tornava visíveis seus ombros cor de creme e a curva dos seios e dos quadris.

Ela se endireitou.

— Isso é o melhor que podemos fazer. É generoso, porque você permite que ele mande examinar as contas se pensar que o enganamos.

— Você assinaria?

— Eu?

— Sim. Se você fosse ele, isso dissiparia suas dúvidas? — A criada estalou a língua com a interferência, virou-se e começou a soltar o cabelo de Rosamund. Mechas e mais mechas de seda dourada foram caindo.

Rosamund devolveu o papel sobre os ombros da camareira.

— Eu assinaria o documento, mas não por isso. Eu assinaria porque você foi honesto até agora, então provavelmente o seria no futuro. Você não roubou a ideia dele, não é? Parece-me que, para ser sincera, os documentos são formalidades. Se alguém for um ladrão, nenhum documento me protegerá.

A criada mergulhou a mão na banheira; em seguida, lançou a Kevin um olhar irritado e um pequeno gesto dizendo que ele deveria ir embora.

Ele retornou um olhar igual e disse:

— *Allez*[1].

— *Mais*[2], *mademoiselle*...

Rosamund olhou para ele, curiosa. Seu olhar encontrou o dele. Ela então tocou o ombro da criada.

— Sim. Vá por favor.

---

1 Em francês, vá. (N. da T.)
2 Em francês, mas. (N. da T.)

— Vou poder tomar meu banho? — perguntou ela quando a criada saiu.

— É claro. — Ele se aproximou e se jogou em uma cadeira. — Eu ficarei observando.

Ela considerou sua extrema nudez. Não precisava de ajuda para remover o que restava de suas roupas. Ser observada enquanto fazia isso... a ideia a desanimava, mas também a agitava.

Ela soltou o resto do cabelo e, em seguida, apoiou um pé na borda da banheira para remover a meia.

— O resto primeiro. — A voz dele chegou até Rosamund no silêncio, das sombras longe da lareira.

Ela hesitou, contendo a reação erótica que isso provocava nela. Sentindo-se tímida e ousada, deixou cair a chemise e ficou nua, exceto pela meia.

Não vieram mais ordens. E tinham sido *ordens*, não um pedido. Um pouco vacilante pelos arrepios que a excitavam, Rosamund apoiou o pé na banheira novamente e tirou a meia.

O outro par exigia que ela se movesse. Com as costas voltadas para ele, Rosamund fez o trabalho rápido, mas, antes que terminasse, Kevin estava atrás dela, acariciando seus quadris. Ele a manteve assim, curvada sobre a perna levantada. Seu braço a sustentou na frente dos ombros, enquanto a mão explorava as costas e as nádegas, e seus beijos provocavam arrepios no pescoço, ombros e espinha.

Ele a deixou se levantar e a abraçou por trás. As palmas das mãos e as pontas dos dedos excitaram seus seios, roçando e acariciando os bicos. Cada toque fazia disparar uma flecha de prazer para baixo, na direção do ventre. A boca dele reivindicou seu pescoço, o que a fez tremer. Sensações emocionantes caíram em cascata por ela, e cada uma arrebentou um fio de seu controle.

Um novo abraço, com uma das mãos mais baixa. Acariciando. Sondando. Rosamund perdeu o equilíbrio e a cabeça. Ela se inclinou contra ele, sentindo a excitação torturante e implacável provocar prazer e dor. A necessidade começou a pulsar, absorvendo sua consciência e todos os seus pensamentos. Os toques dele arrancavam suspiros. Súplicas.

Ele a curvou novamente. Ela se viu de bruços em uma almofada. O braço cilíndrico do sofá pressionou seu abdome, e sua cabeça pendeu sobre o assento. Seus quadris se ergueram e as pernas perderam o apoio.

Visão turva, mente confusa, Rosamund olhou para trás por cima do ombro. Kevin estava atrás dela, sem camisa agora, seu torso esculpido pela luz da lareira distante. Seu olhar encontrou o dela.

— Assim — disse ele. — Eu quero ver seu rosto.

Suas meras palavras eram suficientes para fazer um prazer intenso pulsar entre as pernas dela. Rosamund o desejava desesperadamente. Só que Kevin não a tomou de imediato. Em vez disso, ele a acariciou até tornar sua necessidade excruciante. O corpo dela tremia das sensações. Seu traseiro subiu mais.

Ela o sentiu bem ali, pressionando, e gritou por ele. Kevin estocou com força e ela gemeu de alívio. Era tão delicioso. Também diferente da última vez. Ela agarrou-se à almofada e respirou fundo enquanto ele a penetrava repetidamente. A cada vez que era preenchida, sentia-se mais perto de um prazer que a tudo consumia. E então um tremor final, seguido pelo sobrenatural.

— Pelo menos você não mentiu. Estou tomando meu banho. — Rosamund deleitou-se com a água morna enquanto Kevin a lavava. — Um banho muito completo, inclusive.

— É difícil manter as mãos longe de você. Dessa forma, elas são úteis.

— E permaneciam nela, mesmo deixando que a promessa fosse cumprida.

A visão dela meio despida havia obliterado todos os pensamentos sobre Forestier, os documentos, até mesmo a empresa. Kevin tinha enlouquecido quando ela se dobrara para remover a meia e suas costas caíram e seu traseiro se elevara, redondo e alto. Ele quase a agarrara naquele momento e a jogara sobre o braço do sofá. No entanto, não lamentava ter esperado. O prazer que ela finalmente experimentou só serviu para aumentar o seu.

A memória erótica de Rosamund o observando, esperando por ele, impaciente por ele, não seria esquecida. Tão linda. Tão desejável.

Ele colocou uma mecha de cabelo longa e molhada atrás de sua orelha.

— A camareira vai ter uma apoplexia ao ver que molhadeira que você fez ao lavar meu cabelo. Você deveria ter me deixado fazer essa parte.

— Estou aqui para servir, milady. — Kevin ergueu uma das pernas dela e a ensaboou por todo o comprimento. Bem torneada. Até seus pés eram bonitos. Era impressionante que ela ainda não estivesse casada àquela altura. Isso era devido a sua devoção mal-empregada ao canalha, é claro. Ele provavelmente deveria enviar àquele sedutor um presente de agradecimento.

A questão era que aquele homem não estava mais disponível para tornar Rosamund inalcançável, estava?

— Imagino que você já tenha tido muitos homens como Forestier — disse ele. — Homens que perseguiram você.

Ela encolheu os ombros.

— Nesse caso, não notei a maioria deles. Apenas os mais ousados.

— Você nunca se sentiu tentada a desistir de seu amante e...

— Não acho que você entenda como as coisas são para gente como eu. Eu estava trabalhando. Muitas horas por dia. Mesmo que um homem fosse tão ousado a ponto de eu notar seu interesse, dificilmente eu teria tempo para ceder à tentação.

Ele podia ser um idiota às vezes. Rosamund não era nenhuma dama ociosa que colecionava lisonjas durante a hora da moda no parque. Pelo menos não no passado. Agora ela poderia ser, se assim quisesse.

Essa noção não assentou bem para ele. Rosamund não era apenas uma herdeira, mas uma herdeira belíssima. Não poderia ficar de olho nela todos os dias, o dia todo. As últimas semanas tinham sido poupadas desses avanços masculinos porque ela estava se estabelecendo e abrindo aquela loja e planejando seu grande reencontro com o malandro. Tudo isso mudaria, muito em breve.

Kevin se posicionou para ficar atrás dela. Então, começou a lavar seus seios, o colo.

— Quando voltarmos a Londres, eu gostaria que isso continuasse.

Ela se moveu para virar o rosto e olhar para ele.

— Você não quer dizer me dar banhos, quer?

— Isso também.

Ela se desvirou e se apoiou nas costas novamente. Ele ensaboou seus seios e observou os mamilos ficarem rígidos.

— Vejo dificuldades nisso, você não vê? — perguntou ela.

— De jeito nenhum. Isso exigirá alguma discrição, é claro.

— Não tenho experiência nesse tipo de discrição. Você tem?

— Não pode ser tão difícil assim, pode?

Ela riu.

— Você acabou de falar como o sr. Kevin Radnor. No entanto, duvido que existam livros sobre como fazer isso bem.

— Vou perguntar. Nicholas e Chase saberão onde as linhas devem ser traçadas.

Ela ficou pensativa. Kevin decidiu que tal contemplação não o beneficiaria. Casos como esse raramente terminavam bem para as mulheres, e ela era inteligente o suficiente para entender.

Ele começou a enxaguar seu corpo e a beijar seu pescoço.

— Veja só — disse ela. — Eu não penso em mim dessa forma, a concubina de um homem.

— Herdeiras não são concubinas. Não são mulheres sustentadas. Elas são amantes, se é que são alguma coisa. Ou esposas. — Ele se virou para poder beijá-la completamente. — Eu pedi sua mão antes. Você declinou, mas acho que o maior motivo era seu antigo amante. Talvez devêssemos reconsiderar essa ideia.

Ela não disse "não" de imediato, mas, na verdade, Kevin estava mantendo a boca dela ocupada demais para isso. Ainda assim, uma recusa rápida não viera.

— Vou querer pensar sobre isso — ponderou ela. — Também quero uma discussão franca sobre o que o casamento significa para nós dois e para a empresa.

Ele se levantou e pegou uma grande toalha.

— Pense o quanto quiser. Agora, de pé.

Ela se levantou, uma Vênus subindo do mar, toda escorregadia e cremosa e mais bonita do que ela mesma imaginava. Ele a embrulhou na toalha, então a ergueu em seus braços e a carregou para o quarto.

Ela abriu um pouco os olhos e olhou para ele. Sustentava as pernas dobradas, segurando-as pelos tornozelos como ele dissera. A pose a expunha de forma escandalosa.

Ele sustentou seu próprio corpo com os braços estendidos e tensos em uma posição que deixava um espaço entre eles. E então Rosamund podia ver como o membro longo e duro estava bem acima dela, e como Kevin estava com a cabeça inclinada de um modo que lhe permitia ver a si mesmo. Ela também conseguia ver.

Ele começou a entrar, então parou. Ela pulsava ao redor dele, sentindo o anseio por mais. Querendo mais. Kevin era bom nisso. Em fazê-la desejá-lo. Ela renunciava a seu orgulho quando ele a trazia àquele estado de desejo.

Ela não conseguia nem acariciá-lo enquanto se mantinha assim. Só podia observar e perceber a forma como o corpo rígido de Kevin a dominava. Era estranho para um homem tão focado nos próprios pensamentos ter um corpo daqueles. Parecia que Kevin impunha ao corpo físico a mesma disciplina a que submetia sua mente. Pressionou mais, então parou outra vez. Ele fechou os olhos. Ela supunha que qualquer sensação que compartilhavam, ele a sentisse mais intensamente do que ela. Não porque fosse um homem e ela, uma mulher. Mas porque ele era um homem que dominava a arte da concentração.

Kevin abriu os olhos e fitou os dela. Intensos. Calorosos. Tais profundidades continham os olhos dele. Cativantes. Como se nada mais importasse agora, e nenhum outro mundo existisse, exceto aquela cama com os dois nela.

Ele uniu seu corpo ao dela finalmente. Devagar. Rosamund descartou a impaciência e aceitou a satisfação deliciosa pelo que era. Ele se retirou e fez de novo, só que ela não conseguia ficar tão calma dessa vez. Nem na próxima, quando murmurou encorajamento, pedindo mais.

Mais forte, então. Mais fundo. Tão fundas. Ela sentiu as estocadas tocarem sua essência mais profunda. O desejo e o prazer a deixaram alheia a suas próprias palavras e sons.

Ele terminou com força. Quase violentamente. O poder daquilo a

deixou se debatendo, estendendo a mão para ele, para seu próprio fim, para aquele céu fora de alcance. Respirando com dificuldade, e seu corpo ainda pairando sobre o dela, Kevin se abaixou e a tocou. Ela se arqueou em resposta à intensidade. Todo o seu corpo e mente gritavam por libertação daquela tortura. Ele beijou sua bochecha e lhe disse algo, e a tocou de forma diferente, e então, de súbito, ela estava gritando de novo, apenas maravilhada.

— Suponho que se eu fizesse esse casamento de conveniência que você propôs, sei que pelo menos uma parte dele não será horrível.

As palavras, ditas suavemente no meio da noite, despertaram Kevin do sono que começava a reivindicá-lo.

A própria reação, espontânea e inesperada, o surpreendeu. Triunfo.

Uma reação estranha, uma vez que estava desperto o suficiente para pensar nela. O problema com os casamentos práticos era que eles tinham motivos embasadores. Os do tipo financeiro, geralmente. Esse também teria. Ele se casaria com ela para que Rosamund não pudesse se casar com outra pessoa capaz de interferir no empreendimento. Ela se casaria com ele para obter uma posição mais elevada. Não havia como uma união ter um propósito mais prático do que esse.

E, ainda assim, enquanto estava deitado ao lado dela depois que ela abrira aquela porta novamente, Kevin conheceu um contentamento que não tinha nenhum nome que ele reconhecesse. Decidiu que era apenas a reação de um homem saciado de prazer, feliz por saber que ficaria tão saciado assim outras vezes no futuro.

Só que não era apenas isso. Kevin poderia encontrar esse prazer em qualquer lugar, ou pelo menos em vários outros lugares. Um prazer melhor, do ponto de vista técnico, porque essas mulheres possuíam uma perícia que Rosamund obviamente não possuía. Se bem que elas também não tinham um elemento que ele experimentara com Rosamund, ele tinha que admitir.

— Isso eu posso prometer — disse ele, pois já havia demorado muito para responder.

— Achei que talvez você estivesse dormindo.

— Não, não. Eu estava apenas gostando de ter você em meus braços.

— Por acaso mandei você para pensamentos tão profundos com minha pequena observação? Ou talvez você já estivesse lá e não tivesse me ouvido.

— Eu estava decidindo o que dizer que não fosse assustá-la.

Rosamund se aconchegou mais perto. Seu cabelo brincou com o nariz dele.

— Na verdade, eu não concordei.

— Tenho ciência disso.

— Eu só concordei que podemos considerá-lo. Então, depois de um breve momento, tomaremos uma decisão. Você pode concluir que não é do seu interesse. E eu não farei isso a menos que meus interesses sejam protegidos.

— Como assim?

— Devo manter controle total sobre a minha herança, incluindo minha parte na empresa. Se você não aceitar, não há sentido em discutir o assunto.

Ela claramente não sabia nada sobre o aspecto legal do casamento. Claro que ele a controlaria. Ela manteria a propriedade, mas seu marido teria uso da quantia.

— Pretendo falar com o sr. Sanders para ver se há um acordo a esse respeito — disse ela. — Um acordo em que você deverá aceitar essa peculiaridade em nosso casamento.

Diabos. O velho aborrecimento familiar começou a invadir sua cabeça. Rosamund tinha um lado teimoso, especialmente quando se tratava da invenção *dele*.

— Você não pode ter tanto controle a ponto de vender sua parte na sociedade sem minha permissão, Rosamund. Se ainda puder fazer isso, esse casamento de conveniência será muito inconveniente para mim.

Ela encolheu os ombros.

— Tenho expectativas de que o sr. Sanders saberá como adequar essa parte. — Kevin a sentiu bocejar contra seu peito. — Sua família ficará horrorizada. Depois que eles deixarem isso claro, você pode mudar de ideia sobre toda essa situação.

— Estou acostumado ao horror deles. Isso não mudará nada.

— Existem alguns parentes de que você gosta, no entanto. Quando expressarem objeções, você pode pensar de forma diferente.

Ele só gostava de Chase e Nicholas. Eles veriam como isso o beneficiaria. Além do mais, nenhum dos dois era do tipo que fosse menosprezar o berço plebeu de Rosamund ou sua origem humilde.

— Já que estamos estabelecendo algumas demandas, devo expressar uma das minhas — disse ele. — Em casamentos como este, é comum que ambas as partes procurem a companhia de outras pessoas depois de um tempo. Não vou tolerar.

Ela se sentou e olhou para ele.

— Você está dizendo que eu não posso ter amantes?

— Estou.

— É comum para gente do seu tipo tomar amantes quando estão envolvidos em uniões de cunho prático?

— Sim, é. Porém, não aceitarei nenhum homem influenciando você.

Ela sorriu.

— Acha que um amante usará as artes do prazer para mudar meu pensamento, não é?

Diabos, claro que sim. Afinal, ele próprio o usara dessa forma, ao que parecia.

Ela também inclinou o corpo para a frente, seu rosto a centímetros do dele.

— Não é comum entre gente do meu tipo. De forma alguma. Presumo que, se é assim que será para mim, será assim para você também. Certo? Eu também não gostaria de uma amante balançando seu pensamento.

Não era isso que Kevin pretendera dizer. Ele procurou uma maneira de fazer uma distinção.

— Já lhe disse que as mulheres não influenciam o meu pensamento. Você não corre perigo disso.

— Nunca fica fascinado, você disse. Mesmo assim, sempre há uma primeira vez. O que é justo é justo.

— Está bem. Aceito que também não terei amantes.

— Nem amantes ou ligações impulsivas.

— De acordo.

— Nem cortesãs ou prostitutas.

Ele apenas olhou para ela. Rosamund equiparou seu olhar com olhos de quem entendia muito bem do que estava falando.

— Imagino que, se você permanecer maleável e disposta, eu poderia aceitar isso — disse ele.

Ela voltou para o abraço dele e bocejou novamente.

— Podemos conversar mais tarde sobre o que maleável e disposta significa.

Ele decidiu que mais tarde seria uma boa ideia. Ainda não queria espantá-la.

# CAPÍTULO DEZESSEIS

Rosamund saltou da carruagem, animada demais para esperar a ajuda do cocheiro. Ela caminhou a passos largos até a vitrine de sua loja e examinou o mostruário. Em seguida, deu um passo para trás e admirou a nova placa que havia sido pendurada em sua ausência. Esperava que a cor, um cinza-violeta semelhante às caixas de papelão de suas embalagens, não desbotasse com a luz do sol.

Entrou e encontrou a sra. Ingram costurando algumas flores de seda em um chapéu creme e rosa. Ao notar seus passos, a sra. Ingram correu para abraçá-la.

— A senhorita está de volta. Fico muito feliz. Temos recebido muito mais movimento do que eu esperava. Assim que a placa foi colocada, as mulheres decidiram que estávamos abertas.

Rosamund caminhou até o balcão onde estava o chapéu em confecção.

— Uma encomenda ou algo para expor?

— Uma encomenda, tenho orgulho de dizer. Para uma jovem moça que está aproveitando sua primeira Temporada. Ao que parece, ela só usa os chapéus uma vez e precisa de novos a cada semana. Se ela gostar deste, talvez haja mais. — A sra. Ingram entregou o chapéu e, em seguida, recuou e olhou para o adereço na cabeça da própria Rosamund. — A senhorita comprou esse em Paris?

— Sim, comprei. O drapeado me intrigou. Não consegui estudá-lo na loja, então comprei um exemplar para ter aqui. — Ela soltou o chapéu e o pousou na mesa. Juntas, elas cutucaram o drapeado para ver como era costurado. — Nós conseguimos reproduzir. Acho muito bonito. Certo, agora veja meus desenhos.

O cocheiro trouxe um baú para dentro. Depois que ele saiu, elas passaram quase uma hora discutindo os desenhos, trocando ideias sobre como implementá-los.

— A senhora encontrou uma garota? — Rosamund perguntou.

— Ela começa na segunda-feira. A senhorita poderá avaliá-la então. Ela costura bem, mas não tem experiência, então será uma aprendiz. Estava usando um belo chapéu que ela mesma havia feito, então creio que possa ter a habilidade necessária para confeccionar um bom chapéu.

Rosamund percorreu toda a loja, agora preparada para a produção e as vendas. A sra. Ingram não a decepcionara. Agora ela seguia atrás, informando-a sobre o estado das coisas em Richmond. Por fim, elas se sentaram na sala dos fundos.

— Conte-me sobre Paris.

Rosamund descreveu a cidade, a comida, os jardins, os edifícios. A sra. Ingram a encheu de perguntas. Quando o assunto acabou, a sra. Ingram estendeu a mão sobre a bancada de trabalho para pegar uma pequena pilha de cartões.

— Agora, permita-me informá-la sobre os assuntos aqui.

— A senhora disse que estavam indo bem.

— E estão mesmo. Porém, tem havido um interesse peculiar nesta loja. — Colocou as cartas na mesa entre elas. — Tivemos alguns visitantes que vieram não para examinar nossas mercadorias, mas para dar as boas-vindas para a senhorita. Algumas pessoas deixaram cartões de visita. Acho que é um convite para visitá-los.

Rosamund manuseou três cartões.

— As pessoas estão sendo extremamente amigáveis. Não conheço nenhum desses nomes. Por que será que buscam amizade comigo?

— Perdoe-me por ser desconfiada, mas são todos homens. Dois deles têm lojas nesta área. — Ela colocou os cartões na bancada e apontou para um de cada vez. — Armarinho a duas lojas daqui. O joalheiro na esquina. Solteiros, os dois.

Rosamund colocou os cartões de lado para levá-los para casa.

— A senhora é muito desconfiada. Acho que não estão fazendo mais do que serem cordiais.

— Talvez, mas pense se quer retribuir a cortesia. A senhorita pode decidir que deseja escolher os próprios amigos mais tarde.

— Se eu fizer isso, será na esperança de que as parentes deles comprem muitos chapéus caros de nós.

— A senhorita pode ver se um deles é de algum interesse. Não fará mal a ninguém. A senhorita ainda é jovem.

— Acho que não. Existem muitos motivos para ignorar esses cartões. Mais importante ainda, comecei um envolvimento com o sr. Radnor enquanto estava em Paris.

A sra. Ingram ficou boquiaberta de surpresa.

— Confesso que me preocupei com a senhorita, com o fato de viajar com ele, mas, em todos esses anos em que eu a conheço, nunca houve nenhum interesse da sua parte por... esse tipo de coisa. Não por falta de homens com essas ideias, ou mesmo pretendentes. A senhorita simplesmente nunca parecia notá-los.

A sra. Ingram não sabia nada sobre Charles, e Rosamund não queria explicar esse longo e triste erro. Ela apenas deu de ombros e sorriu.

— E, no entanto, aqui estou.

— Vai se casar com ele?

— Já conversamos sobre isso. Pode ser útil solidificar nossa sociedade na empresa que herdei. Seria uma união de cunho prático. O maior benefício para mim é a posição, é claro. Estar associada àquela família significaria uma vida diferente para minha irmã Lily.

A sra. Ingram franziu a boca, o que a fez ganhar linhas minúsculas nos lábios.

— Não seria a primeira vez que alguém como ele trocaria sua posição por uma linda mulher.

— Não é uma linda mulher que ele deseja. Existem muitas mulheres assim entre gente que frequenta o círculo dele. Ele quer ter certeza de que não vou vender a minha parte, ou me ver perder a cabeça por algum outro homem, ou perder o controle para um marido. Ele só pensa nesse empreendimento, eu juro para a senhora.

— Então que bom que a senhorita deu início a essa conexão.

— Como assim?

— Ao que parece, a senhorita precisa saber como será essa parte. Consegue se imaginar casando-se assim, apenas para descobrir que o sujeito não sabe o que fazer no leito conjugal? — A sra. Ingram colocou a mão no braço de Rosamund e se inclinou. — Ele *sabe* o que fazer, eu suponho, sim?

Rosamund sentiu o rosto esquentar.

— Eu diria que sim.

— Estou aliviada em ouvir isso. Pois bem, vamos ver o que há naquele baú que a senhorita trouxe.

Na manhã seguinte ao seu retorno a Londres, Kevin fez questão de tomar o café na mesma hora em que seu pai. Ele suportou uma conversa centrada em como seu pai conseguira quebrar o cisne autômato e precisava que Kevin o consertasse imediatamente. Ele, por sua vez, contou ao pai sobre os lordes ingleses que vira caminhando nas Tulherias e o pouco que aprendera sobre o que estava acontecendo na política francesa.

Tendo cumprido seu dever filial pelo que esperava ser suficiente para quinze dias, ele se levantou.

— Tenho que ir fazer alguns acertos no banco. É bom ver que o senhor está bem. — Ele se virou para se afastar, então parou. — Ah, provavelmente devo dizer-lhe que vou me casar com a srta. Jameson.

Ele saiu sem olhar para trás, pegou o cavalo e foi até a City para tratar do dinheiro de Forestier.

No caminho de volta, parou no Angelo's para praticar esgrima. Revigorado pela atividade física, ele finalmente voltou para casa no início da tarde. Passou o resto dela planejando a etapa seguinte do empreendimento.

Para sua surpresa, o criado na porta fez um gesto fraco, apontando.

— Eles o querem na biblioteca, senhor.

Eles?

Kevin abriu as portas da biblioteca e enfrentou uma falange de membros da família. Seu pai estava sentado, resmungando. Tia Agnes posava como uma rainha. Tia Dolores bebia chá. Nicholas parecia entediado.

— Aí está você. Finalmente — entoou tia Agnes. — Entre.

Kevin permaneceu na porta.

— Que gentileza a senhora e tia Dolores virem visitar meu pai. Já faz algum tempo. Eu adoraria lhes fazer companhia, mas estou muito ocupado e...

— Eu disse *entre*. — O amplo busto de Agnes estufou. Um brilho imperioso tomou os olhos dela.

— É melhor se juntar a nós — aconselhou Nicholas. — Adiar não terá serventia nenhuma.

Kevin entrou e encontrou uma cadeira no perímetro externo, ao lado de seu pai, que pigarreou e olhou feio para ele.

Kevin equiparou o olhar.

— O senhor os convocou aqui? Se o fez, não espere que aquele cisne estúpido seja consertado por muito, muito tempo.

— Claro que mandei chamá-los. Você não pode lançar uma revelação tão escandalosa e ir embora, como se não tivesse importância. A família deve ser consultada. Deve-se consultar ao menos Hollinburgh.

Kevin capturou o olhar de Nicholas, que devolveu um olhar de quem se desculpava.

— Não vejo por que alguém precisa ser consultado. Achei que fosse generoso de minha parte informar *ao senhor.* Obviamente, foi um erro. Não vou deixar o sentimento me dominar outra vez.

— Ora, bobagem — disse tia Dolores. — Só precisamos saber uma coisa. Você já está noivo dessa mulher?

Quatro pares de olhos se fixaram nele, curiosos demais. Pelo amor de...

— Ainda não.

— Graças a Deus. — Tia Agnes quase desmaiou de alívio. — Então nem tudo está perdido.

— No entanto, espero que estejamos noivos até o final da semana.

— Não, vocês não estarão. Isso está fora de questão. Eu entendo que ela seja bonita o suficiente, mas...

— Ela é mais do que bonita o suficiente, tia Agnes — disse Nicholas. — Dê ao demônio o que lhe é devido. Ela é incrivelmente bela.

— Você não está ajudando, Hollinburgh — Agnes repreendeu.

— O que raios você quer dizer com "dar ao demônio o que lhe é devido"? — exaltou-se Kevin.

Nicholas recostou-se, recuando do ataque.

— É apenas uma expressão. Não quis dizer que ela é um demônio no sentido literal. Eu...

— Acho que ela é — rebateu Dolores. — Ela o enfeitiçou. Ludibriou. Usou as artimanhas dela para deixá-lo perdidamente enamorado. Eu sabia, na primeira vez que a vi, que ela não era confiável e que o levaria à ruína, e ela já está bem avançada nesse caminho. — Tia Dolores torceu as mãos. — Se ao menos meu irmão tivesse pensado um pouco no testamento e não tivesse sido tão caprichoso. Agora veja o que ele provocou.

— Vamos nos acalmar — pediu Agnes, embora seu peito arfasse de uma maneira que sugeria que ela não estava nada calma. — Kevin, seus interesses *déclassés* em mecânica e não sei o que mais são uma coisa. Sua preocupação ridícula com essa sua invenção, sua amizade com homens da indústria... sua reputação e a de sua família podem sobreviver a tudo isso. Porém, se você se casar com a filha de um *fazendeiro arrendatário*... — Ao dizer as palavras, ela vacilou, olhou para o teto e se abanou.

— A senhora vai desmaiar? — Nicholas perguntou, preocupado.

— Ela não vai desmaiar — disse Kevin. — Ela nunca desmaia. Ela só ameaça, para fazer cena.

Agnes se recuperou imediatamente e o atravessou com um olhar malicioso.

— Você não sabe nada sobre ela. Exceto que é *bonita o suficiente*, e agora rica o suficiente.

— As duas qualidades mais importantes que meu pai me ensinou a procurar em uma esposa. Certo, pai?

Seu pai quase acenou com a cabeça na direção de Kevin em concordância, mas a mão de Agnes deu um tapa firme na almofada do divã onde ela estava sentada.

— Presumi que ele soubesse que sangue bom também era necessário. Quem precisa explicar esse tipo de coisa? — Seu pai fez a pergunta cuja resposta Agnes implorava para saber.

— Você tem sido negligente na criação dele — opinou Dolores. — Descuidado. Provavelmente estava tão ocupado brincando com seus brinquedos que nem percebeu como ele estava se perdendo, e agora veja o problema que você causou.

O pai de Kevin parecia consternado.

— O senhor não esperava que elas o devorassem junto comigo, esperava? — Kevin murmurou para ele.

— Kevin não é burro, irmã — iniciou Agnes. — Ele sabe que isso está

além dos limites do razoável. Não sabe, Kevin? Essa é sua ideia de uma piada perversa para todos nós? Vingança por todos os desprezos e críticas? Se é, não funcionará. Você deve interromper esse envolvimento, seja o que for, e informar a srta. Jameson de que você não estava pensando com a cabeça sobre os ombros, mas com a outra mais para baixo.

— Tia Agnes! — exclamou Nicholas.

— Ela sempre teve um lado obsceno — o pai de Kevin disse a Nicholas.

— Ora, bobagem. Todos nós sabemos o que aconteceu. Ela o seduziu, e ele acha que agora tem de fazer o que é correto. Bem, você não precisa. Não com alguém do tipo dela. — Agnes respirou fundo e exalou, como se para indicar que era o fim da conversa, e que tudo estava resolvido.

Kevin olhou para seu tribunal particular.

— A senhora entendeu errado, tia Agnes. Eu a seduzi e ela recusou meu primeiro pedido de casamento. No entanto, ela é honesta e boa, e eu poderia arranjar coisa muito pior. O tio gostava dela; caso contrário, não teria deixado esse legado, e o julgamento dele sobre as pessoas superava em muito o das senhoras. Então, se ela me aceitar, ao fim desse teatro, eu vou me casar com ela.

— Ela não virá morar nesta casa! — exclamou seu pai. — Eu não vou aceitá-la aqui.

— Eu nunca submeteria uma mulher a esta casa, então isso não importa.

— Vou deserdar você!

— O senhor não pode. Seu patrimônio está vinculado.

— Não todo ele.

— Quer dizer que, se eu me casar com ela, não vou herdar seus autômatos? Ora, maldição, que pena. Vou ter que repensar tudo agora.

Nicholas reprimiu um sorriso. Tia Agnes percebeu.

— Hollinburgh, agora está com você. Diga a ele que isso é inaceitável e que você não aprova. Diga que ele está arriscando o lugar dele na família.

— Não direi nada disso.

— Você precisa fazer *alguma coisa*! — gritou tia Dolores.

— Preciso mesmo. — Nicholas se levantou. — Despedir-me parece algo excelente de fazer. Tio, da próxima vez que o senhor me enviar uma mensagem dizendo "Aconteceu um desastre e a vida de Kevin corre perigo", certifique-se de que seja um assunto importante.

— Exijo que você aceite seu dever nesse assunto — disse tia Agnes, sua voz agora quase um guinchado. — Se ele se casar, não merece nada melhor do que Philip. Diga isso e ele cairá em si.

— Não tenho intenção de ameaçar Kevin com a perda da minha amizade por causa disso. Ele quer se casar com uma mulher. É algo simples e honroso. Agora, um bom dia para os senhores. — Com isso, Nicholas avançou e saiu da biblioteca.

Kevin não perdeu tempo em seguir logo atrás, ignorando o chamado de sua tia para que ficasse com eles até que tudo estivesse resolvido.

Lá fora, na rua, Nicholas esperava impacientemente que seu cavalo fosse trazido. Ele ficava olhando por cima do ombro, como se imaginasse que as harpias viriam voando para agarrá-lo.

— Que inferno — murmurou ele. — Você poderia ter me avisado.

— Só voltei ontem à noite.

— Não vou fazer ameaças ou enfiar juízo na sua cabeça. Direi, entretanto, que eu me sentiria melhor se acreditasse que esse casamento fosse mais do que apenas devido à parte dela nos negócios. — Nicholas lançou-lhe um olhar de esguelha, interrogativo. — Eu também ficaria mais à vontade se tivesse ideia de como essa sua mente funciona, e se você pudesse separar o bom senso do impulso entusiasta. Já que nem de perto consigo compreender como você pensa, além de saber que não é como os homens normais, vou apenas lhe desejar tudo de bom.

O cavalo chegou e Nicholas montou. Ele olhou para a casa.

— Viver aqui vai ser um inferno agora. Você será bem-vindo para um quarto em Whiteford House, se quiser um pouco de paz.

— Vou ver se meu pai vai recorrer à desaprovação silenciosa ou se vai me perseguir pelos corredores.

— Se ele convocou uma reunião do alto conselho, pode expulsá-lo de casa. Eu sei que você provavelmente só ficou aqui por causa dele, mas você irá embora quando se casar, então é melhor partir agora.

— Vou considerar.

— Chase virá jantar esta noite. Por que não se junta a nós e conta a ele

sobre isso, para que ele não tenha notícias por meio de outra pessoa?

Kevin concordou em ir. De qualquer modo, precisava falar com Chase sobre outro assunto. Tia Agnes de fato dissera algo interessante em meio a toda a sua indignação. Algo que despertara a curiosidade de Kevin de modos que deviam ter despertado semanas antes.

O sr. Sanders refletiu sobre o problema que Rosamund havia colocado diante dele. Seus dedos formavam uma pequena torre sobre a mesa enquanto ele franzia a testa e considerava. Rosamund esperava seu julgamento. Ela implorara por uma audiência em uma carta enviada naquela manhã e havia chegado no meio da tarde quando ele respondeu que poderia recebê-la.

Ela passara toda a viagem de volta da França considerando esse casamento que, para todos os efeitos, havia aceitado. Antes que fosse adiante, no entanto, queria ter certeza de que realmente conseguiria o acordo que havia exigido de Kevin.

— O casamento é um contrato — disse finalmente o sr. Sanders. — No entanto, existem tradições e existem leis que entram em jogo. Uma mulher casada perde muito de sua independência e controle sobre si própria, por assim dizer. A senhorita não pode firmar um contrato depois do casamento, por exemplo. Suas dívidas são, na realidade, as dívidas do seu marido. Esse tipo de coisas.

— Então eu não posso fazer isso.

— Em teoria, tudo pode ser feito. Um contrato pode afetar outro. Tem certeza de que não quer me dizer o nome desse cavalheiro? Confesso que estou preocupado. A senhorita recebeu sua herança apenas recentemente, e há aqueles que podem...

— Prefiro não discutir isso neste momento. Só quero saber se posso reservar minha herança para mim mesma, não importa o que as tradições e as leis digam.

— A senhorita pode ter um contrato com ele que assegure esse objetivo. Porém, se ele não honrá-lo, e a senhorita for ao tribunal para executar os termos, não posso prometer que os tribunais irão apoiá-la.

Isso não era uma boa notícia.

— Se esse cavalheiro for honrado, ele cumprirá tudo o que concordar em fazer. — O sr. Sanders tentou um sorrisinho. — Ele é, na sua opinião, honrado?

— Sim. Eu acredito que ele é.

— Então talvez tudo fique bem.

Tudo se resumia a confiança. Ela se perguntava se seus pensamentos a respeito daquilo tudo também mereciam confiança. Afinal, começara a reconsiderar essa proposta depois de se envolver com Kevin. A conversa tinha sido travada enquanto ela estava com o juízo confuso de prazer.

Será que realmente achava que o casamento seria uma boa ideia, ou só queria preservar seu flerte?

Memórias das noites que haviam passado juntos inundaram sua mente. Ela sentiu as mãos dele sobre as suas outra vez, e a excitação começou a fluir como a maré subindo. Ela percebeu que algum tempo já havia passado desde que o sr. Sanders falara. Rosamund saiu do devaneio com um leve sobressalto para encontrar o advogado observando-a.

— Estava pensando na sua pergunta a respeito da honra. Examinando com muito cuidado.

Ele apenas sorriu de volta.

— Eu gostaria que o senhor redigisse o contrato. O outro teríamos que assinar. Informarei o nome ao senhor assim que estivermos noivos. Se é que algum dia ficaremos noivos.

Rosamund deixou o escritório do advogado e saiu. Ela considerava Kevin honrado, no entanto, também não descartava a possibilidade de ele usar suas habilidades sensuais para torná-la maleável e aceitar suas ideias. Kevin não pedira que ela fornecesse dinheiro para Forestier, por exemplo. Apesar disso, flutuando como estava em felicidade saciada, ela só tinha visto o lado bom de qualquer situação. Será que, se eles se casassem, ele continuaria agindo assim? Será que ele havia planejado tudo?

Tudo isso a lembrou de que ela realmente não sabia muito sobre ele. Sabia que ele podia ser rude às vezes e que sua família era difícil. Sabia que ele passava a maior parte do tempo refletindo sobre o empreendimento. Ou a vigiando. Ou, provavelmente, em bordéis.

Fora isso, ela não tinha nenhuma imagem da vida dele. Kevin sabia muito mais sobre ela do que ela sobre ele. Sabia mais, porém não tudo. Ela deveria corrigir essa situação. Muito provavelmente, quando ela o fizesse, Kevin concluiria que nem mesmo queria o casamento.

Ela voltou para a loja, fazendo uma pequena lista mental de coisas a descobrir. E perguntaria a ele sobre algumas delas. Outras, ela descobriria sozinha.

— O que diabos você está fazendo aí fora?

A voz de Nicholas veio de uma janela em Whiteford House, o que tirou Kevin de suas contemplações.

— Estou sentindo a configuração do terreno — gritou ele de volta.

— Você não se mexeu. Você meramente ficou parado aí por quase uma hora.

Kevin não estava verificando a configuração do terreno naquele jardim. Sua mente vagava pelas terras de Melton Park. Especificamente, o terreno entre o lago e a mansão. Não seria uma boa ideia tentar explicar isso a Nicholas. A ideia toda era uma mera semente por enquanto. Ele não poderia responder a perguntas, mesmo que Nicholas pudesse entender as respostas, o que era de se duvidar.

— Entre agora. Chase chegou — Nicholas chamou.

Kevin caminhou em direção à casa.

— Disse a ele que vou me casar com a srta. Jameson?

— Eu disse. Se você não tivesse vagado por aí meditando no meu jardim, estaria aqui para ouvir.

— Ele ficou chocado?

— Só pela parte do casamento. Não a parte da srta. Jameson. Encontre-nos na sala de jantar e poderemos conversar a respeito.

Kevin não queria conversar a respeito. Isso geralmente significava que alguém pretendia lhe dizer que seu comportamento era inaceitável, que ele não estava pensando com clareza, que a sociedade ficaria horrorizada, etc., etc.

Ele parou sob a janela.

— Eu quero ir a Melton Park no final do verão, se você estiver de acordo.

— Achei que o campo entediasse você.

— E entedia, mas quero ir mesmo assim.

Nicholas encolheu os ombros.

— Vá quando quiser. Agora, venha direto para a sala de jantar. Não se perca na casa nem nos seus pensamentos.

— Parabéns. — Chase ergueu a taça.

— Não está resolvido, como eu disse.

— Não posso imaginar que ela não vá concordar.

Estavam sentados na biblioteca de Nicholas. Este alegara que precisava cuidar de algo sobre a propriedade depois do jantar e os deixou a sós.

— Nunca se sabe — disse Kevin. — Paris é uma coisa. Londres é outra. Como aprendi esta tarde, para minha irritação sem fim.

— Você não pode ficar surpreso. Agnes se dispôs a recebê-la para um jantar em família só para que todos pudessem dar uma olhada nela. A tia nunca aceitará a srta. Jameson como sua noiva. No entanto, a decisão não é dela. É sua.

— Nicholas acha que é apenas por causa da herança. Ele nos deixou sozinhos, então provavelmente expressou reservas quanto a isso. Ele quer que você faça uma investigação discreta agora, não é?

— Ele tinha um assunto urgente para resolver. No entanto, já que mencionou, isso tem a ver com ela herdar metade da sua empresa?

Tinha? Em sua maior parte. Mas, Kevin percebeu, não inteiramente.

— Se amanhã fosse descoberto um codicilo do testamento que transferisse essa parte para você, e ela não mais a possuísse, ainda se casaria com ela? — Chase perguntou casualmente, como se isso não representasse um desafio.

— Se existisse tal codicilo, eu nunca a teria conhecido. Se não colocar o berço dela como um ponto negativo, não vejo por que você fosse ter qualquer preocupação. Não é como se esses casamentos não fossem normais. Neste ano ou no próximo, Nicholas também fará um casamento bom e prático. O *seu* casamento é que foi incomum.

Chase sorriu com certo pesar.

— Perdoe-me. Desenvolvi a estranha noção de que meus bons amigos também deveriam conhecer a felicidade.

Kevin observou como a luz da lamparina brincava no vermelho-escuro de seu vinho do Porto.

— Acho que tenho uma boa chance de ter um casamento feliz. No entanto, durante a inquisição que enfrentei esta tarde, tia Agnes disse algo que me causou uma leve hesitação.

— Você estava ouvindo? Eu desvio minha mente para qualquer outro lugar quando ela começa.

— Ela disse que eu não sabia nada sobre a srta. Jameson. Isso não é verdade. Eu sei um pouco, mas... quando alinho o que eu sei, há lacunas.

— Lacunas?

— Sim. A forma toda como o tio a conheceu, por exemplo. Eu sei por que ela diz que ele lhe deu algum dinheiro. Ela disse que foi porque ela cuidou de alguém que ele conhecia, mas quando e como? Existem espaços vazios como esse na história dela.

— Talvez você deva perguntar a ela sobre essas lacunas.

— Achei que você já soubesse. Foi você quem a encontrou.

— *Você* a encontrou.

— Eu lhe dei um nome e uma cidade. Você fez o resto.

— Minerva fez o resto. Deixei tudo para ela.

Chase era bom em dissimular, mas Kevin o conhecia por tempo suficiente para perceber quando isso estava acontecendo.

— E sua esposa não lhe disse uma palavra? Acho difícil de acreditar.

Chase era bom em esconder desconforto, mas Kevin também conhecia esses sinais. Então, quando Chase se levantou para encher o copo e beber um pouco antes de voltar para sua cadeira, Kevin esperava uma expressão impassível voltada em sua direção.

— Como eu disse, você deve perguntar à srta. Jameson.

— Estou perguntando a você.

— Você está, de fato. — Chase mostrou irritação e bebeu outro gole. — Maldição. Está bem, que lacunas você vê? Vou preenchê-las se puder. Minerva me contou muito, mas não tudo, razão pela qual a srta. Jameson, ou a própria Minerva, seriam as melhores pessoas para questionar.

Kevin preferia não questionar Rosamund e jamais enfrentaria Minerva por causa disso.

— Ela veio para a capital quando tinha talvez dezessete anos. E trabalhou como criada durante um tempo. Quanto tempo?

— Aproximadamente um ano e meio.

— Então ela foi embora.

— Sim.

— Você sabe por que ela foi embora?

— Não.

Chase estava mentindo. Kevin deixou passar, pois já tinha essa informação.

— Para onde ela foi, então? Não para aquela chapelaria onde ela trabalhou como aprendiz. Isso foi depois. Então essa é a lacuna. A maior.

— Pelo que entendi, ela prestou serviços em outra casa. — Chase parecia decidido. Definitivo. Não tinha sido mentira. Rosamund insinuara a mesma coisa na viagem a Paris. — Que família?

A expressão de Chase rachou apenas o suficiente para que fosse possível notar uma vaga pulsação começando em sua mandíbula. Um endurecimento determinado no seu olhar criou um escudo.

— Não sei.

— Eu acho que você sabe.

— Pergunte a *ela*.

— Prefiro não o fazer. Pode não ser nada importante e eu não quero que ela pense...

— Pense que você suspeita dela? Diabos, você suspeita, então pode pelo menos expressar seus pensamentos. Essa é uma maneira horrível de se casar, Kevin. Todo esse tempo e você só agora saiu de dentro da própria cabeça o suficiente para perceber que existem essas *lacunas* no que você conhece sobre ela.

Kevin esperou enquanto a irritação de Chase diminuía. Não tinha o que dizer em causa própria. Tinha estado estupidamente alheio ao que não sabia sobre Rosamund, mas não precisava saber muito, exceto que a desejava.

— Ela era amante de algum homem nessa época?

Chase olhou para ele, surpreso.

— Não que eu saiba. Como eu disse, ela foi trabalhar como criada novamente.

— No entanto, você não quer me dizer qual era a família. Isso é muito estranho.

Chase afundou de volta na cadeira.

— Eu juro que vou matar o Nicholas. O covarde deixou-me aqui para enfrentar isso sozinho. — Ele deu um suspiro profundo. — Eu não disse que ela trabalhou como criada para uma família, Kevin. Eu disse que ela trabalhou como criada *em uma casa*. — Chase virou a cabeça e olhou bem nos olhos de Kevin.

Este retribuiu o olhar, perplexo. Então as nuvens se partiram e a luz fluiu. É claro. Ele tinha sido um idiota por não enxergar isso antes.

Só então a porta se abriu e Nicholas entrou. Ele se aproximou e olhou para os dois com uma expressão de desânimo. Então disparou um olhar questionador para Chase, que apenas assentiu.

— Bem-vindo de volta, Nicholas — saudou Kevin. — Bem a tempo de ser poupado do instante em que Chase me contou que minha noiva era uma prostituta.

— Eu deveria ter compreendido imediatamente. Afinal, foi onde tomei conhecimento do nome dela. Na casa da sra. Darling. — Kevin meditou sobre a revelação enquanto Nicholas se sentava. — Presumi que apenas compravam chapéus com ela. Não que ela tivesse vivido lá. No entanto, teria sido um lugar excelente para o tio tê-la conhecido, porque a casa era um de seus redutos.

— Você está reagindo muito bem — disse Nicholas. — Deve ser um choque.

— Não é um choque muito grande. Preenche a lacuna perfeitamente.

— Mas ficar sabendo que... Quer dizer, descobrir...

— Melhor agora do que depois — opinou Chase.

— Foi o que você disse esta tarde — afirmou Nicholas. — Eu contei a ele suas intenções e ele ficou verde. Arranquei tudo dele. Decidimos que deveríamos contar a você. Melhor agora do que depois, disse ele.

— *Você* decidiu que *eu* deveria contar a ele, pelo que me lembro — Chase rebateu.

— Eu temia uma grande cena típica de Kevin. Blasfêmias. Grosseria. Sarcasmo do pior tipo. Veja só, ele está sendo um verdadeiro soldado, apesar da destruição de seus planos.

— Isso é porque não afeta os meus planos.

Ambos olharam para ele. Nicholas parecia consternado.

— Maldição, eu sabia. Um inferno de um casamento prático. Ele está fascinado por ela, Chase. Ele vai se casar mesmo que agora saiba.

— Eu nunca fico fascinado. Tenho certeza, no entanto, de que, embora ela possa ter trabalhado como criada naquela casa, não era uma das *damas* da casa.

— Não há como você ter certeza — rebateu Chase.

— A sra. Darling nunca empregaria uma mulher tão ignorante quanto Rosamund é. A casa é famosa por um nível elevado de serviços especializados.

Passaram-se cinco segundos até que compreendessem o que Kevin dissera.

Chase parecia aliviado, provavelmente porque não teria de explicar a Minerva como ele havia arruinado o possível noivado da srta. Jameson.

— Diga-me, se você não soubesse com tanta certeza que ela não poderia ter trabalhado lá como uma dama da noite, ainda ficaria noivo dela?

— Ficaria. — Kevin ficou surpreso por saber a resposta sem titubear.

— Que bom. Porque é inevitável que os homens devam tê-la visto lá. Um dia, um deles pode dizer alguma coisa. Você pode começar a praticar tanto com pistolas quanto com espadas.

# CAPÍTULO DEZESSETE

Rosamund não viu Kevin por dois dias após retornarem. Depois de passar o segundo dia com seu tutor matinal e de colocar a casa em ordem depois, ela colocou um chapéu e caminhou para a casa de Minerva à tarde. Ao entregar o cartão, percebeu que era a primeira vez que fazia uma visita social como aquela, em seu novo papel de rica herdeira.

Ela se perguntou se Minerva sabia sobre seu envolvimento com Kevin. Ocorreu-lhe que a amiga poderia desaprovar e não recebê-la.

Enquanto esperava pelo veredicto, ela imaginou como seria ser rejeitada. Isso aconteceria hora ou outra — talvez não com Minerva, mas com alguma outra mulher. Ela poderia pensar que Rosamund havia começado uma amizade apenas para chegar na residência daquela forma e acabar sendo rejeitada. Um marido ou pai poderiam interferir, ou sua nova amiga poderia provar que não era amiga coisa nenhuma.

Kevin a pouparia de muito disso, mas havia limite para o que ele poderia fazer. Ela não tinha vivido na sociedade, mas sabia que podia ser um ambiente cruel. Quanto mais as pessoas soubessem a respeito dela, menos a desejariam em seus círculos. Ser a filha de um fazendeiro arrendatário poderia ser o motivo menos importante. Se em algum momento se espalhasse a notícia de seu tempo de trabalho no bordel da sra. Darling, duvidava de que alguém fosse falar com ela novamente.

Não pela primeira vez nos últimos dias, Rosamund avaliou a probabilidade de isso acontecer. Tinha sido uma criada, e os criados raramente eram notados. Com a touca branca e o vestido disforme e largo, ela não poderia ser considerada muito chamativa. Também não passava muito tempo entre as mulheres depois que elas começavam a trabalhar. Rosamund completava suas tarefas antes disso acontecer, e só atendia alguma delas se houvesse uma necessidade especial de mais carvão ou outra coisa.

E, no entanto, ela não era invisível, era? Quem saberia se, algum dia, um homem que a tivesse notado a visse no parque e a reconhecesse? Poderia acontecer. Ela não ousava presumir que não.

O criado não veio até ela; Minerva veio em seu lugar. Ela desceu a escada, seu cabelo escuro um pouco despenteado e seu conjunto bastante simples.

— Perdoe-me por deixá-la esperando. Acabei de voltar de uma investigação.

Ela levou Rosamund para a biblioteca e pediu para trazerem chá.

— Eu pareço estranha, eu sei. Desarrumada. Se fosse qualquer uma além de você, eu teria implorado para não ser vista. Eu sabia que você iria entender, no entanto. — Minerva ajeitou algumas mechas errantes no cabelo enquanto falava.

— Você sai frequentemente para fazer investigações?

— Normalmente, tenho agentes que o fazem sob minha direção, mas a tarefa de hoje exigia uma mulher de determinada idade e maneira, então decidi que deveria ir eu mesma. Eu deveria ser uma reformadora política de boa educação, mas pouca preocupação com a própria aparência. Será que tive sucesso com a farsa?

Rosamund observou o cabelo, o vestido marrom enfadonho e as botas baixas.

— Eu acreditaria.

— Felizmente, a família em questão também acreditou. Confirmei minha suspeita e posso fazer um relatório completo para minha cliente.

— É um problema interessante?

O chá chegou e Minerva serviu um pouco para as duas.

— Um problema único. Minha cliente suspeitava de que o marido tivesse uma segunda família inteira. Descobri hoje que sim, ele tem.

— Bem aqui em Londres? Que ousadia.

— Muitos homens acham que uma esposa tranquila é uma esposa estúpida. Infelizmente para esse homem, sua esposa tranquila é tão afiada quanto uma espada e não deixou de notar nada. Ela fez vista grossa por anos e teria continuado a fazê-lo, exceto por suspeitar de que ele houvesse dado um passo final inesperado. Um passo que mudaria tudo.

Rosamund ponderou o que poderia ter sido. Um último passo...

— Ele se casou com a outra mulher também?

— Muito bom. Terei que me cuidar perto de você, para que minhas indiscrições não lhe digam mais do que eu pretendia. Não tenho ideia de por que ele fez isso, embora tenha algumas teorias. Tudo o que importa é que, quando minha cliente o confrontar a esse respeito, ela tenha o conhecimento que garantirá que ele a ouça com atenção pela primeira vez em todo o casamento.

— Como sua vida é interessante.

— Não é tão interessante quanto a da pessoa que pula em paquetes rumo à França. Conte-me da viagem.

Rosamund viera para outra conversa. Ela não queria ser rude, então descreveu algumas das coisas que tinha visto.

— Kevin se comportou bem? — Minerva perguntou.

Rosamund sentiu o rosto esquentar.

— O que você quer dizer?

— Ele evitou as grosserias com esse tal Forestier que você mencionou? Com você? Com os criados do hotel e com a tripulação do paquete?

— Ele não foi grosseiro, pelo que vi. Não posso saber o que aconteceu enquanto eu fazia compras e ele estava sozinho.

Minerva lançou um olhar para ela e então a encarou de forma mais pronunciada. Ela inclinou a cabeça para trás e suas pálpebras baixaram. Rosamund mexeu em sua xícara de chá.

Outra xícara fez barulho quando foi colocada na mesa.

— O canalha.

A boca de Rosamund secou.

— Por que você diria isso? Expliquei que ele não foi grosseiro.

— Ele seduziu você. Posso ver nos seus olhos. Ele a seduziu para torná-la flexível às exigências dele quanto àquela invenção. — Os olhos de Minerva se incendiaram. — Chase sabe. Ele jantou com Kevin ontem à noite e ficou muito estranho quando voltou e eu perguntei sobre o sucesso da viagem. Muito vago. Ele não me contou sobre vocês dois porque sabe que eu vou...

— Por favor. Eu não... Não posso dizer que resisti muito. Nem um pouco, para ser sincera. No entanto, isso me fez pensar sobre algumas coisas. Estamos pensando em nos casar, sabe, e agora preciso saber mais sobre ele.

— *Casar?* Com Kevin? — Minerva afundou-se na almofada, atônita. —

O que aconteceu com aquele homem que você me fez investigar? O sujeito chamado Charles.

— Eu me encontrei com ele. Não foi a mesma coisa.

A expressão de Minerva ficou séria.

— Não é aconselhável recorrer imediatamente a outra pessoa quando outra a desaponta. Muito menos Kevin Radnor.

— Ainda estou decidindo. Apesar disso, para mim, tal união é bastante sábia, eu acho. Nada mais mudará quem eu sou tão profundamente.

— Ah. Sim, claro. Quanta crueldade da minha parte sugerir que você não tenha considerado isso totalmente. Você está sendo muito mais sábia do que eu, ao que parece. E mais prática. — Ela ergueu o bule para servir novamente. — O que quer saber sobre ele? Atrevo-me a dizer que deve conhecê-lo melhor do que eu agora.

— Quero saber sobre a morte do falecido duque.

— Eu lhe disse que foi decidido se tratar de um acidente.

— Você também disse que a família não concordou com isso. Foi acidente o que você e Chase concluíram?

Minerva hesitou.

— Não. Estamos convencidos de que não foi.

— E Kevin?

— Nunca falei com ele sobre isso, mas Chase sim. Kevin estava lá, na propriedade. Ele diz que chegou na véspera da morte do duque e que havia partido quando o incidente aconteceu. Ele admitiu que os dois tiveram uma briga. Não ajudou que ele alegasse estar na França naquela época. Só que ele havia retornado por alguns dias.

— Pulou em um paquete.

— Sim. Ficamos sabendo por nós mesmos, mas outra pessoa da família também o viu na capital.

— Felicity.

O olhar de Minerva endureceu.

— Ela mal podia esperar para lhe contar, ao que parece.

— Mesmo assim, apesar de tudo isso, foi determinado que se tratou de um acidente. Foi para protegê-lo?

— De forma alguma. Chase apresentou o que sabia às autoridades.

Havia outros possíveis culpados. Eu era um deles. Ele incluiu todos nós. Consideraram um acidente mesmo assim.

— O pai de Kevin não saberia se ele estivesse na capital no dia exato em que o duque morreu?

Minerva hesitou.

— Só lhe digo isso porque você está considerando dar esse passo tão importante. Ele não apareceu em casa na capital enquanto estava de volta. Não há provas de que ele não estivesse na propriedade naquele dia.

— Você acha que foi ele, Minerva? Eu preciso saber se você achar.

Minerva parou para pensar; sua expressão era a de uma pessoa que havia sido encurralada e não gostava da posição que ocupava.

— Ele tem um mau gênio. Espero que ele o controle com uma mulher. Ainda assim, ele se exaltou com Philip naquela noite durante o jantar, então você viu. Se os outros primos não tivessem intervindo, ele teria causado sérios danos a Philip — disse ela. — E ele se devota a esse projeto que ele tem. Esse projeto o consome. Na época, fazia pouco tempo que o testamento havia sido alterado para dar a você a metade que o duque tinha na sociedade. As mudanças no testamento não eram de conhecimento comum na família, mas Kevin poderia ter ficado sabendo antes e se enraivecido. Ele disse que a briga era por causa do dinheiro daquele homem que ele visitou em Paris com você, mas... — Ela deixou tudo se assentar ali; tudo exceto o maldito Kevin.

Teria sido o suficiente para condenar a maioria dos homens. Homens normais. Homens que não eram netos de duques. Por algum motivo, alguém decidira não acusar Kevin, mas e se esse alguém mudasse de ideia? Ela percebeu que Kevin convivia com a possibilidade desse acontecimento. Inocente ou culpado, devia ser algo horrível.

Minerva estendeu a mão e pegou a de Rosamund.

— Você perguntou o que eu acho. Não acredito que ele tenha sido o responsável. Não tenho fatos para sustentar meu palpite, apenas minhas observações das pessoas. Eu conheci homens que são capazes de tais coisas, e ele não é um deles, na minha opinião. No entanto, a questão não é se eu penso assim, Rosamund. É se você pensa.

Ela não sabia o que pensar. O homem que a confortara depois de seu encontro com Charles não faria tal coisa. O homem que ficara na casa de sua família para que o pai não fosse completamente privado de companhia também não. Por outro lado, Rosamund tinha visto como a intensidade dele poderia alterar toda a sua personalidade, e como aquela invenção se tornara o centro do mundo dele.

— Imagino que a família já saiba da sua intenção de se tornarem noivos — disse Minerva, tirando-as do assunto. — Esteja preparada.

— Eu sei que eles não aprovarão. É por isso que ainda não estamos noivos. Assim, eles podem fazê-lo mudar de ideia, se é que ele está propenso a isso.

Minerva riu.

— Kevin cedendo às preferências da família? Acho que não.

— Possivelmente não. Só era justo permitir que eles tentassem.

— Se esse casamento acontecer, será bom para ele. Não é uma casa feliz aquela em que ele viveu durante todos esses anos. Chase me disse que o pai de Kevin nunca o perdoou pela morte da mãe. Parece que foi um casamento por amor, profundamente apaixonado. O homem ficou perdido quando ela não sobreviveu ao pós-parto. Arrasado. O último duque ficou na casa por um mês para se certificar de que o irmão não fizesse algo precipitado. Então Kevin foi criado lá, com um pai que mal reconhecia que ele estava vivo.

A explicação de Minerva deixou Rosamund triste. Triste não só por Kevin, mas pelo pai dele, que escapara da dor com a ajuda de passatempos excêntricos, em vez de valorizar a criança que fora deixada a seus cuidados. Ela considerava uma escolha trágica.

Um casamento por amor, dissera Minerva. Profundamente apaixonado. O homem tinha ficado fascinado, e isso o deixara de luto para sempre.

Kevin dobrou uma folha de papel e enfiou-a na sobrecasaca. Ele desceu para a sala matinal a fim de tomar café e folheou a correspondência que esperava por ele ali. Uma das cartas juntava-se ao jornal.

Estava terminando o café da manhã quando sentiu uma presença na sala. Olhou para cima e encontrou o pai em pé diante dele, do outro lado da mesa.

— Você vai sair? — perguntou o pai.

— Sim, eu vou.

— Para vê-la?

— Sim. Temos negócios para discutir.

— É uma palavra bonita para isso.

— É uma palavra precisa. Ela ainda é minha sócia.

Seu pai cruzou o olhar com o do criado em serviço, que foi embora.

— Então você decidiu me desobedecer.

— Já passamos dessas coisas. Tenho quase trinta anos.

— Idade suficiente para desprezar sua família, ao que parece. Permita-me deixar isso claro, para que você não pense que suas tias falavam apenas por elas mesmas. Eu proíbo esse casamento.

Kevin se levantou e o encarou sobre a superfície de madeira polida.

— Isso eu entendo. Porém, a decisão é minha, não sua.

— Que assim seja. Se você decidiu levar esse casamento adiante, tudo por causa das suas máquinas ou o seja o que for, se está preparado para me envergonhar dessa forma, eu não quero ver você. Não volte hoje, nem nunca mais.

A ordem provocou mais alívio do que preocupação, embora Kevin experimentasse um pouco desta última em relação ao homem que estava diante dele naquele momento. A expressão de seu pai parecia severa, mas também havia muito desalento refletido em seus olhos.

— Como quiser. Mandarei buscar minhas coisas assim que estiver acomodado.

Seu pai pareceu surpreso, como se realmente estivesse esperando capitulação. Kevin recolheu sua correspondência e saiu da sala matinal.

*Visitarei às duas horas para levá-la ao banco.*

O recado chegara de manhã cedo. Às duas horas, Rosamund esperava por Kevin em sua biblioteca.

Ela não o via desde o regresso da França. Não fazia tanto tempo assim, no entanto, esse compromisso a deixava nervosa e ao mesmo tempo entusiasmada. Paris já havia ficado no passado. Ela se perguntava se eles se veriam de forma diferente agora que estavam de volta a Londres. Como menos interessantes. Menos desejáveis.

Rosamund se distraiu olhando para as estantes vazias. Precisava tomar uma atitude em relação a elas. Os espaços vazios gritavam que ela era nova naquela casa e naquela vida.

Kevin entrou na biblioteca assim que deu o horário. Ela ouviu o passo da bota e se virou no divã para conseguir vê-lo. O sorriso caloroso fez o coração de Rosamund doer, como um eco das sensações mais fortes que experimentara na companhia dele. Ela se levantou de um salto. Kevin se aproximou, puxou-a para seus braços e a beijou.

— Pareceu uma eternidade — disse ele. — Só que agora é como se tempo nenhum tivesse passado.

Ela não conseguia deixar de sorrir e rir. Ele a beijou novamente, profundamente, e ela começou a voar.

— Temos de ir. — Ele a afastou.

Rosamund saiu com ele e entrou na carruagem. Ela percebeu que se tratava de um transporte alugado.

— Encontrou tudo bem na sua loja? — ele perguntou.

Ela o regalou com o progresso e as encomendas que estavam chegando.

— As coisas também parecem bem encaminhadas em Richmond. Acho que posso manter as duas lojas. E você? O que aconteceu com você?

— Nada de mais, além de planejamento para os próximos passos. Passei algum tempo com Nicholas. Arrumei os documentos de que precisamos para enviar os recursos para a França. Ah, e contei ao meu pai sobre nós.

Ele dizia tudo isso casualmente, como se mal prestasse atenção em suas próprias palavras. Ele poderia estar dizendo que havia jantado, lido um livro e, a propósito, feito uma caminhada.

— O que ele achou dessa notícia?

Ele olhou pela janela, suas pálpebras baixas contra a luz do sol que esculpia seu belo rosto em traços aristocráticos.

— Ele não gostou da ideia, mas já esperávamos por isso.

— Houve uma briga?

— De forma alguma. Embora ele tenha insistido que Nicholas e as tias viessem para dar mais força ao lado dele. Uma pequena irritação, isso foi.

E ele me disse esta manhã que nunca mais quer me ver novamente. Daí a carruagem alugada em que você está. — Ele sorriu para ela. — Tudo isso eu já previa e nada disso tem importância.

— Ele fechou a casa dele para você? Isso é terrível.

— Se eu tivesse certeza de que isso aconteceria, poderia ter encontrado uma noiva inadequada anos atrás.

— Para onde você vai?

— Vou ficar em Whiteford House por alguns dias, depois vou encontrar aposentos para mim. Não fique tão perturbada. Eu não me importo, então você não deveria se importar.

Ele agia como se a rejeição de sua família não fosse incomodá-lo, mas Kevin não era indiferente a todos eles.

— O duque também...

— As tias queriam que ele tomasse o partido delas, mas ele recusou. Ele não gostou de ter sido arrastado para a briga. Também não me parece que Chase se importe. O resto pode ir para o inferno.

— Eu contei à Minerva, e ela não pareceu chocada.

— Ela não demonstrou desaprovação?

— Não quanto a você ter um caso comigo, ou quanto a talvez se casar comigo. Ela ficou muito surpresa, mas não desaprovou.

— Ela ficou chocada que *você* considerasse se casar *comigo*?

Rosamund mordeu o lábio, mas uma risadinha encontrou caminho entre eles.

— Talvez um pouco?

Ele riu.

— Acho que mais do que um pouco. Ela não gosta muito de mim. — Kevin se curvou e olhou pela janela. — Estamos apenas começando a descer a Strand. — Ele puxou as cortinas e estendeu a mão para Rosamund. — Isso significa que tenho tempo suficiente para beijá-la direito antes de chegarmos ao banco.

Kevin lidou com seu saldo primeiro, depois permitiu que o bancário lidasse com o de Rosamund. Com o mata-borrão pronto, ela mergulhou a pena e assinou seu nome. Em seguida, solicitou um saque adicional para seu próprio uso.

— Essa ordem de pagamento irá por correio para o banco de Forestier. Deve levar apenas alguns dias — ele explicou enquanto saíam do prédio. — Devemos receber a confirmação pelo retorno do correio.

— Então está feito, e agora tenho algumas notas na minha retícula e já estava mesmo precisando. Na viagem a Paris usei o que restava do meu primeiro saque. — Ela aceitou o braço dele e saíram caminhando pela rua. — Pedi que preparassem um jantar para nós. Você pode explicar nossos próximos passos quando estivermos lá.

— Temos algumas horas de sobra. O que você gostaria de fazer?

— Quero comprar alguns livros. A biblioteca ainda parece muito triste.

— Então livros é o que será. Sabe qual loja deseja visitar?

— Nunca estive em nenhuma. Elas sempre pareceram ameaçadoras. Qualquer livraria que você escolher deve ser boa o suficiente.

As livrarias podiam de fato ser ameaçadoras. No entanto, ele conhecia uma que não era. Kevin pediu ao cocheiro para levá-los a Finsbury Square.

— Esta é uma das maiores. Chama-se Temple of the Muses. — Ele explicou sobre as musas enquanto guiava Rosamund para dentro. — Não pode ser muito ameaçadora se ela se autodenomina a livraria mais barata do mundo. Não vendem a crédito, mas devemos ter o suficiente para comprar um bom número de livros.

Ela entrou, olhando ao redor.

— É muito grande. Olha, há uma cúpula.

— Mesmo este nível é enorme, e são quatro pisos ao todo. Quando foi inaugurada, uma carruagem do correio e quatro cavalos deram a volta no centro aqui.

— Eu não sei por onde começar, com paredes de livros para escolher. Pensei em alguns livros adequados, do tipo que Lily deveria ler. — Ela deu um sorrisinho torto. — Eu também, se eu quiser me melhorar.

— Eles compram bibliotecas inteiras. Vamos ver se chegou alguma que seja boa. — Ele a levou até o balcão circular e pediu para falar com o sr. Lackington, o proprietário, a respeito das recentes aquisições.

Foram enviados para um escritório no piso superior. Lá, um sr. George

Lackington de cabelos brancos os recebeu. Ao ouvir o interesse de Rosamund em coleções de livros para bibliotecas, ele os conduziu a um grande recanto.

— Ainda adquirimos e vendemos bibliotecas. Acho que o que a senhorita deseja estará aqui. Estes são todos encadernados em couro e muito bonitos. Este grupo aqui inclui os poetas e filósofos de sempre, junto com uma boa seleção de escritos mais recentes.

Ele removeu um tomo em tons de mogno e o colocou nas mãos de Rosamund. Ela não prestou muita atenção à capa de couro delicada ou às letras perfeitamente trabalhadas na lombada. Ela o abriu com reverência, parou por um longo tempo no frontispício gravado e depois virou algumas páginas.

Perguntou o preço.

— Só são vendidos em conjunto. — O sr. Lackington olhou para as prateleiras. — Pouco mais de cinquenta títulos, encadernados com o mesmo acabamento personalizado de qualidade superior. Digamos 25 libras. Não damos desconto, por isso peço que não ofereça menos. Nossos preços são de fato tão baratos como dizemos. Comprar esses mesmos livros em leilão custaria pelo menos o dobro.

Kevin passara esse tempo examinando os títulos. Rosamund cruzou o olhar dele com uma pergunta. Ele assentiu.

— Ficarei com eles — decidiu Rosamund. — Eles podem ser entregues?

— É claro. — O sr. Lackington deslizou as notas de Rosamund no bolso do colete. Em seguida, colocou um pequeno cartão nas prateleiras. — Chegarão amanhã cedo. Foi um prazer conhecê-la.

— Não vejo por que ele presumiu que eu ofereceria menos — disse ela, depois que ela e Kevin se despediram.

— Porque ele achou que era o que você estava prestes a fazer. Você estava?

— Sim, mas ele não podia ter certeza.

— Ele não a estava tratando de forma diferente de como me trataria. Todo mundo pechincha nas livrarias. É uma atitude comum. Portanto, ele alerta aos clientes de sua política antes que eles tentem.

— São livros muito impressionantes, eu confesso. Até o papel era lindo. Posso apenas ficar sentada com um livro daqueles no colo, mesmo que não esteja com vontade de ler. Se bem que o volume que ele me entregou era cheio de poemas; acho que vou tentar alguns deles.

Retornaram ao nível da rua.

— Terminamos aqui?

Ela se afastou.

— Talvez alguns romances...

— Eu posso ter exagerado. — Rosamund expressou suas dúvidas enquanto tirava o chapéu no hall de entrada de sua casa. — Devo mandar encadernar todos os outros livros que comprei para combinar com aquele conjunto?

Kevin observava os movimentos dela com o chapéu, como se o simples ato fosse uma revelação para ele.

— Se quiser, qualquer encadernador pode fazer isso. Se não quiser, apenas os coloque na prateleira como estão. No futuro, você pode comprar livros novos sem encadernação e mandar encaderná-los da maneira que desejar.

Ela o levou para a biblioteca.

— Você deve me achar insuportavelmente ignorante, por não saber coisas tão simples.

Ele pegou na sua mão.

— Você é muito experiente nas coisas que conhece, mas sua honestidade é revigorante em relação ao que você não sabe. Acho encantador. — Ele deu um pequeno beijo nela. — Adorável. — E então um beijo mais completo. — É uma espécie de inocência. Também penso que gosto de ensinar você.

— Não acho que esteja falando de livros agora.

— Como você é desconfiada. — Ele começou a abraçá-la, mas o som da porta se abrindo a fez pular para trás. O único lacaio da casa se apresentou e informou que o jantar seria às seis horas. Ela o dispensou.

Kevin puxou seu relógio de bolso.

— Suponho que você queira esse jantar — disse ele.

— Foi um pedido especial da minha parte.

Ele aceitou isso, mas supôs que ele poderia pensar em coisas melhores para fazer. Ele caminhou pela biblioteca, mas parou na escrivaninha.

— Quando vieram esses cartões de visita? — Seus dedos os espalharam.

— Havia alguns quando voltei de Paris. Mais dois foram deixados ontem. Eu temia ser ostracizada se me mudasse para cá, mas, em vez disso, meus vizinhos estão sendo muito receptivos. Suponho que eu deva visitar algumas dessas senhoras, para ser educada.

— Alguns não são vizinhos, nem mesmo as senhoras.

— Alguns homens que têm lojas perto da minha visitaram para me dar as boas-vindas.

— Um deles tem uma loja na Strand. Ele percorreu um longo caminho para lhe dar as boas-vindas. As perseguições começaram.

— O que você quer dizer?

— É um ardil útil para esses homens. Não há necessidade de um parente que a conheça primeiro e que possa fazer as apresentações. Em nome dos negócios, eles podem apresentar a si mesmos.

— Talvez só quisessem ser amigáveis.

— Se eu fosse um armarinho na Oxford Street, gostaria de ser muito amigo de uma linda herdeira que abriu uma loja nas proximidades. — Ele deu batidinhas sobre os cartões. — Você vai descobrir que nenhum desses homens é casado.

Ela queria acusá-lo de ser desconfiado, mas ele provavelmente estava certo. A sra. Ingram dissera quase a mesma coisa. Só que "linda" não tivera nada a ver com isso. Sua fortuna a tornava atraente o bastante. As senhoras provavelmente a haviam visitado pelo mesmo motivo. Ela não era apropriada para seus parentes homens, mas, se a notícia de sua herança se tornasse conhecida, algumas engoliriam o orgulho e tomariam as medidas necessárias.

A menos que as mulheres fossem da família de Kevin.

— Acho que você deveria vir sentar comigo — gracejou ela. — Mais alguns beijos antes do jantar seriam bons. Não pensei em outra coisa o dia todo.

Ele sentiu muito pouco do gosto da refeição. Seu prato se enchia e esvaziava e seu garfo ia até a boca, mas ele mal percebia. Em vez disso, sua atenção permanecia em Rosamund.

Seus beijos na biblioteca o haviam excitado a ponto de tornar o jantar uma tarefa árdua. Ele a observou comer, e cada garfada, cada mastigada e mordisco carregavam implicações eróticas. Ele a imaginou nua naquela mesa, em meio a sua nova porcelana, possuindo-a de várias maneiras, metade das quais sem dúvida a chocariam.

— Você mencionou os próximos passos — disse Rosamund. — Duas vezes perguntei o que quis dizer, mas você apenas ignorou minhas perguntas. Não planeja me dizer quais são?

Ela havia perguntado sobre isso durante o jantar? Ele vagamente se lembrou de uma pequena conversa que ele mal ouviu.

Rosamund delicadamente colocou uma pequena colherada de creme em sua boca franzida. Ele observou a colher penetrar em seus lábios, e sua boca deslizar para baixo em sua pequena curva, depois subir novamente. Com a língua, ela lambeu um pouquinho que havia permanecido na colher.

— Suponho que agora você esteja arquitetando como enfim fazer a invenção se pagar — cutucou ela. — Provavelmente, as etapas para a fabricação estão em ordem.

Maldição. Ela iria insistir nessa conversa. Ele forçou seu olhar a desviar dela para que pudesse controlar os pensamentos.

— A forma ideal de fazer isso é construindo uma fábrica — disse ele.

— Isso exigiria uma grande quantidade de dinheiro, não é?

— A segunda melhor maneira é assinar um contrato com outra fábrica para produzir por nós. Além disso, uma enorme quantia de dinheiro bem como o projeto ficariam nas mãos de outra pessoa.

— Você ainda se preocupa em ser roubado. Uma vez feita a invenção, isso é um risco de qualquer maneira, não é?

— Não é fácil entender como funciona, a menos que você mesmo esteja fazendo. Uma vez em uso, nem mesmo ficará visível em um motor.

Ela terminou o creme. Kevin lamentou ver o criado tirar o prato. Rosamund baixou as pálpebras e ficou pensativa.

— Talvez não devêssemos construir. Talvez devêssemos permitir que aqueles que constroem motores a vapor o façam, junto com seus motores.

— Mas então não poderíamos controlar a qualidade.

— Se alguém está construindo uma máquina, gostaria que ela

funcionasse. Por que melhorá-la com essa invenção, apenas para bagunçar a coisa toda?

— Esse é um instrumento de precisão. Deve ser exato.

— Tenho certeza de que existem muitas fábricas que podem torná-lo exato o suficiente. Afinal de contas, tal empresa fez o modelo que você me mostrou. É uma fundição próxima a Londres? Talvez devêssemos fazer um acordo com eles.

— Você ficaria surpresa com o descuido com que algumas fábricas operam. Em particular as fundições. A menos que trabalhem com ferro para uso decorativo, eles têm padrões que nunca podem ser considerados precisos.

— E ainda assim você encontrou uma que era diferente. Provavelmente várias, conhecendo você. Se voltarmos a essa pequena lista, isso nos economizará... — Ela estava olhando para ele e, de repente, parou de falar, inclinou-se para a frente e olhou com atenção. Seu olhar o perfurou.

Uma expressão de descrença percorreu o rosto dela.

— Você usou uma fundição para fazer aquela amostra, não foi?

Ele rastejaria através de um vidro quebrado para beijá-la, mas ela poderia ser um verdadeiro incômodo às vezes. Como naquele exato momento. Kevin desejou que seu tio tivesse deixado a metade do negócio para uma mulher estúpida, já que ele iria obrigá-lo a ter uma sócia.

— Não usou?

A resposta já estava na cabeça dela e refletida em seus olhos.

— Eu mesmo fiz.

— Você mesmo trabalhou no ferro? Como?

— Não foi difícil. Observei como se fazia durante várias semanas e depois fiz uma tentativa. Depois de um tempo, aprendi bem o suficiente.

— Mais do que o suficiente, conhecendo você. Principalmente porque insiste que deve ser feito com precisão. Você não deve ter feito nada além disso durante seis semanas. Onde?

— Eu tenho um pequeno edifício do outro lado do rio onde eu faço... fiz a peça.

— Assim que vi a amostra, eu deveria saber que você não confiava em nenhuma outra pessoa para fazê-la. Você pretende fazer todas?

— Se tivermos algum sucesso, isso não será prático.

Ela sorriu em resposta. Então seu sorriso ficou mais amplo e ela começou a rir. Ela enxugou os olhos com o lenço e tentou parar, mas não conseguiu.

— Perdoe-me. Não estou rindo de você. — Ela disse as palavras antes que outra explosão interrompesse. — Estou imaginando a expressão da sua tia Agnes se ela alguma vez o visse na sua forja. Eu a vejo entrando e você lá, nu até a cintura em frente ao fogo quente, fundindo ferro.

— Acho que ela cairia morta no local.

Rosamund se endireitou e estufou o peito, baixou o queixo e franziu os lábios.

— "Isso é inadmissível, Kevin" — ela gorjeou, imitando tia Agnes. — "Já é ruim o suficiente você se dedicar ao comércio, mas fazer o trabalho com suas próprias mãos... Isso não pode ser suportado. Você está humilhando a família."

— Você acertou perfeitamente a voz e as palavras dela — disse ele, juntando-se à risada. — Fico feliz que não esteja chocada também. Havia a chance de você se chocar.

O olhar dela adquiriu um aspecto sensual.

— Gente como eu não se choca com um homem que usa a força física para forjar um sonho, Kevin. Essa não é a palavra para o que estou sentindo agora.

Ele olhou nos olhos dela e rapidamente considerou e descartou usar a mesa, a parede ou o chão.

— Venha comigo. Agora.

Sala de jantar afora, ele a conduziu às pressas. Subindo as escadas, praticamente carregando-a, seu braço apoiando-a ao seu lado para conseguir levá-la. No patamar, ele se deteve.

— Onde é o seu quarto?

Ela apontou, e ele caminhou naquela direção. Kevin abriu a porta, arrastou Rosamund para dentro e fechou-a com força. Ele segurou a cabeça dela com as mãos e a reivindicou com um beijo febril e impaciente.

O desejo dela havia fervilhado o dia todo, só crescera no jantar, e agora a inundava. Ela se perdeu na crescente loucura que compartilhavam, juntando-se a ele em abraços apertados e carícias firmes. A boca e as mãos de Kevin estavam em todos os lugares, como se ele não pudesse se cansar dela de forma alguma. Ela pressionou as mãos no peito dele, mas suas vestes bloqueavam demais o contato com o corpo. Ela queria vê-lo como o tinha visto em sua mente, nu e ereto.

Um pequeno som veio do quarto de vestir. Rosamund olhou para a porta.

— Sua criada não vai entrar — disse ele, enquanto começava a soltar-lhe o vestido. — Ela sabe que estou aqui.

A ideia de que os criados fossem saber o que ela estava fazendo a desencorajou. Em seguida, o vestido caiu até os quadris, os beijos de Kevin mordiscaram seu pescoço, e o espartilho foi afrouxado. Depois disso, não houve espaço em sua mente para os criados.

Frenética agora, sua demonstração de paixão equiparada à dele, ela arrancou-lhe o lenço da gravata e se atrapalhou com os botões do colete. Em um turbilhão de fome, eles despiram um ao outro até se abraçarem corpo com corpo e pele com pele. Ela prendeu a respiração, maravilhada de como a sensação era boa, e latejou, sensível e molhada, na expectativa do que estava por vir.

Rosamund se viu na cama. Kevin se ajoelhou sobre ela e usou a boca. Beijos, lambidas e mordidas lhe cobriram o corpo, cada um excitante, cada um exigente. Ele se moveu mais para baixo, então mais para baixo ainda. Ela adivinhou o que ele iria fazer. Chocada, ela instintivamente se cobriu com a mão.

Ele beijou sua mão.

— Afaste.

Ela hesitou.

— Afaste-a agora, Rosamund.

Ela obedeceu e fechou os olhos. Kevin a estimulou com a mão até que ela se rendesse à entrega completa. Ela ficou mais do que chocada quando sentiu a língua dele começar uma carícia devastadora. Logo, tudo era escuridão e sensação, e gritos de necessidade ecoaram em sua cabeça. Ela o sentiu levantar suas pernas.

Rosamund olhou para baixo ao longo de seu corpo. Ele estava ao lado da cama, segurando os joelhos dela em seus quadris, e a penetrou. A visão dele a excitou mais. Ele trazia sua intensidade típica para tudo o que escolhia fazer, até mesmo isso, e a excitou ver o rosto endurecido pela paixão, o cabelo caindo sobre a testa e o rosto, sua boca e seu queixo tão firmes.

Aquele aperto especial começou como uma reação a tudo isso, cintilando ao redor do membro túrgido desta vez, crescendo em ondas por todo o corpo, cada vez mais violentas. O pico agora estava centralizado no ponto onde eles se uniam. O clímax foi tão longo e abrangente que Rosamund verdadeiramente perdeu o controle do mundo, ao clamar pela liberdade sublime que a inundava.

Quando seus sentidos retornaram, ele estava deitado nos braços dela, com a respiração pesada acariciando sua orelha.

— Eu estava enlouquecendo sem você — murmurou ele.

Ela o apertou em seu abraço e flutuou em perfeita paz. Não era apenas o prazer que criava aquela atmosfera. Uma intimidade especial a absorvia agora, como se ambos se tocassem em sua essência e não apenas no corpo. Isso havia se tornado parte do desejo e do prazer, e até mesmo de sua amizade fácil. Ela não queria perder nada disso.

Talvez ela esperasse um dia ou mais para comunicar a ele o quanto seria inaceitável como esposa e perguntar sobre a morte do duque.

— Suponho que todos os criados agora saibam.

Rosamund disse isso de modo simples. Ele estava deitado de costas com ela aconchegada em seus braços. Kevin estava prestando atenção à mobília do quarto. Ela havia redecorado um pouco, e o lugar parecia muito melhor do que quando eles o tinham visitado com o agente.

A referência aos criados fez com que a mente de Kevin retornasse a um reconhecimento que ele começara alguns minutos antes, mas que fora rapidamente descartado por certo tempo. A verdade era que ele não tinha se importado muito com a reputação dela naquela noite, e os criados eram o menor dos problemas.

Ele não tinha ideia de como administrar um *affair*, porque nunca tinha feito isso antes. Houvera uma orgia de curta duração que poderia ser chamada de um caso amoroso pelos de mente generosa, mas, fora isso, seus apetites carnais encontravam as soluções mais práticas disponíveis. Presumivelmente, havia padrões para manter um *affair* por qualquer período de tempo. Esse em especial poderia ser demorado se ela escolhesse não se casar. Ele não pretendia desistir dela apenas por causa dessa decisão, se fosse o caminho que ela desejasse seguir.

— Se forem bons criados, eles serão discretos. Também nunca informarão a você sobre o que acham que sabem. Não mencione e sua criada também não mencionará. Se você quiser fingir que conversamos sobre o empreendimento, diga isso a ela. — Ele confiava que essa parte fosse ponto pacífico. Era assim que os criados se comportavam, na experiência dele, sobre outros assuntos que exigiam privacidade e discrição.

— Vou ver se consigo ser sofisticada ou se quero começar explicando sua presença em meu quarto por tanto tempo. Apesar disso, duvido que ela pense que precisamos vir aqui para falar sobre o empreendimento. Tenho uma casa inteira para isso.

A mente de Kevin percorreu a casa e seus vários cômodos. Se ele acabasse morando ali, poderia ver uma deficiência notável. A casa carecia de um escritório de bom tamanho onde ele pudesse se isolar quando perseguisse seus interesses. Também deveria haver um local para a gestão da empresa.

— Acho que vou alugar aposentos para mim — contou ele. — Você sempre poderá me visitar lá, se a minha vinda aqui for difícil para você.

— Isso seria mais escandaloso.

Ela provavelmente estava certa.

Uma coisa Kevin sabia: não podia ficar ali a noite toda. Em algum momento futuro, talvez, quando ela conhecesse seus criados melhor e se tivesse muita certeza deles, mas naquela noite, não. O casamento seria muito mais conveniente, isso era certo.

Ele a afastou e então se sentou.

— Vou garantir que ninguém me veja sair.

A mão de Rosamund lhe acariciou as costas. Ele se virou, se curvou e a beijou.

— Depois de amanhã — prometeu ela. — Terei minha decisão até lá.

# CAPÍTULO DEZOITO

Kevin deu um soco em direção ao corpo de Nicholas, que se esquivou, e depois deu um passo à frente e revidou o soco. O impacto no torso de Kevin quase lhe tirou o fôlego.

Nicholas deu outro passo para trás.

— Eu me recuso a continuar. Você não está prestando atenção. Muito mais disso e eu vou machucá-lo. Vou me lavar.

— Minhas desculpas — pediu Kevin enquanto o seguia em direção ao vestiário. — Não tenho justificativas.

— Eu não deveria tê-lo encorajado. Você desceu para o café da manhã meio adormecido. — Nicholas tirou a camisa enquanto o criado despejava água morna em duas bacias. — Você anunciará esse noivado em breve?

Kevin cuidou de sua própria higiene.

— Isso será decidido em breve. Ela pode muito bem recusar. É inteligente o bastante para saber o que perderá no casamento. Posso ter que me contentar com a maneira como as coisas estão agora.

— É estranho para uma mulher escolher um caso extraconjugal em vez de casamento.

— Estou me perguntando como fazer isso, se seguir por esse caminho. — Kevin enxugou o rosto. — Como você faz?

Os movimentos de Nicholas pararam. Kevin continuou se lavando.

— Você está me perguntando como conduzir um *affair*?

— Apenas as estratégias práticas. Presumo que você saiba tudo sobre como manter a discrição e tudo mais. Eu sou um novato nessa área.

Nicholas começou a se vestir.

— A primeira coisa que você precisa saber é que discrição é uma espécie de piada. Você precisa passar pelo inconveniente de ser discreto, mas todos ainda saberão o que está acontecendo. No entanto, se você fizer um esforço, eles vão fingir que não sabem.

— Por que se preocupar se ainda vai haver fofoca?

— Isso compra fofoca silenciosa, em vez de insultos em seu clube e fofoca do tipo que fecha portas na sua cara. Quanto à dama, esforços discretos protegerão a reputação dela em um sentido público, mas ainda haverá conversa. Só não a conversa do tipo duelo e morte. — Nicholas verificou o lenço de sua gravata. — Venha comigo se você espera mais.

Kevin se juntou a Nicholas e foram perambulando pelas ruas até que encontraram uma taberna perto do rio.

— Você se afeiçoou a estabelecimentos democráticos para beber — disse Kevin, juntando-se a ele em uma mesa rústica. Os homens ao redor deles se vestiam e falavam como os trabalhadores do cais.

Nicholas pediu duas canecas de cerveja.

— A cerveja é boa e não há um único integrante do *ton* presente aqui para me olhar como uma galinha que eles pretendem devorar no jantar.

— A Temporada não está indo bem?

— Os pais são tão ruins quanto as mães. Recentemente, embarquei em um *affair* muito indiscreto na esperança de desencorajar todos eles, mas não obtive sucesso. — Ele balançou a cabeça.

— Bem, você ia me falar sobre os tipos discretos.

— Você veria o passo a passo se voltasse sua mente para isso. Você vai à casa dela, não ela à sua. Você chega muito tarde e vai embora antes que a rua desperte.

— Essa parte eu descobri sozinho.

— Mesmo dentro de casa, você evita ser visto pelos criados, embora todos saibam que você está lá. Se chegar de carruagem, desça duas ruas antes e siga andando pelo resto do caminho. Se for a cavalo, use uma baia em estábulos distantes. Se realmente deseja ser discreto, não deve entrar pela porta da frente, mas pelo jardim.

— Devo escalar até a janela dela?

— Fico feliz que ache isso tudo engraçado. Não há necessidade de escalar até as janelas porque, como eu disse, ninguém está realmente sendo enganado.

— Obrigado. Tenho certeza de que vai ajudar...

— Há mais. Esta parte envolve a sociedade, então você decerto não compreenderá sem ajuda. Você...

— Acho que me sinto insultado.

Nicholas o ignorou.

— Vocês podem se encontrar no parque de vez em quando e caminhar um pouco, mas não devem chegar juntos, muito menos em uma carruagem fechada. Em um baile ou festa, você tem permissão para uma dança, não mais. Vocês não vão ao teatro juntos, ou a qualquer outro entretenimento, e se vocês se encontrarem em um jantar, se aborrecem um com o outro quando conversam. Se der um presente a ela, peça ao lojista que traga uma seleção de produtos para sua casa e escolha lá, para que ninguém mais possa identificar o presente como tendo vindo de você. — Nicholas bebeu um pouco da cerveja.

— Isso é tudo ou você está apenas fazendo uma pausa para respirar?

— Há mais se ela for casada.

— Ela não é casada, é claro.

— Ainda não.

— Nem se casará. Se ela me recusar, é porque quer controlar a herança.

— Ela pode se apaixonar. Não há como dizer o que uma mulher fará quando isso acontece. Não são apenas os homens que se tornam estúpidos quando se apaixonam.

Kevin queria dizer que Rosamund ainda desejaria preservar sua independência se acontecesse, mas não podia contar com isso. Ela esperara anos por aquele canalha em nome do amor, não esperara? Tinha sido uma exceção notável a seu pensamento claro e natureza prática.

— No mínimo, você precisa se lembrar de uma coisa. Se ela se casar, tudo acaba assim que ela ficar noiva. Fim. Qualquer reavivamento do *affair* após o casamento depende totalmente dela. Se houver tal reavivamento, venha até mim e eu lhe direi como administrá-lo.

— Eu não fazia ideia de que você tinha tanta experiência nesse assunto. Que bom que perguntei a você e não a Chase.

— Recorra a Chase se precisar saber como ser totalmente dissimulado. Ele revela tal subterfúgio o tempo todo. O tipo de dissimulação que você precisa usar se um marido não aceitar, desconfiar e mantiver suas pistolas de duelo limpas. Embora apenas um tolo apaixonado desejasse um *affair* nesse caso, e eu presumo que você nunca será um deles.

— Provavelmente é muito complicado se requer alguém como Chase para revelar a farsa. Sua mera lição chega perto de tornar toda a ideia de um *affair* entediante.

— Chega um momento que ele se torna entediante. Você sabe que está acabado quando a ideia de marcar um encontro amoroso e entrar furtivamente como um ladrão faz com que você opte por jogar no seu clube.

Kevin foi embora logo depois. Nicholas havia descrito uma situação pouco atraente. Visitar um bordel era muito mais simples. Não que uma mulher em um bordel pudesse substituir Rosamund.

Era um pensamento peculiar para ter surgido em sua mente. Ele ponderou o surgimento dessa ideia enquanto cruzava o rio em direção a Southwark.

Rosamund desceu do *hackney*. O que ela queria fazer exigia que estivesse a pé. Ela pediu ao homem que esperasse por seu retorno e depois desceu a rua.

Demorara muito para encontrar aquelas fábricas ao sul do rio. Não era uma área muito frequentada por mulheres. Na verdade, ela não viu nenhuma mulher por um quarteirão inteiro. Os homens, no entanto, entravam e saíam dos edifícios. Operários, pela aparência. Alguns outros apenas se recostavam nas paredes externas. Barulho vinha de uma das tabernas por onde ela passou.

A maioria das fábricas tinha sido construída de tijolos. Nenhuma delas era muito grande. Rosamund tirou um pedaço de papel de sua retícula. O cocheiro do *hackney* disse que aquela era a rua; agora ela só precisava encontrar o estabelecimento correto.

Era o que ela desejava fazer desde que tinha visto todos aqueles autômatos. Parecia-lhe que eram simplesmente brinquedos grandes e elaborados para homens adultos. Não seria divertido ter um pequeno e menos elaborado que fosse para uma criança? Rosamund tinha uma ideia do que queria, como um presente para Lily.

A rua era estreita e ela atravessava de um lado para o outro para evitar os cavalos. Ficou surpresa, então, quando um dos cavalos surgiu bem ao lado dela, quase a imprensando contra uma parede de tijolos.

— O que você está fazendo aqui?

Ela olhou para cima. Kevin olhou para baixo. Ela sorriu e ergueu o papel.

— Estou procurando esta fábrica.

Ele desmontou, amarrou o cavalo, segurou-a pelo braço e guiou-a com firmeza até a esquina. Lá ele pegou o papel e leu.

— O que *você* está fazendo aqui? — perguntou ela enquanto ele olhava o endereço.

— Essa forja fica perto. — Ele parecia distraído.

— Você vai forjar alguma coisa? Posso ficar olhando?

Ele ergueu os olhos; não parecia mais distraído. Sua expressão era dura e tensa. Ele ergueu o papel.

— Por que você está procurando esta fábrica?

— Disseram-me que eles fabricam peças para máquinas de latão e eu queria...

— E você queria conversar com eles? Sem me contar? — Ele se tornou a imagem de um homem quase incapaz de se controlar. — Primeiro, eles não vão falar com você porque você é mulher. Depois, você não tem nada a dizer a eles porque realmente não entende o que precisamos fazer. Por fim, você não tem a capacidade de determinar se eles são capazes de atender aos nossos requisitos em termos de qualidade.

Ela ficara feliz em vê-lo, mas realmente não gostava de seu tom ou de suas suposições.

— Meu palpite é que eles falarão com quem puder pagar.

— Você pensa assim, não é? Olhe para os homens aqui. Veja como eles acham sua presença estranha. Que bom que a encontrei aqui por acaso, ou você poderia ter se metido em apuros, em vez de apenas ser um incômodo para mim. — Exasperado, ele olhou em volta. — Como você chegou aqui?

— Meu *hackney* está mais adiante na rua.

Ele pegou o braço dela pelo cotovelo e começou a movê-la novamente.

— Vou acompanhá-la até lá.

Ela cravou os calcanhares onde estava.

— Eu não terminei aqui. Fique comigo se estiver preocupado, mas não se atreva a me mandar embora por um capricho seu.

— Capricho? Isso não é um capricho. Recuso-me a permitir que você comece a discutir sobre a fabricação da invenção neste momento, que dirá sem mim. Você às vezes sabe ser obstinada e teimosa, Rosamund, o suficiente para me deixar louco. Precisa aceitar que existem maneiras de fazer isso que você não entende e que sua impaciência só colocará em risco qualquer futuro que a empresa possa ter. Não estamos falando sobre fazer um maldito chapéu.

Ela pensou que sua cabeça fosse explodir, de tanto que latejava com raiva quando ele terminou. Rosamund olhou feio para ele.

— Solte-me, Kevin, a menos que queira que eu comece a gritar por socorro.

Por um momento, ela pensou que ele poderia não soltá-la. Seus olhares permaneceram travados em uma conexão quente e furiosa. Então ele a soltou.

— Não tem desculpa você começá uma briga comigo em uma via pública — sibilou ela. — Eu não me importo com a rudeza desses homens, mas acho que eles sabem que esse tipo de coisa não se faz. Você, por outro lado, talvez ache que seu bom sangue permita que quebre todas as regras já criadas no mundo. — Ela arrancou o papel da mão dele. — Quanto a isso, não tem nada a ver com sua preciosa invenção. Ao contrário de você, eu também tenho outros interesses.

Com isso, ela se afastou, fazendo questão de olhar para a placa de cada prédio que encontrava.

Passos de bota a acompanharam ao seu lado.

— Eu lhe pergunto de novo: o que você está fazendo aqui? — ele questionou com firmeza.

— Procurando um homem que saiba fazer um autômato.

— Zeus, você também, não.

Ela perdeu a paciência e bateu no braço dele.

— Vá embora se vai ficar olhando feio e resmungando. Não é para mim. É para Lily. Um brinquedo que se move, só isso. É impressionante que ninguém tenha pensado antes em fazê-los para crianças.

Rosamund teve que aguentar um dos suspiros exasperados de Kevin.

— Seriam caros demais. Existem centenas de peças, intrinsecamente conectadas. A habilidade de construção exigida seria superior em uma versão menor.

— Estou ciente. É por isso que perguntei primeiro em relojoeiros. Presumo que seja o mesmo tipo de funcionamento.

Eles caminharam em silêncio.

— Semelhante — disse ele por fim.

— Um relojoeiro me deu este endereço e falou que este homem pode estar disposto a tentar. — Ela acenou com o papel na frente do rosto dele. — Eu não preciso de algo como aquele cisne. Apenas uma mulher que ponha um chapéu. Simples. Braço para cima, chapéu na cabeça, braço para baixo. Se bem que mesmo o homem mecânico em um tamanho menor seria um brinquedo sofisticado. Se fosse pequeno, não importaria se batesse nas coisas.

Mais silêncio. Então...

— Mesmo simples, seriam muito caros para os pais comprarem para os filhos.

— Gente do meu tipo, com certeza. Não para gente do seu tipo. Gente do seu tipo mima as crianças. É por isso que algumas pessoas do seu tipo *não têm educação*.

Tendo avistado a placa que estava procurando, ela se afastou e atravessou a rua. Ele a alcançou imediatamente.

— Vou acompanhá-la.

— Não. Não se atreva.

— Então vou esperar aqui fora.

— Eu não posso impedi-lo. Faça como quiser. — Ela girou o trinco e entrou no edifício.

Meia hora depois, ela voltou para a rua. Kevin se afastou da parede.

— Deve ter corrido tudo bem. Pelo menos você está sorrindo.

— Não por sua causa. — Ela estava muito satisfeita consigo mesma, por isso não podia manter o mau humor por muito mais tempo. — Ele vai fazer. Esbocei o suficiente da mulher para ele ter uma ideia e o prospecto de realizar esse pedido o encantou. Ele fabrica principalmente peças de relógios para outras pessoas usarem, então usá-las ele mesmo para esse outro propósito o intrigou.

— Então você obteve sucesso. Venha, vou acompanhá-la até seu *hackney*. Você não deve ficar sozinha nesta rua. Prometa que não se aventurará aqui novamente sem proteção.

Rosamund permitiu que ele caminhasse com ela.

— Tenha minhas desculpas — disse Kevin. — Você pode esquecer nossa discussão?

— Não sei bem se posso. Sem motivo, você presumiu traição da minha parte. Se não confia em mim, não há realmente nenhum propósito em termos algo mais do que uma sociedade de negócios.

— Admito que me comportei mal. Fiz suposições quando deveria primeiro ter conhecido suas intenções. Eu confio em você, Rosamund. Não acho que teria sido assim se não o fizesse.

Ela parou e olhou para ele.

— Eu sei o quanto isso é importante para você. Eu entendo. Posso nem sempre concordar, mas nunca faria nada que colocasse seus planos em risco. Foi doloroso ouvir de você que eu poderia fazer isso.

Ele parecia muito arrependido agora, como muito bem deveria estar.

— Eu sei.

— Se você realmente deseja, então eu posso perdoá-lo.

Ele sorriu.

— Já que sou tão indesculpável por ter brigado no meio da rua, acho que posso ser indesculpável o suficiente para beijar você na rua.

Ele se inclinou para fazer justamente isso. Ela virou a cabeça.

— Aqui não. Agora não. Esta noite, talvez, se você prometer ser muito gentil comigo.

Explosões de luz encheram o céu com milhares de pequenas chamas. De novo e de novo, os fogos de artifício estalavam em explosões.

Rosamund pedira para ir a Vauxhall Gardens duas noites depois de sua briga, e Kevin havia concordado.

— Já estive lá antes — ela dissera. — Mas quero ir do jeito certo.

Eles se sentaram em um dos pavilhões e comeram o presunto servido pelo proprietário e, mais tarde, caminharam pelos jardins enquanto a música tocava. Naquele momento, à medida que a noite se aprofundava, ela sabia que era hora de contar a verdade.

Ela dissera que iria decidir sobre o casamento naquele dia. Porém, o dia havia chegado e ela evitara o assunto porque outro precisava ser discutido primeiro. Não achava que precisaria tomar uma decisão sobre o casamento depois disso.

As explosões pararam. Apenas estrelas iluminavam o céu agora. Os espectadores se dispersaram para retornar a outros entretenimentos e prazeres.

— Vamos andar pelos caminhos isolados — disse ela, virando-se em direção ao bosque arborizado no extremo oeste dos jardins. — Eu nunca fiz isso antes. Todos avisaram que não era seguro para uma mulher sozinha.

— Mais mal-entendido do que inseguro.

— Mal-entendidos podem ser o pior tipo de perigo.

Ela examinou os transeuntes.

— Estava mais movimentado quando vim no passado. Mais gente do seu tipo também.

— Os jardins de lazer estão menos na moda. Além disso, houve um grande baile esta noite. Do tipo a que todas as damas insistem em comparecer.

— No entanto, você não está lá. Você foi convidado ou ofendeu a anfitriã?

Ele deu um daqueles sorrisos tristes e ligeiramente inclinados que ela tanto amava.

— Posso não ser considerado a melhor companhia, mas não sou evitado, não importa o que meus parentes digam. Eu fui convidado. Escolhi não ir. Prefiro ficar com você a dançar com uma lista de mulheres chatas.

— Tenho certeza de que nem todas são chatas.

— Muitas são.

Ele não sabia realmente disso. Era o que presumia porque provavelmente não apreciava os bailes grandes e barulhentos.

— Acha que ainda será convidado se nos casarmos? — Eles haviam chegado na entrada do caminho arborizado.

Kevin a guiou para dentro da trilha.

— Não vejo por que não.

— Não vê? Mesmo que eu não desempenhe um papel visível nas lojas, continuarei sendo uma chapeleira. Afinal, as lojas são minhas. Decidi que não quero desistir delas. Se nos casarmos, claro. Posso não atender clientes, mas, ainda assim, vou desenhar os chapéus.

As árvores deixavam entrar pouca luz nos caminhos, embora algumas das lâmpadas dos jardins lançassem raios e cintilações pelos galhos. Sons de vozes e risadas baixas diziam que eles não estavam sozinhos. Eles passaram por uma sombra a vários metros do caminho que se movia o suficiente para revelar que era um casal se abraçando.

— Você tem pensado nos aspectos práticos — disse ele.

— Um de nós tem que pensar.

— Estou muito feliz que você sequer tenha pensado nisso.

Ela parou de andar e deu um passo para o lado do caminho, sob a copa de galhos.

— Eu disse que pensaria, e que revelaria hoje qual seria minha conclusão.

Kevin esperou para ouvir. Em vez disso, ela pegou a mão dele e a levou aos lábios.

— Há coisas que quero discutir antes de fazermos esse acordo. Coisas que você precisa saber e coisas que eu quero saber.

O clima entre ambos tinha ficado leve e alegre a noite toda, mas agora uma forte seriedade se abatia sobre eles.

Ela já previra o resultado disso que ela acabava de dizer, a despeito do que viesse em seguida, mas não poderia evitar.

— Você nunca perguntou sobre o meu passado — iniciou ela. — Seria desonesto permitir que você desse esse passo sem saber. — No escuro, ela olhou para cima, na direção do rosto dele. — Passei quase dois anos trabalhando na casa da sra. Darling. Acho que você sabe qual é a casa a que me refiro.

Para a surpresa dela, Kevin a envolveu em um abraço.

— Eu sei disso.

— Você sabe?

— Você trabalhou como criada lá depois que foi expulsa pela família do seu amante.

Ela encostou a cabeça no peito dele. Kevin soubera e nunca havia perguntado. Ele teria continuado sem nunca perguntar, se ela não tivesse coragem de fazer a coisa certa. Ele ainda não estava perguntando.

Rosamund poderia deixar por isso mesmo. Poderia simplesmente confiar que ele acreditasse no melhor. Ela imaginou os longos anos de casamento, com essa questão em aberto pairando silenciosamente entre eles.

— Você não se pergunta o que eu fiz lá? Seria normal você ficar curioso.

— Por que você não me diz, se é o que deseja?

Ela assentiu.

— Não consegui encontrar nenhum trabalho respeitável, pois não tinha referências. Fui reduzida a dormir nas portas e implorar por comida. Decidi tentar voltar para casa porque pelo menos lá poderia encontrar trabalho, mas não tinha dinheiro para a viagem. Nas ruas, os homens... Ofereceram-me dinheiro. — Ela fez uma longa pausa. — Eu considerei.

— Ninguém pode culpar você, dada a sua situação.

— É gentileza sua dizer isso, mas você não entende.

Ela se esticou e o beijou.

— Fiz mais do que apenas considerar.

Será que era apenas coisa da sua imaginação ou o abraço dele mudara ligeiramente?

Ficara mais apertado? Rosamund não conseguia ver bem o rosto dele.

— Tomei uma decisão muito prática. Desesperada. Então pensei, se vou fazer isso, posso muito bem colocar um teto sobre a minha cabeça. Fui ao parque e observei até que vi um grupo de mulheres que pareciam prostitutas de um tipo melhor. Elas estavam brincando juntas como crianças, o que me fez sentir melhor de alguma forma. Eu as segui quando elas partiram. Elas foram para uma casa perto da Portman Square.

Kevin não disse nada, mas Rosamund sentiu sua concentração nela e em sua história.

— Eu me apresentei à dona, a sra. Darling. Ela me fez algumas perguntas embaraçosas e então me disse que eu não serviria. — Ela riu da lembrança, então suspirou. — Fiquei chocada. Nunca pensei que seria rejeitada. Todo aquele pensamento e angústia por nada. Eu queria rir de mim mesma e também chorar. Meu Deus, ser rejeitada até para isso...

— Ela disse por quê?

— Ela disse que eu era muito inexperiente e não tinha uma boa personalidade para o ofício. "Alguém que quase não quer fazer não serve", foi como ela colocou, mas elas precisavam de uma criada para servir como camareira e ajudar na lavanderia. Então aceitei o trabalho e passei a morar lá.

— Fico feliz que a sra. Darling tenha reconhecido o desespero quando o viu e lhe ofereceu outro emprego. A dona da próxima porta em que você batesse provavelmente não a teria recusado. Um olhar para seu rosto e a avareza teria vencido qualquer sentimento decente.

— Por quase dois anos foi meu lar. Eu ainda tenho algumas amigas lá. Eu seria muito discreta sobre elas, se nós... Isto é, se você ainda pensa que deseja...

— Como conheceu o duque se era uma criada? Suponho que você o tenha conhecido enquanto estava lá.

Ele não parecia desconfiado de nada em especial. Apenas curioso.

— Ele era um cliente eventual. Eu fazia as refeições junto com as mulheres, e elas falavam dele, e uma delas o apontou. Ele e eu nos conhecemos quando uma das mulheres que ele favorecia ficou muito doente. Marie, ela se chamava. A sra. Darling acreditava que era cólera, então a colocou em um quarto e disse que ninguém deveria entrar lá, apenas deixar comida na porta. Eu a desobedeci, cuidei de Marie e rezei para não ficar doente também. Eu disse à sra. Darling que ela precisava de um médico, mas nenhum foi chamado.

— Estou gostando menos da sra. Darling agora. A avareza venceu de qualquer maneira. Ela não queria que sua casa fosse conhecida como um lugar de doenças.

— Uma noite, enquanto eu estava cuidando de Marie, o duque entrou como se não se preocupasse em ficar doente. Talvez os duques também sejam especiais assim.

— Acho difícil. Ele, porém, não era muito cuidadoso com a saúde.

— Mandou chamar um médico e, enquanto esperávamos, conversamos um pouco. Quando tudo acabou, ele pagou o serviço e também me deixou uma pequena bolsa de dinheiro. Dez guinéus. Eu nunca tinha visto tanto dinheiro junto antes. Nem em toda a minha vida.

Kevin continuou abraçando-a sob as árvores enquanto os sons dos jardins chegavam até eles, distantes, mas alegres.

— Foi muito gentil da sua parte cuidar dessa mulher. Perigoso, no entanto. Ela sobreviveu?

Rosamund fez que sim.

— Assim que melhorou, ela foi embora. — Rosamund escapuliu do abraço de Kevin e o encarou. — Aí está. Eu precisava que você soubesse.

Eles continuaram percorrendo a trilha. Passaram por uma lâmpada do parque e ela o encarou. Seu belo perfil se transformou em uma expressão que ela conhecia bem. Ele contemplava alguma coisa. Ela, provavelmente. A proposta precipitada que ele fizera.

— Se você trabalhou lá, provavelmente foi vista — disse ele. — A maioria das criadas não seria notada, mas duvido que tenha sido assim com você.

Ele tinha visto o problema e por que isso importava tanto.

— Houve mal-entendidos por parte dos clientes?

— Essa é uma boa maneira de colocar, Kevin. Houve alguns. Dois homens perguntaram à sra. Darling sobre mim. Era uma boa soma de dinheiro, mas eu disse não. Outro homem me viu enquanto eu cuidava de um quarto e não se preocupou em ir até a sra. Darling. Eu gritei, e duas das mulheres vieram e desfizeram o mal-entendido. Se houve outros, não fiquei sabendo. — Ela parou de andar e o encarou. — Não me prostituí, nem uma vez, se é isso que você está se perguntando.

— Eu não estava.

— Parecia que você estava. Não me importo. Você precisa saber.

— Eu precisava, mas não pelo motivo que você pensa.

Retornaram à entrada da trilha. A escuridão de um lado deles e os lampiões e lanternas, do outro. Ele olhou para ela.

— Você tem uma coragem e honestidade incomuns por ter me dito isso.

— Mas você já sabia.

— Você não sabia que eu sabia. Qual era a pergunta que tinha para mim?

Rosamund hesitou. Ele a aceitara de olhos fechados, por assim dizer. Ele confiava que o tempo dela naquela casa tinha sido como ela dissera. Kevin havia acreditado. Ela não tinha dúvidas de que, durante o momento que ele havia passado em intensa contemplação ao longo da caminhada, ele havia considerado todas as complicações que o passado dela poderia causar a ele e à sua vida.

Desta forma, perguntar se ele matara o tio seria o pior dos insultos. Uma traição. Que vantagem isso poderia proporcionar? Se ele era o tipo de pessoa que matava um tio, era o tipo que mentia a respeito.

Tudo se resumia ao que ela acreditava. No que ela confiava. Se Rosamund aceitava ou não o que pensava que ele era, da forma como tinha vindo a conhecê-lo.

Ela esperava que seu bom senso não a estivesse abandonando, como havia acontecido com Charles.

— Só queria perguntar se você ainda acha uma boa ideia esse casamento de conveniência.

Ele ergueu a mão dela e se curvou para beijá-la.

— Acho uma excelente ideia.

— Deveríamos oficializar então, antes que um de nós perceba que somos loucos.

## CAPÍTULO DEZENOVE

Eles se casaram uma semana depois, em uma cerimônia silenciosa em St. George's. Rosamund usava um vestido creme que encomendara ao voltar de Paris.

Os convidados foram poucos. Minerva, Chase e Hollinburgh estavam lá, junto com a criada de Rosamund, Jenny. Ninguém mais da família de Kevin compareceu, nem mesmo seu pai.

Quando Rosamund se virou depois de fazer os votos, ela viu Beatrice nos fundos da igreja. Ela temera que a amiga não gostasse desse casamento, mas Beatrice fez um pequeno aceno e deu um sorriso antes de sair, tão logo Rosamund notou-a. Rosamund se perguntou se Kevin a tinha visto ali.

O único pesar de Rosamund foi que Lily não poderia estar com ela. Havia escrito para dar a notícia, no entanto, e recebido uma resposta na qual sua irmã expressava entusiasmo por ela. Lily provavelmente estava aliviada por sua irmã mais velha não ter acabado como uma mulher decaída.

Minerva ofereceu o café da manhã do casamento em seu jardim. O tempo manteve-se firme, e muita alegria e votos de felicidade rodearam aquela mesa. Por fim, ela e Kevin voltaram para a casa dela e deram início ao casamento que haviam escolhido.

Estava em seu quarto quando Kevin entrou. Jenny saiu imediatamente. Ele a tomou nos braços e deu-lhe um beijo muito melhor do que o discreto após a cerimônia.

— Então aqui estamos nós.

— Você se sente estranho? Eu me sinto.

— Muito estranho. Para sempre é muito tempo.

— Eu pensei a mesma coisa durante a cerimônia.

Jenny começara a despi-la. Kevin a virou para completar a tarefa de soltar o vestido.

— Eu vi uma das mulheres da casa da sra. Darling na igreja. Você a convidou?

— Ela nunca teria ido se eu não tivesse convidado. — Rosamund percebeu de repente por que ele havia perguntado. — Ela não estava lá por você, se essa era a sua preocupação.

Ele parou com os dedos nas costas dela e então continuou:

— Então você sabe disso.

— Sei. Ela e eu continuamos amigas.

— Pensei que só comprassem chapéus de você.

— Ela foi muito gentil comigo quando eu estava lá. Ela era provavelmente a única amiga que eu tinha em Londres na época.

— Não voltarei a vê-la, caso você esteja se perguntando. Mesmo se eu quebrar minha promessa a você, não será com ela.

Ele deslizou o vestido para baixo. Rosamund saiu da roupa e virou de frente para ele.

— Eu sei. Ela não o aceitaria agora, mesmo se você fosse lá. Ela pode ser uma prostituta, mas entende a amizade. — Rosamund olhou para os dedos dele desamarrando seu espartilho curto. — Mas ela fez as mais altas recomendações a seu respeito. Ela disse que você sabia o que estava fazendo.

Ele mostrou a ela um meio sorriso encantador.

— Ora, ela disse? Quanta generosidade.

— Claro, eu já sabia.

— Na verdade, você não sabe nem da metade, querida. — O espartilho caiu no chão.

— Talvez você deva ser outro dos meus tutores e me ensinar pelo menos a metade.

As pontas dos dedos dele deslizaram sobre seus seios libertos, traçando linhas na chemise que ainda os cobria.

— É uma ideia esplêndida. Hoje teremos a primeira lição.

O visitante foi anunciado dez dias depois. Após o café da manhã, Kevin foi para o pequeno escritório anexo à biblioteca. Um lacaio mais tarde o interrompeu para entregar um cartão. Aborrecido por ter sido perturbado no primeiro dia depois de uma semana sem conseguir se concentrar, Kevin deixou de lado os esboços com que estava brincando e foi até a sala de visitas.

Rosamund estava lá, junto com o homem cujo cartão ele segurava, o sr. Theodore Lovelace.

O homem estava de costas para ele, mas Kevin reuniu o que pôde a partir dessa visão. Cabelo ruivo. Grande. Tinha a aparência de um operário, com seus ombros largos e forma robusta. Uma mão visível mostrava calosidades e cicatrizes. Entretanto, seus casacos eram de alta qualidade.

— Aqui está ele — anunciou Rosamund. — Este é o sr. Kevin Radnor, a quem pediu para ver.

Kevin se posicionou para dar as boas-vindas ao sr. Lovelace e ter uma visão completa. Talhado a fogo. Rosto vincado. Olhos cinzentos, mas um sorriso apareceu e aqueles olhos brilharam quando ele se levantou para os cumprimentos.

— O sr. Lovelace tem um amigo em comum conosco — explicou Rosamund.

— Quem poderia ser?

Lovelace sorriu.

— O sr. Forestier. Em Paris.

— Forestier? Está dizendo que ele lhe deu meu nome?

— Ele deu, senhor.

— Como o senhor o conhece?

— Eu o conheci, sim, eu o conheci. Eu mesmo estive em Paris. Era feriado, mas os homens falam, e seu nome foi citado como alguém com bom conhecimento de máquinas e tudo mais. Esse é o meu ramo. Tenho uma fábrica em Shropshire, e uma planta menor funciona mais adiante no Tâmisa aqui.

— Que tipo de máquinas?

— Todos os tipos. Eu tenho jeito para isso. Algumas nós fazemos para os outros. Outras, eu mesmo crio. Estou fazendo uma nova, para ser usada em fábricas têxteis, mas tem um pequeno problema, então visitei Forestier para ver se ele teria alguma solução.

— Como meu nome entrou na conversa?

— Ele disse que o senhor era um homem com interesses semelhantes e tal. E que, com a sua experiência, o senhor poderia ter uma ideia para o problema. — Lovelace enfiou a mão no bolso e retirou um longo papel. — Eu tenho um desenho aqui que...

— Forestier disse mais alguma coisa sobre mim?

Lovelace empalideceu com o tom dessa pergunta. Rosamund lançou a Kevin um olhar de desaprovação. Kevin forçou algum controle sobre suas suspeitas e tentou uma voz mais cortês.

— Estou apenas curioso para saber o que ele disse que possa tê-lo convencido a me procurar.

Lovelace sorriu novamente.

— Ele disse que o senhor era um inventor, então poderia pensar no sentido que a solução exigiria.

— Isso é tudo?

— Bem, ele pode ter dito que talvez pudéssemos fazer negócios juntos. Com suas invenções e com as minhas plantas de fundição.

Kevin mal enxergava Lovelace agora, de tão quente que estava sua cabeça.

— Entre as máquinas que o senhor faz, também constrói motores?

O homem entendeu errado e sorriu.

— Eu os faço. Aqui eu faço principalmente os moldes para a fundição de ferro, conforme necessário para eles e para outras máquinas. Shropshire é onde fabrico os motores inteiros.

Kevin achou que sua mente iria explodir.

— Eu sinto muito. Não posso ajudá-lo. Passar bem. — Ele saiu da sala, pronto para matar alguém. Forestier de preferência, mas o canalha estava em Paris.

Passos leves correram atrás dele e o pegaram na escada.

— O que há de errado com você? — Rosamund sibilou. — Isso foi rude ao ponto da crueldade.

— Ele é o concorrente que nos custou dois mil, sem falar no percentual dos lucros.

— Você não sabe disso.

— Não sei? Eu me pergunto o que Forestier disse a ele sobre o que temos.

— Não seja tão rápido em presumir traição, Kevin. Pareceu-me que Forestier realmente pensava que você poderia enxergar uma solução onde ele não havia enxergado, e que também achava que o sr. Lovelace poderia ser útil na nossa empresa.

Ele afastou a mão que ela apoiava em seu braço.

— Não estou interessado.

— Não custa nada ouvir. Pode ser que não dê em nada, mas devemos pelo menos...

— Maldição, *não*.

Ela estreitou os olhos. Recuou dois passos. Então se virou e caminhou de volta para a sala de visitas.

Naquela noite, quando se retirou para seus aposentos, ele encontrou uma longa folha de papel apoiada no aparador. Ele fitou o papel enquanto seu valete o ajudava a se despir.

— A sra. Radnor trouxe isso, senhor — disse Morris enquanto colocava o colete de lado.

Kevin pegou a folha e segurou contra a luz. Parecia o desenho que Lovelace havia tirado de seu bolso.

Ele não via Rosamund desde que ela voltara para a sala de visitas. Ela havia passado a tarde em sua loja e pedira para levarem o jantar em seus aposentos particulares. Kevin tinha passado o tempo imerso em pensamentos voltados para uma ideia para uma nova invenção. Mesmo assim, ele não deixou de notar o silêncio frágil que permeava a casa.

Ele se pôs a examinar o papel. Não era acompanhado por nenhuma nota, mas Kevin leu a mensagem de Rosamund mesmo assim.

Praguejando, ele se jogou no divã e ergueu o maldito papel para que o abajur na mesa ao lado iluminasse os desenhos. Assim as mulheres venciam suas batalhas. Sexo frágil o diabo. Os homens não tinham a menor chance.

Rosamund se virou na cama e se aninhou no travesseiro. Não, não um travesseiro.

Um braço se moveu para cercá-la.

Não admirava que seu sono agitado tivesse se tornado pacífico.

— Você está aqui — ela murmurou.

— Você se importa?

Ela balançou a cabeça e se deixou levar na paz que o abraço dele sempre lhe dera. Estava muito feliz por ele ter vindo. Rosamund passara a noite cheia de uma raiva hipócrita, mas, quando se recolheu, ficou preocupada que ele nem se importasse com a distância que ela havia imposto. O mais provável é que ele achasse seu ressentimento irritante e chato.

Talvez ele tivesse. Talvez ele nem tivesse notado sua ausência. Agora, ela não se importava, porque o abraço dele deixara seu coração muito feliz pela amizade especial de que desfrutavam.

*Amizade, não*, a voz de seu coração disse. *Chame de amor*, porque é isso o que você sente.

— O problema com a máquina dele é simples de consertar, uma vez que você pense um pouco. Enviarei a ele a solução que proponho.

Máquina? Solução? Ah, sim. O sr. Lovelace.

— Quanta gentileza da sua parte.

Ela o sentiu beijá-la no topo da cabeça.

Não pense em nada disso.

Rosamund caminhou até sua loja, ansiosa para fazer algo além de praticar elocução ou boas maneiras. Seus tutores tinham o hábito de parabenizá-la, mas sempre parecia que, em lugar disso, eles elogiavam a si mesmos. Ela havia melhorado muito no mês de aula, e os tutores a viam como uma de suas criações, da mesma forma como Rosamund enxergava o chapéu que estivesse terminando.

Ao chegar à loja, ela foi imediatamente para o ateliê. A aprendiz, Sally, fazia um grande esforço para aplicar um barrado a um adereço. Rosamund verificou o trabalho dela e depois sentou-se para terminar o seu.

O chapéu usava algumas das ideias que ela trouxera de Paris em sua retícula. A borda era irregular e mais profunda de um lado do que do outro. O lado maior se curvava para cima e ela dividira a aba em três pontos. Isso permitia que as plumas da parte de cima aparecessem na frente e também dava ao chapéu um toque diferente.

Cobrir as seções divididas foi um desafio. Ela tirou cuidadosamente os pontos de uma delas e começou a refazê-los.

A sra. Ingram entrou.

— Tem alguém chamando a senhora lá na frente.

— Não é um comerciante local, imagino. Meu casamento foi anunciado.

— Nada desse tipo. São o sr. Walter Radnor e a esposa.

Surpresa, Rosamund deixou de lado os enfeites e foi até a frente da loja.

Felicity esperava lá, vestida de forma muito elegante e usando um chapéu que a Jameson's não havia produzido. Walter a rodeava, parecendo pomposo e vagamente desconfortável. Felicity a avaliou e se aproximou levemente.

— Que loja charmosa. Chapéus tão interessantes.

Rosamund lhes deu as boas-vindas, depois esperou com curiosidade.

Quando os dois continuaram fazendo hora pelo estabelecimento, ela avançou e forçou a pergunta.

— Como posso ajudá-los? Veio encomendar alguma coisa, sra. Radnor?

— Acho que você pode me chamar de Felicity agora, porque somos parentes.

— Que generoso da sua parte.

Felicity olhou para o marido.

Ele ofereceu um sorriso amável e caloroso.

— Queremos que você saiba que nos conformamos com o casamento. O que está feito está feito.

— Quanta gentileza da sua parte.

— Sim, bem, sobre isso, no entanto. — Ele olhou em volta, mas seu olhar retornava repetidamente para a vitrine. — Existe algum lugar onde possamos conversar com privacidade?

— Venham comigo.

Ela os conduziu até o primeiro andar e o espaço frontal que a loja usava. Ela havia instalado um divã e algumas cadeiras ali, junto com o necessário para medir e provar adereços para a cabeça.

— Visitamos a sua casa, mas fomos informados de que você estava aqui — revelou Felicity após se sentar no divã.

Rosamund se perguntou quem dissera isso a eles.

— Você acha que isso é sensato? — Walter perguntou. — Continuar no comércio agora que está casada não é necessário nem apropriado.

— A família os mandou para me instruir? Se meu marido não se importa, por que vocês deveriam?

— Kevin nunca foi cuidadoso com as expectativas sociais — Felicity disse suavemente. — Walter está apenas tentando ajudar. Não é isso, querido?

Walter assentiu.

— Então vocês cumpriram seu dever. — Rosamund se levantou. — Agora, tenho um dia cheio e...

— Na verdade, queríamos conversar sobre outra coisa — disse Walter ao se levantar parcialmente.

Rosamund voltou a se sentar.

— Seu acordo de casamento... Como ele lidou com esse empreendimento de Kevin? — Walter indagou.

— Isso é um assunto particular e não desejo discuti-lo.

— Você deixou os termos de modo que ele seja seu herdeiro? — Felicity perguntou. — Eu lhe disse para não fazer isso.

— Minha querida, por favor, não desvie a conversa — pediu Walter. — Não serve aos nossos propósitos de forma alguma.

— Talvez você me explique o que serve a eles — disse Rosamund.

Walter mudou a forma como estava sentado.

— A situação é esta: quando quase um ano se passou e você não foi encontrada, presumimos que não seria. Que você estivesse...

— Morta?

— Ou que tivesse se mudado para o estrangeiro. América — Felicity acrescentou rapidamente.

— Foi uma conclusão justa — defendeu Walter. — Decidi, em nome da família, descobrir quanto valeria aquele empreendimento, caso o legado fosse dividido. Fiquei surpreso em saber que, embora os detalhes da invenção de Kevin sejam desconhecidos, existem pessoas que avaliam de maneira muito elevada a mente do meu primo e que comprariam uma parte de algo sobre o qual nada soubessem, simplesmente por ser uma ideia dele.

Rosamund estava pronta para conduzi-los para fora, mas agora sentia-se feliz por não ter feito isso. Que coisa impressionante de se ouvir.

— Foi uma descoberta recente, você disse.

— Bastante recente. — O rosto de Walter ficou rosado por um instante.

— Talvez você tenha investigado isso antes. Quando pensou que Kevin poderia ser preso.

Walter pareceu chocado, mas não com a acusação e sim por ela ter adivinhado o que ele fizera.

— Foi algo razoável de se fazer — disse Felicity, com doçura untuosa tocada com súplica o suficiente para ser irritante.

— A despeito de quando tenha sido feito, não vejo por que precisassem me contar.

Eles se entreolharam, depois olharam para ela, e então um para o outro novamente. Felicity deu um grande sorriso para Rosamund.

— Queremos que você devolva a empresa ao espólio. Não o dinheiro, apenas a empresa. Nossa parte nela é muito menor do que o dinheiro, mas é alguma coisa.

— Isso beneficiaria Kevin, porque ele realmente não tem experiência em negócios e seria sensato ter investidores que o tivessem — acrescentou Walter.

— Acho que também beneficiaria o seu casamento remover essa sociedade dele. Não pode ser bom ter isso entre vocês. — A expressão de Felicity tornou-se maliciosa. — E se foi por isso que ele se casou com você, bem, ele está bem amarrado agora de qualquer maneira.

— Ainda assim, você acabou de me dizer que tem valor, mesmo sem ter sido totalmente concretizada ainda.

— Muito pequeno se comparado ao resto do que você tem — Walter se apressou em dizer. — É como uma poça para o oceano.

Rosamund forçou sua mente a recuar cinco passos, de modo que pudesse enxergar aquela visita peculiar pelo que realmente poderia ser. Depois que enxergou tudo, a estranheza começou a fazer sentido.

— Digam-me uma coisa. Ao saber do valor, e presumindo que eu não seria encontrada, vocês negociaram com base nas expectativas?

— O que está querendo dizer? — Walter perguntou.

— Você vendeu sua parte antes de tê-la em mãos? Não consigo pensar em nenhum outro motivo pelo qual duas vezes agora fui encorajada a devolver minha parte ao espólio, primeiro por uma e agora por ambos. Como você disse, a perda para vocês é como uma poça. Você estava tão confiante de que seria sua que a vendeu antes de recebê-la?

A expressão de Walter revelou a verdade. Felicity tentou mascarar sua surpresa com altivez.

— Que incômodo para vocês — disse Rosamund. — A mim parece que é ilegal. Vocês provavelmente deveriam devolver o dinheiro.

Como a maioria dos homens, Walter preferia a raiva ao constrangimento.

— Eu disse que ela não daria ouvidos à razão — ele retrucou para a esposa e começou a se levantar. — Não serei submetido a isso por uma chapeleira qualquer.

— Espere! — Felicity gritou, agarrando cegamente o braço dele. Ela voltou os olhos arregalados e assustados para Rosamund. — Não podemos devolver. Já se foi.

*Já se foi.* Gasto. Rosamund olhou com mais atenção para o conjunto de Felicity. Novo e elegante. Ela se perguntou quanto aquela mulher gastava em um ano. Provavelmente muito. A fortuna de Walter poderia ser muito parecida com a de Kevin, mas não poderia sustentar uma mulher que queria viver como uma duquesa.

Walter se levantou. Com o rosto vermelho, ele caminhou até a porta.

— Passar bem.

Rosamund esperou que os passos de sua bota parassem de soar na escada. Felicity enxugou os olhos com o lenço dando batidinhas.

— Quanto? — Rosamund perguntou.

— Três mil. Um fundo fiduciário paga os rendimentos em junho, mas o homem que comprou a parte está ficando impaciente. Mesmo se pudermos convencê-lo a esperar, se lhe pagarmos, não haverá mais nada para nós.

Se fosse um fundo como o de Kevin, pagaria duas vezes por ano, então, cinco ou seis mil ao todo. Era uma receita enorme.

Ela não deveria ter pena de Felicity por sua situação atual. No entanto, Rosamund tinha. A ideia de seu marido possivelmente ser preso por negócios fraudulentos importava mais do que a perda de um novo guarda-roupa naquele outono.

— Acho que posso encontrar uma maneira de ajudá-la — disse ela. — Antes, porém, quero falar sobre outra coisa.

Tendo ouvido a sugestão de um adiamento da preocupação, Felicity se acalmou.

Ela assentiu e esperou.

— Você me disse que viu Kevin em Londres nos dias subsequentes à morte do duque. Em que dias e onde você o viu?

Felicity pensou antes de falar.

— Foi no dia seguinte. Ele estava cavalgando e não me notou. Ele tinha aquela expressão de quando não está prestando atenção em nada além de seus próprios pensamentos.

— Você sabe para onde ele estava indo?

Felicity encolheu os ombros.

— Não era longe de Grosvenor Square. Presumi que ele iria visitar Lady Greenough. Ela é viúva e muito rica. Houve rumores silenciosos sobre os dois naquele inverno. Só foi algo digno de nota porque se tratava de Kevin. Ele não era conhecido por tais flertes.

Rosamund lutou para esconder a surpresa de sua expressão. Ela odiava que o ciúme subisse rápido e quente em seu coração.

— Vou ajudá-la a sair da sua situação — prometeu ela após se recompor. — Mas quero algo em troca.

— Eu vou recebê-la, se for isso. Vou encorajar a família a fazer o mesmo.

— Isso seria bom, mas não é isso. Ao sair deste cômodo, você deve esquecer que o viu em Londres naquele dia. Ao considerar cuidadosamente, você percebeu que nunca viu o rosto daquele cavalheiro e que fez suposições injustificadas. Como você está questionando suas próprias memórias agora, nunca mais insinuará, para ninguém, que Kevin teve algo a ver com a morte de seu tio. Você dirá ao seu marido que cometeu um erro lamentável, para que ele não continue suspeitando de Kevin injustamente.

Felicity assentiu sem hesitar.

Rosamund se levantou.

— Peça ao seu marido que me envie o nome do homem de quem ele aceitou o dinheiro e a quantia exata que ele deve. Farei um saque e deixarei aos cuidados do sr. Sanders. Os assuntos podem ser resolvidos no escritório dele. Você terá que assinar os documentos do empréstimo, onde será apontada a quantia que deverá imediatamente caso algum de vocês mais uma vez fofoque sobre o meu marido.

# CAPÍTULO VINTE

— O que é aquilo? — Chase perguntou a Kevin.

Os dois estavam na biblioteca dos aposentos de Chase em Bury Street. Chase vivera ali antes de se casar. Kevin continuou desembrulhando seu pacote.

— É uma pequena máquina a vapor. Eu parei em casa no caminho para cá e a peguei.

— Espero que não pretenda acioná-la aqui.

— É perfeitamente segura. Mesmo se houver um acidente, não fará mais do que derrubar um pouco do gesso. Preciso disso para as demonstrações.

Chase parecia cético.

— É melhor você explicar isso a Brigsby, e avisá-lo sempre que quiser fazer uma demonstração.

Kevin recuou e observou a localização do motor na mesa da biblioteca.

— É muita gentileza da sua parte me emprestá-lo, além de me permitir alugar este apartamento de você.

Chase pegou a garrafa de *brandy* e o serviu em dois copos.

— Você está me fazendo um favor em ambos os casos. Brigsby ficou sem uma função adequada desde o meu casamento. Isso criou complicações. Ele se recusa a ser um mero valete, mas não é adequado para administrar uma casa completa. Devido à sua longa história comigo, ele se considera o primeiro dentre iguais com os criados, para grande aborrecimento do mordomo e da governanta. Você tem seu próprio criado na sua casa agora, mas cuidar desta parte de sua vida manterá Brigsby ocupado. A sugestão de ele servi-lo aqui o deixou encantado. Ele agora tem seu próprio reino novamente.

— Achei que agora ele estivesse servindo como um de seus agentes.

Chase afundou em uma cadeira.

— Às vezes. — Ele olhou para a porta, depois baixou a voz. — Ele é muito chamativo para ser útil na maioria das vezes. Costumamos necessitar de aparência e modos mais anônimos. Ele tem...

A porta se abriu e o homem em questão entrou, carregando uma bandeja com café e xícaras e a levou até uma mesa baixa. Brigsby habilmente serviu e entregou as xícaras, então sorriu com orgulho por seu próprio trabalho bem-feito.

Não havia nada de anônimo em Brigsby, isso era certo. De estatura mediana e compleição frágil, ele exalava uma autoconfiança que frequentemente fazia com que os criados fossem demitidos. Seu colarinho tinha sido passado com tal perfeição que a ponta poderia ser uma arma. Pomada alisava seu cabelo preto esparso de modo a deixá-lo colado à cabeça. Sua expressão encontrava-se muito próxima da impertinência. Ele claramente era o tipo de criado que via em seu patrão alguém que precisava de ajuda nos exercícios mais rudimentares da vida.

— O café está muito bom — Kevin se sentiu obrigado a dizer, pois Brigsby parecia estar esperando um elogio. Ou alguma coisa.

— Fico satisfeito se o senhor estiver satisfeito. — Ele girou ligeiramente e ficou de frente para Chase. — Gostaria de saber se poderíamos ter uma breve conversa sobre minhas funções aqui, para que eu possa executá-las corretamente.

— Decerto que sim. — Chase dirigiu uma expressão divertida e expectante para Kevin.

— Imagino que sejam as mesmas de quando você estava aqui com Chase — falou Kevin, sem saber direito o que isso significava.

— Se me permite dizer, senhor... O senhor tem outra casa, então estou correto em afirmar que o senhor não vai residir aqui?

— Não da maneira normal.

— Ah. Sou um excelente cozinheiro. Muito melhor do que os cozinheiros que a maioria das famílias emprega. — Houve um rápido olhar de soslaio para Chase. — O senhor desejará fazer refeições aqui eventualmente?

— Suponho que seja possível, se eu ficar aqui até tarde.

— Muito bem, senhor. Além de roupas de cama e mesa, o senhor precisará que a roupa seja lavada?

— Acho difícil.

— Entendo. Isso vai me poupar muito tempo. Como não serei obrigado a desempenhar algumas funções, o senhor se importaria se eu ocasionalmente continuasse trabalhando nas investigações, quando fosse necessário?

Pelo canto do olho, Kevin viu o sorriso fino de Chase.

— Deixe-me pensar sobre isso e ver como as coisas vão se sair aqui primeiro.

— Muito bem, senhor. Não quero ser presunçoso, mas talvez fosse melhor se também discutíssemos minhas exigências.

— E quais seriam?

Brigsby deu um sorriso que conseguiu parecer ao mesmo tempo subserviente e altivo.

— Prefiro receber meu salário quinzenalmente. Sei que não é a maneira normal de fazer as coisas, mas me convém. E se o senhor esperar receber um convidado para as refeições, avise-me até a manhã do referido dia, no mais tardar, para que eu possa providenciar o que for necessário.

— É muito razoável.

— Obrigado, senhor. Oh, há mais uma coisa. Se pretende que uma dama passe a noite aqui, peço que remova o puxador da porta que está pendurado no trinco do porão. Eu não gostaria de me intrometer por engano.

— Não espero fazer isso, mas é bom conhecer o costume.

Com uma reverência cortês, Brigsby deixou a biblioteca.

— O que você fez comigo? — Kevin perguntou.

— Ele é um excelente criado. Pode até fazer a sua contabilidade se você quiser. Assim que a empresa começar a mostrar vendas e lucro, você pode considerar usá-lo. — Chase bebeu o resto do café, deixou a xícara de lado e pegou o conhaque. — Você tem sorte de tê-lo aqui.

— Eu lhe direi se concordo daqui a um mês ou mais. — Ele se levantou e examinou a biblioteca. A maioria dos livros tinha sido levada para a casa que Chase agora dividia com Minerva. Isso o lembrou das prateleiras vazias que tanto afligiram Rosamund em casa. Aquela biblioteca agora transbordava com os livros de Kevin. Talvez ele trouxesse alguns, para que ela pudesse continuar comprando os que preferia.

Ele a encontrara no dia anterior, lendo um dos volumes com encadernação personalizada que ela havia comprado. As páginas viravam lentamente, mas ela persistia. Por duas vezes, enquanto ele estava na biblioteca, ela havia se levantado e ido até o dicionário deixado aberto sobre uma escrivaninha.

— Você está gostando da vida doméstica? — Chase perguntou.

— Muito. — Kevin continuou sua observação do aposento.

— Sua decisão de alugar aposentos separados dentro de um mês de casamento implica o contrário.

— Não são separados. São aposentos extras. Há uma diferença.

— Se você diz.

Kevin conhecia esse tom de voz. Era o tom "quem sou eu para questionar?" de Chase.

— Não estou arrependido do meu casamento, se é isso que você pensa.

— Eu não acho nada, exceto que é estranho. — Chase gesticulou com o copo ao redor da biblioteca.

— Se você pensa assim, por que me ofereceu este apartamento?

— Você disse que ia alugar, e este estava disponível e é bem localizado. Não cabe a mim tomar suas decisões.

— No entanto, ao que parece, cabe a você questioná-las.

— Eu só tenho uma pergunta. Rosamund sabe disso?

— Sabe. Ela concorda totalmente que precisamos desses aposentos extras.

Chase ergueu as sobrancelhas, apenas o suficiente para ser irritante.

— O quê?

— Nada. Só que...

Sempre havia um *só que* em conversas como aquela.

— Se eu não o conhecesse melhor, diria que parece que você está se preparando para casos extraconjugais um mês após fazer seus votos — Chase finalizou. — Mas, claro, você não tem casos. Até aquele com a srta. Jameson.

— Se quer saber, este lugar é para a empresa. Ambos queríamos um endereço diferente de nossa casa. Também um escritório diferente de nossa casa. Um lugar reservado para esses assuntos, para que não se intrometam onde não deveriam.

Aquelas sobrancelhas se ergueram novamente, por um período mais longo.

— Ah.

— Esse foi um "Ah" extremamente irritante. Pareceu que o especialista em investigações discretas houvesse concluído que tinha suas respostas.

— Tudo o que concluí é que você chegou à constatação de que uma parceria doméstica e outra de negócios não funcionam bem no mesmo lugar.

Isso era um eufemismo. Desde o casamento, Kevin várias vezes havia amaldiçoado o acordo que havia assinado sobre deixar a parte de Rosamund nas mãos dela.

— Tivemos uma briga — revelou ele. — Foi pequena, mas virou um veneno que estava afetando tudo. Eu já havia proposto que precisava de um lugar para perseguir meus interesses e concordamos em separar essas duas partes de nossas vidas.

— Então sempre que vocês dois discutirem o empreendimento, vão fazê-lo aqui?

— Esse é o pensamento.

— E você acredita que, se discutirem, podem deixar a discussão aqui?

— É claro. Por que não?

— É diferente de qualquer casamento que eu conheço, mas você é diferente de qualquer homem que conheço, então talvez tenha encontrado uma solução perfeita. Agora, tenho que ir para a City. Vou deixar você e Brigsby se acomodarem.

A ideia de ser acomodado por Brigsby fez Kevin caminhar até a porta logo atrás de Chase.

— Vou cavalgar parte do caminho com você.

Rosamund enrolou as mãos na fita de seda que prendia seus pulsos à cabeceira da cama. Sua vulnerabilidade a excitava mais do que ela esperava. Kevin a excitava perfeitamente e com maestria. Agora ele estava sentado sobre as pernas dela e a observava, fazendo-a esperar enquanto ela tremia de desejo.

Lições como aquela progrediam esparsamente. Uma semana poderia passar antes que houvesse uma nova. Um padrão havia surgido: ele dizia, naquela sua voz calma e clara, o que ia fazer. Uma vez, ela havia se encolhido com as palavras. Ele havia descartado a ideia e nunca mais a apresentado.

Isso a lembrara de sua primeira vez juntos, quando ele havia segurado suas mãos acima da cabeça. No entanto, nada mais era semelhante. Ela não estava deitada, mas sentada, para começar.

Ele havia aberto suas pernas e beijado o comprimento de uma delas. Quanto mais alto subiam os beijos, mais curta ficava a respiração de Rosamund. A boca de Kevin virou em direção à umidade que havia ali. Os dedos acariciaram e a língua estremeceu em seu núcleo. Ela fechou os olhos e cavalgou na intensidade do prazer que era criado.

Ela estava quase lá, quase se desfazendo, quando ele se moveu novamente, deixando sua necessidade sem conclusão. Ele se ajoelhou perto dela e elevou o tronco para lhe desamarrar as mãos.

Kevin não havia descrito essa parte, mas ela sabia o que fazer. Ela o acariciou, suas mãos subindo pelo torso, então descendo para os quadris e coxas. Ela pegou o pênis e deu-lhe prazer do jeito que ele gostava.

A posição em que estavam permitiam que ela o acariciasse completamente. Também permitia algo mais. Ela ouvira as mulheres falarem sobre isso e considerarem uma das piores de suas funções. Agora, a ideia não a chocava. Num impulso, ela se inclinou e passou a língua pelo comprimento do membro. Rosamund sentiu uma nova tensão nele e olhou para cima.

— Você quer? — Ela sacudiu a língua novamente.

— Quero.

Sua voz áspera, sua mandíbula tensa, a maneira como ele a observava — tudo dizia que ele queria muito mais do que sua breve resposta admitia.

Ela o roçou com os lábios e as pontas dos dedos, provocando-o do jeito que ele, com frequência, a provocava. Torturando-o e fazendo sua fome aumentar.

— Será que eu consigo fazer você implorar? — ponderou ela, antes de passar a língua pela ponta.

— Nunca.

— Não? Tenho a noite toda para descobrir.

Ele se apoiou na cabeceira da cama com um braço.

— Faça o seu pior.

Kevin acordou e encontrou Rosamund olhando diretamente para ele. Ela estava deitada de lado, a cabeça apoiada na mão direita, enquanto o observava.

Ele devia ter adormecido depois de colapsar no clímax. Ela o havia exaurido. Rosamund carecia de experiência, mas sua mera curiosidade o excitava. E o encantava. Senti-la explorando e experimentando fazia seu sangue gritar.

Agora ela exibia um sorriso de satisfação.

— Imagino que mulheres decentes não devam fazer esse tipo de coisa — disse ela. — É por isso que você nunca me pediu?

Era uma pergunta e tanto.

— Pensei em pedir mais adiante, talvez.

— Eu disse que as mulheres conversavam. Eu sei que os homens gostam.

— Sim. Bem...

— Você gostou o suficiente para implorar.

— Eu não acho que um "por favor" seja implorar.

— Não foi apenas um "por favor", mas um bom número deles, junto com alguns "sim, assim" e "mais fundo" e...

Ele a agarrou e a puxou para perto, para que ela não se sentisse obrigada a repetir cada murmúrio desesperado que ele havia feito.

Kevin começou a flutuar para longe novamente.

— Fale-me sobre Lady Greenough.

De repente, ele estava alerta, olhando para a parte inferior da cortina da cama que ondulava acima deles.

— O que tem ela?

— Disseram-me que você teve um caso com ela no ano passado. Achei que você não tivesse amantes.

A resposta dele não deveria importar, mas um senso agudo de cautela o fez hesitar.

— Em geral, não.

— Quer dizer que ela era a exceção?

Maldição.

— Sim, embora tenha sido tão breve que "caso" não seja a palavra certa.

— Achei que você não tivesse experiência em discrição, mas deve ter tido depois disso.

— Na verdade, não. — Não era necessário discrição quando um homem vivia nos aposentos particulares de uma mulher por quatro dias. Tinha sido uma orgia calculada a dois, uma aposta imprudente com um objetivo cínico.

Nada mais viera por um bom tempo. Então...

— Você a amava?

Ele olhou para a cabeça de Rosamund.

— Não.

Ela se virou de costas com a cabeça na curva do braço de Kevin e juntou-se a ele em seu exame da cortina da cama.

— Não entendo uma coisa. Por que não contou a Chase que estava com ela enquanto ele investigava a morte do seu tio? Os questionamentos sobre você teriam sido esclarecidos logo de imediato, se ele tivesse conversado com ela.

Uma série de compreensões se alinharam na sua mente, cada uma mais surpreendente do que a anterior.

Ela soubera sobre os questionamentos a respeito de seu paradeiro na noite da morte do duque.

Rosamund nunca havia lhe perguntado sobre tais suspeitas.

Ela havia descoberto mais informações do que Chase. No entanto, apesar de tudo isso, ela se casara com ele.

Kevin poderia encerrar a conversa dizendo que não tinha nada a ver com ela e que não era da sua conta. Ou poderia explicar algumas coisas que nunca havia contado a ninguém e que não causariam uma boa imagem para ele. Qualquer que fosse sua decisão, esse casamento, esse "para sempre" provavelmente mudaria. Kevin admitia que, para ele, isso importava.

Ele se virou de lado para poder vê-la e a beijou na face.

— Quero que saiba que nunca fiz mal ao meu tio.

Ela virou a cabeça para olhar nos olhos dele.

— Eu acredito. Não estaria aqui se não acreditasse.

A descoberta final. Ela havia pesado tudo isso antes de concordar em se casar. Rosamund havia alinhado evidências que tinham o poder de condenar um homem, e mesmo assim havia escolhido acreditar nele.

Kevin não a merecia.

O olhar de Kevin tornou-se cálido depois do que ela dissera, mas ela conseguia ver que parte da visão dele havia se voltado para dentro. Rosamund esperou por qualquer outra coisa que ele quisesse dizer. Talvez agora ele pegasse no sono, contente por tê-la tranquilizado.

— Eu estive lá na noite anterior — disse ele. — Fui a Melton Park para dizer ao tio que precisava do dinheiro para Forestier. Meu tio havia investido, assim como eu. Ele via o potencial. No entanto, me recusou mais recursos. Nós brigamos. Eu disse isso a Chase quando ele soube que eu havia voltado da França antes do que eu afirmava.

— Você achava que ele tinha deixado a metade dele para você no testamento?

Kevin hesitou.

— Achava. Pelo que sei, apenas Chase tinha conhecimento de que o testamento havia sido alterado, e nem mesmo ele sabia o que o testamento dizia.

Rosamund não mencionou que isso dificilmente ajudaria. Ele sabia.

— E você ficou com essa dama todo esse tempo, nessa intimidade?

— Não o tempo todo. Até eu preciso descansar. — Ela não riu da piadinha. — Mas fiquei lá durante o período em que retornei. Era um flerte. Uma loucura momentânea, quando pensei que poderíamos combinar um com o outro, apenas para descobrir que não era verdade.

Loucura. Não amor, mas sim encantamento. Encanto suficiente para considerar casamento. Ou talvez não. Talvez tivesse apenas sido desejo. Ele sabia tudo a esse respeito. Talvez o que realmente quisesse fosse o dinheiro dessa mulher e tivesse usado seus poderes sensuais para encorajar tal união. Ele acharia isso um arranjo agradável. Casamento e dinheiro em troca de prazer.

Era o que tinha feito com Rosamund, não era?

— Fui informada por Minerva de que Chase formalizou uma denúncia para alguém importante — contou ela. — Incluindo nesse dossiê todas as pessoas que poderiam ter cometido o crime, se é que era mesmo crime. Você era uma delas, assim como a própria Minerva.

— Não sei os detalhes. O que sei é que, antes de fazer esse relatório, ele me disse para ir até a costa e me preparar para deixar o país, se necessário.

— Você fez o que ele pediu?

— Eu não queria ser enforcado por algo que não fiz.

Agora que havia conversado sobre isso com ele, Rosamund só ficava mais preocupada. A fofoca de Felicity era uma coisa. Saber que havia um perigo real era outra.

— A conclusão de que foi um acidente... isso pode mudar? Será que alguém no futuro pode decidir de forma diferente?

— Imagino que sim. É claro que isso pesou sobre mim. A cada mês que passava, foi ficando melhor, no entanto.

Ela não conseguia imaginar como tinha sido. Horrível. Ele vivera com a sombra de um laço de forca nas paredes de cada cômodo.

— Eu imagino que, se chegar a esse momento, você quebre seu silêncio sobre onde estava naquela noite. Você não deve bancar um estúpido cavalheiro só para proteger o nome da sua amante. — Ela voltou o olhar para a cortina porque, se visse nele algo parecido com amor quando pensasse naquela mulher, seria difícil fingir que não a machucava.

Ela se repreendeu no silêncio que se estendeu entre eles. Rosamund não se casara por amor. Ele certamente não tinha. No que dizia respeito aos casamentos de cunho prático, o seu provavelmente era melhor do que a maioria. Ter ciúme de um *affair* que já tinha acabado há um ano era estúpido. Infantil. Era quase tão ruim quanto agarrar-se ao sonho de Charles.

Contudo, saber disso não pôs fim à tristeza. Kevin tinha dito que nunca ficara fascinado, então Rosamund não havia se importado muito que ele não estivesse fascinado por ela. Só que parecia que ele esteve, pelo menos uma vez. Ela admitia que sentia ciúmes principalmente porque seus próprios sentimentos haviam mudado. Haviam se aprofundado. Beatrice uma vez tinha lhe dito que, quando uma nova mulher se juntava à casa, todas passavam o mês seguinte lembrando-a de nunca se apaixonar, de nunca entender errado o que ela significava para os clientes. Alguém deveria ter feito isso com Rosamund e com esse casamento.

"É uma união prática. Um casamento de conveniência. Não seja estúpida a ponto de se apaixonar por ele, a menos que queira seu coração partido."

Ele havia ficado com aquela mulher durante dias, mas não de uma forma doméstica. Ela se perguntava até onde tinham chegado com as lições.

— Vou explicar onde estive, se necessário — disse ele. — Eu seria um tolo em ficar calado.

— Quero sua promessa.

Ele virou o rosto dela para ele e a beijou suavemente.

— Dou-lhe a minha palavra estúpida de cavalheiro.

# CAPÍTULO VINTE E UM

Rosamund alugou uma carruagem para levá-la rio acima. Ela saiu da loja, onde dissera que ficaria o dia todo. Em sua retícula, carregava um bilhete. Tinha chegado dois dias antes, enviado pelo sr. Lovelace. Agradecia-lhe a ajuda com o problema mecânico e a convidava a visitar sua planta. Kevin não havia sido mencionado, nem recebido um convite próprio.

Uma boa esposa provavelmente informaria o marido de suas intenções. Rosamund não tinha feito isso. Era provável que o encontro não desse em nada, então por que encorajar a formação de tempestades? Ela não havia se esquecido da briga quando saíra à procura de um homem para fazer seu brinquedo. Estava curiosa, no entanto. Tinha gostado do sr. Lovelace e queria ver exatamente o que ele fazia.

A carruagem a levou por Southwark e depois para o campo. Algumas fazendas ainda floresciam, mas outras haviam sido entregues a pequenas fábricas. Elas pontilhavam a margem do rio.

O sr. Lovelace era dono de uma das maiores fábricas. Os homens se locomoviam por um grande pátio, entrando em um prédio ou em outro, alguns carregando objetos de ferro e outros transportando carvão em veículos com rodas. Ela pediu ao cocheiro para entrar e dizer ao proprietário que ela estava lá fora.

O sr. Lovelace saiu, sorrindo como as boas-vindas.

— Não pensei que a senhora viria, mas estava esperançoso.

— Estou curiosa sobre sua indústria.

— Venha comigo e eu mostrarei.

Eles entraram em um prédio comprido. Os homens se sentavam às mesas, usando limas e martelos sobre metal.

— Eles estão fazendo peças. Não há muito espaço para erros nelas. Isso não é trabalho para um ferreiro. Cada roda, cada engrenagem, cada pistão precisa ser o mais perfeito possível. — Ele apontou para um grupo. — Eles fazem os moldes para ferro fundido. Devem ser feitos com calma.

No final do espaço, um grupo de homens encaixava peças umas nas outras. O resultado era semelhante ao motor que Kevin havia mostrado a ela, só que muito maior.

— A cada máquina que produzo, eu pago o valor das licenças essenciais a seus respectivos donos. Mesmo assim, há demanda suficiente para ter lucro.

— E se algo der errado após elas estarem em uso?

— Eu mando um homem para consertar. Exceto uma parte. É um segredo e, se for o caso, o sr. Watt envia um dos homens dele. — Ele deu a Rosamund um olhar significativo. — Tem havido muito roubo nesta indústria, lamento dizer. Não posso culpar o sr. Watt por ser cuidadoso, mas não estou feliz em ficar em dívida com ele, tanto pela peça quanto pela manutenção. O que o impede de roubar também? Os meus clientes, quero dizer.

Ela admirou a máquina por mais um tempo, então eles caminharam de volta para o prédio mais próximo da carruagem. Ele a convidou para um refresco e eles se sentaram em um pequeno terraço de madeira com vista para o rio. Barcaças passaram flutuando, bem como um iate de lazer.

— O sr. Radnor não gostou da minha visita, eu pude perceber — disse ele.

— Não exatamente.

— Mesmo assim, ele me enviou aquela explicação de como consertar meu problema. Era uma máquina diferente, é claro. Não um motor.

— Eu pedi a ele para ajudar.

— Achei que pudesse tê-lo feito. Foi por isso que pedi para a senhora vir aqui. A senhora parecia interessada no que eu tinha a dizer.

— Pouco importa se eu estou ou não.

— O que eu acho é que as esposas têm mais influência do que o crédito que lhes é atribuído. A minha certamente tem.

Trouxeram limonada e ele ergueu um copo com as mãos grandes e nodosas para beber. Ele examinou seu pequeno lugar de descanso com contentamento.

— Deixe-me contar o que Forestier me disse, depois que falou que não licenciaria aquele medidor para mim. Ele disse que o sr. Radnor tinha um uso melhor para o dispositivo.

— E ele tem.

— Ele também disse que existem inventores e existem fabricantes, e o sr. Radnor era do primeiro tipo. Foi por isso que ele me deu o nome do sr. Radnor. Ele disse que os inventores precisam de fabricantes. Eu sou um fabricante. Não consegui descobrir como melhorar ou alterar os motores que construo, mas os construo melhor do que ninguém. Enviei motores para a França e um para a Rússia. — Ele apontou com o polegar para o prédio rio abaixo. — Esses homens conhecem o ofício deles, trabalham o metal como artistas. Minhas máquinas não quebram, porque as peças são feitas da maneira certa.

Em outras palavras, tinham precisão. Kevin havia falado sobre isso e como era uma característica importante.

O sr. Lovelace a perfurou com um olhar direto.

— Não sei o que ele inventou, mas posso imaginar. Não a aparência ou o funcionamento, mas o que a invenção faz. Ele tem o que é chamado de um indicador, é o que estou pensando. Um indicador que mapeia a pressão, para que seja possível ver como o vapor está funcionando e se há a possibilidade de sugar mais força dele. Forestier inventou um medidor de pressão, então faz sentido que funcionem juntos.

Parecia certo para ela, mas Rosamund devolveu o olhar sem entender.

— Não sou uma inventora nem uma fabricante, sr. Lovelace. Eu realmente não sei se o senhor está certo ou não.

— Claro que não, mas acho que a senhora sabe que seu marido se beneficiaria mais ao voltar a mente para novas invenções do que ao desperdiçar seu tempo tentando administrar uma fábrica como esta. Só estou perguntando se a senhora pode encorajá-lo a me ouvir, só isso. Acho que juntos podemos fazer grandes coisas.

Rosamund gostava desse homem. Por um lado, ele não havia roubado a ideia de Forestier mais do que Kevin havia. Ele pagava as licenças e contratava artistas. Algumas de suas plantas não ficavam longe de Londres. Ele era um homem trabalhador com grandes ideias que sabia o que poderia fazer e o que não poderia.

— Sr. Lovelace, se o senhor falou com o sr. Forestier, talvez ele tenha lhe dito que sou proprietária de metade dos negócios do sr. Radnor.

Ele pareceu assustado, depois perplexo. Por fim, ele sorriu.

— A senhora é a dama em seda vermelha? A srta. Jameson? Bem, isso explica muita coisa. Quando a vi, achei injusto que ele tivesse duas lindas mulheres na vida. Se me perdoa a ousadia.

— Nós nos casamos logo depois de voltarmos da França.

Ele riu.

— Bem, eu poderia ter dito coisas diferentes se soubesse que a senhora possuía metade do negócio.

— Acho que o senhor disse tudo muito bem. — Ela pensou rápido. Kevin ficaria com raiva se ela encorajasse o homem de alguma forma. Furioso. E ainda assim...

— Sr. Lovelace, o senhor sabe que meu sócio não está inclinado a seguir esse caminho. No entanto, estou disposta a ouvir a sua proposta.

Kevin afastou a grande folha de papel cheia de esboços para um lado da mesa. Ele pegou uma folha em branco e começou a copiar o único dos desenhos feitos que o satisfazia até o momento.

Já fazia muito tempo que ele não embarcava em um novo projeto, mas essa ideia não saía de sua cabeça. Ele poderia muito bem ver aonde isso o levaria. No momento, apresentava mais problemas do que soluções. Ele não se importava. Não seria interessante de outra forma.

Uma tosse suave interrompeu seus pensamentos. Ele olhou para trás e encontrou Brigsby olhando para o chão.

— Gostaria que eu recolhesse, senhor?

Kevin olhou para a dúzia ou mais de papéis espalhados pelo tapete.

— Não é necessário.

Brigsby apontou para o papel mais próximo.

— Eles podem ser pisoteados aqui. Arruinados. Vou empilhá-los na escrivaninha. — Ele se abaixou e começou a recolher os papéis.

Kevin suportou e esperou que os papéis fossem empilhados ordenadamente na escrivaninha.

— Você veio aqui para ver se eu precisava de arrumação ou tinha mais alguma coisa?

— O senhor mencionou que a sra. Radnor faria uma visita esta tarde. Posso fazer um bolo pequeno, se quiser. Não seria nada elaborado.

— Brigsby, a sra. Radnor não faz visitas aqui. O apartamento é dela tanto quanto meu. A pessoa não visita o próprio apartamento.

— Claro, senhor.

— Que bom. — Kevin voltou ao desenho. Depois de um minuto, ele percebeu que Brigsby ainda estava lá e se virou novamente. — O que mais?

— O bolo, senhor. Deseja que eu faça?

— Ótimo. Excelente. Um bolo. Muito bom. *Agora vá embora.* — Ele voltou-se para o desenho enquanto Brigsby seguia em direção à porta. — Pequeno — Kevin falou atrás dele. — Muito pequeno.

Satisfeito por ter assegurado que Brigsby estaria ocupado e também evitando a chance de que o pequeno bolo tivesse 25 centímetros de largura e 50 de altura, Kevin voltou ao trabalho.

A atividade o absorveu o suficiente para que o reaparecimento de Brigsby se tornasse mais uma intrusão.

— Achei que você estava fazendo um bolo.

— Está pronto, senhor. — Ele olhou para as cadeiras, depois moveu cada uma delas cerca de dois centímetros. — Vou trazê-lo com café em breve. A sra. Radnor está subindo.

Kevin verificou seu relógio de bolso. As horas haviam voado.

Brigsby saiu apressado e voltou acompanhando Rosamund como a visitante que ela não era. Embora ela não viesse com muita frequência. Além de uma conversa combinada quando eles examinaram juntos os desenhos e a amostra do medidor de Forestier, ela não tinha "visitado" nenhuma vez. O recado que ela enviara a uma hora da tarde anunciando que chegaria mais tarde, portanto, tinha sido de curiosidade passageira.

Agora ela olhava à sua volta para a sala de estar. Caminhou até as janelas e verificou o prospecto como se não o tivesse visto antes. Aproximou-se então da escrivaninha dele e inclinou a cabeça para examinar o desenho de cima, para então virar e olhar na direção da grande mesa onde ele estava trabalhando.

— O que é isso? — perguntou ela, levantando um dos desenhos descartados.

— É apenas uma ideia com a qual estou brincando.

— Parece uma casa. Que linhas são essas aqui, correndo para cima e para baixo?

— Canos.

Ela devolveu o papel à mesa.

— Suponho que, se eu passo o tempo fazendo chapéus em um ateliê atrás de uma loja, você pode desenhar tubos aqui.

Brigsby voltou com uma bandeja contendo café, xícaras e bolo. Kevin não o descreveria como pequeno, mas poderia ser pior.

Rosamund pareceu encantada, no entanto. Eles se sentaram, Brigsby serviu e depois saiu.

— Isso está delicioso — elogiou Rosamund. — Que gentileza da parte dele pensar em preparar tudo isso.

— O homem é incômodo. Irritante. Uma distração. Chase foi muito dissimulado em me conceder tanto o espaço quanto o criado. Eles só podiam vir juntos, é claro. Agora eu sei por quê.

— Ele não pode ser uma distração tão grande, considerando aquela pilha de papéis ali.

— Talvez não. Porém estou acostumado a ficar sozinho. Não a ter alguém mexendo com tudo por onde eu passo.

Rosamund deu-lhe um sorriso divertido, depois deu uma garfada no bolo.

— Fomos muito libertinos ontem à noite. Eu não conseguia imaginar o que aquela tigela de creme estava fazendo lá quando fui para o quarto. Eu deveria saber imediatamente que você tinha algum plano perverso.

A menção trouxe a Kevin memórias que eliminaram seus pensamentos persistentes sobre aquelas tubulações.

— Tive vontade de comer um creme, só isso.

— A maioria das pessoas usa colheres.

Ele colocou o braço em volta do pescoço dela e a puxou para um beijo.

— Que enfadonho. — Olhou para o bolo. — Podemos levar isso para o quarto.

— Combinamos que nada disso seria feito aqui. Aquilo é para Chapel Street e isso é para a empresa. — Ela olhou para os papéis novamente. — E

seja lá o que você estiver fazendo.

— Achei que não tínhamos nada a discutir sobre a empresa. Nossos próximos passos estão definidos. Vamos mandar fazer outro medidor e testaremos as duas peças assim que estiver pronto.

— É claro.

Ele viu a hesitação nos olhos e no jeito dela. Rosamund mordeu o lábio inferior. Normalmente isso o excitava, mas dessa vez o deixou cauteloso.

— Você está parecendo uma criança que fez algo errado, e não é só porque há migalhas de bolo nos seus lábios.

Ela limpou a boca.

— Fiz uma coisa de que você não vai gostar.

— Só há uma coisa que você poderia fazer que eu não gostaria, Rosamund.

Ela pegou a mão dele.

— Isso é doce, mas não é verdade. De fato, você pode preferir que fosse. Veja, quatro dias atrás, fui visitar o sr. Lovelace no local onde ele trabalha.

Ela estava certa. Ele não gostara.

— Por quê?

— Acho que você deveria ter ouvido o que ele queria dizer, então o ouvi no seu lugar.

— Eu deixei claro que não estava interessado.

— E eu deixei igualmente claro que eu estava. Acho que vale a pena considerar a proposta dele.

Ele se levantou e começou a andar de um lado para o outro.

— Você disse a ele tudo o que sabe?

— Claro que não. Como ousa me acusar?

Ele se voltou contra ela.

— Porque um homem não pode ter uma proposta, a menos que saiba o que diabos está propondo. — Ele parou por um instante enquanto controlava a raiva. — Mesmo se você falasse de um indicador, ele adivinharia a maior parte do resto.

Ela também se levantou, com os olhos semicerrados.

— Bem, eu não falei. Nem poderia dizer nada que lhe desse pistas, porque não entendo como a maldita coisa funciona. Só que ele não é estúpido. Ele conhece a indústria e poderia ter descoberto o que você tem sem uma palavra de ninguém.

— Improvável.

— Muito provável. Sei que, para você, você é a pessoa mais inteligente do mundo, mas os outros também estão pensando e inventando. Ele foi muito explícito sobre isso.

A mandíbula de Kevin estava tão apertada que afetava o pescoço e toda a cabeça. Ele não enxergava a mulher que ele desejava naquele momento. Via uma mulher interferindo; uma mulher que havia ignorado seu julgamento e conversado pelas suas costas.

A expressão de Rosamund suavizou e ela se aproximou dele.

— Ele escreveu tudo. Apenas leia. Você ainda pode rejeitá-lo, se quiser. Eu não posso impedi-lo.

— Mas você faria se pudesse, é isso que está dizendo? Você não confia em mim para levar esse projeto até o fim.

— Não se trata de confiança, Kevin. É uma questão de sermos práticos. Isso agora está além do pensamento. É hora de agir, de tornar esse negócio disponível para o uso. Pode levar um ano se continuarmos por conta própria. Talvez mais. É muito melhor alguém ajudar; assim pode acontecer de imediato. — Ela colocou a mão no braço dele. — Sua mente já está mudando o foco para outras coisas. Coisas maravilhosas, tenho certeza. Brilhantes. Essa invenção terá que ser compartilhada com alguém para ser feita, e eu gosto do sr. Lovelace e confio nele.

Kevin olhou para a mão dela. O toque o trouxe a meio caminho da sanidade, mas não mais do que isso.

— O que ele quer?

— Se você ler a proposta...

— *O que diabos ele quer?*

A mão dela caiu. Rosamund deu um passo para trás como se ele tivesse lhe dado um tapa. Ela piscou uma vez, então assumiu uma expressão firme.

— Duas empresas. A que temos e depois a dele. Teríamos parte da empresa dele, e ele teria parte da nossa.

— Não.

— Como assim não? — questionou ela, elevando a voz. — Pelo amor de

Deus, Kevin, a empresa dele tem muito serviço e é bem-sucedida e a nossa ainda é apenas um sonho. É mais do que justo.

— Não passei três anos fazendo isso para entregá-lo a outra pessoa.

— Ninguém está lhe pedindo para entregar. No momento, tudo que estou pedindo é que você considere a proposta e visite a fábrica dele para ver o que fazem lá. Penso que você descobrirá que eles têm a precisão que você diz que necessitamos.

— Você agora é uma engenheira, além de uma chapeleira comum? Pare de interferir em coisas sobre as quais nada sabe e é incapaz de compreender. Maldição, às vezes acho que eu teria ficado melhor se essa metade tivesse ido para os meus parentes idiotas.

Ele lançou essas palavras para silenciar a insistência implacável de Rosamund, mas arrependeu-se no instante em que deixaram seus lábios.

Ela o encarou por um longo tempo. Instante a instante, pouco a pouco, o calor a abandonou, junto com a raiva. No momento em que ela se virou e saiu, poderia estar olhando para um estranho.

— Gostaria de jantar aqui, senhor? É tarde demais para cozinhar, mas posso trazer algo de uma taberna. — A voz tirou Kevin de seus pensamentos. Ele percebeu que o dia havia minguado e que o crepúsculo estava aparente. Kevin devia estar distraído havia horas.

Pensamentos desagradáveis podiam fazer isso tão bem quanto contemplações sobre probabilidades ou tubulações. Ele oscilou entre a fúria e o arrependimento, uma e outra vez. Agora Brigsby estava na frente dele, parecendo suspeitamente empático. O homem devia ter ouvido a discussão, embora Kevin tivesse esperanças de que não houvesse identificado palavra por palavra.

Ele enfrentava uma escolha. Ficar ali ou voltar para Chapel Street.

— Traga alguma coisa. Ficarei aqui esta noite.

Ele disse a si mesmo que não estava sendo um covarde. Sua cabeça ainda estava quente demais para falar com Rosamund novamente.

Na manhã seguinte, ele acordou sentindo-se pelo menos meio normal. Uma refeição insípida e meia garrafa de vinho haviam entorpecido muito sua mente. O sono enfim chegou, embora o caos não o tivesse abandonado.

Brigsby insistira em ajudá-lo a se vestir e até se aventurou no quarto para pegar a camisa e o lenço da gravata para passar. O café da manhã que o esperava ajudou o humor de Kevin. Por fim, ele foi até sua baia nos estábulos para pegar o cavalo.

Tinha sido sensato alugar o apartamento de Chase. Ele agora poderia voltar para Chapel Street, e a briga faria parte de outro momento e outro lugar. No entanto, ele ainda se desculparia com Rosamund. Tinha perdido a cabeça e dito coisas sem pensar. Em alguns dias, poderiam se encontrar novamente em Bury Street e ele explicaria seu raciocínio com mais cuidado.

Kevin estava reorganizando seu pensamento sobre como fazer isso quando entrou na casa. Ao subir a escada, percebeu que a casa parecia diferente. Maior. Mais vazia. Lembrava-o de um salão de baile no final da noite, quando a maioria dos convidados já havia partido.

Ele entrou em seus aposentos e encontrou Morris ocupado no quarto de vestir. Uma recepção firme e um aceno rápido, e então Morris murmurou sobre a necessidade de cuidar da correspondência.

Kevin foi procurar Rosamund, mas ela não estava nos aposentos. Ele desceu as escadas, mas ela também não estava na sala matinal. O primeiro alarme de preocupação soou quando ele viu que não havia comida na mesa.

Morris entrou com a correspondência. Ele colocou uma pilha perto do lugar onde Kevin normalmente se sentava, então segurou o restante com uma expressão intrigada.

— Devo mandá-las para outro lugar, senhor? Encaminhar?

O peito de Kevin esvaziou. Quando ele respirou, o peito se encheu de novo, mas ficou cheio demais, tão cheio que esmagou seu coração.

— Ela saiu ontem à noite?

— Sim, senhor. No início da noite. A criada, Jenny, disse que iriam primeiro visitar a irmã da sra. Radnor e depois cuidar de outros assuntos. Ela pediu à governanta que informasse os tutores para não voltarem mais, a menos que fossem chamados.

Kevin voltou para os aposentos dela. Alguns vestidos ainda estavam pendurados no guarda-roupa, o que o tranquilizou. Ele olhou ao redor do quarto enquanto tentava vencer a desolação que ameaçava reclamá-lo.

Kevin evitou olhar para a cama, e já estava saindo antes que notasse os papéis sobre ela, entre os travesseiros. Ele estendeu a mão para ver se ela havia deixado um bilhete. Talvez tivesse ficado sabendo que sua irmã estava doente ou de algum outro incidente.

Nenhum bilhete. Em vez disso, ele viu a proposta de Lovelace. Kevin deixou-a cair na cama enquanto um pico de raiva apunhalava sua mente. O homem era a causa de tudo aquilo. As discussões, as palavras ásperas, os cômodos vazios. A raiva mantinha a autorrecriminação controlada, mas estava lá como uma sombra, esperando.

Outro papel caiu do primeiro e atraiu sua atenção. No começo, não fez sentido. Então ele percebeu que era uma espécie de documento legal, ou pelo menos a tentativa de Rosamund de redigir um deles. Ela o havia escrito de próprio punho, com apenas algumas gotas respingadas de tinta e manchas de um mata-borrão. Ele a imaginou curvada sobre a tarefa, franzindo a testa enquanto tentava transformar suas cartas em algo que uma dama elegante pudesse escrever.

O documento em si já o deixara entorpecido. Nele, ela transferia sua parte na empresa para o marido, Kevin Radnor.

Ela poderia voltar para Londres, e até mesmo para a casa, mas ele soube então que ela nunca pretendia voltar para ele.

# CAPÍTULO VINTE E DOIS

Rosamund colocou um pouco de água no vaso de flores do lado de fora da porta da loja. Ela examinou a vitrine e voltou para dentro. Fez então uma pausa para observar como a nova mulher, a sra. Hutton, atendia uma cliente. A sra. Hutton conhecia seu ofício, isso se tornara óbvio. Ao chegar pela primeira vez, Rosamund havia ficado impressionada com a forma como as coisas eram administradas.

Ela subiu as escadas. Ali em Richmond, o ateliê ficava no andar de cima, e ela entrou e sentou-se sob a janela para ter a boa luz que lhe permitisse fazer a costura delicada que tinha em mãos. Ao seu lado, a aprendiz Molly estava ensinando Lily a esconder uma costura com alguns acabamentos.

Lily espetou o dedo. Era algo que fazia com muita frequência, mas a maioria das meninas novas fazia. Em sua primeira vez, ela reclamou e gemeu. Agora, ela apenas dava batidinhas com um pouco de unguento e envolvia o dedo em uma tira de pano limpa.

— Espere que pare de sangrar — ensinou Rosamund, sempre de olho vivo enquanto trabalhava. — Não queremos sangue nesse chapéu. Nem mesmo uma gota.

Lily colocou o chapéu de lado e esperou. Ela esperneou como uma criança e enrolou o dedo em uma de suas longas mechas loiras desamarradas. Rosamund sorriu com a imagem que ela fazia, metade criança, metade mulher. Em algumas horas, era um lado que aparecia e, nas outras, era o outro.

— Isso é mais divertido do que a escola — disse Lily. — Talvez eu deva ficar aqui, ou na loja de Londres. Eu poderia ser uma chapeleira como você.

— Você será melhor do que isso se eu puder me manifestar.

— Acho que a escola seria maravilhosa — opinou Molly.

— Você não diria isso se conhecesse as garotas com quem eu vivo. Elas são horríveis, orgulhosas, presunçosas e...

— E você fez duas amigas que não são — interrompeu Rosamund. —

Mais uma semana comigo e depois você volta. No caminho, faremos uma parada em Londres para encomendar alguns vestidos.

Novos vestidos encerraram a discussão, como Rosamund sabia que aconteceria. Lily não era realmente infeliz na escola. Ela só reclamava, como as meninas da sua idade o faziam.

Rosamund havia chegado sem aviso para levar Lily. Ela só precisava de Lily com ela por algum tempo — muito do que ela fazia era por causa da irmã. Precisava ver Lily e se assegurar de que pelo menos essa parte tinha sido uma boa ideia.

Lily se aproximou para mostrar a costura com o acabamento.

— Os pontos estão muito grandes no final aqui — disse Rosamund. — Você vai ter que arrancar e fazer de novo.

— Ninguém vai notar aqueles poucos pontos enfiados ali embaixo.

— Um dia, sua cliente olhará o chapéu e notará. Então ela vai decidir que você é uma chapeleira descuidada. Precisamos fazer com que cada detalhe seja o mais perfeito possível.

As palavras ecoaram na sua cabeça, só que agora na voz do sr. Lovelace, o que levou sua memória à briga com Kevin. Uma profunda tristeza familiar se espalhou por ela.

Durante o dia, ela escapava dessa dor no coração mantendo-se ocupada na loja. Ela permanecia perto de Lily e aproveitava sua companhia. Era à noite, quando estava sozinha, que ela sofria como quando o pai havia falecido. Lembrava-se agora de que não havia saído de Londres por causa da briga com Kevin. Não em si, pelo menos. Já tinham passado por isso antes, por motivos da empresa. Sempre sobre a empresa.

Ela também sempre soubera que ele mal a tolerava como sócia. Era algo que ele não podia evitar, então Kevin aceitava, mas não gostava. Ainda assim, ela achava que haviam encontrado um meio-termo, especialmente depois de Paris, mas talvez não. Talvez o desejo e o prazer a tivessem deixado cega, e a ele também.

A discussão correu por sua memória, palavra por palavra, e a explosão no final soou alta e forte. Algo aconteceu então. Com ela. Era como se de repente tivesse parado para observar de fora, e percebido exatamente o que de fato estava acontecendo diante de seus olhos.

Principalmente, ela se enxergava com muita clareza, tanto pela perspectiva de seu próprio coração quanto das palavras dele. O fato de Kevin considerá-la uma chapeleira comum e intrometida, e principalmente uma irritação, a menos que estivessem na cama... Tudo isso ela possivelmente era capaz de aceitar. Poderia ter aprendido a conviver com essa ideia. No entanto, saber que ele não apenas não a amava do jeito que ela o amava, mas também que provavelmente nunca a amaria — aceitar essa parte doía muito. Ela havia experimentado novamente a humilhação que conhecera no jardim com Charles.

Não queria viver assim, tão consciente de que ele desprezava uma parte da sua vida. Da vida deles. Uma parte dela, em verdade. Isso afetaria tudo, até o prazer. Mesmo agora ela estava enxergando diferente parte do tempo que haviam passado juntos.

Seus pensamentos a distraíram. Ela picou o dedo, algo que raramente fazia agora. Em seguida, colocou o chapéu de lado e pegou o unguento. Na outra mesa, Lily tinha voltado ao seu próprio trabalho.

Rosamund enrolou o dedo e esperou enquanto olhava para fora da janela para o céu. Azul hoje, depois de tanta chuva. O jardim de Chapel Street provavelmente estava com todas as suas rosas em flor.

Com o tempo, talvez ela voltasse. Depois que tivesse dominado o amor. No entanto, não tinha intenção de passar mais cinco anos vivendo um sonho — já não tinha mais idade para isso. O resto não era nem mais nem menos do que ela esperava, para ser sincera. Tinha sido culpa sua, não dele, que ela tivesse esquecido desse fato.

Kevin tinha adivinhado onde ela estava. Uma carta chegara há dez dias. Somente uma frase:

*Você está bem?*

Ela balançou a cabeça e riu. A esposa vai embora sem avisar, e essa era sua única pergunta?

Ela respondeu com a mesma brevidade.

*Sim, muito bem.*

Em seguida, outra carta, há quatro dias. Nada sobre a saúde dela nessa última. Ele simplesmente a informava de que Chase havia anunciado a gravidez de Minerva. Kevin pensou que ela gostaria de saber. Duas frases dessa vez.

Houve passos lentos nas escadas. A sra. Hutton emergiu, primeiro a cabeça e depois o resto.

— Molly, vou precisar de você lá embaixo agora. Tenho algumas coisas para você fazer — ela disse depois de entrar no ateliê.

Molly largou o trabalho e saiu, seus cachos escuros balançando. A sra. Hutton não a seguiu. Ela se aproximou de Rosamund e colocou um cartão na mesa de trabalho.

— Ele está lá embaixo e quer ver a senhora. O que devo dizer?

Era o cartão de Kevin. *Ainda não*, seu coração disse.

Isso nunca daria certo. Ela se levantou.

— Venha comigo, Lily. — A irmã a seguiu escada abaixo. Rosamund hesitou no último degrau e respirou fundo. Ela virou a cabeça e falou com a irmã. — Lily, o sr. Radnor está na loja. Quero que você o conheça.

Os olhos de Lily se arregalaram. Ela esticou o pescoço para ver a parede da escada e quase caiu. Rosamund deu o passo final que a fez entrar na loja. Kevin estava parado perto da vitrine na extremidade oposta, inclinando a cabeça para examinar um chapéu.

— Você não me disse que ele era bonito — sussurrou Lily.

Ele *era* bonito. Principalmente naquele dia. Ou talvez várias semanas de intervalo o tornassem mais bonito do que o normal.

Ele olhou pela loja e as viu. Rosamund empurrou Lily para a frente como um escudo até que se juntaram a ele na vitrine.

— Kevin, esta é minha irmã, Lily.

Lily fez uma reverência do jeito que havia aprendido na escola. Kevin curvou-se e sorriu. Lily retribuiu com um grande sorriso.

Rosamund suspirou, orgulhosa de si mesma. Não havia demonstrado o quanto estava se sentindo nervosa. Ela não tinha chorado.

Lily era uma menina linda. Rosamund provavelmente se parecia muito com ela na mesma idade, antes de se tornar uma mulher. Kevin não sabia nada sobre conversar com meninas, mas perguntou se ela gostava da escola, e ela tagarelou, contando sobre as outras meninas e os professores. Enquanto ela falava, ele olhou furtivamente para Rosamund.

Não fazia muito tempo, mas ele sentia como se a estivesse vendo pela primeira vez, parada na porta da biblioteca de Chase, atordoando-o. Ela sorria suavemente enquanto a irmã falava, mas, quando a garota parou para respirar, ela colocou a mão em seu ombro.

— Guarde um pouco para depois — disse. — Por que não vai encontrar Molly e ver o que a sra. Hutton precisava que ela fizesse?

— Antes que ela vá, talvez você queira dar isso a ela. — Kevin se virou e ergueu uma caixa que havia trazido consigo. — Chegou há alguns dias.

Os olhos de Lily se arregalaram. Ela olhou para Rosamund, que assentiu. Com cuidado, Lily levantou a tampa da caixa.

— Minha nossa. — Ela estendeu a mão e tirou uma boneca de metal. Juntas, ela e Rosamund a admiraram na frente e atrás.

— O que é isso? — Lily perguntou ao descobrir a chave.

— Vire, depois a coloque no chão — orientou Rosamund.

Lily obedeceu. A mulher sorriu, então ergueu a mão que segurava um chapéu e o colocou na cabeça. Lily ficou boquiaberta de admiração e Rosamund sorriu de alegria.

— Posso mostrar para a Molly? — Lily perguntou.

— Claro — disse Rosamund.

Lily levantou a boneca mecânica. Ela fez outra pequena reverência e saiu correndo.

— Obrigada por trazer isso — falou Rosamund. — Ela fará inveja a todas as garotas da escola quando voltar com a boneca.

— Ela é encantadora.

E então eles estavam lá, olhando um para o outro. Ele havia ensaiado todo tipo de coisas inteligentes para dizer, mas o tinham abandonado.

A porta se abriu e uma mulher entrou. Outra mulher veio dos fundos para recebê-la. Ambas olharam na direção dele e de Rosamund.

— Existe algum lugar onde possamos conversar? — ele indagou.

— Não há privacidade aqui, se é isso que você quer dizer. Podemos dar uma volta, se quiser.

Teria que servir. Lá fora, caminharam juntos.

— Você não respondeu minha última carta — iniciou ele.

— Escrevi para Minerva. Ela é quem está grávida.

— É claro. Ainda assim...

Ela riu.

— Kevin, o que havia para escrever? Duas frases e ambas sobre ela. — Rosamund sorriu abertamente e balançou a cabeça. — Você é um péssimo correspondente, não é?

— Gosto de pensar que sou sucinto.

— Compreendo. De verdade. Sem dúvida, você estava ocupado pensando nas coisas. Como em canos.

— Pensei muito pouco em canos enquanto você estava fora.

— A empresa tem mantido você ocupado em vez disso? É bom saber.

Ele olhou para a rua. O barulho tornava difícil falar confortavelmente e as pessoas não paravam de passar por ali.

— Essa é uma das razões pelas quais estou aqui. Preciso lhe contar sobre a empresa. Tenho um quarto na Estalagem Dark Horse. Não teríamos que gritar por causa das carruagens lá.

Ela parou de andar e o olhou. Ele não precisava ouvir a pergunta; ele sabia qual era. Que ela sequer cogitasse que sua intenção fosse essa já era doloroso, mas então, eles haviam se separado com raiva.

— Não sou o tipo de marido que exigiria seus direitos, Rosamund. Eu espero que você saiba pelo menos isso sobre mim.

Ela assentiu e eles seguiram para a estalagem.

Rosamund não se perguntara se ele exigiria alguma coisa. Ela havia se perguntado se ele pensava em seduzi-la. Não tinha certeza se poderia resistir se isso acontecesse.

As palavras de Kevin a tranquilizaram. Eles caminharam até o quarto em que ele se hospedara. Era um bom quarto com vista para a rua, não para o pátio. Sem cheiro de cavalo, pelo menos.

Havia meia garrafa de vinho sobre a mesa.

— Quer um pouco? — Ele gesticulou enquanto movia uma cadeira para se juntar à outra que já estava ali. — Você pode se sentar aqui, se quiser.

Ela normalmente não bebia vinho à tarde, mas agora parecia uma boa ideia. Ela se sentou e aceitou uma pequena taça. Em seguida, notou os pincéis e as navalhas perto da pia, e uma sobrecasaca visível através da porta do guarda-roupa que tinha sido deixada entreaberta. Uma pilha de papéis estava sobre a cama. Desenhos de canos, talvez.

O tempo se estendeu enquanto eles silenciosamente ficavam ali sentados juntos. Rosamund não resistiu a olhar para ele, embora as lembranças a inundassem e tornassem seu coração ora alegre, ora triste. Isto era o que ela esperava evitar — uma vida inteira de momentos como aquele, quando seu amor se expandia apenas ao vê-lo, apenas para lhe causar dor quando aceitava que o amor tinha sido um erro tolo.

— Parece uma boa loja — disse ele por fim após beber seu vinho.

— Tenho muito orgulho dela. Ainda mais do que a de Londres. Foi bom vê-la de novo.

Ele girou o vinho na taça, observando o líquido se mover.

— Você pretende ficar aqui?

— Por um tempo. Estou aproveitando meus momentos com Lily. Já se passaram anos desde a última vez que estivemos juntas por mais do que alguns dias de cada vez. Estamos nos conhecendo novamente.

— Eu deveria ter seguido você? — ele perguntou. — Você estava esperando que eu viesse?

Típico de Kevin. Algumas gentilezas em um esforço vão para ser educado, então, abruptamente, mudava para o que realmente lhe importava.

— Eu não teria gostado nem um pouco disso.

— Um tipo diferente de mulher poderia ter esperado, mas não pensei que você estivesse me esperando.

— Quer dizer que é algo que uma dama pode esperar? As chapeleiras comuns não fazem jogos com essas coisas.

Seu olhar refletia que ela havia usado as mesmas palavras dele para se descrever.

— Você não me deu a chance de pedir desculpas pelo meu comportamento naquele dia. Você simplesmente se foi.

— Eu não fui por sua causa. Eu fui por *minha* causa.

— Peço desculpas de qualquer maneira.

— Se desejar, podemos fingir que você disse coisas que não quis dizer porque estava com raiva. Só que as pessoas tendem a dizer exatamente o que elas queriam dizer. As partes que normalmente não falam vêm à tona. Não culpo você por isso. Eu nem me importo, embora fingir fosse ter sido algo fácil de fazer. Só que você me lembrou de quem eu sou. Do que eu sou. Por que nos casamos. Eu precisava conviver um pouco com isso, sem que você me distraísse.

Ele se levantou e deu a volta na cama.

— Tenho algo aqui que preciso que você assine. É uma das razões pelas quais eu vim incomodá-la agora. — Ele pegou a pilha de papéis da cama e voltou para sua cadeira. — Tem a ver com a empresa.

— Eu lhe dei a minha metade. Minha assinatura não é mais necessária.

— Sua tentativa de me devolvê-la não foi válida. Você não teve nenhuma testemunha. Não há nenhuma prova de que você assinou o documento. Além disso, como aprendi recentemente com o sr. Sanders, se você quiser vender ou doar, deve proferir esse desejo na frente de um juiz antes de ser vinculante, para que não pensem que estou intimidando você a fazê-lo. A lei desconfia de mulheres casadas que se desfazem de propriedades, porque elas podem estar sob coerção.

— Isso é um aborrecimento. Você pediu ao sr. Sanders para refazer o documento? É isso que está acontecendo? Encontraremos testemunhas e começaremos hoje.

— Eu não pensei em nada disso. Preciso que você assine outra coisa. — Ele lhe entregou um documento dobrado. — Ainda vamos precisar de testemunhas.

Ela reconheceu a caligrafia do escrivão, toda fluida e elegante. Ela desenrolou o pergaminho grosso até ele ficar pendurado em seu colo. Demorou um pouco para decifrar tudo. Em parte porque ela ficava repassando as seções, para ter certeza de que estava entendendo.

— Isso parece um contrato com o sr. Lovelace, Kevin.

— Sim, é. Um quarto do empreendimento para ele e um quarto da empresa que ele formar para nós. — Kevin ergueu outro documento dobrado. — O outro lado do acordo está aqui.

Ela pousou o pergaminho, espantada.

— Você falou com ele?

— Uma mulher muito astuta me aconselhou a fazer isso. Demorei vários dias para chegar a ele, mas finalmente li a proposta.

— Você demorou tanto assim para deixar de ficar com raiva?

Ele pegou o pergaminho e o colocou sobre a mesa. Em seguida, Kevin se inclinou para a frente até estar tão perto que seu nariz quase tocasse o dela.

— Levei muito tempo para começar a vencer meu choque ao descobrir que você havia partido.

A proximidade e o calor da respiração a fizeram tremer.

— Você concluiu que a proposta do sr. Lovelace era um bom plano?

— Não pude negar que era muito prático. Sensato. Conveniente. Então ele e eu conversamos e eu vi a fábrica. Eu até viajei para Shropshire para ver as outras plantas. Você estava certa, Rosamund. Ele vai fazê-la bem.

Ela mordeu o lábio inferior para forçar algum controle sobre seu amor estúpido.

— Não foi minha intenção que você passasse dias em estado de choque. Essa não foi minha intenção.

— Eu sei. Ainda assim, estava lá. Eu não queria enfrentar a possibilidade de você ter partido para sempre. Eu a decepcionei de mais maneiras do que imagino, eu acho.

— Você não o fez. Você foi fiel à sua palavra. Ao nosso acordo. Quanto à empresa, nunca esperei que você a compartilhasse tão facilmente. — A boca de Rosamund estremeceu ao tentar sorrir. — Você uma vez disse que nunca ficou fascinado por mulheres, exceto aquela breve loucura com Lady Greenough. Eu também entendo o porquê. Você tinha coisas maiores para cativá-lo. Claro que você seria possessivo com suas criações. Eu me sinto assim em relação à minha loja e aos meus chapéus.

Ele ouviu com muita atenção, como se cada palavra que ela dissesse fosse importante. Um pequeno franzido se formou no rosto de Kevin e sua atenção sobre Rosamund se intensificou, se é que isso era possível.

Ele se recostou e voltou a atenção para dentro, como fazia com frequência. Ela nunca tivera ciúme da forma como ele às vezes se isolava em sua própria mente; sempre achara isso misterioso e até excitante.

Ele olhou para ela novamente.

— Rosamund, você se foi porque achou que o empreendimento era mais importante para mim do que você?

— Não, mas porque eu aceitei que isso era óbvio. Afinal, foi por isso que nos casamos.

Ele se recostou e fechou os olhos.

Então se levantou abruptamente e se afastou, depois ficou de costas para ela, com as mãos nos quadris. Ela ouviu um suspiro profundo. Ela o havia exasperado novamente, mas não conseguia imaginar de que forma.

Ele se virou novamente e voltou. Em seguida, Kevin jogou a cadeira para o lado e se ajoelhou na frente dela, segurando-lhe ambas as mãos.

— Rosamund, é por isso que nós dissemos que nos casamos, mas, para mim, tudo tem sido mais do que uma união prática. Eu quis você desde a primeira vez que a vi. A cada revelação de quem e o que você era, eu a queria mais. Não menti quando disse que nunca fiquei fascinado por ninguém, mas agora não poderia fazer essa afirmação sem mentir, pois há muito tempo estou fascinado por você. Cativado. Encantado. Você roubou meu coração, querida, e a melhor parte da minha alma. Não posso prometer que nunca serei rude ou zangado, ou todas as coisas de que todos me acusam. Só posso prometer que vou amá-la para sempre, onde quer que você esteja.

Ele se curvou e beijou suas mãos. Deixou os lábios ali, pressionados contra a pele dela. Os olhos de Rosamund turvaram quando a felicidade a inundou pouco a pouco, e seu coração liberou o amor que continha. Comovia Rosamund que ele houvesse se declarado assim. Ele nem mesmo tinha pedido que ela voltasse para ele. Só queria que ela soubesse, não importava o que ela fizesse ou para onde fosse.

Ela o beijou no topo da cabeça.

— Obrigada — ela sussurrou. — Eu não suportava fingir que não estava apaixonada. Não suportava mais falar nisso e aceitar o prazer e a amizade, mas negar essa outra emoção me consome. Se você também me ama, não vou mais precisar dessa farsa.

Ele olhou para cima. O alívio em sua expressão torceu o coração de Rosamund.

— Você nunca mais vai precisar. — Houve um momento de hesitação.

Um lampejo de cautela. — Você vai voltar para casa?

Ela fez que sim.

Ele sorriu e olhou para a cama. Esse sorriso se tornou perverso.

Rindo e chorando, ela puxou o lenço no pescoço dele.

— Você pode ser bom demais para exigir seus direitos conjugais, mas eu não sou. — Ela desatou o nó. — O que você vai fazer sem a empresa para ocupá-lo? Canos?

— E outras coisas. — Ele tirou a sobrecasaca, depois livrou os pés dela dos sapatos. — Vou deixar os aspectos práticos resultantes para você. Formamos um bom par, Rosamund. Talvez o duque tivesse previsto que formaríamos.

Suas mãos deslizaram por baixo do vestido dela e procuraram as ligas. Ela se contorceu quando as mãos subiram o suficiente para lembrá-la do que a esperava.

Seus dedos tremiam enquanto ela cuidava dos botões do colete.

— Você sabia que há homens na City que comprariam uma parte de qualquer invenção que você tivesse, sem ver e sem saber seu propósito?

— Isso é ridículo.

A camisa dele ocupou parte de sua atenção. Ela fez um trabalho rápido com as peças superiores, para que o peito nu de Kevin ficasse disponível para seu olhar e para suas mãos.

— Você deve ter impressionado algumas pessoas, mesmo insultando a maioria delas.

Ele rolou as meias dela para baixo e as jogou de lado.

— Não consigo imaginar como. Mesmo assim, é bom saber que, se quisermos fraudar dezenas de acionistas, os meios estão disponíveis. — Ele se levantou e a ergueu em seus braços.

Como era típico de Kevin ser indiferente às possibilidades perfeitamente legais que esses investidores podiam apresentar. Ela explicaria para ele em algum momento.

O primeiro beijo a deixou inebriada e muito grata pelo calor e amor que a envolviam.

O poder de sua excitação a impressionava.

— Não faz muito tempo, mas eu...

— Eu sei. Eu também. Desta vez, sem jogos, sem aulas. Quero você nos meus braços e encostada no meu coração.

Sem palavras também, exceto as de devoção faladas repetidamente enquanto reclamassem um ao outro dentro de uma união amorosa.

FIM

Não perca o próximo romance de *Herdeiras do Duque*, de Madeline Hunter...

A NOIVA HERDEIRA

## Conheça também a série Decadent Dukes Society

### O DUQUE MAIS PERIGOSO DE LONDRES
livro 1 - 296 páginas

Adam Penrose, o Duque de Stratton, é o escandaloso, sombrio, manipulador e vingativo membro da Sociedade dos Duques Decadentes da elite de Londres, composta por três homens perigosamente belos, intensos, irresistíveis e que não desejam se apaixonar.
Com uma reputação manchada e seu retorno à cidade, o Duque precisa encontrar uma esposa com qualidades ímpares e que não se importe em viver em negligente abandono. O que o Duque não espera é que o seu interesse e libido sejam despertados pela única mulher que não pode ter, e que não seria capaz de ignorar.
Clara Cheswick fascina o Duque, mas tudo que ela não precisa neste momento é se casar. Está bem mais interessada em publicar seu jornal feminino — certamente muito melhor do que ser esposa de um homem com sede de vingança.
No entanto, curiosa por uma história, Clara pensa se o desejo do Duque por justiça é sincero — junto com sua intenção incrivelmente irritante de ser seu marido.
Se sua fraca reação ao beijo dele é algma indicação, apaixonar-se por Adam claramente tem um preço.
Mas quem diria que cortejar o perigo poderia ser tão divertido?

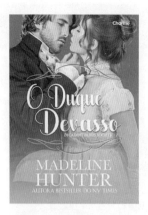 

A autora bestseller do New York Times, Madeline Hunter, traz uma nova história sensual sobre seus três duques indomáveis e as mulheres que acendem seus desejos mais luxuriosos.

ELE PODE SER UM DEVASSO.

Ele é infame, debochado e conhecido em toda a cidade por ser um sedutor irresistível. Gabriel St. James, o Duque de Langford, é rico, lindo de cair o queixo e costuma conseguir exatamente o que deseja. Até que uma mulher, que se recusa a lhe dizer o nome, mas não consegue resistir ao seu toque, o atrai.

MAS ELA TAMBÉM NÃO É UMA SANTA...

Amanda Waverly está vivendo duas vidas: uma respeitável como secretária de uma dama proeminente e uma perigosa, de espertza e batalha de vontades com o duque devasso. Langford pode ser o homem mais tentador que ela já conheceu, mas Amanda está ocupada tentando escapar do mundo de crimes na alta sociedade no qual nasceu.
E, se ele descobrir quem ela realmente é, sua paixão escaldante se transformará rapidamente em um caso de alto risco...

Da autora best-seller do New York Times, Madeline Hunter, chega o fabuloso final da trilogia The Decadent Dukes Society, sobre três duques indomáveis e as mulheres fortes e atraentes que incendeiam seus desejos extravagantes. Uma mulher busca recuperar as terras que ela acredita terem sido injustamente retiradas de sua família pelo duque, que agora se recusa a devolvê-las. Uma clássica e engenhosa batalha de vontades se inicia, da forma como apenas Madeline Hunter sabe nara.

### ELE É O ÚLTIMO DUQUE QUE RESTA

... o único solteiro remanescente dos três autoproclamados duques decadentes.

No entanto, as razões de Davina MacCallum para procurar o belo duque de Brentworth não têm nada a ver com casamento.

Terras escocesas foram injustamente confiscadas de sua família pela Coroa e dadas à dele. Um homem razoável com vastas propriedades poderia certamente abrir mão de uma propriedade trivial, especialmente quando Davina pretende dar um bom uso a essas terras.

No entanto, é tão difícil persuadir Brentworth, quanto resistir a ele.

A discrição e o controle de aço do duque de Brentworth o tornam um enigma até mesmo para seus melhores amigos. As mulheres, em especial, o consideram inescrutável e inacessível — mas também irresistivelmente magnético. Portanto, quando Davina MacCallum não mostra sinais de estar nem um pouco impressionada por ele, ele fica intrigado.

Até que descobre que a missão dela em Londres envolve reivindicações contra sua propriedade. Logo os dois estão envolvidos em uma competição que não permite concessões. Quando o dever e o desejo entram em choque, os melhores planos estão prestes a sofrer uma guinada escandalosa — para o próprio âmago da paixão...

Entre em nosso site e viaje no nosso mundo literário.
Lá você vai encontrar todos os nossos
títulos, autores, lançamentos e novidades.
Acesse www.editoracharme.com.br

Você pode adquirir os nossos livros na loja virtual:
loja.editoracharme.com.br

Além do site, você pode nos encontrar em nossas redes sociais.

  https://www.facebook.com/editoracharme

  https://twitter.com/editoracharme

  http://instagram.com/editoracharme